ERNEST CLINE es un novelista internacionalmente reconocido por sus best sellers, guionista, padre y *geek* a tiempo completo. Es el autor de las novelas *Ready Player One* y *Armada*, y coguionista de la adaptación cinematográfica de *Ready Player One*, dirigida por Steven Spielberg. Sus libros han sido publicados en más de cincuenta países y ha permanecido más de 100 semanas en la lista de best sellers de *The New York Times*. Vive en Austin, Texas, con su familia, un DeLorean que viaja en el tiempo y una amplia colección de videojuegos clásicos.

MAXI

Papel certificado por el Forest Stewardship Council'

MIXTO
Papel procedente de
fuentes responsables
FSC® C117695

Título original: *Armada*

Primera edición en B de Bolsillo: julio de 2018

© 2015 by Ernest Cline
© 2016, 2018, Penguin Random House Grupo Editorial, S. A. U.
Travessera de Gràcia, 47-49. 08021 Barcelona
© David Tejera Expósito, por la traducción

Printed in Spain – Impreso en España

ISBN: 978-84-9070-579-7
Depósito legal: B-10.746-2018

Impreso en Liberdúplex
Sant Llorenç d'Hortons (Barcelona)

BB 0 5 7 9 7

Penguin
Random House
Grupo Editorial

Armada

Ernest Cline

Traducción de David Tejera Expósito
Corrección a cargo de Manu Viciano
Galeradas revisadas por Antonio Torrubia

MAXI

Para el comandante Eric T. Cline
del Cuerpo de Marines de los Estados Unidos,
la persona más valiente que conozco

Semper Fi, hermanito

FASE UNO

Jugar a videojuegos es el único uso legítimo que se le puede dar a un ordenador.

Eugene Jarvis, creador de *Defender*

1

ESTABA MIRANDO ENSOÑADO POR LA VENTANA DEL AULA CUANDO VI EL PLATILLO volante.

Parpadeé por si me engañaba la vista, pero seguía estando allí fuera. Era un disco de cromo brillante que zigzagueaba en el cielo. Forcé los ojos para intentar seguir al objeto a lo largo de una serie de giros cerrados imposibles a velocidad de vértigo, que habrían hecho papilla a un ser humano si lo hubiera a bordo. El disco avanzó a toda velocidad hacia el lejano horizonte y se detuvo en seco. Se quedó allí quieto, flotando durante unos segundos sobre una arboleda en la lejanía, como si estuviera analizando el terreno con un rayo invisible. Y luego se volvió a lanzar de improviso hacia el cielo, en una nueva sucesión de cambios de trayectoria y velocidad que desafiaban las leyes de la física.

Intenté mantener la calma y tomármelo con escepticismo. Me recordé que era un hombre de ciencia, aunque no acostumbrara a sacar más de un 5 en la asignatura.

Lo volví a mirar. Seguía sin poder distinguir lo que era, pero sí que sabía lo que no era. No era un meteorito. Ni un globo meteorológico, ni gases de los pantanos, ni un rayo globular. No, era evidente que ese objeto volador no identificado que estaba viendo con mis propios ojos no era de este mundo.

Lo primero que pensé fue: «La puta hostia.»

Seguido de un: «No me lo puedo creer. Por fin está ocurriendo.»

Desde mi primer día en la guardería siempre había esperado con ansia un acontecimiento increíble y sobrecogedor que fuera capaz de cambiar el mundo y hacer añicos la interminable monotonía de la educación pública. Había pasado cientos de horas contemplando el paisaje tranquilo y provinciano que rodeaba mi escuela, anhelando en silencio que llegara un apocalipsis zombi, que un extraño accidente me otorgara superpoderes o la aparición repentina de un grupo de enanos cleptómanos capaces de viajar en el tiempo.

Diría que aproximadamente un tercio de aquellas fantasías oscuras incluían la llegada inesperada de seres de otro mundo.

En realidad, nunca esperé que algo así llegara a ocurrir. Aunque los visitantes alienígenas hubieran decidido pasarse por este pequeño y completamente insignificante planeta verdeazulado, ningún extraterrestre que tuviera algo de dignidad se plantearía mi ciudad natal de Beaverton en Oregón —también conocida como Villa Bostezos, Estados Unidos— como lugar para un primer contacto. No a menos que el plan fuera destruir nuestra civilización eliminando primero a los lugareños menos interesantes. En caso de que el universo tuviera un centro radiante, me encontraba en el planeta más alejado de él. Por favor, tía Beru, pásame la leche azul.

Pero estaba ocurriendo un milagro allí mismo, ¡delante de mis narices! Había un puñetero platillo volante ahí fuera y yo lo estaba viendo con mis propios ojos.

Y estaba muy seguro de que se acercaba.

Eché una mirada furtiva por encima del hombro hacia mis dos mejores amigos, Cruz y Diehl, que se sentaban detrás de mí. Pero ellos seguían ensimismados discutiendo en susurros y sin mirar por las ventanas. Pensé en decírselo, pero me preocupaba que el objeto pudiera desvanecerse en cualquier momento y no quería perder la oportunidad de verlo.

Volví a centrar la vista en el exterior, justo a tiempo para ver otro fogonazo plateado cuando la nave salió disparada en horizontal por el cielo. Luego se detuvo y flotó un momento sobre los terrenos contiguos antes de volver a alejarse. Flotar, moverse. Flotar, moverse.

Era innegable que se estaba acercando. Ya alcanzaba a distinguir su forma con más detalle. El platillo se ladeó para virar y durante unos segundos pude echar un vistazo a su sección horizontal por primera vez. Fue entonces cuando reparé en que no tenía nada que ver con un platillo. El casco de la nave era simétrico, parecido a la hoja de un hacha de guerra de doble filo pero con un prisma octogonal negro plantado en el centro, entre sus dos alas largas y aserradas, que centelleaba a la luz del sol matutino como una joya oscura.

Sentí un cortocircuito en el cerebro, porque no había lugar a dudas sobre el característico diseño de la nave. No en vano llevaba viéndolo cada noche durante los últimos años a través de un punto de mira. Lo que observaba era un Guja de los sobrukai, uno de los cazas pilotados por los alienígenas malos de *Armada*, mi videojuego favorito.

Lo cual era imposible, claro. Era como ver un caza TIE o un Pájaro de Guerra klingon surcando los cielos. Los sobrukai y sus cazas Guja eran creaciones ficticias de un videojuego. No existían en el mundo real. Era imposible. En nuestro mundo, los videojuegos no cobraban vida y las naves inventadas no pasaban zumbando sobre tu ciudad natal. Esas burradas absurdas solo tenían lugar en películas cursis de los años ochenta, como *Tron*, *Juegos de guerra* o *Starfighter, la aventura comienza*. El tipo de películas que flipaban a mi difunto padre.

La nave brillante volvió a escorarse hacia un lado, y en esa ocasión pude verla mejor. Ahora sí que era irrebatible. Estaba viendo un Guja: las características ranuras en forma de garra a lo largo del fuselaje y los dos cañones de plasma que sobresalían por la parte delantera como sendos colmillos no dejaban lugar a dudas.

Solo se me ocurría una explicación lógica para todo aquello: tenía que ser una alucinación. Y sabía quiénes eran los únicos que podían sufrir alucinaciones a plena luz del día sin estar bajo los efectos del alcohol o de las drogas. Aquellos a los que les faltan un par de tornillos. La gente a la que se le va la olla.

Leer los viejos diarios de mi padre me había hecho preguntarme si él habría sido una de esas personas. Las cosas que había visto en uno de ellos me habían llevado a pensar que quizás hubiera empezado a delirar cuando se acercaba el fin de sus días. Que quizás había perdido la capacidad de diferenciar entre los videojuegos y la realidad, exactamente lo mismo que parecía estar pasándome a mí. Tal vez estuviera materializándose lo que siempre había temido en secreto: de tal palo, tal astilla. Y con un palo como este...

¿Estaba drogado? No, imposible. Lo único que llevaba en el cuerpo eran unas Pop-Tart de Kellogg's que había devorado en el coche de camino al instituto. Y echarle la culpa a unas galletas glaseadas que había tomado para desayunar era peor que alucinar con una nave espacial ficticia salida de un videojuego. Sobre todo, teniendo en cuenta que mi propio ADN era un sospechoso bastante más probable.

Me di cuenta de que la culpa era mía. Podría haber tomado precauciones, pero hice justo lo contrario. Me había pasado toda la vida abusando sin control del escapismo y permitiendo que la fantasía se convirtiera en mi realidad. Y ahora, igual que mi padre antes que yo, estaba pagando el precio por mi falta de previsión. Era como si estuviera descarrilando en un tren enloquecido. Casi podía escuchar a Ozzy gritando «todos a bordo», como al principio de su canción *Crazy Train*.

«No lo hagas —me imploré—. No te vengas abajo ahora. ¡Solo quedan dos meses para la graduación! ¡Es la recta final, Lightman! ¡Mantén la calma!»

Al otro lado de la ventana, el caza Guja volvió a dar otro vuelo rasante. Vi cómo hacía crujir las ramas al pasar zumbando por encima de una arboleda. Luego atravesó un banco de nubes, tan rápido que creó un agujero circular perfecto justo en el centro, arrastrando unas largas volutas de vapor al salir por el otro lado.

Un segundo después, la nave se detuvo en el aire una última vez antes de lanzarse hacia arriba como una mancha borrosa y plateada, que se desvaneció tan rápido como había aparecido.

Me quedé allí sentado un momento, sin poder hacer otra cosa que mirar al lugar vacío del cielo en el que la nave había estado un segundo antes. Luego eché un vistazo a los alumnos que tenía alrededor. Ninguno de ellos estaba mirando en dirección a las ventanas. En el caso de que ese caza Guja hubiera estado de verdad ahí fuera, nadie más lo había visto.

Volví a mirar con detenimiento el cielo vacío, mientras rezaba para que la extraña nave plateada volviera a aparecer. Pero ya se había ido, y yo me había quedado allí, sin más opciones que enfrentarme a las consecuencias.

El hecho de haber visto ese caza Guja, o al menos de haberlo imaginado, había desencadenado en mi mente un pequeño alud que se estaba empezando a convertir en una avalancha de emociones enfrentadas y recuerdos inconexos, todos ellos relacionados con mi padre y con aquel viejo diario que había encontrado entre sus cosas.

La verdad es que ni siquiera estaba seguro de que fuera un diario. Nunca me lo había leído entero, ya que me perturbaban sus contenidos y lo que parecían implicar sobre el estado mental del autor. Lo que hice fue devolverlo al lugar donde lo había encontrado e intentar olvidar su existencia. Y había tenido éxito... hasta hacía tan solo unos segundos.

Pero ya no podía pensar en otra cosa.

Sentí el deseo repentino de salir corriendo del instituto, conducir hasta casa y volver a cogerlo. No me llevaría mucho tiempo; vivía a pocos minutos de allí.

Eché una mirada a la salida y al hombre que la estaba vigilando, el señor Sayles, nuestro anciano profesor de matemáticas. Llevaba el pelo canoso rapado, unas gafas de pasta gruesas y la misma vestimenta monótona de siempre: mocasines negros, pantalones negros, una camisa blanca de vestir de manga corta y una corbata de clip negra. Llevaba dando clases en mi instituto desde hacía cuarenta años, y las viejas fotos de los anuarios escolares que se podían encontrar en la biblioteca demostraban que siempre había lucido el mismo conjunto retro. El señor S. por fin se jubilaba aquel año, y menos mal, ya que todo se la sudaba tanto que tenían que habérsele secado las glándulas en algún momento del siglo pasado. Ese mismo día se había pasado los primeros cinco minutos de la clase poniéndonos deberes, y luego nos había dado el resto del tiempo para hacerlos, había apagado su audífono y se había puesto a hacer crucigramas. Pero seguro que se daría cuenta si intentaba escabullirme.

Alcé la mirada por encima de la pizarra desfasada, donde había un viejo reloj incrustado en los ladrillos color lima de la pared. Con su falta de compasión habitual, me informó de que quedaban todavía treinta y dos minutos para que sonara la campana.

No podía seguir aguantando aquello durante treinta y dos minutos ni de broma. Después de lo que acababa de ver, sería un milagro contenerme treinta y dos segundos siquiera.

A mi izquierda, Douglas Knotcher ya estaba enfrascado en su humillación diaria de Casey Cox, el chico tímido y con acné que había tenido la desgracia de sentarse delante de él. Knotcher solía limitarse a blandir insultos verbales contra el pobre chico, pero ese día había decidido ponerse clásico y lanzarle pelotitas de papel empapadas de saliva. Knotcher tenía una pila de proyectiles húmedos acumulada en su pupitre, como si fueran balas de cañón, y las estaba disparando a la nuca de Casey una detrás de otra. El pelo del pobre chico estaba inundado con los lapos de los ataques anteriores. Algunos amigos de Knotcher estaban viéndolo todo desde el fondo del aula y se reían con disimulo cada vez que estampaba otro proyectil a Casey, lo que lo alentaba a continuar.

Me ponía de los nervios ver cómo Knotcher abusaba de Casey de aquella manera, y sospecho que esa era una de las razones por las que Knotcher se divertía tanto haciéndolo. Sabía que yo no podía hacer absolutamente nada al respecto.

Miré al señor Sayles, pero el profesor seguía ensimismado con su crucigrama y no se estaba enterando de nada, como siempre. Algo de lo que Knotcher se aprovechaba a diario. Y, a diario también, yo tenía que resistir el impulso de hacer que se tragara sus dientes.

Doug Knotcher y yo habíamos conseguido evitarnos el uno al otro con bastante éxito desde el «Incidente» que tuvo lugar a principios de secundaria. Hasta que el cruel destino nos había juntado en clase de matemáticas. Y sentados en asientos contiguos, para colmo. Era como si el universo quisiera que mi último semestre en el instituto fuera lo más infernal posible.

Eso también explicaría que Ellen Adams, mi exnovia, estuviera también en la misma clase. Tres asientos hacia la derecha y dos por detrás, justo en el límite de mi visión periférica.

Ellen era mi primer amor, y habíamos perdido la virginidad juntos. Habían pasado ya dos años desde que me dejó por uno del equipo de lucha libre de un instituto cercano, pero cada vez que veía esas pecas en el caballete de su nariz o que la pillaba quitándose de la cara los rizos pelirrojos, se me volvía a partir el corazón. Solía pasarme la jornada lectiva entera intentando olvidar que estaba en el aula.

Verme forzado a sentarme entre mi mayor enemigo y mi exnovia todas las tardes había hecho que las clases de matemáticas de ese curso se convirtieran en mi propio Kobayashi Maru, una situación hipotética brutal e imposible de superar, diseñada para poner a prueba mi resistencia emocional.

Por suerte, el destino había equilibrado un poco la ecuación de pesadilla al poner en la clase a mis dos mejores amigos. Si Cruz y Diehl no estuvieran también, seguro que me habría vuelto majara y empezado a desvariar a tope a mitad de la primera semana.

Eché de nuevo la vista atrás hacia ellos. Diehl, que era alto y delgado, y Cruz, que era bajo y fornido, compartían el mismo nombre de pila: Michael. Llevaba desde primaria llamándolos por sus apellidos para evitar confusiones. Los dos Mikes seguían enfrascados en la misma conversación susurrada de antes de que me subiera a las nubes y empezara a ver cosas: un debate sobre cuál era la mejor arma cuerpo a cuerpo de la historia del cine. Intenté volver a concentrarme en sus voces.

—Dardo en realidad no era una espada —estaba diciendo Diehl—. Era más como un cuchillo de mantequilla para hobbits que brillaba en la oscuridad y que se usaba para untar mermelada en los bollos, el pan de lembas y cosas así.

Cruz puso los ojos en blanco.

—«Tu pasión por la hierba de los medianos sin duda ha enturbiado tu mente» —citó—. ¡Dardo es una daga élfica forjada en Gondolin durante la Primera Edad! ¡Podría cortar cualquier cosa! Y su hoja solo brilla cuando detecta la presencia de orcos o trasgos en las inmediaciones. ¿Qué puede detectar Mjolnir? ¿Acentos de mentira y melenas con mechas?

Tenía muchas ganas de contarles lo que acababa de ver, pero aunque fueran mis mejores amigos no había forma humana de que me creyeran. Seguro que lo habrían considerado otro síntoma de la inestabilidad psicológica de su colega Zack.

Y quizá tuvieran razón.

—¡Thor no necesita detectar a sus enemigos para poder ir corriendo a esconderse en su pequeño agujero hobbit! —susurró Diehl—. Mjolnir tiene poder suficiente como para destruir montañas, y también puede lanzar descargas de energía, crear campos de fuerza e invocar al relámpago. Además, el martillo regresa siempre a la mano de Thor después de lanzarlo, aunque tenga que destrozar un planeta entero para hacerlo. ¡Y Thor es el único que puede levantarlo! —concluyó mientras se reclinaba en su asiento.

—Tío, Mjolnir es una navaja suiza mágica de mierda —dijo Cruz—. ¡Es hasta peor que el anillo de Linterna Verde! En cada número de los cómics dan un nuevo poder al martillo para que Thor pueda hacer un apaño estúpido y salir del embrollo en que lo han metido. Y que sepas que muchos otros lo han empuñado, ¡hasta Wonder Woman en un *crossover*! ¡Búscalo en Google! ¡Tu argumento es inválido, Diehl!

Con toda probabilidad yo habría elegido Excalibur, tal y como aparece en la película del mismo nombre, pero no tenía fuerzas para unirme a la discusión. En vez de eso, pasé a observar a Knotcher, que estaba a punto de lanzar otra gigantesca pelota empapada de saliva a Casey. Le dio justo en la nuca mojada y luego cayó al suelo, donde se unió a la pila pastosa de proyectiles que había ido disparando.

Casey se puso rígido, como esperando un segundo impacto, pero no se dio la vuelta. Lo único que hizo fue hundirse en la silla mientras su torturador preparaba otro bombardeo de saliva.

Era obvio que había una conexión entre el comportamiento de Knotcher y el borracho abusador que tenía por padre, pero en mi opinión eso no justificaba su sádico comportamiento. Yo también había tenido problemas familiares y no iba por ahí arrancando las alas de las moscas.

Por otra parte, sí que tenía ligeros problemas para controlar mi ira y un caso de violencia relacionado con ellos, ambas cosas documentadas y registradas en el sistema de educación pública.

Ah, sí, y también estaba eso de alucinar con naves espaciales alienígenas salidas de mi videojuego favorito.

Así que quizá no me encontraba en la mejor posición para juzgar la cordura de los demás.

Miré al resto de compañeros de clase. Todos los que había a mi alrededor estaban mirando a Casey y preguntándose si aquel sería el día en que por fin plantase cara a Knotcher. Pero Casey no hacía otra cosa que mirar al señor Sayles, que seguía enfrascado en su crucigrama, ajeno al tremendo drama adolescente que estaba teniendo lugar justo delante de él.

Knotcher lanzó otra pelotilla y Casey se hundió todavía más en su asiento, casi como si se quisiera fundir con él.

Intenté hacer lo mismo que llevaba haciendo todo el semestre. Intenté controlar mi ira, centrar la atención en cualquier otra parte y no meterme en los asuntos de los demás. Pero no podía contenerme, y no lo hice.

Ver cómo Knotcher atormentaba a Casey mientras los demás alumnos se quedaban sentados mirando no solo conseguía que me odiara a mí mismo, sino también al resto de la especie humana. Si existían otras civilizaciones ahí fuera, ¿qué razón podrían tener para querer contactar con la humanidad? Si nos tratábamos así entre nosotros, ¿qué amabilidad íbamos a poder mostrar a una raza de seres con ojos insectoides venida del espacio exterior?

En mi mente volvió a aparecer la viva imagen de un caza Guja, lo que hizo que se me crisparan los nervios todavía más. Intenté volver a calmarme, en esa ocasión pensando en la ecuación de Drake y la paradoja de Fermi. Sabía que era muy probable que hubiera vida en algún otro lugar, pero debido a la edad y la inmensidad del universo, también sabía que era astronómicamente improbable que estableciéramos contacto con ella, y mucho menos en el intervalo de tiempo de mi corta vida. Lo más seguro era que todos nos quedáramos encerrados aquí, en la tercera roca más cercana a nuestro sol, hasta llegar audazmente a la extinción.

Sentí un dolor agudo en la mandíbula y me di cuenta de que estaba apretando los dientes, con tanta fuerza como para romperme los molares traseros. Me esforcé en dejar de hacerlo y luego volví a mirar a Ellen para comprobar si también estaba viendo lo que ocurría. Mi exnovia miraba a Casey con una expresión de desamparo y los ojos llenos de pena.

Fue eso lo que terminó por hacer que me lanzara.

—Zack, ¿qué estás haciendo? —escuché preguntar a Diehl con un susurro temeroso—. ¡Siéntate!

Lancé una mirada rápida hacia abajo. Sin darme cuenta, me había puesto de pie junto a mi pupitre. Y seguía teniendo los ojos fijos en Knotcher y Casey.

—¡Eso, no te metas! —susurró Cruz por detrás del otro hombro—. Venga, tío.

Pero llegados a ese punto, ya tenía la visión nublada por la ira.

Cuando llegué hasta Knotcher, no le hice lo que quería, que era agarrarlo por el pelo y estamparle la cara contra su pupitre con todas mis fuerzas una y otra vez.

En vez de eso, me agaché y recogí la pila pastosa de pelotitas de papel que estaba en el suelo detrás de la silla de Casey. Usé ambas manos para unirlas todas en una única bola húmeda y la aplasté directamente contra la coronilla de Knotcher, lo que hizo que sonara un «plaf» muy satisfactorio.

Knotcher se levantó de un salto y se giró para encarar a su agresor, pero se quedó inmóvil cuando vio que era mi cara la que le devolvía la mirada. Abrió los ojos de par en par y dio la impresión de palidecer un poco.

Un grito general de «¡oooooh!» surgió del resto de nuestros compañeros. Todos sabían lo que había pasado entre Knotcher y yo a principios de secundaria y estaban emocionados por la posibilidad de que hubiera una revancha. Las clases vespertinas de matemáticas se habían puesto la mar de interesantes en un momento.

Knotcher levantó el brazo y se quitó la húmeda bola de pañuelos masticados de la cabeza. Luego la tiró con rabia hacia el otro extremo del aula y mojó sin querer a media docena de personas. Nuestros ojos se encontraron. Vi cómo un riachuelo de saliva se le deslizaba por el lado izquierdo de la cara. Se la limpió sin dejar de mirarme.

—Así que por fin te has decidido a defender a tu novio, ¿eh, Lightman? —farfulló, intentando sin éxito ocultar el temblor de su voz.

Le enseñé los dientes y di un paso decidido al frente mientras preparaba un puñetazo. El ademán tuvo el efecto deseado. Knotcher no solo se encogió, sino que se tambaleó hacia atrás, tropezó con su propia silla y estuvo a punto de caer al suelo. Pero consiguió enderezarse y volvió a encararme, no sin que sus mejillas se ruborizaran por la vergüenza.

El silencio en la clase era sepulcral, a excepción de la aguja del viejo reloj de pared, que desgranaba los segundos.

«Hazlo —pensé—. Dame una excusa. Pégame un puñetazo.»

Pero en los ojos de Knotcher se veía crecer el miedo, que ahogó su ira. Quizás él distinguiera en los míos que estaba a punto de írseme la pinza.

—Psicópata —balbuceó para sí mismo. Luego se dio la vuelta y volvió a sentarse, levantándome el dedo corazón por encima del hombro.

Me di cuenta de que seguía teniendo el puño derecho alzado. Cuando lo bajé, fue como si la clase entera volviera a respirar al unísono. Miré a Casey, esperando que asintiera como agradecimiento, pero seguía encajado en su pupitre como un perro apaleado y ni siquiera me miró a los ojos.

Eché otro vistazo disimulado hacia Ellen. Esta vez me estaba mirando fijamente, pero apartó los ojos de inmediato para no encontrarse con los míos. Miré a mi alrededor. Las únicas dos personas que me miraron a los ojos fueron Cruz y Diehl, y ambos ponían cara de preocupación.

En ese momento, el señor Sayles levantó por fin la cabeza de su crucigrama y me vio prácticamente sobre Knotcher, como un asesino sádico blandiendo un hacha. Trasteó con su audífono y lo volvió a encender, para luego mirarme, mirar a Knotcher y mirarme a mí de nuevo.

—¿Se puede saber qué está pasando, Lightman? —preguntó

apuntándome con un dedo retorcido. Al ver que no respondía, frunció el ceño—. Vuelva a su asiento ahora mismo.

Pero no pude hacerlo. Si me quedaba en aquel lugar un segundo más, mi cabeza implosionaría. Así que salí del aula pasando justo por delante del escritorio del señor Sayles al dirigirme a la puerta abierta. Me vio marchar y levantó las cejas, como si no se lo creyera.

—¡Será mejor que vaya de camino al despacho del director, señorito! —lo escuché gritar detrás de mí.

Pero yo ya estaba corriendo hacia la salida más cercana, molestando a todas las clases con los chirridos de mis zapatillas sobre el suelo encerado del pasillo.

Después de lo que se me antojó una eternidad, por fin atravesé la salida principal del instituto. Mientras corría por el aparcamiento de estudiantes, barrí el cielo de un lado a otro con la mirada, recorriendo el horizonte. Cualquiera que me estuviera viendo desde el instituto habría pensado que estaba colgado, como si estuviera siguiendo un partido de tenis entre gigantes que solo yo pudiera ver. O como Don Quijote yendo con su caballo y su lanza hacia los molinos para darles una paliza imaginaria estilo La Mancha.

Tenía el coche estacionado al fondo del aparcamiento. Era un Dodge Omni blanco de 1989 que había pertenecido a mi padre y estaba recubierto de marcas y abolladuras, tenía la pintura levantada y manchas enormes de óxido. Había permanecido abandonado debajo de una lona en nuestro garaje durante toda mi infancia, hasta que mi madre me había entregado las llaves en mi decimosexto cumpleaños. Había aceptado el regalo con sentimientos encontrados, y no solo porque fuese una monstruosidad oxidada que funcionaba a duras penas. También era el lugar en el que me habían engendrado, y casualmente mientras estaba aparcado justo donde yo lo había dejado por la mañana. Era un dato desafortunado que se le escapó a mi madre un día de San Valentín, después de mucho vino y uno de sus múltiples visionados de *Un gran amor*. Lo de *In vino veritas* era doblemente cierto en el caso de mi madre cuando había una película de Cameron Crowe de por medio.

En cualquier caso, el Omni había pasado a ser de mi propiedad. La vida es cíclica, o eso dicen. Y un buga gratis es un buga gratis, sobre todo para un chico de instituto sin blanca. Lo único que tenía que hacer era no imaginarme a mis padres adolescentes montándoselo en el asiento de atrás mientras Peter Gabriel les canturreaba a través del reproductor de cintas.

Sí, el coche tenía un reproductor de cintas que seguía funcionando. Me había comprado un cable adaptador para poder poner canciones desde el móvil, pero prefería seguir escuchando las viejas cintas de mezclas de mi padre. Sus grupos favoritos también se habían convertido en los míos: ZZ Top, AC/DC, Van Halen, Queen, etcétera. Encendí el grandioso motor de cuatro cilindros del Omni y la versión de *Get It On (Bang a Gong)* de The Power Station comenzó a retumbar por los altavoces cascados.

Pisé a fondo para llegar a casa lo más rápido posible, serpenteando a través de las siniestras y laberínticas calles provincianas a una velocidad que no era muy recomendada, sobre todo porque me pasé la mayor parte del trayecto mirando hacia arriba en lugar de a la carretera que tenía delante. Seguía siendo media tarde, pero una luna casi llena podía divisarse ya en el cielo, y atraía mi mirada una y otra vez mientras seguía inspeccionando las alturas. Esto casi hizo que me saltara dos señales de *stop* y también que faltaran solo unos centímetros para que un todoterreno me embistiera desde un lado cuando me salté un semáforo en rojo.

Después de eso, encendí las luces de emergencia y conduje los últimos kilómetros hasta casa a paso de tortuga, sin dejar de estirar el cuello por fuera de la ventanilla para mirar el cielo.

2

APARQUÉ EN EL CAMINO DE ENTRADA VACÍO Y APAGUÉ EL MOTOR, PERO NO SALÍ DEL coche. En lugar de eso, me quedé allí sentado y agarré el volante con ambas manos, mientras miraba en silencio la ventana del desván de la pequeña casa de ladrillo cubierta de hiedras y pensaba en la primera vez que había subido para escarbar entre las viejas posesiones de mi padre. Me había sentido como un joven Clark Kent que por fin iba a conocer la verdad sobre sus orígenes gracias al fantasma holográfico de un padre largo tiempo difunto. En cambio, allí sentado en el coche, me sentía como un joven aprendiz de Jedi llamado Luke Skywalker al observar la entrada de una cueva en Dagobah mientras el maestro Yoda le hablaba de la lección del día: «Ese lugar es más fuerte con el Reverso Tenebroso de la Fuerza. Tienes que entrar, cabronazo.»

Así que entré.

Cuando abrí la cerradura de la puerta principal de la casa y entré en el salón, *Muffit*, nuestro viejo beagle, me miró con cara soñolienta desde el lugar de la alfombra en el que estaba echado. Un par de años antes habría esperado justo detrás de la puerta aullando como un loco. Pero el pobre ya estaba tan viejo y tan sordo que mi llegada casi ni lo despertaba. *Muffit* se echó boca arriba y le di un par de restregones apresurados en la panza an-

25

tes de subir la escalera. El anciano perro me vio marchar, pero no me siguió.

Cuando por fin llegué a la puerta del desván, me quedé allí plantado en lo más alto de la escalera, con una mano en el pomo de la puerta. No la abrí. No entré. No en ese instante.

Antes necesitaba un momento para prepararme.

SE LLAMABA XAVIER ULYSSES LIGHTMAN Y MURIÓ CUANDO SOLO TENÍA DIECINUEVE AÑOS. Yo no era más que un bebé cuando ocurrió, así que no lo recuerdo. Siempre me había dicho que era mejor así, ya que no se puede echar de menos a alguien a quien no recuerdas.

Pero la realidad era que sí lo echaba de menos, y había intentado llenar el hueco de su ausencia con datos, impregnándome de todo fragmento de información sobre él que pudiera encontrar. En ocasiones parecía como si estuviera intentando ganarme el derecho a echarlo de menos con la misma intensidad con la que parecían hacerlo mi madre y mis abuelos.

Cuando tenía unos diez años, entré en lo que luego llamaría mi fase obsesiva. A partir de ese momento, la curiosidad que había sentido durante toda la vida por mi padre fallecido se fue desarrollando hasta convertirse en una fijación a gran escala.

Hasta ese momento, me las había apañado con la imagen vaga e idealizada de mi joven padre que me había ido haciendo a lo largo de los años. Pero en realidad solo sabía cuatro cosas básicas sobre él, las mismas cuatro cosas que había escuchado una y otra vez, sobre todo a mis abuelos:

1. Me parezco mucho a él cuando tenía (insertar aquí mi edad actual).

2. Nos quería muchísimo a mi madre y a mí.

3. Murió debido a un accidente laboral en la estación depuradora de aguas residuales.

4. Se supone que el accidente no fue culpa suya.

Pero cuando mi edad llegó a los dos dígitos, estos detalles tan vagos no bastaron para satisfacer mi creciente curiosidad sobre él y, sin dudarlo, comencé a hostigar a su viuda con preguntas. A diario. Sin parar. En esa época, yo era demasiado joven e ingenuo como para darme cuenta de lo doloroso que debía de ser para mi madre sufrir un interrogatorio interminable sobre su difunto marido por parte de un clon suyo de diez años de edad. Y no, el palurdo egocéntrico que era yo no fue capaz de atar esos cabos extragrandes, así que seguí acribillándola a preguntas, y mi madre, que era toda una jabata, las respondió lo mejor que pudo durante todo el tiempo de que fue capaz.

Después, un día me dio una pequeña llave de latón y me contó lo de las cajas que había arriba, en el desván.

Hasta ese momento, siempre había asumido que al fallecer mi padre, mi madre había donado todas sus cosas a caridad; me pareció lo más normal del mundo para una madre soltera, viuda y joven, que intentaba reiniciar su vida desde cero. Pero aquel día de verano mi madre me contó que no había ocurrido así, que en realidad había empaquetado todas las cosas de mi padre en cajas de cartón y, al mudarnos a aquella casa —que había comprado con el dinero de la indemnización por el accidente unos meses después—, lo había almacenado todo en el desván. Dijo que lo había hecho por mí, para que tuviera esas cajas esperándome cuando creciera y quisiera saber más sobre mi padre.

Cuando por fin abrí la puerta e irrumpí por primera vez en el desván, allí estaban: una docena de cajas de mudanza impolutas, apiladas con esmero en una esquina debajo de las vigas inclinadas, iluminadas por un brillante haz de sol. No pude hacer otra cosa que quedarme allí sin mover un músculo durante mucho tiempo, mirando esa torre de cápsulas del tiempo que esperaba a desvelarme sus secretos.

Pasé el resto de aquel verano allí arriba, clasificándolo todo como un arqueólogo que desentierra reliquias en una tumba antigua. Me llevó algo de tiempo. Para ser un chico que solo había llegado hasta los diecinueve, mi padre había conseguido amasar una cantidad imponente de objetos.

Alrededor de un tercio de las cajas estaban llenas con la colección de videojuegos viejos de mi padre, que parecía que se había dedicado a acapararlos más que a coleccionarlos. Había tenido cinco consolas de videojuegos diferentes, con cientos de juegos para cada una de ellas. Pero el arsenal de verdad se encontraba en el disco duro de su viejo PC, que contenía miles de emuladores de consolas y de recreativas clásicas con sus juegos en archivos ROM. Más juegos de los que una persona podía probar en una sola vida. Aunque al parecer mi padre lo había intentado.

En otra caja encontré un antiguo aparato de vídeo de carga superior. Conseguí conectarlo al pequeño televisor de mi habitación y empecé a ver las viejas cintas, una detrás de otra, en el orden en el que las sacaba de la caja. La mayoría de ellas contenía series viejas de fantasía y ciencia ficción y muchos programas científicos grabados de la televisión pública.

También había cajas llenas de ropa de mi padre. Todo me quedaba demasiado grande, pero eso no me había impedido probarme hasta la última de sus prendas, aspirando su olor mientras me miraba en el espejo polvoriento del desván.

Me emocioné mucho cuando hallé entre sus cosas una caja con postales y cartas viejas, y también una caja de zapatos llena hasta los topes con notitas de amor dobladas con esmero, que mi madre le había pasado durante la época de ligoteo en clase. Leí todas y cada una de ellas sin vergüenza alguna, devorando nuevos detalles sobre el hombre que me había engendrado.

La última caja a la que eché un vistazo era la que contenía todo el viejo material de rol de mi padre. Estaba llena de libros de reglas, bolsas de dados poliédricos, hojas de personaje y una pila enorme de cuadernos con los apuntes de sus campañas. Cada uno de ellos contenía el borrador de una realidad ficticia preparada para funcionar como ambientación de una de sus partidas de rol. Y eran también una pequeña muestra de la famosa imaginación hiperactiva de mi padre.

Pero uno de aquellos cuadernos era diferente al resto. Tenía la portada azul y desgastada, y mi padre había escrito en el centro, con mucho cuidado y en mayúsculas, una única y enigmática palabra: PHAËTON.

Sus páginas amarillentas contenían una extraña lista de fechas y nombres, seguida por lo que parecía ser una serie de entradas de diario incompletas que resumían los detalles de una conspiración a escala global que mi padre creía haber descubierto. Nada menos que un proyecto de alto secreto que involucraba a todos los cuerpos de las Fuerzas Armadas de los Estados Unidos, según él confabulados con las industrias del entretenimiento y los videojuegos y también con algunos miembros de las Naciones Unidas.

Al principio, intenté convencerme de que estaba leyendo la trama de una de las ambientaciones que mi padre había fraguado para una partida de rol, o quizá los apuntes para un relato que nunca llegó a terminar. Pero cuanto más leía, más me empezaba a preocupar. No estaba escrito como si fuera ficción. Era más como una carta larga e inconexa, escrita por un enfermo mental con graves y preocupantes alucinaciones. El mismo que había aportado la mitad de mi ADN.

Ese diario había ayudado a destrozar la imagen idealizada que tenía de mi joven padre. Y por esa razón había jurado no volver a leerlo.

Pero en esos instantes estaba ocurriéndome lo mismo que le había pasado a él. Los videojuegos también estaban infectando mi realidad. ¿Él también había sufrido alucinaciones? ¿Era esquizofrénico? ¿Lo era yo? Tenía que averiguar lo que se le había pasado por la cabeza y profundizar en sus visiones para descubrir qué relación podían tener con las mías.

POR FIN CONSEGUÍ REUNIR EL VALOR SUFICIENTE PARA ABRIR LA PUERTA Y ENTRAR AL DESVÁN, donde lo primero que vi fueron las cajas, apiladas de nuevo por mí mismo en la misma esquina polvorienta donde las había visto por primera vez. No estaban etiquetadas, así que me llevó un par de minutos encontrar la que contenía los viejos juegos de rol de mi padre.

La bajé al suelo y empecé a escarbar en ella, dejando a un lado los libros de reglas y los módulos de juegos como *Advanced Dungeons & Dragons*, *GURPS*, *Champions*, *Star Frontiers* y *Spacemaster*. Debajo de ellos había como una docena de viejos cuadernos de apuntes con las campañas de mi padre. El que me interesaba estaba al fondo, en el lugar donde yo mismo lo había escondido hacía más de ocho años. Lo saqué y lo sostuve en alto para echarle un vistazo. Era un maltrecho cuaderno azul con tres separadores y 120 folios con renglones. Pasé los dedos sobre el nombre que mi padre había escrito en la portada, un nombre que me había atormentado desde la primera vez que lo vi: PHAËTON.

En la mitología griega, Faetón o Phaëton era un chico idiota que hizo que su padre, el dios Helios, le dejara conducir su carruaje del Sol para irse de marcha. Faetón no tenía ni siquiera permiso de ciclomotor, así que perdió el control del Sol de inmediato y Zeus tuvo que aniquilarlo con un rayo antes de que abrasara la Tierra.

Me senté con las piernas cruzadas, coloqué el cuaderno en mi regazo y estudié la portada con más detenimiento. En la esquina inferior derecha, con letra muy pequeña, mi padre también había escrito «PROPIEDAD DE XAVIER LIGHTMAN», seguido de la dirección de su casa de entonces.

Ver aquella dirección me hizo evocar otra gran cantidad de recuerdos, ya que era la de la pequeña casa de Oak Park Avenue donde habían vivido el abuelo y la abuela Lightman. La misma casa que solía visitar casi todos los fines de semana durante mi infancia. Me sentaba en el viejo sofá, comía galletas de mantequilla de cacahuete y escuchaba embelesado cómo me contaban a dúo historias sobre el hijo que habían perdido, el padre que yo había perdido. Y a pesar de que las historias sobre su único hijo siempre estaban salpicadas de tristeza y nostalgia, yo seguía volviendo para escucharlas una y otra vez. Hasta que ambos también fallecieron, en un intervalo de menos de un año. Desde entonces, mi madre se había visto forzada a soportar la terrible carga de ser mi principal nexo vivo con mi padre.

Respiré profundamente y abrí el cuaderno.

Por detrás de la portada, mi padre había creado una especie de cronología muy elaborada, o como él mismo la había llamado, «La línea del tiempo». Se trataba de una extensa lista de nombres y fechas que llenaba la cartulina blanca del interior de la portada hasta el último centímetro, y parecía que mi padre la había ido completando durante un periodo de meses o incluso años, usando una gran variedad de bolígrafos, lápices y marcadores. (Por suerte no utilizó lápices de colores.) También había rodeado con círculos algunas entradas de la lista y las había unido con flechas a otras también destacadas, lo que hacía que pareciera un diagrama de flujo en vez de una cronología:

LA LÍNEA DEL TIEMPO

1962   *Spacewar!* Primer videojuego (después de *OXO* y *Tennis for Two*)

1966   Empieza *Star Trek* en la NBC. (Se emite desde el 8/9/1966 hasta el 3/6/1969)

1968   *2001: Una odisea del espacio*

1971   *Computer Space*. Primer juego de máquinas recreativas. Un *port* de *Spacewar!*

1972   *Star Trek Text Game*. Un programa en BASIC para los primeros ordenadores personales

1975   *Interceptor*. Taito. Un simulador de combate aéreo con perspectiva en primera persona

1975   *Panther*. ¿Primer simulador de tanques? Sistema PLATO

1976   *Starship 1*. Primer videojuego de combate espacial en primera persona. Inspirado en *Star Trek*.

1977   *La guerra de las galaxias* se estrena el 25/5/1977. La película más taquillera de la historia. ¿Primer producto de adoctrinamiento para preparar la llegada de los invasores?

1977   Sale *Encuentros en la tercera fase*. ¿La habrán utilizado para que la población no tema su inminente llegada?

1977   Sale la consola Atari 2600 Video Computer System, ¡y distribuye un simulador de entrenamiento de combate a millones de hogares! Se lanza con el juego *Combat!*

1977   *Starhawk*. El primero de muchos juegos inspirados en *La guerra de las galaxias*

1977   Relato corto de *El juego de Ender*. ¿Primer ejemplo en la ciencia ficción del uso de videojuegos como simuladores de entrenamiento? Se publica el mismo año que *La guerra de las galaxias*. ¿Coincidencia?

1978   *Space Invaders*. Inspirado en *La guerra de las galaxias*. Primer juego superventas

1979   Se ponen a la venta *Tail Gunner*, *Asteroids*, *Galaxian* y *Star Fire*.

1979   *Star Raiders*. Se pone a la venta para Atari 400 y 800. También sale para otros sistemas

1980   *El imperio contraataca* llega a los cines

1980   *Battlezone* de Atari. Primer juego de simulador de tanques realista

1981   Marzo. El Ejército de los Estados Unidos contrata a Atari para convertir *Battlezone* en *The Bradley Trainer*, un simulador de prácticas con tanques. El ejército asegura que solo se desarrolló un prototipo, ¡pero el diseño del mando de vuelo se utilizó en muchos juegos que se lanzaron después, como *Star Wars* y *PHAËTON*!

1981   Julio. Primeros avistamientos de *Polybius* en el MGP de Beaverton. Mediados de julio

1982   *E. T. El extraterrestre.* Supera en taquilla a *La guerra de las galaxias*

1982   *La cosa (El enigma de otro mundo)*, *Star Trek II: La ira de Khan*

1983   *¡El retorno del Jedi!*

1983   *Spacemaster.* Simulador de combates espaciales para la Atari 2600

1983   *Star Wars: The Arcade Game* de Atari y *Star Trek: Strategic Operations Simulator* de Sega. Ambas con mueble en forma de cabina

1984   *Elite.* Se pone a la venta el 20/9/1984

1984   *2010: Odisea Dos.* Secuela de *2001*

1984   ¡Sale *Starfighter, la aventura comienza* el 13/7! ¿Cancelan un videojuego con la licencia oficial?

1985   *Exploradores*, *Enemigo mío*

1985   Se publica *El juego de Ender* (novela). Tiene la misma premisa que el relato corto de 1977

1986   *Águila de acero*, *Aliens (El regreso)*, *El vuelo del navegante*, *Invasores de Marte*

1987   *Hidden (Lo oculto)*, *Depredador*

1988   *Alien nación*, *Están vivos*

1989   *Abyss*

1989   Avistamiento de un mueble de *PHAËTON* en el MGP el 8/8/1989. No se vuelve a ver nunca más.

1989   Se lanza *MechWarrior.* ¿Otro simulador de entrenamiento para uso militar?

1990   Origin Systems lanza *Wing Commander*. ¿Simulador de entrenamiento?

1991   *Wing Commander II*

1993   *Star Wars Rebel Assault, X-Wing, Privateer, Doom*

1993   *Expediente X.* ¿Trama extraterrestre ficticia utilizada como cortina de humo para ocultar la verdadera?

1994   *Star Wars: TIE Fighter, Wing Commander III, Doom II*

1994   *Alguien mueve los hilos, Stargate: puerta a las estrellas*

1995   *Absolute Zero, Shockwave, Wing Commander IV*

1996   *Marine Doom*, un *Doom II* modificado para uso del Cuerpo de Marines de los Estados Unidos

1996   *Star Trek: Primer contacto, Independence Day*

1997   *Hombres de negro, Starship Troopers, Contact*

1997   Se lanza un videojuego de *Independence Day* con la licencia oficial. PlayStation y PC

1997   *X-Wing vs. TIE Fighter*

1998   *Dark City, The Faculty, Perdidos en el espacio*

1998   *Wing Commander Secret Ops, Star Wars Trilogy Arcade*

1999   *Star Wars: Episodio I*

1999   *Héroes fuera de órbita*

El lanzamiento de la primera película de *Star Wars* en 1977 parecía ser el punto central de la cronología. Mi padre había rodeado esa entrada con varios círculos y dibujado una serie de flechas que la enlazaban a otros muchos elementos que había más adelante, entre ellos varios videojuegos que se habían inspirado en la franquicia, como *Space Invaders, Starhawk, Elite* o *Wing Commander*.

Armada no estaba en la lista de mi padre, claro, ni cualquier otro juego que se hubiera lanzado durante los últimos dieciocho años. La última entrada era la que registraba el estreno de *Héroes fuera de órbita* en 1999. Yo nací unos meses más tarde y, al cabo de un año, mi padre ya estaba criando malvas en el cementerio de la ciudad.

Pasé unos minutos más dándole vueltas a la cronología y luego eché un vistazo a la primera página del cuaderno, que tenía un dibujo a lápiz de una vieja máquina recreativa, una que no pude reconocer. El panel de control tenía un solo *joystick* y un botón blanco sin ninguna indicación, y el mueble era completamente negro, sin ilustración en el lateral ni ningún otro letrero excepto el extraño nombre del juego, que estaba impreso en letras verdes mayúsculas en la marquesina de color negro azabache: POLYBIUS.

Debajo del dibujo de la recreativa, mi padre había escrito las siguientes anotaciones:

- No hay información sobre derechos de autor ni la desarrolladora en ningún lugar del mueble de la recreativa.
- Supuestamente, solo se vio durante 1 o 2 semanas en julio de 1981 en el MGP.
- La jugabilidad era similar a *Tempest*. Gráficos vectoriales. ¿Diez fases?
- Las fases más difíciles causaban ataques epilépticos, alucinaciones y pesadillas a los jugadores. En algunos casos, el sujeto cometía asesinatos y/o se suicidaba.
- Es posible que unos «hombres de negro» descargaran las puntuaciones de la máquina cada noche.
- ¿Puede que fuera un antiguo prototipo militar creado para entrenar a jugadores para la guerra?
- ¿Se habrá creado como parte de la misma operación encubierta que estuvo detrás de *The Bradley Trainer*?

En su momento, cuando descubrí el diario, hice una búsqueda rápida en internet y descubrí que *Polybius* era una leyenda urbana que había estado circulando por la red durante décadas. Era el título de un extraño videojuego que solo apareció en un salón recreativo de Portland durante el verano de 1981. Según la historia, el juego enloqueció a varios niños y luego la máquina desapareció misteriosamente y nunca más se volvió a ver. En algunas versiones también había unos «hombres de negro» que visitaban el salón recreativo fuera de horario para abrir la máquina de *Polybius* y descargar las mejores puntuaciones de su banco de datos.

Pero, según internet, la leyenda urbana de *Polybius* ya se había desmentido. Sus orígenes se remontaban a un incidente del verano de 1981 que tuvo lugar en un salón recreativo de mi ciudad, Beaverton, llamado Malibu Grand Prix y que ya había cerrado. Un chico se desmayó de cansancio después de intentar superar el récord en el *Asteroids* y tuvieron que llevárselo en ambulancia. Al parecer, algunos informes sobre el incidente estaban mezclados con otro rumor que circulaba en los salones recreativos de la época. El rumor decía que el juego *Tempest* de Atari había provocado ataques epilépticos a algunos de los niños que lo jugaban, cosa que resultó ser cierta.

La parte de la leyenda urbana que hacía referencia a los hombres de negro también parecía estar basada en hechos reales. A principios de los años ochenta, se había llevado a cabo una investigación federal sobre apuestas ilegales en algunos salones recreativos de la zona de Portland, por lo que en la época se vio a agentes del FBI abriendo máquinas recreativas en los salones, después del cierre. Pero era para comprobar si estaban trucadas, no para controlar las mejores puntuaciones de los jugadores.

Obviamente, esa información no había salido a la luz cuando mi padre dibujó su boceto de la recreativa de *Polybius* en su cuaderno, a principios de los noventa. Por aquel entonces, *Polybius* no podía ser más que una leyenda urbana local, que circulaba por el propio salón recreativo en el que había nacido, el Malibu Grand Prix. El mismo salón recreativo que mi padre había frecuentado en su infancia.

En la segunda página del cuaderno mi padre había dibujado una ilustración de otra máquina recreativa ficticia, la de *Phaë-*

ton. El dibujo del mueble era mucho más elaborado y detallado que el de *Polybius*, quizá porque mi padre aseguraba que había podido ver el juego en persona. En la parte superior de la página había escrito: «He visto este juego con mis propios ojos el 9/8/1989 en el Malibu Grand Prix de Beaverton, Oregón.»

Y luego había firmado con su nombre.

Según el dibujo, *Phaëton* tenía un mueble en forma de cabina con asiento, parecida a una cápsula, como una especie de moto de luz de *TRON*. A los lados tenía unos cañones láser de mentira, que le daban aspecto de nave espacial. Lo más raro de todo era que tenía puertas. Según la ilustración de mi padre, el mueble tenía dos escotillas con forma de concha hechas de plástico tintado, una a cada lado del asiento de la cabina. Se abrían hacia arriba como las puertas de un Lamborghini y se cerraban cuando el juego estaba en marcha. También había dibujado un esquema del panel de control, que tenía un mando de vuelo con cuatro gatillos, botones a lo largo de cada reposabrazos y otro panel de interruptores en el techo de la cabina. A mí me parecía más un simulador de vuelo que un videojuego. Todo el mueble era negro, excepto el título del juego, que estaba impreso por el lateral con unas letras blancas y elegantes: *PHAËTON*.

No había podido encontrar ninguna mención de un videojuego con ese nombre cuando lo había buscado en internet ocho años antes. Saqué el teléfono e hice otra búsqueda rápida. Seguía sin haber nada. Según internet, jamás se había lanzado un videojuego llamado *Phaëton* en ninguna parte y para ninguna plataforma. El nombre se había utilizado para muchas otras cosas, como coches y personajes de cómic. Pero nunca se había fabricado una máquina recreativa con ese título. Lo que significaba que probablemente todo fuera un producto de la imaginación de mi padre. Como lo era de la mía el caza Guja que había visto hacía una media hora.

Volví a observar la ilustración del mueble de *Phaëton* que había hecho mi padre. Había dibujado una flecha sobre la diéresis de la letra E de la palabra *PHAËTON* que estaba impresa en la cabina. Al lado de la flecha había escrito: «¡La diéresis esconde un puerto de datos para descargar las puntuaciones!»

Al igual que en su dibujo de *Polybius*, debajo había una serie de anotaciones con lo que parecía una lista de «hechos» sobre aquel juego imaginario:

- Solo se vio en el MGP el 9/8/1989. Lo quitaron y nunca se ha vuelto a ver.
- No hay información sobre derechos de autor ni la desarrolladora en ningún lugar. El mueble del juego era negro del todo. Como el de *Polybius,* según los testigos oculares.
- Simulador espacial de combate en primera persona. La jugabilidad era similar a la de *Battlezone* y *Tail Gunner 2.* Gráficos vectoriales a color.
- Unos «hombres de negro» llegaron después de la hora de cerrar y se llevaron el juego en una furgoneta negra. Similar a lo que se dice en las historias de *Polybius*.
- ¿Relación entre *The Bradley Trainer, Polybius* y *Phaëton*? ¿Son todos prototipos creados para entrenar o probar jugadores antes de reclutarlos para el ejército?

Estudié las ilustraciones de *Polybius* y *Phaëton* durante varios minutos más. Luego pasé las páginas hasta la entrada del diario que describía el *Battlezone*.

1981: El Ejército de los Estados Unidos contrata a Atari para convertir *Battlezone* en *The Bradley Trainer*, un simulador de prácticas del blindado *Bradley Fighting Vehicle*. Se reveló a todo el mundo en una conferencia internacional de TRADOC en marzo de 1981. Después de eso, Atari afirma que el proyecto se ha «abandonado» y solo se llegó a desarrollar un prototipo. Pero el nuevo controlador de seis ejes que Atari creó para *The Bradley Trainer* se utilizó en muchos de sus siguientes juegos, entre ellos *Star Wars*.

Al menos esa parte de la teoría conspiratoria de mi padre era cierta. Por lo que había leído en la red, un grupo de «asesores del Ejército de los Estados Unidos» había pagado de verdad a Atari para que convirtiera *Battlezone* en un simulador de prácticas para el *Bradley Fighting Vehicle*. Y ya en 1980, el Ejército de los Estados Unidos había estado interesado en la idea de usar videojuegos para entrenar a soldados de verdad. Como había apuntado también mi padre en su extraña cronología, el Cuerpo de Marines de los Estados Unidos había realizado una operación similar en 1996, cuando modificaron el revolucionario juego de disparos en primera persona *Doom II* y lo usaron para preparar a los soldados para conflictos reales.

Si hubiera estado vivo, seguro que la cronología de mi padre también habría incluido el lanzamiento en 2002 de *America's Army*, un videojuego gratuito que pasó a ser una de las herramientas de reclutamiento más valiosas para el ejército durante una década. Un reclutador nos había dejado pasar media hora jugando en clase, después de completar la obligatoria prueba ASVAB, el Examen de Aptitud Vocacional para las Fuerzas Armadas. Recuerdo que me resultó muy extraño que se nos animara a probar un videojuego de simulación de guerra justo después de evaluar nuestra aptitud para el combate armado.

Continué pasando las páginas desteñidas del cuaderno de mi padre mientras me maravillaba por la energía y el tiempo que había dedicado a investigar y rumiar los detalles de la elaborada conspiración que creía estar desvelando. Había listas de nombres, fechas, títulos de películas y teorías a medio desarrollar por todas las páginas. Pero me di cuenta de que, cuando tenía diez años, me había precipitado al pensar que todo era un galimatías. Detrás de lo que parecía ser un comportamiento demente, había al menos un pequeño indicio de disciplina.

Parecía que *The Bradley Trainer* y *Marine Doom* eran dos «pruebas» cruciales en su vaga e incompleta teoría conspiratoria, junto a la novela clásica de ciencia ficción *El juego de Ender* y las películas *Starfighter, la aventura comienza* y *Águila de acero.* Mi padre había resaltado las fechas de lanzamiento de estos productos en su cronología y luego había dedicado varias páginas del cuaderno a describir y analizar minuciosamente sus tramas, como si encerraran fundamentos decisivos para el gran misterio que estaba intentando resolver.

Miré la lista y sonreí. Ni siquiera había oído hablar de *Águila de acero* hasta que la vi mencionada en el diario de mi padre, de modo que me había puesto la copia en VHS que encontré entre sus cosas. La película se había convertido desde ese mismo instante en uno de mis placeres inconfesables. El héroe de *Águila de acero* es el hijo de un militar de las Fuerzas Aéreas de los Estados Unidos llamado Doug Masters, que aprende a pilotar un F-16 a base de fugarse de clase y utilizar el simulador de vuelo de la base, que es poco más que un videojuego muy caro. Doug tiene una habilidad innata para el pilotaje, pero solo es capaz de ejercerla mientras escucha sus temas favoritos a todo volumen. Cuando derriban y capturan a su padre en el extranjero, Doug roba dos F-16 y vuela hacia allí para rescatarlo con un poco de ayuda de Lou Gossett Jr., su walkman, Twisted Sister y Queen.

El resultado era una obra maestra del cine, aunque muy a mi pesar yo parecía ser el único que tenía esa opinión. Cruz y Diehl habían jurado no volver a sentarse a verla conmigo nunca más, pero *Muffit* siempre se acurrucaba contento a mi lado cuando la ponía. Entre la cantidad de veces que había visto la película con el perro y que mi madre insistía en poner todas las Navidades el disco de *Snoopy vs. the Red Baron,* no era difícil adivinar de dónde había sacado la inspiración para mi apodo de piloto en *Armada*: Beagledeacero. (Cuando escribía en los foros de jugadores de *Armada*, la imagen de mi avatar era Snoopy con su atuendo de piloto de la Primera Guerra Mundial.)

Eché otro vistazo a la cronología. Mi padre había resaltado las entradas de *Águila de acero*, *El juego de Ender* y *Starfighter*, y luego las había conectado entre sí con flechas. Era la primera vez que entendía el motivo. Las tres historias iban sobre un chico que se entrenaba para el combate real mediante un videojuego que lo simulaba.

Seguí pasando páginas hasta que llegué a la penúltima entrada del diario. La página estaba vacía excepto en el centro, donde mi padre había escrito la siguiente pregunta:

> ¿Y si se estuvieran utilizando los videojuegos como entrenamiento de combate, sin que lo sepamos? En plan el señor Miyagi en *Karate Kid*, cuando obligaba a Daniel-san a pintar su casa, sacar brillo al suelo y encerar todos sus coches. ¡Lo estaba entrenando sin que se diera cuenta! ¡«Dar cera, pulir cera» pero a escala global!

La última entrada del diario era una disertación de cuatro páginas sin sentido, medio ilegible y sin fecha, en la que mi padre intentaba recopilar los puntos más importantes de su incompleta teoría de la conspiración y conectarlos entre sí.

«La industria de los videojuegos en su totalidad está bajo el control del Ejército de los Estados Unidos —había escrito—. ¡Es posible que hasta la hayan inventado ellos mismos! ¿POR QUÉ?»

Aparte de sus dibujos inventados de *Polybius* y *Phaëton*, no aportaba ninguna prueba más. Tan solo sus dementes teorías.

«Los militares (o alguna organización encubierta de los militares) están vigilando y trazando un perfil de los jugadores con las mejores puntuaciones, mediante diversos métodos.» Luego había detallado un ejemplo: los parches para las mejores puntuaciones de Activision.

En los años ochenta, la compañía de videojuegos Activision había lanzado una campaña de promoción muy popular, en la que los jugadores que enviaran por correo pruebas de haber conseguido un récord de puntuación, mediante una foto Polaroid en la que apareciera, recibirían un parche bordado como recompensa. Mi padre creía que esta campaña de los parches de Activision había sido en realidad una estratagema diseñada para conseguir los nombres y las direcciones de los jugadores que habían logrado las puntuaciones más altas del mundo.

Al final de la entrada, mi padre había utilizado un bolígrafo de un color diferente para añadir: «¡Ahora es mucho más fácil seguir la pista a los jugadores de élite por internet! ¿Habrá sido esta una de las razones de su creación?»

Por supuesto, mi padre nunca había llegado a especificar para qué creía que los militares intentaban reclutar a los jugadores más aventajados del mundo. Pero la cronología y las entradas del diario estaban llenas de funestas referencias a juegos, películas y series que hablaban sobre visitantes alienígenas, y había casos amistosos y hostiles por igual: *Space Invaders*, *E. T.*, *La cosa (El enigma de otro mundo)*, *Exploradores*, *Enemigo mío*, *Aliens (El regreso)*, *Abyss*, *Alien Nation*, *Están vivos*...

Sacudí la cabeza con fuerza, como si fuera posible expulsar la locura.

Habían transcurrido casi dos décadas desde que mi padre escribiera todo aquello en su diario, y en todo ese tiempo no se había desvelado ninguna conspiración secreta del gobierno relacionada con los videojuegos. Estaba claro que todo había sido un producto de la imaginación hiperactiva y delirante de mi padre. El chaval había tenido tantas ganas de ser Luke Skywalker, Ender Wiggin o Alex Rogan que había creado una elaborada y disparatada fantasía para llegar a creérselo.

Pensé que, con toda probabilidad, el mismo deseo utópico había hecho que yo imaginara el caza Guja. Quizá todo aquel incidente estuviera inspirado por el diario que tenía en las manos. Quizás el recuerdo de esa teoría conspiratoria de mi padre se había quedado asentado en una esquina ignota de mi cerebro durante todos esos años, como una caja abandonada llena de cartuchos de dinamita que hubieran ido soltando gotas de nitroglicerina en mi subconsciente.

Respiré hondo y solté el aire lentamente mientras me reconfortaba con mi chapucero autodiagnóstico. No era más que una pequeña ida de bola heredada gracias a la fijación por la ciencia ficción del padre que no había conocido en vida, una ida de bola que de alguna manera yo también había alimentado por mi cuenta.

Y es que últimamente había pasado demasiado tiempo jugando a videojuegos, sobre todo a *Armada*. Jugaba todas las noches y también el día entero durante los fines de semana. Hasta me había fugado de clase algunas veces para jugar las misiones de élite en los servidores asiáticos, que aquí transcurrían en plena jornada laboral por el cambio horario. Era evidente que ya llevaba un tiempo pasándome de la raya, pero era algo fácil de remediar. Solo tenía que soportar el mono durante una temporada y se me despejaría la cabeza.

Allí mismo, sentado en aquel desván, me prometí a mí mismo que dejaría de jugar a *Armada* durante dos semanas enteras, pero empezaría después de la misión de élite que estaba programada para aquella noche, claro. Rechazar una cosa como esa era algo que ni me planteaba. Solo se lanzaban unas pocas misiones de élite al año, y normalmente la trama general del juego iba avanzando gracias a ellas.

De hecho, me había pasado la semana anterior jugando a *Armada* más de lo normal para llegar bien entrenado y preparado a la misión de esa noche. Seguro que algún caza Guja se había paseado por mis sueños. No era de extrañar que también los estuviera viendo despierto. Solo tenía que desconectar un poco y todo volvería a la normalidad.

No dejaba de repetirme esas palabras, como un mantra, cuando sonó una alarma en mi teléfono. Mierda. Me había pasado tanto tiempo haciendo el ganso allí arriba que estaba a punto de llegar tarde al trabajo.

Me puse en pie y devolví el diario de mi padre a su ataúd de cartón. Hasta aquí habíamos llegado. Era el momento de dejar de vivir en el pasado, sobre todo en el pasado de mi padre. Muchos de sus trastos viejos habían terminado en mi cuarto del piso de abajo. Una cantidad un tanto vergonzosa, ahora que me paraba a pensarlo. Mi habitación era como un santuario dedicado a su memoria. Ya iba siendo hora de crecer y devolver toda, o gran parte, de esa mierda al desván donde la había encontrado. Al lugar al que pertenecía.

Me pondría a ello por la noche, me dije mientras cerraba la puerta del desván al salir.

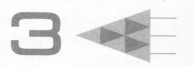

3

AL LLEGAR AL CENTRO COMERCIAL CASI DESIERTO DONDE ESTABA UBICADA LA «Base», aparqué cerca de la esponja de gasolina de la que mi jefe Ray estaba tan orgulloso, un Ford Galaxie rojo de 1964 con una pegatina desgastada en el parachoques que rezaba: LOS CAPITANES ESTELARES LO HACEN POR IMPULSOS.

Como de costumbre, el resto del aparcamiento para clientes estaba vacío excepto por un pequeño grupo de coches que estaba delante del THAI, el restaurante de comida tailandesa con nombre genérico que ocupaba la otra esquina del centro comercial y en el que Ray y yo pedíamos cantidades ingentes de comida para llevar. Lo habíamos bautizado «Caza Thai», ya que la H mayúscula del cartel tenía un bulto en el centro que hacía que la letra se pareciera a un caza imperial TIE con motores de iones gemelos.

El letrero que estaba montado sobre la entrada del Starbase Ace era un poco más sofisticado. Estaba diseñado para que pareciera que una auténtica Base Estelar salía atravesando la fachada de ladrillos del edificio. A Ray le había costado una fortuna, pero molaba lo que no está escrito.

Cuando entré por la puerta principal, se activó la campanilla electrónica que Ray había instalado: tenía el mismo efecto de sonido que cuando se abren las puertas deslizantes en la serie original de *Star Trek*, así que era como si estuviera entrando en el puente de mando de la *Enterprise*. Me hacía sonreír cada vez que llegaba al trabajo. Incluso aquel día.

Al entrar en la tienda, un par de torretas láser de juguete que estaban colgadas en el techo se activaron gracias a un primitivo sensor de movimiento y giraron para apuntarme. Ray había colocado un cartel en la pared de al lado que decía: CUIDADO: ¡TODO AQUEL QUE INTENTE ROBAR SERÁ PULVERIZADO POR NUESTROS TURBOLÁSERES!

Ray estaba en su lugar habitual detrás del mostrador, arqueado sobre *Megapandero*, su antiguo ordenador de juegos *overclockeado*. Su mano izquierda bailaba sobre el teclado mientras con la derecha pulsaba el ratón.

—¡Zacka ataca en la tiendaca! —bramó Ray sin levantar la vista del juego—. ¿Qué tal en clase, tío?

—Sin novedad —le mentí, metiéndome también detrás del mostrador—. ¿Qué tal por la tienda?

—Despacito y suave, como nos gusta —dijo—. ¿Le apetecen al señor unos Funyun?

Me ofreció una bolsa gigante de sucedáneo de aritos de cebolla y cogí uno por educación. Ray parecía subsistir gracias a una dieta de comida basura rica en fructosa y videojuegos antiguos. Era difícil que el tío no te cayera bien.

Antes de sacarme el carnet de conducir, solía venir en bici a Starbase Ace todos los días después de clase, para pasar el rato con Ray desbarrando sobre juegos antiguos y hacer tiempo hasta que mi madre saliera de su trabajo en el hospital. Ya fuera porque se dio cuenta de que éramos almas gemelas o porque se cansó de tener deambulando a un chico vago que siempre estaba solo, terminó por ofrecerme un trabajo. Me emocioné mucho, incluso antes de saber que mi nuevo puesto de dependiente adjunto consistía en un diez por ciento de trabajo real y un noventa de pasar el rato con Ray mientras jugábamos a videojuegos, bromeábamos todo el rato y nos hartábamos a comida basura, todo ello en horario laboral.

Ray me dijo una vez que Starbase Ace seguía existiendo «por las risas». Después de haber conseguido una burrada de pasta con acciones de empresas tecnológicas durante la burbuja puntocom, lo único que Ray quería de la vida era disfrutar de su jubilación anticipada dirigiendo su propia guarida para frikis, donde se pasaba el día jugando y hablando sobre videojuegos con clientes de mentalidad similar.

Siempre decía que le importaba un pito si la tienda tenía beneficios o no. Y mejor, porque no solía tenerlos. Ray pagaba demasiado por los juegos de segunda mano que comprábamos, y luego los ponía a la venta a un precio inferior. Lo ponía todo a la venta. Absolutamente todo. Vendía consolas, controladores y componentes sin sacarles beneficio para, según decía, «fomentar la lealtad de los clientes e impulsar la industria de los videojuegos».

Ray tampoco sabía llevar bien el servicio de atención al cliente. Si estaba en medio de una partida, hacía esperar a la gente en la caja. También le gustaba echar mierda sobre los juegos que elegía la gente cuando los estaba cobrando y pensaba que eran cutres o fáciles. Yo había visto con mis propios ojos cómo espantaba de la tienda a niños y adultos cuando se ponía a opinar sobre cualquier cosa, desde trucos hasta los círculos de las cosechas. No parecía importarle que su comportamiento grosero lo dejara sin clientes. A mí sí, lo que hacía que tuviéramos una extraña relación patrón/empleado, ya que solía ser yo el que lo regañaba por ser un borde.

Saqué de un cajón la tarjeta de empleado de Starbase Ace con mi nombre y me la colgué en el pecho. Unos años antes, Ray había escrito en ella el apodo humorístico que me había puesto, de modo que rezaba: «Hola, me llamo ZACKA ATACA.» Él no sabía que «Zacka Ataca» también era el nombre que mis coleguitas me habían endosado después del «Incidente» de la escuela.

Me quedé allí remoloneando unos minutos más y luego me

obligué a caminar hacia Melocotoncitos, el segundo y también enorme PC de la tienda. Hice un par de clics y abrí un buscador. Miré de reojo a Ray para asegurarme de que no me prestaba atención y luego escribí las palabras Beaverton, Oregón, ovni, platillo y volante.

Los únicos resultados que aparecieron en pantalla fueron un par de referencias a Pizzas Platillo Volante, un restaurante de la zona. No había ninguna mención sobre avistamientos recientes de ovnis en la televisión local ni en las páginas web de los periódicos. En caso de que alguien hubiera visto la misma nave que yo, aún no había informado de ello. ¿O quizá sí lo había hecho y nadie se lo había tomado en serio?

Suspiré y cerré la ventana del navegador mientras volvía a mirar a Ray. Si había alguien a quien podía comentarle lo del caza Guja, era él. Ray parecía creer que todos los acontecimientos que tenían lugar en el mundo estaban conectados de alguna manera al incidente de Roswell, el Área 51 o el Hangar 18. Me había dicho más de una vez que creía que los extraterrestres habían tenido un primer contacto con la humanidad hacía décadas, y que nuestros líderes seguían ocultándolo después de tantos años porque «los zoquetes de la Tierra» todavía no estaban listos para conocer la verdad.

Pero ocultar avistamientos de ovnis y abducciones de extraterrestres era una cosa. Ver una nave alienígena ficticia de una saga de videojuegos superventas pasar zumbando sobre la ciudad hacía que, por comparación, las teorías conspiratorias sobre Roswell parecieran lo más cuerdo del mundo. Además, ¿cómo iba a acercarme a Ray y decirle, manteniendo la compostura, que acababa de ver en la ciudad un caza de los sobrukai, precisamente la especie ficticia extraterrestre contra la que él luchaba en ese mismo instante?

Me acerqué para ver mejor su monitor gigante. Ray estaba jugando al mismo videojuego que apenas había soltado en los últimos años: *Terra Firma*, un juego de disparos en primera persona tremendamente popular desarrollado por Chaos Terrain, los mismos que habían creado *Armada*. Ambos juegos compartían el mismo trasfondo de una invasión extraterrestre en un futuro cercano, cuando la Tierra recibía el ataque de los sobrukai, una raza de criaturas antropomórficas parecidas a calamares y con muy mala leche originarias de Tau Ceti V, empeñadas en exterminar a la humanidad por las típicas razones de mierda: querían nuestro planeta supermolón de clase M, y eso de compartir no entraba en su naturaleza cefalópoda.

Como casi todas las especies malvadas de invasores alienígenas de la historia de la ciencia ficción, de alguna manera los sobrukai habían conseguido desarrollar su tecnología lo suficiente como para construir gigantescas naves de guerra capaces de cruzar el espacio interestelar. Pero, aun así, no eran tan inteligentes como para terraformar un mundo sin vida de modo que cubriera sus necesidades y así no tener que pasarlas canutas intentando conquistar uno ya habitado, sobre todo si estaba habitado por miles de millones de simios con armamento nuclear a los que no hacían mucha gracia las visitas. No, los sobrukai tenían una incomprensible fijación por la Tierra y estaban decididos a matar a todos los humanos para hacerse con ella. Por suerte para nosotros, al igual que otras muchas especies extraterrestres inventadas con anterioridad, los sobrukai también intentaban eliminarnos de la manera más lenta y menos eficaz posible. En vez de acabar con los humanos utilizando un meteorito, un virus asesino o un par de anticuadas armas nucleares con buen radio de efecto, los calamares habían optado por embarcarse en una prolongada contienda por tierra y aire, en plan Segunda Guerra Mundial, lo que había provocado que todos sus avances tecnológicos en armas, propulsión y comunicaciones acabaran en manos de sus primitivos enemigos.

Tanto en *Armada* como en *Terra Firma* encarnabas a un recluta humano de la Alianza de Defensa Terrestre, con la misión de usar una gran variedad de drones de combate para repeler la invasión. Cada dron del arsenal de la ADT estaba diseñado para enfrentarse a un tipo similar de dron que utilizaba el enemigo extraterrestre.

Terra Firma se centraba en la guerra terrestre de la humanidad contra los sobrukai, una vez que sus drones habían llegado hasta la Tierra. *Armada* era un simulador de combate aeroespacial que vio la luz el año siguiente y permitía a los jugadores controlar de manera remota el arsenal de drones de defensa de toda la humanidad y usarlos en batalla contra los invasores, tanto en el espacio exterior como sobre las ciudades asediadas de la Tierra. Desde su lanzamiento, *Terra Firma* y *Armada* se habían convertido en dos de los juegos de acción multijugador más populares del mundo. Jugué a *TF* religiosamente cuando salió a la venta, pero cuando Chaos Terrain sacó *Armada* un año después, este último se convirtió en mi principal obsesión videojueguil. Seguía jugando a *Terra Firma* con Cruz y Diehl un par de veces a la semana, más que nada para devolverles el favor de que ellos jugaran conmigo alguna misión de *Armada*.

Ray también solía obligarme a jugar a *TF* con él en el trabajo, por lo que mi destreza con los drones de infantería no había mermado. Aquello era esencial, ya que en *Terra Firma* el tamaño y el poder de los drones que se te permitía controlar para las misiones dependía de la clasificación de habilidad general en combate. Los jugadores novatos solo estaban autorizados para controlar los drones de combate más pequeños y baratos del arsenal de la ADT. A medida que se iba mejorando en graduación y habilidad, al piloto se le permitía usar drones cada vez más grandes y avanzados: tanques flotantes Espartano, submarinos de asalto Nautiloide, Centinelas (un superDHTBI de tres metros de alto con mucha más potencia de fuego) y el arma más enorme e impresionante de la ADT: el *mecha* de guerra modelo Titán, un robot humanoide gigante que parecía salido de un viejo anime japonés.

Ray estaba controlando un *mecha* Titán justo en ese momento, y las cosas no le iban bien. Observé cómo se le aproximaba una horda extraterrestre de soldados tipo Araña. Su *mecha* terminó sucumbiendo ante la ráfaga de disparos láser y cayó hacia atrás, derrumbando un edificio de viviendas. Ambos hicimos una mueca de dolor: en *Terra Firma* se penalizaba a los jugadores por todo el daño que hicieran a las propiedades con sus drones durante el combate, aunque no fuera intencionado.

El trasfondo del juego se apoyaba mucho en los manidos clichés de las invasiones alienígenas, pero también modificaba un montón de ellos. Por ejemplo, los sobrukai no invadían la Tierra en persona: empleaban drones para hacerlo. Y la humanidad había construido su propia reserva de drones para rechazarlos, por lo que todos los cazas aeroespaciales, *mechas*, tanques, submarinos y tropas de infantería que se usaban en ambos bandos eran máquinas de guerra manejadas por control remoto. Y cada una de ellas estaba operada por un extraterrestre o un humano que se encontraba físicamente en un lugar muy alejado del campo de batalla.

Desde un punto de vista puramente táctico, usar drones para combatir en una guerra interplanetaria tenía muchísimo más sentido que hacerlo con naves y vehículos pilotados por humanos (o alienígenas). ¿Por qué arriesgar las vidas de los mejores pilotos enviándolos al combate? Cada vez que veía una película de *Star Wars* me preguntaba cómo era posible que el Imperio dispusiera de tecnología para realizar llamadas de teléfono holográficas entre planetas que se encuentran a años luz de distancia pero nadie hubiera descubierto cómo fabricar cazas TIE o Ala-X a control remoto.

Un mensaje de aviso parpadeó superpuesto a la imagen en el visor HUD de Ray: ¡HAN DESTRUIDO TU DRON! Luego, su pantalla se puso en negro durante unos segundos antes de que apareciera un nuevo mensaje informándole de que estaba controlando un nuevo dron. Pero como todos los tanques y drones grandes de su unidad habían sido destruidos, Ray se vio obligado a tomar el control de lo único que les quedaba: un DHTBI (Dron Humanoide Táctico Blindado de Infantería).

De cuello para abajo, un DHTBI era similar al Terminator original, cuando a Arnold se le quemaba la carne cibernética y solo quedaba el esqueleto de cromo blindado. Pero en lugar de cabeza humana, los DHTBI tenían una cámara estereoscópica encajada dentro de una cúpula acrílica blindada, lo que les daba un aspecto parecido al de un insecto. Su armamento consistía en una ametralladora rotativa Gauss acoplada en cada antebrazo, un par de lanzamisiles instalados en los hombros y un cañón láser incrustado en el pecho.

Miré por encima del hombro de Ray mientras usaba las ametralladoras gemelas para masacrar una horda de soldados Araña sobrukai (unos robots antipersona de ocho patas), que arremetían contra él en la azotea de un edificio de viviendas en llamas, cerca del centro de la ciudad asediada que estaba ayudando a defender. Ray movía la cabeza al ritmo de su canción favorita para combatir en *TF*: *Vital Signs* de Rush. Ray siempre decía que el ritmo característico de la canción coincidía con los erráticos movimientos insectiles de los soldados Araña, lo que facilitaba anticipar sus ataques y movimientos. También decía que cada una de las otras canciones del disco *Moving Pictures* de Rush era ideal para combatir contra un dron de los sobrukai específico. Por mi parte, siempre había opinado que todo aquello era solo una excusa que se había inventado para escuchar el mismo disco una y otra vez, todos los días.

En el monitor de Ray, un montón de tropas sobrukai descendían desde los cielos. El enemigo usaba unos enormes octaedros de color plomizo para desplegar sus tropas de infantería cuando alcanzaban la órbita terrestre. Cada uno de ellos tenía torretas automáticas acopladas al blindaje pesado del casco, que era casi inmune a los disparos láser. Pero como ocurría casi siempre en los videojuegos, en el diseño de aquellas naves había un flagrante punto débil: los motores no estaban protegidos y eran vulnerables a los ataques, algo que yo sabía muy bien gracias a *Armada*. Cada vez que aterrizaba una de esas naves de transporte romboidales, lo hacía con la velocidad suficiente para enterrar su mitad inferior en la superficie, como un clavo gigante. Entonces la parte superior, que tenía forma de pirámide, se abría como una enorme flor de cuatro pétalos de metal y los miles de drones de los sobrukai que estaban comprimidos en su interior se esparcían como un ejército de insectos recién nacidos que acabaran de emerger de un saco de huevos roto, intentando devorar todo lo que encontraran a su paso.

En la distancia, un enjambre de cazas Guja de los sobrukai cruzó los cielos a gran velocidad y viró al unísono, como si se tratara de un banco de pirañas en busca de una presa. Visto desde arriba, el fuselaje simétrico de los Guja se parecía a la hoja de un hacha de doble filo, pero de lado su perfil recordaba mucho al de un platillo volante salido de las viejas películas de ciencia ficción, detalle que también había estado presente en mi alucinación.

Yo había destruido una infinidad de cazas Guja durante los tres años que llevaba jugando a *Armada*, y hasta el momento nunca los había encontrado muy terroríficos o amenazantes. Pero aquel día, el mero hecho de ver sus animaciones en el fondo de la pantalla de Ray me causaba una sensación de pavor, como si las naves fueran una amenaza real para todo lo que yo amaba y no solo un conjunto de polígonos texturizados y procesados en la pantalla de un ordenador.

Ray realizó un salto de potencia con su DHTBI para salir de la azotea en llamas y caer en el lomo de un Basilisco sobrukai, un tanque robot con aspecto de reptil que contaba con cañones láser en lugar de ojos. Dio un nuevo salto mientras giraba 180 grados en el aire y abatió al Basilisco gigante de metal con solo un misil bien dirigido a su abdomen segmentado. El robot explotó debajo de él, consumido en una enorme bola de fuego naranja que Ray esquivó utilizando los motores de salto del DHTBI para aterrizar en un lugar seguro.

—Bravo, sargento —dije, utilizando su rango ficticio de la ADT.

—Muchas gracias, teniente —respondió—. ¡Lo hago lo mejor que puedo, señor!

Sonrió y levantó la mano derecha del ratón el tiempo justo para chocarla conmigo antes de volver a concentrarse en la batalla.

Según los datos del HUD, su escuadrón ya había perdido los seis tanques flotantes y los dos Titán. Solo les quedaban siete DHTBI en la reserva, y los iconos parpadeantes del mapa táctico indicaban que estaban guardados en un almacén de armas cercano de la ADT, que sufría el ataque de un enjambre de soldados Araña. El escuadrón de Ray ya no tenía ninguna esperanza de ganar la batalla. La ciudad caería en manos de los sobrukai en cualquier momento. Pero como hacía siempre, Ray siguió luchando pese a la certeza de la derrota. Era una de sus cualidades más admirables.

Ray era de lejos el mejor jugador de *Terra Firma* que conocía en persona. Unos meses antes había conseguido entrar por fin en «Las Treinta Docenas», un clan de élite formado por los 360 mejores jugadores del mundo. Desde entonces, lo había visto conectado a los servidores de *Terra Firma* todos los días, jugando misiones de alto nivel una detrás de otra. Y al no tener responsabilidades que lo distrajeran, como hacer los deberes o ir a clase, podía pasar jugando todo el tiempo que estaba despierto, por lo que había acumulado más horas de combate que Cruz, Diehl y yo juntos.

—¡Hijo de puta! —gritó Ray golpeando un lateral del monitor. Eché un vistazo y pude ver cómo los sobrukai ya estaban venciendo a los miembros supervivientes de su escuadrón y exterminando hasta el último de sus drones. Unos segundos después, el último DHTBI de la reserva de Ray quedó aplastado entre las mandíbulas de un soldado Araña y las palabras MISIÓN FALLIDA aparecieron en la pantalla, antes de regalarle una secuencia de vídeo en la que las fuerzas de los sobrukai destruían el centro de Newark.

—Pues vaya —farfulló mientras se llevaba a la boca otro puñado de Funyuns y contemplaba las ruinas humeantes de la ciudad—. Al menos solo ha sido Newark, ¿verdad? No es una gran pérdida.

Se rio entre dientes mientras se limpiaba de los dedos el sucedáneo de cebolla en polvo frotándolos en los vaqueros; luego me sonrió con emoción.

—¿A que no adivinas lo que ha llegado hoy? —preguntó. Sacó una caja grande de debajo del mostrador y la puso enfrente de mí.

Si hubiera sido un personaje de dibujos animados, los ojos se me habrían salido de las órbitas.

Era uno de los nuevos Sistemas de Control de Vuelo de los Interceptores de *Armada*, el controlador de videojuegos más moderno (y más caro) que se había creado nunca.

—¡No puede ser! —susurré mientras miraba las fotos y las especificaciones impresas en su caja brillante—. Pensaba que no se iban a poner a la venta hasta el mes que viene.

—Parece que Chaos Terrain ha decidido empezar a distribuirlos antes —dijo, frotándose las manos con emoción—. ¿Quieres sacar de la caja a esta mala bestia?

Asentí con fuerza y Ray cogió un cúter. Lo usó para abrir la caja y luego me dijo que la agarrara por los lados mientras él tiraba del cubo de poliestireno que albergaba los componentes del controlador. Unos segundos después, todo estaba desembalado y colocado sobre el mostrador, delante de nosotros.

El Sistema de Control de Vuelo de los Interceptores de *Armada* (SCVI) incluía un casco de piloto de Interceptor (que tenía un sistema integrado de gafas de RV, auriculares con cancelación de ruido y un micrófono retráctil) y un equipo HOTAS en dos partes (mando de gases y palanca de control) compuesto por un controlador de vuelo metálico con resistencia y un mando de gases con dos joysticks que tenía un panel de armas integrado. La palanca, el mando de gases y el control de armas estaban plagados de botones ergonómicos, gatillos, indicadores, selectores de modo, interruptores rotativos y varios *hat-switch* de ocho direcciones, y todo ello se podía configurar para proporcionarnos un control total de los sistemas de vuelo, navegación y armas del Interceptor de *Armada*.

—¿Te mola, Zack? —preguntó Ray después de verme un buen rato embobado.

—Ray, quiero casarme con esta cosa.

—Tenemos un montón más ahí detrás en el almacén —dijo—. Quizá podríamos exponerlos en forma de pirámide o algo así.

Cogí el casco y lo levanté, admirando los detalles y lo pesado que era. Parecía exactamente igual al casco de piloto de un caza de verdad, y su Oculus Rift integrado era de última generación. (En casa tenía un casco de RV medio decente que Ray me había regalado, pero de eso ya hacía un par de años y la resolución de las pantallas había avanzado mucho desde entonces.)

—Estos nuevos cascos también pueden leer la mente —bromeó Ray—. Pero tienes que pensar en ruso.

Reí, volví a dejar el casco en el mostrador y resistí con todas mis fuerzas las ganas de ponérmelo. Luego extendí la mano izquierda y la posé encima del mando de gases mientras cerraba la derecha alrededor del frío metal de la palanca de vuelo que estaba al lado. Ambos parecían encajar a la perfección, como si estuvieran fabricados a medida.

Llevaba años jugando a *Armada* y solo había usado un controlador de plástico barato. No tenía ni idea de lo que me había estado perdiendo. Desde que me enteré en los foros de *Armada* de que iba a salir a la venta, había deseado hacerme con un SCVI. Pero costaban más de quinientos dólares, algo que, incluso con el diez por ciento de descuento para empleados, se me salía mucho del presupuesto.

Aparté las manos de los controladores de mala gana y las metí en los bolsillos.

—Si empiezo a ahorrar ahora mismo, puede que me pueda permitir uno a finales de verano —farfullé—. Eso suponiendo que mi tartana no se vuelva a romper.

Ray se puso a gesticular como si estuviera tocando un violín. Luego me sonrió y acercó hasta mí el casco por el mostrador.

—Puedes quedarte con este —dijo—. Considéralo un regalo de graduación anticipado. —Me dio un codazo cariñoso—. Porque te vas a graduar, ¿verdad?

—¡De ninguna manera! —dije mirando el controlador con incredulidad—. Quiero decir... sí, me voy a graduar. Pero ¿no estás de coña? ¿Me lo puedo quedar? ¿En serio?

Ray asintió con majestuosidad.

—En serio.

Me dieron ganas de abrazarlo y eso hice. Estiré los brazos y rodeé su torso con mucha fuerza. Él se rio con incomodidad y me dio palmaditas en la espalda hasta que lo solté.

—¡Solo lo hago porque nos beneficia en la guerra! —dijo mientras se alisaba la camisa de franela y luego me despeinaba el pelo para vengarse—. Tener tu propio sistema de control de vuelo te convertirá en un piloto de Interceptor todavía mejor. Si es que eso es posible.

—Ray, es demasiado —dije—. Muchas gracias.

—No es nada, chico.

Llevaba años preocupándome porque el altruismo desenfrenado de Ray iba a llevarlo a la bancarrota y me obligaría a buscar trabajo en cualquier otra parte, pero eso no me impidió aceptar aquel sorprendente regalo.

—¿Quieres pasar a la Sala de Guerra y darle un tiento? —señaló la pequeña y estrecha habitación de la trastienda donde había muchos ordenadores conectados y consolas de videojuegos preparadas. Los clientes alquilaban la Sala de Guerra para sus *LAN parties* y para las quedadas de los clanes—. Así te puedes ir haciendo a él antes de la gran misión de élite de esta noche...

—No, gracias —dije—. Creo que voy a esperar y ya lo pruebo con el equipo de casa. —«Porque podría írseme la olla y empezar a salirme espuma por la boca la próxima vez que vea un caza Guja acercándose. Y mejor será que esté solo en mi habitación cuando ocurra.» Me miró con una ceja levantada.

—¿Qué te pasa? —preguntó—. ¿Estás enfermo?

Aparté la mirada.

—No, estoy bien —respondí—. ¿Por qué?

—¿Tu jefe acaba de darte la oportunidad de jugar a tu videojuego favorito en horas de trabajo y lo rechazas? —Levantó la mano para tocarme la frente—. ¿Seguro que no tienes fiebre o algo así, chico?

Reí con preocupación y negué con la cabeza.

—No, es solo que... hace nada me había jurado a mí mismo que no haría tanto el vago en el trabajo. Aunque tú me animes a ello.

—Pero ¿y eso a qué viene?

—Todo es parte de un plan maestro —dije—. Para demostrarte lo responsable y honrado que soy, y que me contrates a tiempo completo después de graduarme.

Me lanzó la misma mirada preocupada que ponía siempre que le sacaba aquel tema.

—Zack, puedes trabajar aquí mientras consigamos permanecer a flote —dijo—. De verdad. Pero sabes que tu destino es llegar mucho más alto, ¿verdad?

—Gracias, Ray —respondí, intentando no poner los ojos en blanco. Viendo lo que había pasado ese mismo día, lo único que me deparaba el destino era una camisa de fuerza. Y quizá también un casco acolchado.

—«No puedes escapar a tu destino» —dijo poniendo su mejor voz de Obi-Wan. Luego se derrumbó en el taburete e hizo clic en el ratón para comenzar otra misión de *Terra Firma*. Chaos Terrain había puesto a la venta una amplia gama de controladores para *Terra Firma*, incluido el Sistema de Control Titán, un equipo con dos palancas de control que vendíamos en la tienda. Pero Ray se negaba a jugar con nada que no fuera un teclado y un ratón. También prefería los monitores en dos dimensiones a las gafas de RV, que decía que le daban vértigo. Ray tenía sus manías, como muchos jugadores de su edad.

A pesar de lo que le acababa de decir, me acerqué a Melocotoncitos e hice clic en el icono de *Terra Firma* del escritorio. El vídeo de introducción del juego empezó a reproducirse y estuve a punto de pulsar en «Saltar introducción». Pero dejé que siguiera y la volví a ver por primera vez en años.

La voz lúgubre del narrador de la introducción (interpretada por Morgan Freeman de manera magistral, como siempre) resumía brevemente la trama básica del juego. Decía que transcurría «a mediados del siglo veintiuno», unos diez años después de que la Tierra sufriera la primera invasión de los sobrukai, una especie acuática oriunda del sistema solar de Tau Ceti. Aquel era uno de los orígenes más habituales para las especies extraterrestres desde el principio de la ciencia ficción, debido a su proximidad con la Tierra. Los sobrukai tenían cierto parecido con los calamares de nuestro planeta, pero con una melena de tentáculos acabados en punta y una boca parecida a la de un tiburón en vertical, rodeada por seis fríos ojos negros.

La introducción del juego siguió con una transmisión de vídeo que los invasores habían enviado a la humanidad el día de su llegada y que contenía un mensaje amenazador del jefe supremo sobrukai, que los diseñadores de Weta habían diseñado demasiado a lo Giger, en mi humilde opinión. La criatura de piel gris y traslúcida aparecía flotando sobre las aguas oscuras de su guarida, con los tentáculos extendidos por detrás y dirigiéndose a la cámara en su estridente idioma, que era parecido al canto de una ballena. De una ballena aficionada al *death metal*, eso sí.

Por suerte, aparecieron los subtítulos justo cuando el jefe supremo se disponía a revelar las arquetípicas intenciones de su malvada especie alienígena.

—Somos los sobrukai —dijo—. Y hemos decidido que vuestra penosa especie no merece sobrevivir. Por lo que seréis erradicados...

El mensaje del jefe supremo era más largo, pero pulsé la barra espaciadora para saltarlo. Me acordaba de lo más importante. Aquellos maléficos sacos de tinta sin sentimientos habían viajado doce años luz por el espacio sideral para aniquilar a la humanidad, derrumbar todos nuestros Pizza Hut y hacerse con el control de la preciada joya azul que era nuestro planeta. Y mi misión era meterles caña con mi habilidad para los videojuegos y detenerlos. ¡Toma ya! Pulsa «DISPARO» para continuar.

Todo el trasfondo enrevesado de la guerra que estaba teniendo lugar entre la humanidad y los sobrukai se podía consultar en internet, pero los jugadores tenían que rebuscar en un conglomerado de páginas web de la Alianza de Defensa Terrestre, un elemento de la realidad alternativa del juego que hacía que los jugadores se metieran de lleno en la trama. Según la información escondida en esas páginas, en algún momento desde el comienzo de la invasión de los sobrukai, una década antes, la ADT había conseguido capturar una nave extraterrestre sin que sufriera daños y había empleado la ingeniería inversa para duplicar su avanzadísimo arsenal, el sistema de comunicaciones, el soporte vital y la tecnología de propulsión. Todo ello de un día para otro, lo que había permitido construir a escala global un impresionante arsenal de drones de combate capaces de plantar cara a los de los sobrukai.

Obviamente, los desarrolladores del juego nunca se habían molestado en explicar cómo los científicos de la ADT habían conseguido realizar aquellas increíbles proezas en tan poco tiempo, a la vez que eludían los continuos ataques de la muy superior tecnología sobrukai. Pero si podíamos tragarnos que un grupo de calamares antropomórficos extraterrestres de Tau Ceti habían estado utilizando una flota de robots por control remoto para combatir contra la humanidad durante la década anterior, era bastante absurdo ponerse tiquismiquis con los fallos de guion y los errores científicos. Sobre todo cuando justificaban la existencia de malvados jefes supremos alienígenas y trifulcas en el espacio.

Cerré el cliente de *Terra Firma* y abrí un navegador. Entré en la página web de Chaos Terrain, llegué a la sección «Sobre nosotros» de la web y le eché un vistazo. Llevaba mucho tiempo siendo muy fan de CT y ya sabía muchísimo sobre la historia de la compañía. Había sido fundada en 2010 por un desarrollador de videojuegos de la bahía de San Francisco llamado Finn Arbogast, que dejó un lucrativo trabajo como desarrollador de la saga *Battlefield* de Electronic Arts para crear la suya propia. Había fundado Chaos Terrain con el noble objetivo de «crear la nueva generación de juegos multijugador de RV».

Arbogast logró reunir un equipo de ensueño formado por asesores creativos y trabajadores externos para que lo ayudaran a hacer realidad su valiente apuesta. Así consiguió llamar la atención de algunas grandes estrellas de la industria de los videojuegos e hizo que dejaran de lado sus proyectos y sus compañías al prometerles colaborar en su nuevo y revolucionario videojuego multijugador masivo. Fue así como leyendas de los videojuegos de la talla de Chris Roberts, Richard Garriott, Hidetaka Miyazaki, Gabe Newell y Shigeru Miyamoto se convirtieron en asesores de *Terra Firma* y de *Armada*. Junto a ellos también estaban grandes directores de Hollywood como James Cameron, que había aportado los diseños realistas de las naves y los *mechas* de la ADT, y Peter Jackson, que se había valido de Weta Workshop para procesar todas las secuencias de vídeo del juego.

Chaos Terrain había creado su propio motor gráfico tanto para *Terra Firma* como para *Armada*, con la colaboración de muchos programadores que habían trabajado en otras sagas de simuladores de combate como *Battlefield*, *Call of Duty* y *Modern Warfare*, y en simuladores de combate aéreo y espacial actuales como *Star Citizen*, *Elite: Dangerous* y *EVE Online*.

Aquella estrategia de desarrollo frankensteiniana a base de plagios había resultado tener mucho éxito. *Terra Firma* y *Armada* se habían convertido en dos videojuegos multijugador superventas a nivel mundial, y no era de extrañar. La jugabilidad simple y de estilo retro de ambos títulos era fácil de aprender y sencilla para los jugadores esporádicos, pero también escalaba y era tan dinámica como para presentar un reto a otros como yo, que jugábamos todos los días. Además, ambos juegos tenían unos valores de producción de la hostia y se podían jugar en cualquier plataforma moderna, incluyendo teléfonos inteligentes y tabletas. Lo mejor de todo era que no eran tan caros como la mayoría de los juegos multijugador masivos. Eso sí, Chaos Terrain cobraba una pequeña cuota de suscripción mensual para poder jugar a *Terra Firma* y a *Armada*, pero cuando eras lo suficientemente bueno como para alcanzar el rango de oficial en cualquiera de ellos, CT dejaba de exigirte la cuota y podías seguir jugando gratis. Y no usaban microtransacciones para exprimir más beneficios de los jugadores.

Cerré la ventana y me quedé mirando los iconos del escritorio mientras intentaba poner orden en mi cabeza. Hasta aquel día, nunca se me había ocurrido que pudiera haber una conexión entre la trama de la invasión extraterrestre de los juegos de Chaos Terrain y la teoría conspiratoria que mi padre había descrito en su cuaderno. Cada año salían cientos de películas, series, libros y videojuegos sobre invasiones extraterrestres, y *Armada* era tan solo uno más. Además, el juego solo tenía un par de años de vida. ¿Cómo podía estar relacionado con algo que mi padre había escrito en su cuaderno hacía décadas?

Por otra parte, si el gobierno se proponía de verdad entrenar a ciudadanos normales para controlar drones de guerra, los videojuegos de combate multijugador como *Armada* o *Terra Firma* eran perfectos para conseguirlo...

Minutos después, sonó el timbre de *Star Trek* de la puerta y una manada de clientes más o menos habituales de la escuela cercana entraron en la tienda. Metí como pude mi nuevo casco, el mando de gases y la palanca de control en la caja y la guardé bajo el mostrador antes de que uno de aquellos gamberros prepúberes tuviera tiempo de ponerle sus ávidos ojos encima.

—Bienvenidos a Starbase Ace, donde la partida nunca termina —dije, recitando el saludo estándar de la tienda con tanto entusiasmo como me fue posible—. ¿En qué puedo ayudar a estos jóvenes caballeros?

4

CUANDO VOLVÍ A CASA, EL COCHE DE MI MADRE ESTABA APARCADO EN LA ENTRADA. FUE una sorpresa agradable, ya que aquel año había tenido que hacer muchas horas extra en el hospital y la mayoría de las noches no llegaba a casa hasta que yo ya había caído rendido en la cama.

Saber que se encontraba en casa también me puso de los nervios, ya que mi madre siempre lo notaba cuando algo me rondaba la cabeza. Pasé mucho tiempo convencido de que tenía algún tipo de telepatía mutante materna que le permitía leerme la mente, sobre todo cuando yo no pensaba en cosas muy normales.

Encontré a mi madre echada en el sofá del salón con *Muffit* enroscado a sus pies y viendo el último episodio de *Dr. Who*, una de sus muchas adicciones televisivas. Ninguno de los dos me había oído entrar, así que dejé la caja del controlador de *Armada* en la escalera y me quedé allí un momento, viendo cómo mi madre miraba la tele.

Pamela Lightman (Crandall era su apellido de soltera) era la mujer más molona que había conocido, y también la más fuerte; me recordaba mucho a Sarah Connor o Ellen Ripley. Claro que también tenía sus cosillas, pero pertenecía a esa clase de madres que no haría ascos a la artillería pesada para masacrar a un par de cíborgs asesinos, si fuese necesario para defender a su prole.

Mi madre también era guapa hasta decir basta. Sé que la gente suele decir ese tipo de cosas de las madres, pero en mi caso era un hecho. Hay pocos hombres que conozcan el suplicio edípico que supone crecer junto a una madre que está tremendamente buena y siempre soltera. Ver a los hombres flipar todo el rato por su aspecto sin siquiera molestarse en conocerla había hecho que me avergonzara de mi propio género, como si no tuviera ya suficiente carga psicológica en mi equipaje mental.

Para mi madre había sido difícil criarme por su cuenta, más de lo que la gente pudiera creer. Para empezar, no había tenido la ayuda de sus padres. Su padre había muerto a causa de un cáncer cuando ella todavía estaba en primaria y su madre era megarreligiosa y había renegado de ella por quedarse preñada y casarse luego con el inútil friki de las Nintendo que la había deshonrado.

Mi madre me había contado que su madre intentó reconciliarse con ella una vez, al par de meses de morir mi padre, pero la cosa no fue bien. Cometió el error de decirle a mi madre que la muerte de mi padre era una «bendición camuflada», porque ahora podría buscarse un «marido respetable que tuviera planes de futuro».

Después de eso, fue mi madre la que renegó de ella.

En secreto me preocupaba que una de las cosas más arduas para mi madre fuera la simple necesidad de tener que mirarme a la cara todos los días. Yo era clavadito a mi padre y, hasta la fecha, el parecido no había hecho sino crecer a medida que me hacía mayor. Me estaba acercando a la edad a la que él había muerto y no me podía ni imaginar lo terrible que tenía que ser para ella ver a un *doppelgänger* de su difunto marido sonriéndole en el desayuno cada mañana. Una parte de mí se preguntaba si sería el motivo de que se hubiera convertido en adicta al trabajo los últimos años.

Mi madre nunca había ido por la vida como una viuda solitaria: siempre salía a bailar con sus amigos y también quedaba con chicos de vez en cuando, pero cortaba por lo sano las relaciones cuando se empezaban a poner serias. Nunca me había molestado en preguntarle el motivo, pero era obvio: seguía enamorada de mi padre, o al menos de su recuerdo.

De pequeño, saber que mi madre seguía echándolo de menos me provocaba una especie de satisfacción perversa, porque era la prueba de que mis padres se habían querido de verdad. Ahora que había crecido algo más, me empezaba a preocupar que se quedara soltera para siempre. No me gustaba la idea de verla vivir sola en aquella casa cuando yo me graduara y me mudara a otro lugar.

—Hola, mamá —dije, sin levantar la voz para no asustarla.

—¡Anda, hola, cariño! —dijo, poniendo la tele en silencio y enderezándose en el asiento lentamente—. No te he oído entrar.

Se señaló con el dedo la mejilla derecha y me acerqué sin rechistar para plantarle un beso.

—¡Gracias! —dijo mientras me despeinaba. Luego dio un par de palmaditas al lado de ella en el sofá y me senté, colocando a *Muffit* sobre mi regazo.

—¿Qué tal tu día, chavalín? —preguntó.

—Pues no ha ido mal —dije, apuntalando la mentira con un encogimiento de hombros informal para venderle mejor la moto—. ¿Y qué tal el tuyo, ma?

—Pues ha estado genial —respondió, imitando mi voz... y mi encogimiento de hombros informal.

—Me alegro —dije, aunque supuse que ella también estaría mintiendo un poco. Mi madre pasaba los días cuidando a enfermos de cáncer, muchos de ellos terminales. No veía forma de que tuviera un buen día en un trabajo así.

—¿Hoy no trabajas hasta tarde? —pregunté—. Es un milagro de la Navidad.

El viejo chiste familiar le hizo reír. En casa, todo ocurría gracias a los milagros de la Navidad. Todo el año.

—He decidido cogerme la noche libre. —Bajó los pies del sofá y se giró hacia mí—. ¿Tienes hambre, nene? Porque yo tengo antojo de torrijas. —Se levantó—. ¿Qué me dices? ¿Te apetece desayuno-cenar con tu madre?

La pregunta activó mi sentido arácnido. Mi madre solo me proponía desayuno-cenar cuando quería tener una «charla seria» conmigo.

—Gracias, pero he comido pizza en el trabajo —dije, apartándome poco a poco—. Estoy un poco lleno.

Mi madre se interpuso entre la escalera y yo y bloqueó mi ruta de escape.

—¡No! ¡Puedes! ¡Pasar! —gritó mientras daba un dramático pisotón en la alfombra—. El subdirector me ha llamado hace un rato —añadió—. Me ha dicho que hoy te has fugado de clase de matemáticas... poco después de intentar provocar una pelea con Douglas Knotcher.

La miré a la cara y reprimí un impulso de ira para obligarme a comprender lo preocupada y enfadada que estaba y lo mucho que intentaba ocultarlo.

—No intentaba provocar una pelea, mamá —dije—. Él estaba avasallando a otro chico que se sienta a mi lado. Lleva abusando de él desde hace semanas. Y he salido corriendo de allí porque era la única manera de no arrancarle la cabeza a Knotcher. Deberías estar orgullosa de mí.

Estudió mi cara un momento y luego suspiró y me besó en la mejilla.

—Vale, nene —dijo mientras me abrazaba—. Sé que no es fácil estar encerrado en ese zoológico. Pero piensa que solo te quedan un par de meses más y luego serás libre. Estarás al mando de tu propio destino.

—Lo sé, ma —dije—. Dos meses. Lo conseguiré, no te preocupes.

—Recuerda —añadió mientras se mordía el labio—, ya no eres un menor...

—Lo sé —dije—. No te preocupes. No volverá a ocurrir, ¿vale?

Asintió, pero pude adivinar que estaba pensando en el Incidente. El Incidente que acababa de prometerle por enésima vez que nunca volvería a ocurrir.

Eso que nunca volverá a ocurrir es lo siguiente:

Una mañana, pocas semanas después de empezar primero de secundaria, pasé andando por delante de Knotcher y sus amigos en el vestíbulo, y él sonrió y me dijo: «¡Oye, Lightman! ¿Es verdad que tu viejo fue tan idiota que murió en la explosión de una fábrica de mierda?»

No estoy parafraseando. Eso fue exactamente lo que dijo. Tengo testigos presenciales.

Lo siguiente que recuerdo es verme sentado encima del pecho de Knotcher mirando su cara inerte y ensangrentada, en medio del griterío de nuestros compañeros de clase. Luego noté que un revoltijo de brazos tremendamente fuertes me agarraba por el cuello y el torso y me levantaba para separarme de él. En ese momento, empecé a preguntarme por qué me dolían tanto los nudillos y por qué Knotcher se encontraba hecho un ovillo y lleno de sangre delante de mí en el suelo encerado de mármol.

Más tarde me dijeron que le había atacado «como un animal salvaje» y pegado hasta dejarlo inconsciente. Y que incluso había seguido dándole cuando ya no se movía.

Al parecer tuvieron que separarme de él entre otros dos chicos y un profesor.

Knotcher se pasó una semana en el hospital, recuperándose de un traumatismo leve en la cabeza y una fractura en la mandíbula. Yo salí casi de rositas, teniendo en cuenta la gravedad del asunto: dos semanas de expulsión temporal y una terapia obligatoria para controlar mi ira hasta final de curso. Además del apodo «Zacka Ataca» y ser conocido de por vida como el psicópata de la clase, claro.

Pero eso no era nada en comparación con el terrible intervalo de diez segundos sin recuerdos que el Incidente había dejado en mi memoria, ni con la pregunta que me obligaba a hacerme casi todos los días desde entonces: ¿Qué habría pasado si no llega a haber nadie para detenerme?

Es probable que Knotcher hubiera visto en la red una esquela de mi padre escaneada de un viejo periódico. Era uno de los pocos resultados que aparecían al buscar su nombre, y así me había enterado de cómo murió. Mi madre y mis abuelos me habían ocultado los detalles de su muerte cuando era pequeño, y menos mal, porque esa esquela me había martirizado desde que la leí por primera vez. Todavía soy capaz de recordarla al pie de la letra:

UN HOMBRE DE BEAVERTON MUERE POR ACCIDENTE
EN LA DEPURADORA

Beaverton Valley Times, 6 de octubre de 2000

Un hombre de Beaverton murió en torno a las 9 de la mañana del viernes a causa de un accidente en la estación depuradora de aguas residuales de la ciudad, sita en South River Road. El fallecido es Xavier Ulysses Lightman, de diecinueve años, vecino del 603 de la Avenida Bluebonnet y funcionario municipal de Beaverton. El forense del condado de Washington certificó la muerte de Lightman en el lugar de los hechos. Lightman se encontraba trabajando cerca de un tanque de almacenamiento cuando una fuga de metano inadvertida lo dejó inconsciente.

Los investigadores creen que la chispa de un circuito eléctrico expuesto prendió el gas, y Lightman murió en el acto debido a la explosión. Lightman deja a su esposa Pamela y a su hijo Zackary. El funeral tendrá lugar...

—Zack, ¿me escuchas o no?

—Claro que sí, mamá —mentí—. ¿Qué decías?

—Decía que tu asesor académico, el señor Russell, también me ha dejado un mensaje de voz. —Cruzó los brazos—. Dice que has faltado a las dos últimas sesiones de orientación laboral.

—Lo siento, me debí de olvidar —dije—. Iré a la próxima, ¿vale? Lo prometo.

Intenté volver a pasar junto a ella, pero me bloqueó el acceso y volvió a dar un pisotón contra el suelo delante de mí, haciendo como si fuera Gandalf y yo el balrog.

—¿Has tomado una decisión? —preguntó mirándome fijamente.

—¿Quieres decir si he decidido a qué me quiero dedicar durante el resto de mi vida?

Asintió. Yo respiré hondo y dije lo primero que me vino a la cabeza.

—Bueno, lo he pensado mucho y, después de largas consideraciones, he decidido no dedicarme a vender nada ni a comprar nada ni a procesar nada.

Ella frunció el ceño y empezó a menear la cabeza a los lados en señal de protesta, pero yo seguí a lo mío.

—Es que no quiero dedicar mi vida a nada de eso —insistí—. No quiero vender nada comprado o procesado, ni comprar nada vendido o procesado...

—... ni procesar nada vendido, comprado o procesado —terminó ella dejándome con la palabra en la boca—. ¿Con quién te crees que estás hablando? ¿Lloyd? ¿Lloyd, cabreado de día, cabreado de noche?

—Me has pillado —dije, levantando las manos en señal de culpabilidad—. Eso te pasa por hacerme ver esa peli chorrocientos millones de veces.

Cruzó los brazos.

—Zack, tenemos dinero más que suficiente en tus ahorros de la universidad para pagar cuatro años de matrícula en la mayoría de ellas. Puedes ir adonde quieras y estudiar lo que quieras. ¿Sabes la suerte que tienes?

Sí, vale, tenía mucha suerte. Mi madre había empezado a ahorrar para que fuera a la universidad cuando era un bebé, y había añadido una parte de la indemnización por la muerte de mi padre, que le había quedado después de comprar la casa. El resto del dinero había alcanzado para pagar también su matrícula en la Facultad de Enfermería.

Qué suerte, ¿verdad?

¿Queréis saber otra cosa que se podría considerar un tremendo golpe de suerte? El cadáver de mi padre estaba tan quemado debido a la explosión que el forense tuvo que usar los registros dentales para identificar el cuerpo, lo que ahorró a mi madre tener que ir a hacerlo a la morgue.

No veas cuánta suerte tenemos en la familia, ¿eh?

—¿Has pensado en lo que hablamos la última vez? —preguntó—. Me prometiste que te plantearías ir a la universidad para estudiar desarrollo de videojuegos, como va a hacer Mike Cruz.

—Soy bueno jugándolos, mamá —dije—. Pero no creándolos. Hay que ser una máquina tanto en programación como en diseño digital, y a mí se me dan fatal los dos. —Suspiré y bajé la mirada.

—Lo importante es que te encantan los videojuegos —dijo—. El resto ya vendrá por sí solo. Ya verás cómo te diviertes. —Sonrió y me tocó la cara—. Sabes que tengo razón. Tienes ADN de friki jugón por ambas partes.

Tenía razón. Mirándola nadie lo diría, pero mi madre también fue una gran aficionada a los videojuegos en su época. Había tenido una adicción muy severa a *World of Warcraft* durante años. Ahora era una jugadora más esporádica, pero a veces echaba misiones de *Terra Firma* conmigo.

—¿No hay gente a la que pagan un sueldo por probar videojuegos?

—Sí, se llaman *testers* de calidad —dije—. La teoría suena bien, pero en realidad el trabajo es una mierda. El sueldo es de risa y lo único que hacen es jugar la misma fase del mismo juego miles de veces para buscar errores en el código. Una cosa así me volvería loco.

Suspiró y asintió.

—Es verdad, a mí también —dijo, bajando la voz a un suspiro conspiratorio—. ¿Sabes, Zack? Se puede ir a la universidad aunque aún no sepas muy bien qué quieres estudiar. La gente se matricula de cosas variadas para ver qué le interesa. Terminarás por descubrir lo que quieres hacer.

Sonreí y afirmé con la cabeza, pero ella seguía sin creérselo.

—No quiero presionarte, cariño —dijo—. Solo quiero que tengas un plan.

—Mi plan por el momento —respondí— es seguir trabajando en Starbase Ace. Y a lo mejor pasar de media jornada a tiempo completo...

—Ese trabajo está bien para estudiantes, Zack, pero no para planteárselo como profesión a largo plazo. Imagínatelo dentro de cinco años. Todo el mundo estará terminando la universidad y empezando en el mundo laboral y tú...

—¿Y yo estaré con el culo sentado todo el día, trabajando a cinco manzanas de donde me gradué y en el mismo trabajo de dependiente de mierda que a los dieciséis años? —la ayudé a terminar.

—Eso mismo.

Intenté hacerme el ofendido.

—Su carencia de fe resulta molesta.

—Lo que va a resultar verdaderamente molesto es el pedazo de patadón que voy a arrear yo en el trasero de usted como no deje de vacilar y empiece a pensar en serio en su futuro, señorito.

—Cada vez que me llamas «señorito», sé que te estás poniendo superseria —dije.

—No te estoy obligando a ir a la universidad, cariño. ¡Métete en un monasterio, en el Cuerpo de Paz o en la puta Patrulla-X! No me importa mientras te dediques a algo. ¿Vale?

Hice un suspiro fingido, como de alivio.

—En ese caso, quizá me escape y me una al circo —dije—. Podría empezar adivinando el peso de la gente y luego ascender hasta encargado de una atracción de feria.

—Diría que te quedan demasiados dientes para ese tipo de trabajo, listillo —respondió dándome un empujón amistoso—. No lo digo por fastidiarte, campeón. Solo quiero lo mejor para ti. Eres muy listo y tienes mucho talento, cariño. Puedes hacer grandes cosas. —Me miró a los ojos—. Lo sabes, ¿verdad?

—Sí, lo sé, ma —dije—. No te preocupes, ¿vale?

Frunció el ceño y siguió bloqueándome el paso con los brazos cruzados, para dejarme claro que llegar al otro lado no iba a ser nada fácil. Pero entonces, como caído del cielo, el teléfono sonó para avisarme de que tenía un mensaje de texto. Lo saqué apresuradamente del bolsillo y miré con atención la pantalla: «Aviso importante. Teniente Lightman de la Alianza de Defensa Terrestre, se le ordena que inicie sesión para recibir el informe de la misión a las 20.00 PST.»

También vi que Cruz y Diehl me habían enviado varios mensajes de texto para preguntarme qué mosca me había picado en clase y si seguía en pie la misión de *Armada*.

—Lo siento, ma, ¡tengo prisa! —dije sosteniendo el móvil como si fuera un pase—. Llego tarde a la misión de *Armada*. ¡Empieza en un par de minutos!

—Venga, venga —dijo poniendo los ojos en blanco—. Lo sé, llegas tarde a un videojuego. —Se apartó de mi camino—. Pasa. A por ellos, Maverick.

—¡Gracias!

Le di un beso rápido en la mejilla que hizo que le cambiara la cara. Luego recogí la caja del controlador de *Armada*, subí la escalera a zancadas y corrí hasta el final del pasillo, deseando llegar hasta la zona segura y el portal a otra realidad que era mi habitación.

Pero la voz de mi madre fue más rápida que yo y su grito final de atención llegó hasta mis oídos antes de que pudiera alcanzar la Zona Neutral. Era algo que le había escuchado infinidad de veces durante toda la vida y que solía hacer que pusiera los ojos en blanco. Pero aquella vez sus palabras consiguieron intimidarme de verdad.

—Sé que el futuro a veces puede dar miedo, cariño. Pero no tenemos escapatoria.

5

CERRÉ LA PUERTA Y APOYÉ LA ESPALDA CONTRA ELLA, MIENTRAS TODAVÍA SONABA EN mi cabeza la advertencia de mi madre sobre la naturaleza ineludible del futuro. Contemplé el interior de la habitación y por primera vez me avergoncé de la manera en la que estaba decorada. Los pósteres de las paredes, los libros, los cómics y los juguetes de las estanterías: casi todo había pertenecido a mi difunto padre. Pero la habitación ni siquiera podía considerarse un templo a su memoria, ya que yo no tenía recuerdos de él. Era más como la exposición de un museo, una exposición de mierda, muy triste y dedicada a un hombre que nunca había conocido ni llegaría a conocer.

No me extraña que mi madre evitara entrar en mi cuarto. Seguro que ver todo aquello le rompía el corazón de dos o tres maneras diferentes.

Una pequeña flota de maquetas de naves espaciales colgaba suspendida del techo por cordones de nailon y, mientras cruzaba la habitación, pasé las puntas de los dedos por todas ellas, lo que hizo que se empezaran a mover una detrás de otra. Primero la nave estelar *Enterprise* y, después, la *Sulaco* de *Aliens*, seguidas de un Ala-X, un Ala-Y, el *Halcón Milenario*, un caza Varitech de Robotech y, para terminar, un bombardero estelar de *Starfighter, la aventura comienza* pintado con mucho cuidado.

Bajé las persianas y la habitación quedó a oscuras salvo por una fina franja de luz lunar que caía en un rincón e iluminaba la maltrecha silla de cuero que usaba para jugar, confiriéndole un resplandor sobrenatural. Me dejé caer en la silla y tarareé con expectación las cinco primeras notas de *Duel of The Fates*: «¡Ta-ta-tárara!»

Cogí la polvorienta consola de videojuegos y desconecté los viejos mandos de plástico y el voluminoso casco de RV de primera generación, que se mantenía de una pieza gracias a enormes cantidades de cinta aislante. Cuando terminé de apartar el viejo equipo, conecté todos los componentes del nuevo Sistema de Control de Vuelo, los coloqué alrededor de la silla, dejé la pesada palanca de vuelo metálica sobre una vieja caja de plástico para botellas de leche que tenía delante, justo entre las rodillas, y apoyé el mando de gases en el reposabrazos de la silla, al alcance de mi mano izquierda.

Se suponía que aquella disposición recreaba de manera muy fiel los controles de cabina de los Interceptores en el juego. Mi propio simulador de naves espaciales. Sentarme allí me recordó la cabina de la nave espacial que había construido con los cojines del sofá enfrente del televisor cuando era un crío, para hacer más realista la experiencia de jugar a *Star Fox* en la Nintendo 64. Había copiado la idea a unos niños que aparecían en el viejo anuncio de Atari para *Cosmic Ark* de una vieja cinta de vídeo de mi padre.

Una vez lo tuve todo bien organizado, sincronicé mi teléfono con los auriculares Bluetooth integrados en el nuevo casco de piloto con RV de *Armada*. Luego preparé la lista de reproducción «Asalto a las recreativas», mi versión digital del viejo casete de mezcla que había encontrado entre las cosas de mi padre, que tenía el mismo título escrito a mano con mucho cuidado en la etiqueta. El nombre me sugirió que era una recopilación de sus canciones favoritas para jugar, y yo también había crecido escuchándolas mientras jugaba a videojuegos. Por eso, escuchar aquella vieja recopilación de combate de mi padre se había convertido en una parte esencial de mi ritual de juego de *Armada*. Estaba demostrado que jugar sin tener de fondo el «Asalto a las recreativas» empeoraba mucho mi ritmo y puntería, de modo que siempre me aseguraba de tenerla preparada antes de empezar cada misión.

Me puse la imitación de casco de piloto de Interceptor y ajusté los auriculares con cancelación de ruido integrados para que me cubrieran por completo las orejas. Después me ceñí bien las gafas de RV sobre los ojos y pulsé con el pulgar el botón que extendía el micrófono retráctil del casco, característica que no servía para nada pero molaba mucho. Hice que el micrófono se retrajera y se extendiera un par de veces más solo para escuchar el sonido que emitía.

Cuando el juego terminó de cargar, pasé un par de minutos personalizando la configuración de botones del mando de gases y la palanca de control, y luego me conecté al servidor multijugador de *Armada*.

Comprobé de inmediato la clasificación de los pilotos de la ADT para asegurarme de que seguía en el mismo lugar desde la última vez que había entrado. Y mi apodo de piloto cutrepero-molón seguía ahí, en sexta posición. Ya llevaba en ese lugar dos meses, pero una parte de mí siempre se sorprendía de verlo entre los diez mejores, junto a los jugadores más famosos (e infames). Di un repaso a la conocida lista de apodos de piloto, cuyo orden ya me sabía de memoria:

01. RojoTrinco
02. MaxJenio
03. Withnailed
04. Viper
05. Rostam
06. Beagledeacero
07. Whoadie

08. LocoJi
09. MamáAtómica
10. MaestroFumao5000

Llevaba años viendo aquellos diez apodos de piloto casi todas las noches, pero en realidad no sabía quiénes eran ninguna de esas personas, ni tampoco dónde vivían. Aparte de algunos conocidos de la escuela y el trabajo, Cruz y Diehl eran los únicos pilotos de *Armada* a los que había visto en persona.

El juego tenía unos nueve millones de jugadores activos en una gran cantidad de países, por lo que alcanzar los diez mejores no había sido una tarea fácil. A pesar de tener un talento innato para los videojuegos, o eso decían, conseguir siquiera superar la barrera de los cien primeros me había costado tres años de práctica diaria. Una vez superado ese umbral, fue como si le hubiera cogido el ritmo, y los meses siguientes conseguí realizar una escalada meteórica hacia los diez mejores mientras también aumentaba mi rango en la Alianza de Defensa Terrestre. Logré una promoción tras otra hasta ascender a la graduación de teniente.

Sabía que *Armada* era solo un videojuego, pero nunca había formado parte de los «mejores entre los mejores» en nada, y aquel logro hizo que me sintiera orgulloso de verdad.

Cierto es que dedicar tanto tiempo al juego había rebajado un punto mi nota media, y es probable que también me hubiera costado mi relación con Ellen. Pero me recordé que había prometido hacer borrón y cuenta nueva. Después de la misión de aquella noche, no habría más *Armada* durante dos semanas enteras, aunque supusiera sacrificar mi posición entre los diez mejores. Me dije que no era una gran pérdida. Cuanto más alto te encuentras en la clasificación, más insultos, fuego amigo y acusaciones de hacer trampas tienes que aguantar del resto de jugadores.

De hecho, los cinco mejores pilotos de *Armada* eran sin

duda los jugadores más odiados de la corta historia del juego. En parte era porque tenían el honor de «pintar» sus drones con su propio diseño multicolor personalizado, mientras el resto pilotábamos unos modelos viejos y sosos de acero inoxidable. Así fue como los cinco se habían ganado su apodo, «el Circo Volador».

Un montón de usuarios de los foros de Chaos Terrain creían que los cinco mejores pilotos eran demasiado buenos para ser jugadores de verdad y pensaban que tenían que ser PNJ controlados por la máquina o empleados de Chaos Terrain. Otros tenían la teoría de que era un clan de jugadores elitistas, ya que ninguno respondía a los mensajes ni a las solicitudes de *chat*. Pero claro, eso podía deberse a que los «N00bs» siempre los acusaban de hacer trampas pirateando el cliente del juego para conseguir puntería automática o proporcionar a sus escudos energía infinita. Pero todo eran trolas. Yo llevaba un año jugando cara a cara con RojoTrinco (también conocido como el «Barón Rojo») y los otros miembros del Circo Volador en los servidores de todos contra todos y no había visto ningún indicio de que hicieran trampas. Eran mejores que todos los demás y ya está. De hecho, estudiar sus movimientos y aprender de ellos era lo que me había aupado a los diez primeros puestos. Pero la arrogancia que desprendían me seguía pareciendo odiosa, sobre todo la de RojoTrinco, que tenía la manía exasperante de mandar el mismo mensaje de texto cada vez que abatía a alguien en el modo de práctica jugador contra jugador: «De nada.»

Esas dos palabras brillaban en la pantalla acompañadas de un «¡BIP!» que hacía que a uno le hirviera la sangre. Estaba claro que RojoTrinco tenía una macro preparada para disparar ese mensaje como un misil justo después de hacer pedazos tu nave, volviendo el mal trago todavía más amargo. Y yo sabía para qué lo hacía. Era una táctica para enfadar a sus oponentes y desconcentrarlos aún más cuando reaparecieran en otra nave. Y funcionaba. Con todo el mundo. Conmigo también. Pero ya llegaría el día en que tuviera a RojoTrinco en el punto de mira y fuese mi turno de enviarle uno de esos mensajes irritantes: «No, no, no, RojoTrinco. De nada a ti.»

Como era de esperar, a mí también se me acusaba de usar trucos todo el rato. Como decía el viejo cebolleta de mi jefe, Ray Wierzbowski: «Ese es el momento en el que sabes que dominas un videojuego, cuando un grupo de tozudos lloricas empieza a acusarte de hacer trampas para sobrellevar la paliza que les acabas de dar.»

Cuando abrí la lista de amigos, vi que Cruz y Diehl ya estaban conectados, y su puesto en la clasificación aparecía al lado de sus apodos de piloto. Cruz (que se hacía llamar «Kvothe») estaba en la posición 6.791, y Diehl (también conocido como «Dealio»), en la 7.445. Sus clasificaciones en *Terra Firma* eran mucho más altas, pero todavía les quedaba mucho para entrar en Las Treinta Docenas como había hecho Ray.

Encendí el micrófono del casco y me uní a la conversación de voz privada de Kvothe y Dealio.

—¿Sigues sin admitir que estás equivocado? —gritaba Cruz cuando me uní.

—¡Te lo repito, lo que decías de Wonder Woman no cambia las cosas! —dijo Diehl—. ¡Que sí, que la princesa Diana de Themyscira empuñó Mjolnir en un *crossover* de mierda que no le importa a nadie! ¡Pero ese dato solo me da la razón, Cruz! ¿No crees que Wonder Woman no empuñaría Dardo ni aunque le pagaran?

—Vale, pero es una superheroína y ellos no utilizan espadas, ¿a que no? —dijo Cruz sin pararse a pensar la afirmación.

—¿Que los superhéroes no usan espadas? —replicó Diehl con regocijo—. ¿Y qué me dices de Rondador Nocturno? ¿O Masacre? Elektra, Estrella Rota, Green Arrow, Ojo de Halcón... ¡Anda, y también existen Blade y Katana! ¡Dos superhéroes que tienen nombre de espada! Ah, y Lobezno tuvo esa estúpida espada Muramasa hecha con partes de su alma. ¡Que, a pesar de ser muy chunga, sigue siendo mucho mejor arma mágica que Dardo!

—Perdonad que os interrumpa, chicas —dije—. Creo que deberíais aceptar vuestras diferencias.

—¡Rímel de acero! —gritó Cruz—. No te he visto entrar.

—Llegas tarde, capullo —dijo Diehl—. ¡Y Cruz sigue igual de pesado con Wonder Woman!

—Llego justo a tiempo —aseguré—. No nos dan las instrucciones hasta dentro de treinta segundos.

—¿Qué coño ha pasado hoy entre herr Knotcher y tú? —preguntó Diehl. Lo hizo con un marcado acento alemán.

—No ha pasado nada —dije—. Porque me he largado antes de que pasara.

—Bueno, pues después de que sonara la campana se ha puesto a amenazarte con los imbéciles de sus amigos —dijo—. La venganza brillaba en sus ojos y todo eso. Tenlo en cuenta.

Carraspeé.

—No queda tiempo. Comienza la misión, chicos.

—Como haya que volver a tumbar un Disruptor, me piro, vampiros —dijo Cruz—. Ahueco el ala y me voy a jugar a *Terra Firma*, tíos. Lo digo en serio.

—¿Qué te pasa, Kvothe? —pregunté—. ¿No te gustan los desafíos?

—Lo que me gusta es que la jugabilidad esté equilibrada —respondió Cruz—. No soy un masoquista como tú.

Sentí un leve impulso de defender el juego, pero era un argumento difícil de apuntalar. El Disruptor era una nueva y poderosa arma que los sobrukai habían revelado después de la actualización de contenido más reciente de *Armada*. Era capaz de interferir el enlace cuántico de comunicación de todos los drones defensivos de la Tierra, dejándolos inservibles. Durante los últimos meses, los jugadores más fieles —entre los que me encontraba— habían intentado descubrir cómo desactivar las defensas de los Disruptores para conseguir destruir esos cacharros. Pero hasta el momento, la nueva arma definitiva de los sobrukai estaba considerada como indestructible, y eso hacía que muchas de las misiones de alto nivel del juego fueran casi imposibles de superar.

A pesar de la interminable cantidad de quejas que aseguraban que Chaos Terrain había roto o arruinado su propio juego, la compañía se negó a retirar el Disruptor del arsenal enemigo o a hacerlo más fácil de destruir. Como resultado, muchos jugadores de *Armada* se pasaron a jugar a *Terra Firma*. El Disruptor nunca había hecho aparición en ninguna misión de *TF*, quizá porque, una vez llegaba a tierra, no había nada que las tropas terrestres de la ADT pudieran hacer para detenerlo.

—Es una misión nueva —aseguré—. Tenéis que ser más optimistas, puede que no haya ningún Disruptor.

—Sí —dijo Diehl—. Quizá los desarrolladores hayan preparado algo todavía peor.

—¿Qué puede haber peor que eso? —preguntó Cruz—. ¿Una misión en la que tengas que hacer estallar dos Estrellas de la Muerte mientras te atacan dos cubos Borg dentro de un campo de asteroides?

—Cruz —lo interrumpió Diehl inmediatamente—, dudo mucho que los Borg o...

Por suerte, una alarma sonó en nuestros auriculares en ese mismo instante, avisándonos de que había llegado el momento de recibir instrucciones para la misión. Todas las ventanas de datos desaparecieron de la pantalla, y me vi en una sala de reuniones abarrotada, sentado entre Kvothe y Dealio, los avatares uniformados de Cruz y Diehl. Todos habíamos personalizado nuestros avatares para que guardaran un cierto parecido con nuestra imagen real, solo que un poco más altos, más musculados y menos pálidos. Los avatares de los jugadores más rezagados fueron materializándose a nuestro alrededor en los asientos de las gradas.

En la ambientación de futuro inmediato donde se desarrollaba *Armada*, Cruz, Diehl y yo éramos pilotos de los drones ubicados en la estación lunar Alfa, un puesto de avanzada militar de alto secreto en la cara oculta de la Luna. Ellos eran cabos y yo ostentaba el codiciado rango de teniente.

Las luces de la sala de reuniones virtual se atenuaron y el emblema de la ADT apareció en la pantalla panorámica que teníamos delante. Fue perdiendo luminosidad hasta verse reemplazado por el familiar rostro del almirante Archibald Vance, comandante en jefe de la Alianza de Defensa Terrestre. El actor que Chaos Terrain había seleccionado para interpretar al almirante lo hacía de maravilla. La cicatriz serrada de su cara y el parche del ojo habrían quedado un poco exagerados en cualquier otro actor, pero aquel tío conseguía que nos creyéramos su aspecto de comandante militar curtido en la batalla, que se enfrentaba a circunstancias impracticables con una voluntad hastiada y una determinación sombría.

—Saludos, pilotos —dijo el almirante, dirigiéndose a nosotros desde la pantalla panorámica—. La misión de esta noche no será sencilla, pero sé que es una que muchos de ustedes llevan esperando con ansia desde el principio de la guerra. La humanidad lleva años sufriendo un sinfín de ataques sin respuesta por parte de los invasores alienígenas, pero por fin vamos a contraatacar.

Las comisuras de la boca del almirante se enarcaron hacia arriba en una sonrisa apenas visible. Era lo más cerca que había estado de verle mostrar alguna emoción.

—Esta noche por fin vamos a plantarnos en su casa, literalmente.

La ventana de la pantalla en la que aparecía la cara del almirante se redujo a la esquina superior derecha, revelando el diagrama técnico de un modelo de nave que no había visto nunca. El diseño me recordó un poco al de la *Sulaco* de *Aliens*. Tenía un casco blindado y alargado que recordaba a una ametralladora pesada surcando la infinitud del espacio.

—Este es el primer Carguero de Drones Interestelar de la ADT, el *Doolittle*. Después de viajar durante más de dos años a casi siete veces la velocidad de la luz, el *Doolittle* por fin ha alcanzado su objetivo, que también es el de ustedes en esta misión: Sobrukai, el planeta natal de nuestro enemigo.

—¡Por fin! —exclamó Cruz por el comunicador expresando a la perfección lo que sentí en ese momento.

Todas las misiones anteriores de *Armada* se habían centrado en la defensa y la acción del juego siempre había tenido lugar en nuestro sistema solar, muchas veces en la propia Tierra, sobre los cielos de una gran ciudad o de un puesto de avanzada atacado por los sobrukai. Aunque también habíamos tenido escaramuzas en la cara oculta de la Luna y más allá de la órbita de Marte, cerca del cinturón de asteroides, aquella era la primera misión en la que tenía lugar una ofensiva contra el enemigo. E íbamos a darle donde más duele.

—Tan pronto como el *Doolittle* alcance la órbita de Sobrukai —continuó el almirante—, desactivaremos los dispositivos de camuflaje y lanzaremos el Rompehielos, nuestra tabla de salvación, además de una escolta de cazas que pilotarán ustedes.

El almirante empezó a reproducir las previsiones tácticas en la pantalla. Una animación creada por ordenador mostraba al *Doolittle* camuflado entrando en la órbita de Sobrukai, y a una flota de relucientes naves de combate que rotaban en torno a su ecuador, como un anillo planetario artificial. Distribuidos a intervalos regulares a lo largo de ese anillo había seis orbes gigantes de cromo, Acorazados esféricos de los sobrukai. Los jugadores los llamaban «naves putizas». Y aquella era la primera vez que teníamos que enfrentarnos contra más de una de ellas al mismo tiempo.

En la proa del *Doolittle* se abrió la escotilla con iris del muelle de carga de estribor, y el Rompehielos salió despedido de ella, acompañado por una tupida escolta de más de treinta cazas. El Rompehielos era exactamente lo que aparentaba: un cañón láser gigante y concentrado, atornillado a una plataforma de armas nucleares orbital. En el momento en que comenzó a disparar su poderoso láser para derretir la gruesa capa de hielo que cubría la superficie del planeta, empezaron a surgir cazas sobrukai de los seis Acorazados esféricos, como un torrente que brotara de los hangares por las brillantes puertas que se habían abierto en su corteza blindada. Salían para enfrentarse al pequeño grupo de cazas de la ADT, que protegían el arma apocalíptica que ya disparaba contra el techo helado de su choza para calamares.

—¡Chupaos esa! —gritó Diehl triunfante—. ¿Qué se siente, capullos? ¿Os gusta?

Sonreí debajo de mi casco. Diehl tenía razón. Después de meses de patearnos el culo en casa, aquella oportunidad de poder devolver el golpe a los sobrukai en la suya iba a ser muy liberadora.

—Su misión es mantener el Rompehielos operativo durante unos tres minutos, lo suficiente para que atraviese el hielo y pueda lanzar sus misiles nucleares al océano que hay debajo. Esto destruirá la guarida submarina del enemigo, una colmena acuática situada en el suelo oceánico.

La animación táctica mostró a nuestros cazas dron defendiendo con mucha habilidad el Rompehielos ante una flota enemiga enfurecida, el tiempo suficiente para crear un agujero gigante en el hielo y lanzar los misiles nucleares a través de él, hacia el océano interior del planeta. En ese momento, los misiles balísticos intercontinentales se transformaron en torpedos nucleares teledirigidos que avanzaron a toda velocidad hacia la ciudad cavernosa submarina de los sobrukai, que se parecía a una colmena construida con tecnología punta sobre el fondo rocoso del océano.

—Ahora me siento mal —dijo Diehl—. Como si estuviéramos a punto a bombardear a Aquaman. O a la sirenita...

—Imagina que son gungan —sugirió Cruz—. Y que vamos a meter un pepinazo atómico a Jar Jar.

Los dos rieron al unísono, pero yo seguía enfrascado en la animación de la estrategia. Mostraba los torpedos nucleares de la ADT aproximándose a la colmena acuática de los sobrukai, como una descarga de misiles anticalamar. Un par de ellos fueron rechazados por las torretas defensivas de la colmena, pero la gran mayoría alcanzó su objetivo.

Las consiguientes detonaciones iluminaron la pantalla panorámica como si se estuviera reproduciendo una partida retro a *Missile Command*. La base de los sobrukai había quedado arrasada, y las explosiones termonucleares posteriores sacudieron el planeta con tanta violencia que unas grietas empezaron a extenderse por toda la circunferencia de su superficie helada, haciendo que pareciera un huevo duro con la cáscara estallada. No hubo hongos nucleares, tan solo una inmensa columna de vapor rojo que salía a presión por el enorme agujero del hielo y llegaba hasta la órbita, como si el planeta se estuviera desangrando a causa de una herida de bala.

—Es otra misión suicida —dijo Cruz—. Pero aun así, parece divertida. Me apunto.

Era como si nuestro estúpido enemigo alienígena hubiera vuelto a cometer un error táctico garrafal. No solo había dejado que la tecnología de propulsión hiperespacial cayera en manos de unos simios que sabían utilizar la ingeniería inversa, sino que también nos habían dado el tiempo suficiente para construir nuestra propia nave de guerra interestelar y que la enviáramos por el espacio sideral para contraatacar.

Como siempre, las tácticas de los invasores extraterrestres no tenían ningún sentido y, como siempre, no me importaba. Solo quería matar a un par de alienígenas. Íbamos a darlo todo en una misión kamikaze. Una misión que tenía las características más suculentas de la historia del juego, o de todos los juegos.

La voz del almirante dejó de oírse en mis auriculares por culpa de los ronquidos que fingía Diehl.

—¡Venga ya, viejo! —gritó a continuación—. ¡Menos cháchara y más fiesta!

—Pues sí, me gustaría que pudiéramos saltarnos toda esta mierda de la historia —dijo Cruz—. A-bu-rri-do.

—¿Veis? Por cosas como estas siempre os matan durante los dos primeros minutos —respondí—. Nunca prestáis atención a las instrucciones del almirante.

—¡No, siempre nos matan por tu culpa, Leeroy Jenkins!

—Te he pedido un montón de veces que dejes de llamarme así.

—El que se pica... ¡Patada en la boca! —dijo Cruz—. ¿Por qué no intentas jugar en equipo por una vez? ¿Solo una?

—Las batallas interplanetarias no son un deporte de equipo —respondí—. Nunca lo han sido.

—Pues va a ser que sí lo son, si te paras a pensarlo —añadió Diehl—. El equipo local contra el equipo visitante. ¿Lo pillas? ¿Visitantes? —Después de una pausa dijo—: Porque son extraterrestres.

—Sí, lo he pillado —respondí—. ¿Por qué no nos callamos para poder seguir escuchando?

—Debemos tener éxito en esta misión —decía el almirante en ese momento—. Esa flota se está preparando para partir hacia la Tierra, por lo que esta es nuestra única oportunidad para eliminar a los sobrukai antes de que vengan aquí para destruirnos. El destino de la humanidad depende de que el Rompehielos consiga su objetivo. —Hizo una pausa para sujetarse las manos detrás de la espalda—. Solo tenemos una oportunidad, soldados, así que vamos a aprovecharla.

—¿Me estás vacilando? —gritó Cruz, como si el actor que había prestado su voz para el doblaje pudiera escucharlo—. Espero que podamos jugar esta misión más de una vez. ¡Tiene una pinta tremenda!

—Solo lo dice para que suene más espectacular —expliqué—. Estoy seguro de que podremos volver a jugarla, como los escenarios de los Disruptores.

—Espero que tengas razón —continuó Diehl—. Porque ni de broma vamos a poder pasárnosla en el primer intento. Ni en el segundo ni el tercero tampoco. ¡Tienen seis Acorazados esféricos! Cada uno de ellos cargado con unos miles de millones de drones alienígenas asesinos. ¡Y un Disruptor para rematar!

—No van a activar un Disruptor aquí —apuntó Cruz—. No serviría para nada. Para poder interferir un enlace cuántico, tanto el transmisor como el receptor tienen que estar dentro del alcance.

Esa era la razón por la que la ADT tenía a los humanos y los drones apostados en la cara oculta de la Luna.

—Si no tenemos que preocuparnos por el Disruptor, yo lo veo factible —dije—. Todo lo que tenemos que hacer es proteger el Rompehielos durante tres minutos. *No problemo*.

—¿Que no hay problema? —repitió Cruz—. ¿En serio? ¿De verdad lo crees?

—Pues sí. Solo tenemos que... ya sabes... crear una barrera.

—¿Con qué? —dijo Cruz—. ¿Has echado un ojo a las cifras de la misión? ¡Nuestro carguero solo lleva doscientos drones! El almirante se ha olvidado de mencionarlo.

—Será que lo ha hecho cuando estabais roncando —sugerí.

—Como os decía, este no es sino otro ejemplo de lo descompensada y poco trabajada que está la jugabilidad —continuó—. Los desarrolladores de Chaos Terrain están intentando tocarnos las narices. ¡Nos van a masacrar otra vez!

—Que sí, que sí —dijo Diehl—. ¿Cuándo nos hemos convertido en unos cagones?

Reí. Antes de que Cruz pudiera responder, nos dimos cuenta de que el almirante Vance estaba terminando su monólogo.

—Buena suerte, pilotos. Todos los habitantes de la Tierra contamos con ustedes.

Nos dedicó un saludo de despedida y su imagen parpadeó en la pantalla panorámica hasta desvanecerse y dejar visible de nuevo el emblema de la Alianza de Defensa Terrestre.

Luego, mientras cargaba la misión, se nos mostró la habitual secuencia de vídeo en la que un escuadrón de pilotos de la ADT, con pinta heroica y algo desenfocados, salían al trote de la sala de reuniones hacia un pasillo iluminado y llegaban al Centro de Control de Operaciones con Drones de la estación lunar Alfa, una gran estancia circular con infinidad de escotillas ovaladas embutidas en el suelo. Había pocos metros entre una y otra, y todas contenían cápsulas de control de drones. Las escotillas se abrieron con un sonido sibilante, y al otro lado se podía ver la simulación de unas cabinas de Interceptor. En cada una de ellas había un asiento de piloto rodeado por indicadores y todo un despliegue de controles, además de una pantalla panorámica envolvente que imitaba la forma abovedada del cristal de una cabina.

La secuencia de vídeo terminó y la cámara cambió hasta mostrar la vista en primera persona de mi avatar, solo que ahora me encontraba sentado en una cápsula de control de drones.

Un segundo después, la escotilla se cerró sobre mí con un siseo y todos los paneles de control que me rodeaban y la pantalla envolvente se iluminaron. Aquello creaba una segunda capa en la simulación: la ilusión de que me encontraba sentado dentro de un Dron Interceptor Aeroespacial DIA-88, encendido y esperando en la plataforma espiral de lanzamiento, dentro del hangar de drones del *Doolittle*.

Estiré los brazos a ciegas para poner las manos sobre los nuevos controladores que tenía enfrente de mí, y los ajusté para situarlos en la misma posición que adoptaban en la cabina virtual dentro del juego. Después respiré hondo y fui soltando el aire despacio para relajarme. Aquella solía ser la mejor parte del día, cuando durante unas horas conseguía escapar de una existencia anodina para convertirme en un experto piloto de cazas que pateaba el culo a unos malvados invasores alienígenas. Pero esa noche no sentía que estuviera escapando de nada. Me notaba inquieto. Nervioso. Justificado. Quizás hasta un poco sanguinario.

Como si de verdad fuera a participar en la guerra.

6

LAS GAFAS DEL NUEVO CASCO DE RV DE *ARMADA* ME OFRECÍAN UNA VISIÓN EN 360 GRADOS del interior de la cabina simulada del dron. Al mirar hacia fuera a través de su envolvente cristal abovedado, podía ver el hangar de lanzamiento de drones del *Doolittle*. Desvié la mirada a izquierda y derecha y contemplé la hilera de Interceptores idénticos que estaban alineados a ambos lados, brillando bajo los focos de la cúpula del hangar, preparados para el lanzamiento.

Apareció el HUD, una pantalla con información superpuesta sobre el frontal envolvente de la cabina, que proporcionaba información de vuelo sobre la nave espacial, el armamento y los sistemas de comunicación, además de un radar, sensores y datos de navegación.

Carraspeé y hablé con TAC, el sistema Táctico de Aviónica Computerizada. TAC se podía utilizar como copiloto virtual para controlar los dispositivos de navegación de la nave, el armamento y los sistemas de comunicación, además de informar de actualizaciones de estado en voz alta. TAC también podía proporcionar sobre la marcha recomendaciones a los pilotos novatos para mejorar las maniobras de vuelo y el uso de las armas, pero yo había desactivado esa opción hacía tiempo.

—TAC, prepara todos los sistemas para el lanzamiento —dije.

—¡Cumplimiento! —trinó TAC con alegría.

Con la configuración por defecto, el ordenador tenía una voz femenina sintetizada con un tono calmado y constante que me parecía perturbador para el fragor de la batalla. Así que había instalado varios perfiles de sonido personalizados, entre ellos uno llamado «Trimaxion», que le daba la voz del ordenador de la nave de *El vuelo del navegante*. Hacía que la voz de la nave sonara como Pee-wee Herman gritando a través de un codificador de voz, pero era entretenido y hacía que me mantuviera alerta.

Todos los propulsores, armas y escudos de los Interceptores se alimentaban de un reactor de fusión que recargaba constantemente las células de energía del dron. Pero lo hacía muy despacio, por lo que en combate había que usar la energía con moderación o podías terminar flotando a la deriva en el espacio, más perdido que un pulpo en un garaje.

Era muy fácil quedarse sin energía en el fragor de la batalla, porque cada movimiento o disparo gastaba un poco, y cuando los escudos sufrían un impacto directo, también. Si estaba muy baja, el dron primero perdía los escudos, luego las armas y al final los propulsores. Lo más probable entonces era que te estrellaras y explotara, pero si tenías la suerte de combatir en el espacio, tan solo quedarías a la deriva e inutilizado en la nada, esperando a que las células de energía se recargaran lo suficiente como para reactivar los propulsores y rezando para no convertirte antes en el objetivo de una nave enemiga, que era lo que pasaba casi siempre.

Los cazas Guja del enemigo tenían unas torretas bláster acopladas en las puntas de las alas que podían rotar en cualquier dirección, lo que les proporcionaba un campo de tiro casi ilimitado. Pero los cañones de plasma (también llamados «cañones solares») y los misiles Macross de los Interceptores solo se podían disparar hacia delante, por lo que el objetivo tenía que estar enfrente si quería alcanzarlo. No obstante, mi nave tenía una torreta láser que podía disparar en cualquier dirección, pero a diferencia de los cañones solares, la torreta utilizaba muchísima energía y tenía que utilizarla con moderación.

Nuestras naves también estaban equipadas con un mecanismo de autodestrucción, que servía como arma en situaciones desesperadas. Mientras al dron le quedara algo de energía, por poca que fuera, el núcleo del reactor podía detonarse y dar lugar a una explosión capaz de pulverizar cualquier cosa dentro de un radio de cien metros a la redonda. Con la sincronización adecuada, se podían eliminar unas doce naves enemigas con esa táctica. Por desgracia, el enemigo también tenía la posibilidad de detonar el núcleo de sus reactores y a ellos no les importaba llevarse por delante a los suyos cuando lo hacían. A muchos jugadores tampoco, claro. Para algunos, aquello conformaba su única estrategia. El gran inconveniente de aquel movimiento autodestructivo era que te tenías que perder al menos una parte de la batalla, ya que antes de poder volar de vuelta al combate había que esperar dentro del hangar a tomar el control de otro dron, y luego esperar a que llegara al principio de la cola de lanzamiento. Todo aquello podía sumar un minuto o más de espera, dependiendo de lo rápido que el enemigo derribara nuestros drones.

Se escuchó una bocina en el hangar cuando la cinta transportadora de la plataforma de lanzamiento comenzó a moverse entre zumbidos y a desplegar uno detrás de otro los Interceptores posicionados delante del mío, disparándolos al exterior por el vientre del *Doolittle* como las balas de una ametralladora.

—¡Toma ya! —oí decir a Dealio—. ¡Por fin voy a poder matar alienígenas!

—Eso si no te dan cera antes de que puedas pegar un solo tiro —dijo Cruz—. Como la última vez.

—¡Te dije que se me había ido internet! —gritó Dealio.

—Tío, oímos tus insultos por el comunicador justo después de que te mataran —le recordé.

—¡Eso no quiere decir nada! —dijo con alegría. Luego bramó—. Grita: «¡Devastación!»

Cuando vio que ninguno le habíamos seguido el juego, dio un fuerte carraspeo por el comunicador.

—Eh, ¿por qué no habéis gritado «devastación» conmigo? —preguntó—. Venga, cabrones, será mejor que os desgañitéis un poco con la devastación. ¿Qué queréis, gafarnos?

—Lo siento, Dealio —dije. Y luego vociferé tan alto como pude—. Grita: «¡Devastación!»

—Yo creo que voy a dejar los gritos para vosotros, chicos —dijo Cruz antes de farfullar su propio mantra personal pregresca—: ¡A ello!

Me hice restallar los nudillos y puse la mejor canción para repartir estopa de la vieja cinta de mezclas «Asalto a las recreativas» de mi padre. Cuando la pista de bajo con la que empezaba *Another One Bites the Dust* de Queen empezó a retumbar en los auriculares integrados del casco, me sentí en mi salsa.

El ritmo ametrallador de la canción encajaba a la perfección con los tiempos y el ritmo de las naves enemigas en casi cualquier tipo de misión. (*We Will Rock You* era otra que me iba muy bien en los escenarios de muchos tiros, como aquel.) Cuando la voz de Freddie Mercury entró unos segundos después, subí el volumen de los auriculares, al parecer lo suficiente como para que se oyera a través del micrófono.

—Madre mía —dijo Cruz—. Parece que esta noche vuelve a pinchar DJ Geriátrico. Menuda sorpresa.

—Si te parece demasiado alto, es que eres demasiado viejo, Kvothe —le recriminé—. ¿Por qué no me silencias y pones el último recopilatorio de Kidz Bop?

—Pues puede que lo haga —respondió—. Son una genialidad y no tienen el reconocimiento que se merecen, ¿sabes?

Los dos drones controlados por Cruz y Diehl se lanzaron fuera del hangar justo delante de mí, cada uno con su apodo de piloto visible en mi HUD.

—¡Atención, su dron es el siguiente en la cola de lanzamiento! —anunciaron los sistemas de la nave con demasiado entusiasmo—. ¡Prepárese para enfrentarse al enemigo!

La cinta transportadora volvió a avanzar e introdujo mi dron en el túnel de lanzamiento, para después hacer que saliera disparado hacia el espacio.

Y fue como si estuviera en *Amanecer rojo*.

La primera oleada de naves enemigas atacantes ya surgía de la parte baja del Acorazado esférico más cercano, como si fueran abejas saliendo de una colmena de metal y abalanzándose sobre nosotros desde la negrura, muy rápido por nuestras doce.

Un instante después, el espacio al frente de mi dron se llenó con cientos de cazas Guja de los sobrukai y varias decenas de Guivernos con aspecto de dragón que se desenroscaban y serpenteaban entre ellos, todos moviéndose al unísono y acercándose para atacar al Rompehielos. Aguanté la respiración mientras apuntaba a uno de los Guja de delante. Tenía una cuenta que saldar con ese dichoso trasto por escapar de mis fantasías para invadir mi realidad. Y de paso por hacer que me cuestionara mi salud mental.

La pantalla táctica en tres dimensiones parpadeó para avisarme de la detonación de un reactor justo detrás de mí, por lo que aceleré justo a tiempo para evitar que me pillara la explosión.

Sobrevivir más de un par de minutos en una batalla de aquellas proporciones no era sencillo. Esquivar el fuego enemigo requería reflejos ultrarrápidos, una percepción espacial de aúpa y tener un don para reconocer ciertas pautas. Había que aprender a encontrar la mejor ruta para atravesar las líneas enemigas, a retirarse y atacar al mismo tiempo.

Después de haber pasado las horas suficientes estudiando cómo se movían y atacaban las naves de los sobrukai cuando actuaban en grupo, poco a poco empecé a ver las pautas que ocultaba todo ese caos. A veces se movían como una bandada de pájaros, persiguiendo su propia cola mientras descendían a tierra. Otras, hacían giros bruscos en el cielo, como un banco de peces carnívoros. Pero siempre seguían unas pautas, y saber reconocerlas me permitía anticiparme a los movimientos y las reacciones del enemigo, lo que me los ponía a tiro con relativa facilidad. Siempre que sonara la música adecuada, claro. La música era la clave. Las canciones de rock antiguas de los viejos casetes de mezclas de mi padre eran perfectas, ya que tenían un ritmo regular y marcado que hacía las veces de metrónomo mental para el combate.

Paré los motores y activé los retropropulsores para que la nave girara 180 grados sin perder aceleración. Luego abrí fuego con una ráfaga de los cañones solares contra el enjambre de Gujas que se reunía en la cola del Rompehielos.

Cuando alcancé mi primer objetivo, este implosionó y colapsó en unas bolas de fuego de plasma hipercaliente. Apareció un mensaje en mi HUD para informarme de que había conseguido la primera baja del encuentro.

—Ahí va uno. Quedan un par de millones —informé por el comunicador con la adrenalina por las nubes. Matar extraterrestres en un videojuego siempre me había servido como válvula de escape para mis frustraciones adolescentes, pero aquella noche era como si disparara esa rabia comprimida cada vez que apretaba el gatillo.

No importaba que los sobrukai fueran ficticios: quería acabar con todos y cada uno de ellos.

—Chicos, tengo dos Gujas detrás —comunicó Diehl—. ¿Alguien me ayuda?

—¡Ayúdate tú solo, tío! —escuché decir a Cruz—. ¡A todos nos están dando para el pelo!

—A mí no —respondí—. Es oficial, ya estoy en mi salsa.

Eché un vistazo, pero ni Kvothe ni Dealio estaban a la vista, ya que el Rompehielos se interponía entre nosotros. Activé mis propulsores laterales para hacer una serie de toneles volados en picado y evitar la lluvia de proyectiles de plasma que se me venía encima desde todas las direcciones. También jugué un poco con el mando de gases para variar la velocidad de la nave y el ángulo de ascenso, mientras alineaba la mira de la torreta láser omnidireccional hacia una nueva amenaza: una fila de tres Gujas que se me acababan de situar en cola y se cernían sobre la pantalla trasera de mi HUD.

En el momento en el que tuve al líder en el punto de mira, pulsé el gatillo de la torreta láser con el pulgar. El rayo solo duró un instante y no se podía ver a simple vista, pero en el HUD apareció la trayectoria exacta. Observé cómo atravesaba el casco del Guja que tenía más cerca de la cola, luego continuó atravesando el de los otros dos que se encontraban detrás y terminó por destruirlos en una rápida sucesión de explosiones: «¡Bum! ¡Bum! ¡Cataplum!»

Apagué el láser, que ya se estaba sobrecalentando, y volví a cambiar a los cañones de plasma. Eso hizo que el HUD se reorientara de manera automática para mostrarme la parte delantera de la nave en lugar de la explosión de detrás, que ya se disipaba. Puse el motor a máxima potencia. Pero cuando pasaba por debajo del Rompehielos y me preparaba para ascender por el lado contrario, dos Gujas más aparecieron en mi cola. Salieron por sorpresa justo detrás de mí y empecé a recibir muchos disparos, lo que hizo caer la energía de los escudos a la mitad y redujo aún más la de las células de energía, que ya estaba por los suelos.

Según el HUD, el Rompehielos había disparado el láser para derretir la capa de hielo durante menos de un minuto, y los sobrukai ya habían destruido casi la mitad de nuestros Interceptores. El hangar del *Doolittle* seguía desplegando refuerzos, pero los drones los pilotaban jugadores que ya habían caído al menos una vez, y la mayoría de ellos volvería a caer un par de segundos después de reincorporarse a la batalla.

Cruz tenía razón: no íbamos a poder resistir durante el tiempo suficiente.

—¡Que le den! —dije—. Voy a intentar crear una distracción.

—¿Adónde vas? —preguntó Cruz por el comunicador—. ¡Protege el Rompehielos, capullo!

—¡Lo siento, Cruz! —dije empujando hacia delante el acelerador—. ¿A que no sabes quién acaba de unirse a la fiesta? ¡Leeeeeeroyyy...!

—¡Lightman, no serás capaz!

—¡... mmm... Jenkinsss!

Rompí la formación y dejé detrás el Rompehielos para atacar al Acorazado más cercano. Aceleré a fondo y pasé por delante de él, disparando a las torretas que se encontraban a lo largo de su ecuador y llevándome por delante una o dos.

—¡Cagonlaputa, Zack! —exclamó Cruz—. ¡Siempre igual! ¡Siempre igual, joder!

Sonreí y activé los propulsores para poner el caza en picado con la intención de escurrirme por la parte inferior de la esfera y ametrallar su escudo. La maniobra gastó casi un tercio de la energía que me quedaba, ya que el Interceptor tuvo que activar por un momento el campo anulador de inercia para realizarla. Al hacerlo conseguí que varios cazas sobrukai dejaran de seguirme, ya que ellos también tenían que realizar la maniobra y no disponían de la energía necesaria. En su lugar, tuvieron que realizar un giro cerrado por detrás de mí, para luego intentar apuntar a mi Interceptor, pero ya los había dejado atrás.

Otro enjambre de Gujas surgió del Acorazado cercano y todos se lanzaron contra el Rompehielos en línea recta, disparando al mismo ritmo. Los destrocé con una ráfaga sostenida de los cañones solares, lo que hizo que mi recuento de víctimas sobrukai subiera hasta nueve. No estaba mal, pero tampoco llegaba a mi media habitual. La puntería me fallaba un poco.

—¡Mierda! —oí gritar a Diehl por el comunicador—. ¡Esas

putas tostadoras me han dejado sin escudos! ¡Soy una hoja al viento, *Reavers* de los cojones!

—Tío —dijo Cruz—. No deberías mezclar insultos de universos diferentes.

—¿Y eso por qué? —alegó Diehl—. Además, ¿quién te dice a ti que *Battlestar Galactica* y *Firefly* no transcurren en el mismo universo? ¿Te has parado a pensarlo alguna vez?

Oí una serie de explosiones atronadoras por detrás y giré la cabeza justo a tiempo para ver cómo el CDI *Doolittle* explotaba y se transformaba en una enorme bola de fuego entre la lluvia de disparos de plasma del enemigo.

—¿Qué te había dicho? —farfulló Cruz por el micrófono—. Adiós a nuestro carguero y al resto de los drones de reserva.

—Ya, y el maldito Rompehielos todavía no ha terminado de hacer ese estúpido agujero para pescar en el hielo —añadió Diehl—. Fin del juego, tío. Fin del puto juego.

—Todavía no —murmuré.

Apreté los dientes e hice que mi Interceptor diera la vuelta para intentar defender el Rompehielos. Apunté al grupo de Gujas que atacaba sus propulsores traseros, pero no pude fijar el blanco en ninguno de los objetivos que parpadeaban en mi HUD porque tenía que esquivar el fuego enemigo, y también el fuego amigo de los cañones automáticos del casco blindado del Rompehielos, que estaba sobrevolando en esos momentos.

Mi dron recibió dos impactos directos más, que hicieron que los escudos bajaran hasta el quince por ciento. Un golpe más y se desactivarían. Después irían las armas. No pintaba bien.

Empujé hacia delante con fuerza la palanca de vuelo y realicé un picado brusco para evitar el láser de pulsos del Rompehielos que derretía la superficie. Sin hacer caso a los avisos de TAC que anunciaban que el dron se quedaba sin energía, aceleré la marcha y giré haciendo un tonel volado mientras disparaba con los cañones solares.

—¡Mierda! —oí maldecir a Diehl—. Me han dado, tíos. Estoy fuera.

Eché un vistazo al HUD y vi desaparecer el Interceptor de Diehl.

—¡A mí también! —añadió Cruz un momento después. Soltó una ristra de improperios por el comunicador y se desconectó del juego por completo.

Las muertes digitales de mis dos mejores amigos me distrajeron lo suficiente como para recibir otra sucesión de impactos directos, que desconectaron los escudos y el armamento. En ese instante, activé la secuencia de autodestrucción del núcleo de energía del dron, a pesar de que sabía que era improbable que me mantuviera vivo los siete segundos que hacían falta para que se completara.

Todos los cazas Guja que había en las inmediaciones se pusieron a dispararme, con la esperanza de destruir mi núcleo antes de que se completara la cuenta atrás y entrara en fase crítica. Hacerlo los obligó a dejar de centrarse en el Rompehielos por un momento, justo como había planeado.

Quedaban cinco segundos para que se completara la secuencia de autodestrucción del dron. Cuatro, tres...

Fue entonces cuando ocurrió lo inevitable: el Rompehielos llegó a su límite de impactos y explotó justo debajo de mí. La consiguiente bola de fuego destruyó mi dron y todas las naves que se encontraban en su onda expansiva.

Una música funesta comenzó a sonar en mis auriculares, y las palabras MISIÓN FALLIDA aparecieron sobre una vista panorámica de la flota de los sobrukai. Cada uno de los seis Acorazados esféricos convocó a los drones que quedaban y volvieron a su órbita original, ahora que aquella pequeña amenaza para su mundo había sido aniquilada.

APAGUÉ LA CONSOLA SIN MIRAR Y ME QUEDÉ SENTADO EN LA OSCURIDAD DURANTE UN MOMENTO antes de quitarme el casco de RV y suspirar, de vuelta en el mundo real.

El teléfono sonó un par de segundos después. Era Cruz, que ya había tenido tiempo de comprobarlo y quería hacerme saber que «El ataque a Sobrukai» no constaba en la lista de misiones repetibles, al menos por ahora. Luego añadió a Diehl a la llamada y se pusieron a lloriquear, como hacían siempre después de las misiones. Después ambos Mikes intentaron engatusarme para jugar con ellos una misión de *Terra Firma*, pero farfullé algo sobre tener que hacer deberes y les dije que ya nos veríamos en clase al día siguiente.

Me levanté y fui hacia el armario. Cuando abrí la puerta, una pequeña avalancha de cosas cayó a mis pies. Hurgué en la densa pila de camisas de vestir y abrigos de invierno que colgaban de las perchas hasta que encontré la vieja chaqueta de mi padre al fondo del todo. Era una chaqueta antigua de béisbol con mangas de cuero y cubierta de arriba abajo con parches bordados. Todos estaban relacionados de alguna manera con la ciencia ficción o los videojuegos, y entre ellos había algunos de los que se daban como premio por conseguir las mejores puntuaciones en los viejos títulos de Activision, como *Starmaster*, *The Dreadnaught Destroyer*, *Laser Blast* y *Kaboom!* Por las mangas había logotipos e insignias militares de la Alianza Rebelde, la Liga Estelar, la Federación de Planetas Unidos, la Flota Colonial de *Battlestar Galactica* y la Fuerza de Defensa Robotech, entre otros.

Los miré uno a uno con detenimiento mientras pasaba las yemas de los dedos por el bordado. La última vez que me había probado la chaqueta, unos años antes, seguía quedándome demasiado grande, pero al ponérmela en aquel momento reparé en que me venía que ni pintada, casi como si se la hubiera encargado a un sastre.

Me dieron muchas ganas de llevarla a clase al día siguiente, a pesar de que me había prometido dejar de vivir en el pasado y de obsesionarme con el padre que nunca había conocido.

Eché un vistazo a los pósteres, los juguetes y las maquetas que llenaban la habitación y sentí una punzada de dolor en el pecho al imaginarme llevando todas las preciadas posesiones de mi padre de vuelta al desván. A pesar de mis buenas intenciones, parecía que todavía no estaba preparado para olvidarme de él. De momento.

Me eché hacia atrás en la silla e intenté ahogar un bostezo sin conseguirlo. Hice un par de análisis rápidos de sistema, cuyos resultados me confirmaron que estaba para el arrastre. Me había quedado sin reservas de plutonio. Tenía que dormir cuanto antes.

Di tres pasos hacia la cama y me dejé caer boca arriba sobre mis sábanas clásicas de *Star Wars*, y allí me quedé dormido en un sueño ligero.

Esa noche tuve muchas pesadillas con un gigantesco jefe supremo de los sobrukai que estrujaba entre sus tentáculos el indefenso planeta Tierra, como si planeara tragárselo de un bocado.

7

CUANDO LLEGUÉ AL COCHE A LA MAÑANA SIGUIENTE Y FUI A ABRIR LA PUERTA, VI UN rayón sinusoide que iba desde el parachoques delantero hasta el trasero del lado del conductor.

Alguien me había rayado el coche. Me volví para observar las casas de alrededor, pensando que Knotcher podía andar cerca. Pero no estaba, y se me ocurrió que quizá lo hubiera hecho la noche anterior, mientras tenía el Omni aparcado fuera de Starbase Ace. No me había dado cuenta al salir del trabajo porque estaba oscuro, y tampoco es que llevara el coche muy limpio.

Me giré para volver a valorar los daños, y aproveché para hacer una estimación general del vehículo. El gran arañazo de Knotcher no destacaba demasiado. Uno de los pocos beneficios de conducir una tartana antigua y oxidada era que costaba muchísimo hacer que pareciera todavía peor.

Darme cuenta de aquello hizo que me calmara lo suficiente como para hacer caso al consejo que el maestro Yoda repetía entre susurros en mi cabeza: «Abandona la ira».

Solía intentar calmarme con la voz de Yoda (que sonaba muy parecida a la del oso Fozzie, para qué negarlo) en los momentos de estrés. Obi-Wan, Qui-Gon o Mace Windu también tenían pequeñas perlas de sabiduría de las películas que me calmaban.

Eso era en los días buenos, claro. En los malos solía recurrir de la misma manera a los persuasivos consejos de lord Vader o Palpatine.

Pero no fue su oscura influencia lo que me motivó a sacar la llave de ruedas del maletero del Omni y meterla en la mochila. Fue la voz de mi amigo Diehl el día anterior avisándome de que Knotcher había amenazado con vengarse.

DEJÉ EL COCHE EN EL APARCAMIENTO DE ESTUDIANTES Y CAMINÉ AGOTADO HACIA LA ENTRADA principal de la escuela, mientras calculaba el número de días que me quedaban de condena: solo cuarenta y cinco más.

Pero cuando llegué a la despejada zona verde que rodeaba el aparcamiento, Knotcher me esperaba allí, junto a dos de sus compinches. Los tres me sonreían cruzados de brazos, como los matones de un episodio de los *Power Rangers*.

Lancé una mirada rápida a la entrada de la escuela para calcular la distancia. Si lo intentaba, era posible llegar antes de que me pillaran, pero me di cuenta de que no quería hacerlo.

Knotcher estaba parado delante. Como me temía, rayarme el coche no había sido suficiente. Había decidido que su hombría estaba en entredicho y que no tenía otra elección que acorralarme y darme una paliza. Con algo de ayuda, claro.

A los dos gargantuescos colegas de Knotcher se los conocía en la escuela como «los Lennys», aunque ninguno de los dos se llamaba Lenny en realidad. Se habían ganado aquel apodo después de leer *De ratones y hombres* en literatura de segundo. Yo no creía que el apodo les hiciera justicia. Es verdad que ambos eran grandes y tontos, como el personaje del libro, pero el Lenny de Steinbeck era buena persona, en el fondo. Los dos Lennys que tenía delante (que yo llamaba Lenny-cabeza-rapada y Lenny-tatuaje-en-el-cuello, respectivamente) tenían una maldad que iba a la par con su tamaño. Pero su tamaño quedaba ensombrecido por la enormidad de su estupidez.

—¡Me encanta tu chaqueta nueva! —dijo Knotcher. Luego hizo el paripé de moverse en círculos a mi alrededor para examinar cada uno de los parches—. Son muy impresionantes. ¿Hay por ahí alguno con un pequeño arcoíris?

Después de unos segundos procesándolo, los Lennys soltaron una risita. Era el tiempo que sus cerebros de reptil habían necesitado para resolver la elegante ecuación «arcoíris igual a gay» de Knotcher.

Al no obtener respuesta, Knotcher volvió a la carga.

—Parece la chaqueta de un atleta del equipo del instituto, ¿sabes? —dijo—. Si ser un friki de los videojuegos que no folla fuera un deporte, claro. —Rio—. En ese caso, tú serías nuestro *quarterback* estrella, ¿verdad, Lightman?

Empecé a sentir cómo la ira escapaba a mi control. ¿Qué me había hecho pensar que llevar la vieja chaqueta de mi padre al instituto era buena idea? Era como una invitación al escarnio público con el único tema que siempre me sacaba de mis casillas, y estaba claro que Knotcher iba a ser el primero en morder el anzuelo. Quizá fuera esa mi razón principal para hacerlo, la misma por la que me había enfrentado a Knotcher el día anterior. Era como si un lóbulo de cavernícola furioso de mi cerebro deseara pelearse, y por eso había orquestado todo aquello. Era culpa mía.

Knotcher y los Lennys dieron un paso hacia mí, pero yo no me moví.

—Al menos esta vez has sido inteligente y te has traído refuerzos —dije mientras me quitaba la mochila, agarraba las dos asas con la mano derecha y me deleitaba con el peso de la llave de ruedas de su interior.

La sonrisa de Knotcher titubeó un momento y luego se convirtió en una mueca burlona.

—Solo están aquí para asegurarse de que no juegas sucio —dijo—. Como la última vez.

Luego, contradiciendo lo que acababa de señalar, Knotcher

hizo un gesto con la cabeza a los Lennys y los tres empezaron a separarse para formar una especie de semicírculo a mi alrededor.

En mi mente casi podía escuchar la voz quebrada e imperiosa del emperador Palpatine diciendo: «Usa tus sentimientos de agresividad, muchacho. Deja que el odio fluya de tu interior.»

—Estás con la mierda al cuello, ¿eh, Lightman? —se burló Knotcher—. Más o menos como tu viejo.

Sabía que Knotcher intentaba sacarme de mis casillas. Y no solo tenía todas las papeletas para ello, sino que acababa de ganar el premio gordo y había llegado la ceremonia de entrega.

No recordaba haber abierto la mochila ni sacado la llave de ruedas, pero debí de hacerlo, porque tenía la mano cerrada alrededor de la fría barra de acero y la estaba levantando para dar un golpe.

Los tres oponentes se quedaron quietos un instante, con los ojos como platos. Los Lennys levantaron las manos y empezaron a retroceder. Knotcher les dirigió un par de miradas y vi cómo comprendía que sus simiescos amigos se habían retirado de la pelea. Él también empezó a andar hacia atrás.

Miré el bordillo, que estaba un par de metros detrás de él, y se me ocurrió una idea macabra que puse en práctica lanzándome hacia él con la llave de ruedas en alto. Se tambaleó hacia atrás y, justo como había esperado, se trabó un tobillo con el asfalto elevado y cayó de espaldas.

Llegué junto a él, mirándolo desde arriba con la llave de ruedas en las manos.

Alguien gritó a mi izquierda. Giré la cabeza y vi que teníamos público, un grupo de alumnos que se dirigían a su primera clase. Entre ellos había una chica muy joven y asustada, lo que indicaba que era una estudiante de primer año, que se tapó la boca con la mano y empezó a alejarse cuando la miré. Como si tuviera muchísimo miedo de que Zack, el psicópata del instituto, la eligiera como su siguiente víctima.

Volví a mirar a los Lennys, que se habían incorporado a los estudiantes reunidos para ver la pelea. Todos los espectadores parecían tener la misma expresión de espanto, como si creyeran que iban a presenciar su primer asesinato.

A medida que se iba apaciguando mi furia, me recorrió una fría sensación de vergüenza. Miré la llave de ruedas que llevaba y la dejé caer en el asfalto. Desde atrás, oí un coro de risitas nerviosas y también más de un suspiro de alivio.

Me alejé de Knotcher, y él se puso en pie poco a poco. Nos miramos uno al otro durante un momento y, justo cuando parecía que iba a decir algo, alzó la mirada de repente, como si hubiera algo en el cielo a mis espaldas.

Me di la vuelta y vi un avión muy raro acercándose por el este a una velocidad increíble. A medida que se aproximaba, se me fue antojando más familiar. Mi cerebro seguía sin querer aceptar lo que veían mis ojos. Unos segundos después, el avión frenó en seco y quedó flotando justo sobre nosotros, tan cerca como para que pudiéramos distinguir el emblema de la Alianza de Defensa Terrestre grabado en un lateral de su casco blindado.

—No puede ser —oí susurrar a alguien. Un segundo después me di cuenta de que había sido yo.

Era un Transbordador Aeroespacial de Tropas del modelo TAT-31, una de las naves que la Alianza de Defensa Terrestre utilizaba tanto en *Armada* como en *Terra Firma*. Y estaba a punto de aterrizar delante de mi instituto.

Tenía claro que aquella vez no era una alucinación, ya que había muchísima gente mirando el transbordador con cara de asombro. Y también oí cómo resonaban los motores de fusión y sentí en la cara las oleadas de calor que emanaban. Estaba ahí arriba de verdad.

Cuando el transbordador comenzó a descender, todos los que estaban cerca se dispersaron como cucarachas hacia la seguridad que les ofrecía la escuela.

Yo me quedé ahí parado como una estatua, incapaz de mirar hacia otro lugar. La nave era idéntica a los transbordadores de tropas que había pilotado en *Armada*, desde el emblema de la ADT hasta el código de identificación que tenía grabado en la parte inferior del casco.

«La Alianza de Defensa Terrestre no puede ser real, Zack —me dije—. Y tampoco ese transbordador que crees estar mirando ahora mismo. Vuelves a alucinar, y esta vez es mucho peor. Es un brote psicótico en toda regla.»

Pero no lograba convencerme. Había demasiadas pruebas a favor de lo contrario.

«Vale, entonces es posible que estés atrapado en un sueño lúcido, como Tom Cruise en *Vanilla Sky*. O quizá tu realidad sea en verdad una simulación muy convincente hecha por ordenador, como en *Matrix*. O quizás acabes de morir en un accidente de coche y esto no sea más que una elaborada fantasía de tu cerebro durante tus últimos segundos de vida, como en ese viejo episodio de *Más allá de los límites de la realidad*.»

Continué observando cómo aterrizaba el transbordador de la Alianza de Defensa Terrestre, mientras me decía que no había más remedio que aceptar la situación y punto, al menos hasta que despertara y me encontrara con el agente Smith, o escuchara la voz de Rod Serling narrando el final del episodio.

El transbordador desplegó su tren de aterrizaje y se posó con suavidad en el amplio camino que llevaba hasta la entrada principal de la escuela. Miré hacia allí y vi caras en las ventanas de todas las aulas, mientras cientos de estudiantes se amontonaban en las salidas para ver mejor la extraña nave y enterarse de lo que ocurría.

Era fácil distinguir quiénes habían reconocido el transbordador de la Alianza de Defensa Terrestre. Ellos, como yo, eran los que estaban más estupefactos. Para los demás, quizá solo pareciera un nuevo tipo de avión militar, un cruce un tanto futurista entre un helicóptero y un Harrier, como las naves de despliegue de tropas de *Avatar* o *Al filo del mañana*.

Las puertas automáticas del transbordador se abrieron, y salieron de ellas tres hombres con trajes negros. Parecían agentes del Servicio Secreto. El señor Woods, el director de la escuela, se quedó quieto unos segundos y luego se abalanzó sobre ellos con la mano extendida para saludarlos. Después de que todos se hubieran estrechado la mano, el más bajo de los tres se quitó las gafas de sol y di un respingo. Era Ray Wierzbowski, mi jefe de Starbase Ace.

¿Qué cojones hacía allí Ray vestido de hombre de negro? ¿Y dónde coño había conseguido un transbordador militar de la Alianza de Defensa Terrestre?

Observé atónito cómo Ray mostraba muy rápido algo parecido a una identificación al director Woods. Intercambiaron unas palabras y volvieron a estrecharse las manos. Luego Ray levantó un pequeño megáfono y lo utilizó para dirigirse a la multitud, que cada vez era mayor.

—Sentimos interrumpiros la mañana a todos —dijo Ray con una voz imponente que no le había oído nunca y que resonó por todo el instituto—. Pero necesitamos encontrar de inmediato a Zack Lightman. ¿Alguien sabe dónde está? ¿Zack Lightman? Por favor, mirad a vuestro alrededor y señalad si lo veis. Necesitamos su ayuda con un asunto urgente de seguridad nacional. ¡Zack! ¡Zack Lightman!

Me di cuenta de que Ray decía mi nombre casi al mismo tiempo que todo el mundo que había en mi campo de visión me miraba y me señalaba, incluidos Knotcher y los Lennys. Era como aquella escena de *La invasión de los ultracuerpos*. Al cabo de un tiempo, mi condicionamiento escolar actuó, levanté la mano y grité: «¡Presente!»

Al verme, Ray sonrió y echó a correr por el césped hacia mí como si le fuera la vida en ello. Nunca lo había visto moverse tan rápido.

—¿Qué pasa, Zack? —dijo al llegar, jadeando un poco. Luego me puso la mano en el hombro y señaló con la cabeza el resplandeciente transbordador que tenía detrás—. ¿Quieres dar una vuelta?

«Por fin está ocurriendo, Zack. La llamada de la aventura que llevas esperando toda tu vida. Ahí la tienes, justo delante de ti.»

Y me estaba cagando por la pata abajo de miedo.

Pero aun así, conseguí asentir con la cabeza y balbucear un «sí».

Ray sonrió con orgullo, creo, y me apretó el hombro.

—¡Sabía que querrías! —dijo—. Sígueme, colega. No hay tiempo que perder.

Bajo la atenta mirada del instituto entero, seguí a Ray por el césped, de vuelta hasta el transbordador de la Alianza de Defensa Terrestre que nos esperaba. La multitud se apartó para dejarnos paso y vi a mi exnovia Ellen mirándome con incredulidad entre la aglomeración de caras. El vaivén de la muchedumbre hizo que la perdiera de vista. Unos segundos después vi a Cruz y Diehl. Habían conseguido avanzar hasta la primera fila y se encontraban a un par de metros de los otros dos tipos del Servicio Secreto, que hacían guardia delante del transbordador para contener a la gente con la especie de campo de fuerza que emanaba de su pelo rapado y sus Ray-Ban.

—¡Zack! —gritó Cruz cuando nuestras miradas se encontraron—. ¿Qué pasa aquí? ¡Esto es una movida!

Diehl lo empujó a un lado e intentó abalanzarse hacia mí, moviendo los brazos como si se ahogara.

—¡Cabrón con suerte! —vociferó—. ¡Diles que nos lleven a nosotros también!

Cuando me di cuenta, ya estaba dentro del transbordador, en un asiento de la cabina justo enfrente de Ray y sus dos compañeros trajeados. La escotilla se cerró, silenciando el rugido del gentío. Siguiendo el ejemplo de Ray, me abroché el arnés de seguridad por el torso y tiré de él con fuerza.

Cuando vio que iba bien sujeto, Ray levantó el pulgar al solitario piloto sentado en los controles, que llevaba un uniforme de la Alianza de Defensa Terrestre auténtico al cien por cien. Durante un par de segundos, me quedé embobado apreciando con interés todos los detalles con los que aquel tío había adornado su *cosplay*. Poco después, el piloto terminó la secuencia de arranque del transbordador y activó los motores.

Mientras ascendíamos tuve un monólogo interior que decía algo como: «Ese tío no está haciendo *cosplay* ni estamos en la SobruCon IV, Zack. Parece un piloto de verdad de la ADT, que lleva un uniforme de verdad de la ADT y que está pilotando un transbordador de verdad de la ADT, en el que por lo visto estás a bordo. Así que... veamos... multiplicamos por dos, me llevo una... Y si mis cálculos son correctos, ¡LA PUTA ALIANZA DE DEFENSA TERRESTRE EXISTE DE VERDAD!»

Apreté la cara contra la ventanilla cóncava que había al lado de mi asiento y miré hacia abajo, donde mis compañeros y profesores aún estaban congregados delante del instituto. Ya habían encogido hasta tener el tamaño de hormigas y nosotros habíamos salido despedidos hacia arriba a una velocidad irracional.

Pero cuando cerré los ojos no sentí que nos moviéramos. No había fuerza que me aplastara contra el asiento. El transbordador ni siquiera vibraba ni temblaba por las turbulencias mientras ascendíamos a través de la atmósfera.

Luego recordé que, según se decía en el trasfondo de *Armada*, todas las naves de la Alianza de Defensa Terrestre estaban provistas de tecnología alienígena obtenida mediante ingeniería inversa, y eso incluía un generador de campos *Trägheitslosigkeit*, que servía para crear una pequeña burbuja anuladora de inercia alrededor de la nave. Se lograba «aprovechando la rotación paralela de las partículas giromagnéticas para alterar la curvatura del espacio-tiempo», o algo así. Siempre había pensado que aquello no era más que una perorata pseudocientífica inventada por los guionistas de Chaos Terrain para hacer que las pedazo de batallas imposibles en el espacio parecieran un poco más creíbles, igual que en *Star Trek* y *Star Wars* usaban los «amortiguadores

113

de inercia» y los «compensadores inerciales» para que Han Solo y el capitán Kirk no se convirtieran en melaza heroica cada vez que activaban el motor hiperespacial o de curvatura.

Volví a cerrar los ojos con fuerza y seguí teniendo la misma sensación de estar en un coche parado en un semáforo en rojo. Ahí te quedas, sir Isaac Newton.

UNA GRUESA CAPA DE NUBES ME OCULTÓ LA IMPONENTE VISTA Y POR FIN PUDE APARTAR LOS ojos de la ventanilla. Me volví para mirar a Ray, que seguía sonriendo mientras sus dos estoicos e inexpresivos compañeros permanecían en silencio.

—Bonita chaqueta —dijo Ray, pero no había sarcasmo en su voz como cuando lo había dicho Knotcher. Se echó hacia delante para contemplar los parches que tenía por las mangas—. Yo también tuve parches de Activision como esos, ¿sabes? No era nada fácil conseguirlos.

Le devolví la mirada con incredulidad. Charlaba como si nada, como si estuviéramos detrás del mostrador de Starbase Ace. Como si no fuera responsable de que mi noción de la realidad acabara de dar un vuelco con tirabuzón.

Sentí un impulso de rabia. El apacible adulto Ray Wierzbowski, mi jefe, buen amigo y sustituto de mi figura paterna, me había mentido a la cara sobre muchas cosas. Ese cabrón embustero sin duda sabía lo que ocurría, y desde hacía bastante tiempo.

—Pero ¿qué coño está pasando, Ray? —pregunté, desconcertado por el miedo que percibí en mi propia voz.

—«Alguien activó nos la bomba» —citó—. «Nos toca despegar cada zig por gran justicia.»

Soltó una risita. Me dieron ganas de cruzarle la cara, pero en vez de eso empecé a gritar.

—¿Dónde has conseguido un transbordador militar de la

Alianza de Defensa Terrestre? ¿Cómo es posible que exista de verdad? ¿Y adónde vamos? —Antes de darle tiempo a responder, señalé a los dos hombres que se sentaban a su lado—. ¿Quiénes son estos payasos? Y ya que estamos... ¿Quién coño eres tú, gilipollas? ¿Eh?

—Vale, vale —dijo Ray, levantando las manos—. Voy a intentar responder a tus preguntas, pero primero tienes que respirar hondo y calmarte un poco, ¿de acuerdo?

—¡Y una mierda me calmo! —grité, tirando del arnés de seguridad—. ¡Y otra mierda para ti, Ray, pedazo de mentiroso de los cojones! Dime lo que está pasando o la lío parda, ¡te lo juro!

—Vale —dijo con voz tranquilizadora—. Pero antes necesito que cojas aire, Zack.

Analizó mi cara, inquieto. Entonces me di cuenta de que al parecer era verdad que no respiraba. Lo solucioné con una gran bocanada de aire que luego fui soltando poco a poco. Empecé a sentirme mejor y mi respiración fue volviendo a la normalidad. Ray asintió, satisfecho.

—Bien —afirmó—. Gracias. Y ahora puedes volver a repetir las preguntas una a una, y yo haré lo que pueda para responder, ¿vale?

—¿De dónde coño ha salido este transbordador? ¿Quién lo ha construido?

—Está claro, ¿no? —dijo—. Lo ha construido la Alianza de Defensa Terrestre. —Hizo un gesto con la cabeza hacia sus dos compañeros—. Y respondiendo a otra de tus preguntas, estos dos hombres son agentes de campo de la ADT y están aquí para asegurarse de que tu traslado transcurre sin incidencias.

—¡Ni de coña! —dije—. ¡La ADT no puede existir de verdad!

—Existe —aseguró—. La Alianza de Defensa Terrestre es una alianza militar internacional de alto secreto que se formó hace unas cuatro décadas.

—¿Que se formó para qué? Supongo que para «defender la Tierra».

Asintió.

—Por eso se llama así.

—¿Para defenderla de qué?

Quería escucharlo. En voz alta.

—De una invasión alienígena.

Analicé la cara de Ray en busca del menor atisbo de ironía, pero tenía una expresión muy seria. Eché un vistazo a sus dos compañeros para ver si habían reaccionado de alguna manera, pero parecía que ni siquiera escuchaban la conversación. Ambos habían sacado sus teléfonos y estaban concentrados en las pantallas.

Volví a mirar a Ray.

—¿Una invasión alienígena? ¿Quién nos invade? ¿Los sobrukai? ¿Esos malvados calamares humanoides de Tau Ceti? Ahora es cuando me sales con que también existen, ¿verdad?

—Bueno, no exactamente —dijo—. Los sobrukai son una invención que Chaos Terrain ha utilizado como antagonistas alienígenas en sus videojuegos. Pero, como supongo que estarás deduciendo, *Armada* y *Terra Firma* no solo son juegos. Son simuladores diseñados con un propósito muy específico: entrenar habitantes de todo el planeta para manejar los drones que nos ayudarán a defenderlo.

—¿Defenderlo de qué? Si me has dicho que los sobrukai no existen...

—Y no existen —dijo—. Solo son un reemplazo para la amenaza extraterrestre real, cuya existencia se había mantenido en secreto hasta este momento para evitar la histeria colectiva global. —Me dedicó una sonrisa extraña—. La palabra «sobrukai» en realidad viene del francés *«sobriquet»*, que significa «apodo». Ingenioso, ¿verdad?

Me vino a la mente una idea terrible.

—Estoy seguro de haber visto un caza Guja ayer por la mañana.

—Era de verdad —dijo—. Viste una auténtica nave exploradora del enemigo. Según la información de la ADT, se han avistado un par de ellas por todo el mundo durante las últimas veinticuatro horas. Creemos que están realizando una inspección en todos los nodos de nuestra intranet por cable.

—¡Pero era exactamente igual a un Guja sobrukai!

—Pues claro —dijo—. Eso es lo que intento decirte. Chaos Terrain creó el ejército de los sobrukai a imagen y semejanza de nuestro enemigo. Duplicaron sus drones y naves de la manera más verosímil dentro del sim... del juego. Para que fuera lo más realista posible.

—Entonces, ¿esos extraterrestres tienen cazas Guja de verdad? Y Guivernos...

—Y Acorazados esféricos, soldados Araña, Basiliscos... Todos son reales —dijo—. Chaos Terrain se ha inventado los nombres, pero el resto de la información que conoces sobre los drones del enemigo de *Armada* es muy precisa. Su apariencia, arsenal, maniobrabilidad, tácticas y estrategias, todo se basa en la observación directa de las fuerzas y la tecnología del enemigo, y todo ello hemos ido aprendiéndolo gracias a los combates anteriores.

—¿Combates anteriores? —pregunté—. ¿Cuánto tiempo llevamos luchando contra ellos? ¿De dónde son? ¿Qué aspecto tienen? ¿Cuándo tuvo lugar el primer contacto? Y si...

Levantó la mano para interrumpirme, como si pudiera sentir que la histeria comenzaba a apoderarse de mí.

—Todavía no puedo contarte nada de eso —dijo—. La información que hemos reunido sobre el enemigo sigue siendo confidencial. —Miró su reloj—. Pero no durante mucho más tiempo. Se te informará como es debido cuando lleguemos a Nebraska.

—¿Nebraska? —pregunté—. ¿Qué hay en Nebraska?

—Una base de alto secreto de la Alianza de Defensa Terrestre.

Hice un amago de abrir la boca para responder y repetí el

gesto un par de veces, hasta que conseguí articular las palabras.

—Dijiste que la ADT se formó hace cuatro décadas. ¿Significa eso que hemos sabido que habría una invasión alienígena todo ese tiempo?

Asintió.

—Desde mediados de los setenta —dijo—. En esa época la ADT comenzó a utilizar de manera subliminal ciertos elementos de la cultura popular para preparar a la población mundial para la invasión. Para ello, la ADT invirtió en secreto miles de millones en la recién creada industria de los videojuegos. Supieron verle el potencial para el entrenamiento militar. —Sonrió—. También ayudaron a crear *La guerra de las galaxias* en 1977 por el mismo motivo.

—¿Cómo dices?

Ray levantó tres dedos.

—Palabrita de *scout*. Yo tampoco me lo creí cuando me lo contaron, pero es verdad. *La guerra de las galaxias* es uno de los primeros proyectos cinematográficos que la ADT ayudó a financiar, ya que un comité de expertos creyó que la temática sería beneficiosa para la guerra. George Lucas nunca supo nada al respecto. Siempre creyó que Alan Ladd Jr. tenía todo el mérito por dar luz verde a la película, pero la realidad es que la ADT aportó una buena parte del presupuesto a través de varias financieras fantasma de cine y televisión, de forma que no se pudiera rastrear el origen del dinero.

—Espera. ¿Me estás diciendo que la ADT financió en secreto *La guerra de las galaxias* para utilizarla como propaganda antialienígena?

Asintió.

—Eso es simplificarlo muchísimo, pero sí, más o menos.

Pensé en la cronología que mi padre había apuntado en su viejo cuaderno.

—¿Y qué hay del resto de series y películas de ciencia ficción que se han emitido durante estos cuarenta años? —pregunté—. ¿Me estás diciendo que también se crearon como propaganda antialienígena?

—Claro que no —dijo—. O al menos no todas. Solo las franquicias clave, como *La guerra de las galaxias*, que a su vez tuvieron un papel importante en la militarización de las películas, series y videojuegos de ciencia ficción de finales de los setenta. *Space Invaders* vio la luz el año después de que se estrenara *La guerra de las galaxias*, y la humanidad ha combatido alienígenas en los videojuegos desde entonces. Ahora ya sabes por qué. La ADT tuvo mucho que ver.

—Y una mierda.

—Es verdad —dijo—. El reciente reinicio de *Star Trek* y las secuelas de *Star Wars* fueron las claves de la parte final del plan de preparación subliminal para la población mundial. Dudo que Viacom, Disney o J. J. Abrams supieran lo que pasaba o quiénes movían los hilos en realidad.

Me quedé callado un buen rato mientras procesaba toda la información.

—¿Por qué nunca me lo contaste? —pregunté finalmente.

Me sonrió con tristeza.

—Lo siento mucho, Zack —dijo—. No dependía de mí.

Aquello me hizo poner los pies en la tierra. Conocía a aquel hombre desde hacía más de seis años y me había mentido durante todo ese tiempo. Mentido en todo, quizás incluso sobre su identidad.

—¿Quién eres? ¿Te llamas Ray Wierzbowski de verdad?

—La verdad es que no —dijo—. Mi nombre auténtico es Raymond Habashaw. El «Wierzbowski» lo copié de un marine colonial de *Aliens*.

—¡Una vez te lo comenté y me aseguraste que era una coincidencia, joder!

Encogió los hombros y me miró avergonzado. Tenía ganas de estrangularlo.

—La ADT me proporcionó una identidad nueva cuando me destinaron a Beaverton para que te vigilara.

—¿A mí? ¿Por qué?

—¿Tú qué crees? —dijo—. Tienes un talento muy valioso y singular, Zack. La ADT te ha evaluado y seguido la pista desde que te conectaste por primera vez a un videojuego *online*. A mí se me asignó la misión de vigilarte y ayudarte con tu entrenamiento. —Sonrió—. Ya sabes, como Obi-Wan cuidando de Luke mientras crecía en Tatooine.

—Y también eres todo un mentiroso, como Obi-Wan —le espeté—. Eso está claro.

Ray dejó de sonreír y entrecerró los ojos.

—¡Y tú estás siendo un quejica llorón, como Luke!

Los otros dos agentes de la ADT soltaron una risita; al parecer, resultó que sí estaban escuchando. Los fulminé con la mirada y volvieron a centrar la atención en sus teléfonos. Eché un vistazo a los dispositivos que tenían en las manos y me sorprendió que todavía tuvieran cobertura. Los teléfonos eran un poco más largos y gruesos que un móvil normal y se abrían por el centro con bisagra, igual que una consola portátil. Uno de ellos parecía estar jugando a algo, pero desde mi asiento no alcanzaba a distinguir de qué juego se trataba. Volví a mirar a Ray.

—Escucha, lo siento —dijo—. No lo decía en serio. Es que pensaba que serías un poco más comprensivo, nada más. ¿Crees que me ha gustado vivir todo este tiempo en Beaverton?

Estaba empezando a entenderlo. Ray se había pasado los últimos seis años de su vida en uno de esos destinos que no quería nadie. Atrapado detrás del mostrador de una tienda de videojuegos de segunda mano, en un centro comercial desolado de una ciudad residencial, sin otra cosa que hacer que verme jugar a *Armada*, escuchar mis lloriqueos de adolescente o pasar el rato despotricando conmigo sobre abducciones extraterrestres y cómo las encubría el gobierno.

Quizá sus diatribas inspiradas por *Expediente X* sobre conspiraciones alienígenas fueran su manera de prepararme mentalmente para la verdad, de la que se me informaría cuando la ADT lo considerara oportuno. Había llegado ese momento, y tuvo que ser cuando ya no había más remedio.

La verdad, o una parte de ella por lo menos, ya se me había revelado hacía años, cuando leí por primera vez el diario de mi padre. Solo que en ese momento no me lo había creído.

Todo aquello me dio por fin el valor suficiente para hacerle la pregunta que me quemaba desde que había subido al transbordador.

—¿A mi padre lo reclutó la Alianza de Defensa Terrestre?

Soltó un suspiro, como si esperara la pregunta... y la temiera.

—La verdad es que no lo sé —dijo. Y antes de que pudiera volver a llamarlo mentiroso, siguió hablando—: ¡Es la verdad, así que tranquilízate y escúchame! —Respiró hondo—. Tu padre es lo de menos en esto, Zack. Tienes que comprender lo que está ocurriendo... lo que está en juego. Se trata del futuro de toda la especie humana...

—¡Que me respondas! Leí su diario. Él sabía lo de la ADT. Estaba empezando a descubrir su existencia y su cometido justo antes de que muriera en un extraño accidente laboral. ¿Qué ocurrió en realidad? ¿Lo mató la ADT para mantener su boca cerrada?

Ray permaneció en silencio durante lo que se me antojó una eternidad, aunque en realidad solo fuera un instante.

—Ya te lo he dicho. No sé qué le ocurrió a tu padre —dijo—. Tan solo soy un simple agente de campo con una autorización de seguridad igual de simple. —Levantó un dedo para evitar que volviera a interrumpirlo—. Esto es lo único que sé: la ADT tiene un archivo con su nombre en la base de datos, pero está clasificado y nunca he podido acceder a él. Así que no sé cuál era su relación con la ADT, si es que tenía alguna. Pero la ADT no se creó para asesinar a las personas, sino para salvarlas.

Yo había empezado a hiperventilar.

—Por favor, Ray —me oí decir—. Sabes lo mucho que significa para mí...

—Lo sé —dijo—. Por eso ahora necesitas recobrar la compostura y centrarte, o echarás por tierra cualquier oportunidad de descubrir lo que saben sobre tu padre.

—¿Qué quieres decir? ¿Qué oportunidad?

—Te estamos trasladando a una reunión de alistamiento —dijo—. Después se te ofrecerá la posibilidad de unirte a la Alianza de Defensa Terrestre.

—Pero...

—Si aceptas, te convertirás en oficial de vuelo —dijo, interrumpiéndome—. Y entonces tendrás más rango que yo. —Me miró fijamente a los ojos—. También tendrás una autorización de seguridad mayor y es posible que puedas acceder al archivo de tu padre.

Ray estaba a punto de decir algo más, pero una sacudida hizo temblar el transbordador. Sentí una oleada de pánico y pensé que nos estaban atacando, pero luego me di cuenta de que habíamos superado la barrera del sonido.

—Agárrate al asiento —dijo, haciendo lo mismo—. Estamos a punto de llegar a altura suborbital.

Me quedaba una ristra interminable de preguntas en la cabeza, pero conseguí dejar de pensar en ellas, al menos por el momento. Luego me obligué a apoyar la espalda e intentar disfrutar del resto de aquel viaje onírico en el que me encontraba.

E hice bien, porque estaba a punto de salir al espacio por primera vez.

FASE DOS

Toda guerra es engaño.

Sun Tzu

8

APRETÉ CON FUERZA LOS REPOSABRAZOS DEL ASIENTO MIENTRAS, INQUIETO, observaba por las claraboyas del transbordador cómo el cielo azul cobalto iba perdiendo luminosidad, primero hasta alcanzar un oscuro tono añil, y luego negro azabache, tan solo un instante después.

Estábamos en la frontera con el espacio. El lindero que había soñado con traspasar desde siempre. Nunca creí que llegara a tener la oportunidad de hacerlo en vida, y menos aquel día, en lugar de la clase de ética que tenía a primera hora.

Me apreté contra el arnés de seguridad y estiré el cuello hacia la ventana cóncava, para poder observar en su totalidad la radiante elipse azul que se podía ver alrededor de la Tierra. La vista era sobrecogedora y consiguió que el niño pequeño que habitaba dentro de mí susurrara un involuntario «¡uau!».

Por desgracia, al parecer el niño lo hizo en voz alta, ya que Ray me dedicó la misma sonrisa de complacencia que cuando me enseñaba a jugar a *Terra Firma* en el modo todos contra todos. Casi le hice el corte de mangas habitual por inercia. Algo dentro de mí se resistía a olvidar que Ray era mi jefe y mi amigo.

Solo estuvimos en la órbita baja terrestre durante un minuto. Seguí esperando a que nos quedáramos sin gravedad hasta que el transbordador llegó a lo más alto, pero no hubo suerte.

Seguía sin sentir que nos moviéramos, ni siquiera cuando empezamos a caer de nuevo hacia la Tierra y la oscuridad al otro lado de la ventana regresó al azul oscuro y fue iluminándose a cada segundo hasta que volvió a brotar la luz del día.

Atravesamos otra tupida capa de nubes y, de repente, pude ver cómo el suelo se abalanzaba sobre nosotros a una velocidad aterradora. Fue entonces cuando, en tan solo unos segundos, frenamos hasta detenernos por completo. Sentí náuseas durante un momento, pero solo eran los ojos y el cuerpo enviando información contradictoria al cerebro sobre si nos movíamos o no.

Cuando me recuperé, un momento después, volví a mirar por la ventana. Justo debajo de nosotros había una casa de campo grande y blanca flanqueada por varios edificios, establos y una larga hilera de depósitos de grano en forma de torre, coronados por cúpulas de acero que centelleaban bajo el sol matutino como cohetes aguardando el lanzamiento. La granja estaba rodeada por grandes campos, colinas y verdes praderas, que cruzaba un único y serpenteante camino de tierra hasta desaparecer en el horizonte. También pude ver otros tres transbordadores de la ADT flotando en el cielo a nuestro alrededor y descendiendo con trayectorias similares.

El transbordador continuó su descenso y uno de los campos arados cercanos a la granja se desplomó, dejando un gran socavón rectangular. Luego se dividió en dos y empezó a abrirse, como si hubiera dos gigantescas puertas de ascensor en medio de la tierra. Al otro lado se vislumbró una enorme abertura circular que penetraba a mucha profundidad en la tierra, como un silo de misiles vacío pero con un diámetro mucho mayor. Unas luces azules recorrían las paredes circulares de hormigón y parpadeaban en cascada hacia las profundidades, para así guiar a nuestro transbordador hacia la oscuridad.

—La ADT tiene este tipo de bases ocultas por todo el mundo —dijo Ray—. Algunas se encuentran en lugares remotos e deshabitados como este, pero también hay almacenes de drones y búnkeres de control en todas las ciudades importantes.

—Como en *Armada* —dije—. Y en *Terra Firma*.

Ray asintió.

—Todo está oculto a simple vista. —Señaló debajo de nosotros—. Esas construcciones de ahí en realidad esconden la entrada a un búnker subterráneo de drones de infantería. Y esos depósitos de grano son lanzaderas de Interceptores camufladas. Increíble, ¿verdad? Es impresionante lo que la ADT ha conseguido trabajando en la sombra durante todos estos años.

Asentí, todavía intentando contener mis emociones contradictorias. Todo lo que me habían contado o enseñado sobre el estado actual del mundo era mentira. Había crecido creyendo que, por muchas aspiraciones que tuvieran, los humanos seguíamos siendo un puñado de simios bípedos divididos en tribus formadas al azar y enfrentados en una guerra interminable por los menguantes recursos naturales de un planeta arruinado. Siempre había pensado que el futuro terminaría pareciéndose más al de *Mad Max* que al de *Star Trek*. Pero lo que tenía delante me obligaba a plantearme el consumo desenfrenado de los recursos naturales (y nuestra forma de pasar por alto sus efectos en los cambios climáticos que ya tenían lugar) de una manera completamente diferente. No estábamos agotando el petróleo ni saqueando el planeta por un impulso desenfrenado de consumismo, sino como preparación para el aciago día que la mayoría ni siquiera sabía que estaba por llegar.

Incluso la falta de preocupación de la humanidad por el crecimiento descontrolado de la población cobraba un terrible sentido. ¿Qué importaba si el planeta era capaz o no de sustentar a siete mil millones de personas, si se avecinaba una amenaza mucho mayor? Pero a pesar de su inferioridad apabullante, el ser humano había hecho lo necesario para asegurarse la supervivencia, lo que me llenaba de una extraña sensación de orgullo por mi propia especie. Después de todo, no éramos solo un puñado de simios primitivos al borde de la autodestrucción, sino al borde de una destrucción muy diferente.

El transbordador descendió a mayor velocidad por el túnel, precipitándose a las profundidades y convirtiendo las emborronadas luces de las paredes en tubos de neón estroboscópicos.

Unos segundos después, alcanzamos el fondo de la abertura y nos encontramos en un hangar subterráneo y amplio, con una gran pista circular que se extendía debajo de nosotros. El transbordador tomó tierra en la zona norte, junto a una larga fila de transbordadores militares de la ADT idénticos y estacionados por el perímetro rutilante de la pista.

Tan pronto como se abrieron las puertas, Ray se desabrochó el arnés, saltó hacia la pista y me indicó que lo siguiera. Me costó unos segundos desabrochar el cierre del arnés de seguridad, pero al final conseguí abrirlo. Tras comprobar que mis dos piernas seguían funcionando, salí para unirme a Ray. El piloto y los otros dos agentes de la ADT se quedaron a bordo. Y como el memo que era, les dediqué un torpe saludo de despedida con la mano justo antes de que las puertas del transbordador se volvieran a cerrar con un silbido neumático.

Miré la hora en mi teléfono y vi que el viaje desde Beaverton nos había llevado menos de veinte minutos. También me di cuenta de que allí abajo no tenía cobertura, lo que significaba que no podría llamar a mi madre para decirle que me encontraba bien. De repente, me dieron unas ganas tremendas de escuchar su voz. ¿Habría llamado a la escuela a aquellas alturas? ¿Qué le habrían contado? Seguro que estaba preocupadísima.

Esa misma mañana temprano, después de bajar la escalera a trompicones, mi madre me había sorprendido esperándome para ceno-desayunar en la cocina con su «pastel de carne monstruoso» y puré de patatas, mi plato favorito. Me había observado mientras yo lo devoraba a dos carrillos, sonreía de oreja a oreja y me detenía cada par de minutos para obligarme a ir más lento y masticar la comida. Le había dado un beso rápido en la mejilla y había corrido hacia la puerta, preocupado por si en algún momento le daba por sacar de nuevo el temido asunto de mi futuro académico. Me había gritado un «te quiero» y se lo había devuelto con un murmullo mientras corría de camino al coche. ¿Me habría oído? Me sentí fatal por no haberme asegurado.

—Bienvenido al Palacio de Cristal —dijo Ray—. Es el nombre en clave que la ADT le ha puesto a este sitio.

—¿Por qué? —pregunté.

Negó con la cabeza.

—Porque es más fácil de decir que «Puesto de mando estratégico número 14 de la Alianza de Defensa Terrestre» —respondió—. Y también porque mola más.

Mientras nos alejábamos del transbordador, intenté asimilar lo que me rodeaba. Cientos de personas se afanaban por la pista en lo que parecía ser un caos muy organizado. La mayoría de ellos llevaba el mismo uniforme de la Alianza de Defensa Terrestre que el piloto, y me pregunté si también me proporcionarían uno a mí.

Sentí una ráfaga de aire sobre la cabeza y miré hacia arriba, donde vi una procesión de cuatro transbordadores más que descendían por el hueco de la entrada. Todos aterrizaron en la pista y desembarcaron a sus pasajeros, y entre ellos había otros civiles como yo, y al menos un agente con traje negro de la ADT como escolta. La mayoría de ellos parecía llevarlo bastante bien. Había algunos que tenían pinta de estar aterrorizados, como corderitos que van de camino al matadero, pero el resto tenía cara de pasar uno de los mejores momentos de su vida. Paré un momento para ordenar mis emociones y decidí que me encontraba a medio camino entre ambas.

Detrás de nosotros retumbó un «zuuuum» y el transbordador volvió a despegar. Ray y yo nos volvimos para ver cómo ascendía poco a poco y se lanzaba hacia el agujero circular de la superficie.

—Sígueme, tío —dijo Ray mientras echaba a andar hacia un

par de puertas blindadas que había en el muro de piedra al final de la pista. Las puertas se estaban abriendo y al otro lado se podía ver un pasillo amplio y descendente que se internaba aún más bajo tierra.

Me detuve y llamé la atención de Ray, quien se dio la vuelta y se dirigió hacia mí, mientras nos adelantaba una marea de agentes y reclutas que se dirigían hacia las enormes puertas blindadas.

—¿Qué pasa si decido que no quiero alistarme? —pregunté—. ¿Qué pasa si después de esa gran reunión que decías decido volver a casa?

Ray sonrió, como si también hubiera esperado que le hiciera aquella pregunta.

—En ese caso, te recordaría que te llamas Zackary Ulysses Lightman y eres un ciudadano de los Estados Unidos de América de dieciocho años de edad y, por lo tanto, legalmente puedes ser objeto de movilización militar.

Ni se me había pasado por la cabeza esa posibilidad.

—Un momento, ¿eso quiere decir que ya me habéis reclutado?

—En realidad, no —respondió Ray—. Nadie te va a obligar a luchar. Si después de la reunión sigues queriendo volver a casa, solo tienes que decirlo. Se te subirá a otro transbordador y regresarás a Beaverton con un asiento en primera clase del *Cagón Exprés*.

No respondí, ya que tenía suficiente con intentar recoger los pedazos de mi orgullo.

—Lo sé, Zack —dijo Ray—. Llevas toda tu vida esperando a que ocurra algo así. Algo importante. Algo que te haga sentir útil. Una de esas oportunidades de hacer algo grande. ¿Verdad? —Me agarró por lo hombros—. ¡Pues ha llegado el momento, chaval! El universo te ha dado la oportunidad de utilizar tus dones para ayudar a salvar el mundo. ¿De verdad esperas que crea que vas a pasar del tema para volver a casa, sentar el culo y ver el apocalipsis por televisión?

Ray me soltó y empezó a andar de nuevo. Sus pasos resonaron por las enormes paredes de piedra mientras atravesaba las puertas abiertas, se internaba en el pasillo del otro lado y desaparecía de mi vista.

Eché un último vistazo al pedazo de cielo que se podía ver a través del pequeño círculo de la entrada. Luego corrí hacia Ray.

EL PASILLO DE ACCESO DESCENDÍA HACIA UN PUNTO DE CONTROL DE SEGURIDAD, DONDE UN cabo uniformado de la ADT llamado Foyle escaneó mis retinas y mis huellas dactilares para verificar mi identidad y luego me colocó delante de una pantalla azul para sacar una fotografía digital de mi cara. Unos segundos después, la impresora que estaba detrás de él escupió una placa de identificación con mi foto y un emblema holográfico de la ADT, y el cabo me la entregó. Detrás de la foto estaban impresos mi nombre completo, mi número de la seguridad social y las palabras «Candidato a recluta de élite».

Me la trabé en la camisa y el cabo dio otra placa a Ray. Aquella tenía una vieja foto suya y rezaba: «Sargento Raymond Habashaw, agente de campo.»

Me pregunté la razón de que nuestros apodos de piloto no estuvieran impresos en las placas, pero entonces caí en que la ADT no querría que sus reclutas anduvieran por ahí con apodos como «Máz dakka» o «Percypajillero69» impresos en las placas oficiales de identificación.

El cabo Foyle metió la mano debajo del mostrador y me pasó un pequeño dispositivo portátil, parecido a un teléfono inteligente pero mucho más grueso. Era el mismo aparato que había visto utilizar a Ray y a sus dos compañeros durante el viaje en transbordador. El dispositivo tenía una carcasa de protección con una gruesa muñequera de velcro por la parte de atrás, que el cabo utilizó para ajustarlo en mi antebrazo izquierdo, como si se tratara de un enorme reloj de pulsera.

—Este es su QComm —me explicó—. Es un comunicador cuántico, lo cual viene a ser un teléfono inteligente con cobertura ilimitada. Funcionará en cualquier parte del mundo y hasta en el espacio exterior. —Sonrió—. También tiene Bluetooth y la conexión a internet va como un tiro. Ya he importado todas sus fotos, los contactos y la música desde su iPhone, así que lo tiene listo.

Saqué mi iPhone del bolsillo delantero de mis pantalones. Seguía sin tener cobertura y estaba a punto de quedarse sin batería.

—¿Cómo coño has podido hacer eso?

—No se preocupe —dijo el cabo, ignorando mi pregunta—. Su QComm es mucho más seguro y versátil. —Tocó la pantalla—. Es como un iPhone, un tricodificador y una pequeña pistola láser, todo en uno.

—Uf, ¿en serio? —Me lo arranqué de la muñeca para verlo mejor.

—Sí —dijo Foyle, sonriendo con orgullo—. Y yo soy como Q en las películas de James Bond. Solo que... bueno, en realidad solo tengo esa cosa para darle.

Di vueltas al QComm en la mano, mientras intentaba aceptar que lo que sostenía era un dispositivo de tecnología alienígena creado por ingeniería inversa. Toqué la pantalla táctil, se encendió y apareció una gran cantidad de iconos. Correo electrónico, internet, GPS, lo que parecía ser una aplicación para realizar llamadas normales y otras muchas que no reconocí.

—¿Puedo usarlo para llamar a casa?

—Todavía no —dijo el cabo—. Las llamadas y la conexión al exterior del QComm permanecerán desactivadas hasta que la gran noticia se haga pública más tarde. Pero ya está conectado a la red cuántica de la ADT, por lo que puede llamar a cualquier otro QComm que exista si conoce su código de contacto. El suyo está impreso en la parte de atrás de la carcasa.

Le di la vuelta y vi un número de diez dígitos grabado. Ray sacó su QComm y chocó el borde de su dispositivo con el mío. Sonó una especie de pitido y el nombre y número de Ray aparecieron en mi lista de contactos.

—Ahora puedes llamarme cuando quieras y desde donde quieras —dijo—. Aunque estés en la otra punta de la galaxia. —Soltó una risita incómoda—. Pero eso será bastante improbable.

Volví a mirar el QComm. Tenía una bisagra a un lado, como un teléfono con tapa, y al abrirlo parecía una consola portátil, con otra pantalla en la parte superior, una cruceta de control, dos palancas analógicas y seis botones con una letra cada uno.

—Entonces, ¿esto también sirve para jugar a *Sonic the Hedgehog*?

—Pues sí —dijo Foyle—. El QComm también se puede utilizar como plataforma de control de drones portátil. En situaciones de emergencia podría emplearse para controlar un Interceptor, un DHTBI o cualquiera de nuestros drones. —Bajó la voz, como si fuera a contarme un secreto—. Pero controlarlos con esto es un coñazo. Hace falta mucha práctica. —Se mantuvo inclinado hacia delante con pose conspiratoria y me susurró—: Además, todos llevan incorporado un módulo sobrenatural. —Levantó su QComm y cruzó las muñecas, dejándolo a la vista frente a él—. Con algunos gestos y sonidos podrás paralizar nervios, astillar huesos, prender fuego, ahogar o reventar los órganos de tus enemigos.

Me reí en alto.

—Es el primer chiste sobre módulos sobrenaturales que le escucho a alguien —dije—. Felicidades.

—No había módulos sobrenaturales en los libros originales de *Dune*, ¿sabes? —dijo Ray, agitando la cabeza—. Esa movida se la inventó David Lynch.

—¿Y qué, Ray? —respondí, sintiéndome como si volviéramos a estar en la tienda—. Molan un huevo. No estoy diciendo que justifiquen esa terrible escena de la válvula cardíaca, pero...

El cabo Foyle volvió a intervenir, de nuevo en tono formal.

—Ya está todo listo —afirmó—. El láser del QComm está desactivado, pero su comandante lo activará una vez que se aliste.

—Si es que me alisto —dije—. Ni siquiera se me ha dicho todavía quién o qué nos está invadiendo.

—Es verdad —dijo, mirando a Ray con sorpresa—. En todo caso, el láser gastará la batería con tres o cuatro disparos, así que si ha de usarlo, que sea con moderación.

—Entendido —dije al cabo—. ¿Ya está todo?

—Sí, señor —respondió—. Puede marcharse.

Nos despedimos con un saludo militar en lugar de decir adiós con la mano, y el cabo se quedó en posición de firmes mientras nos alejábamos. Seguí a Ray por un par de puertas automáticas hacia otro pasillo descendente.

—¿Por qué la ADT no permite que toda esta tecnología llegue a todo el mundo? —pregunté, estudiando el QComm que tenía en la muñeca—. Viaje ultrarrápido, comunicación cuántica... Seguro que impulsaría la economía global y resolvería conflictos armados.

—Nuestros científicos se han pasado décadas utilizando la ingeniería inversa para conseguir esta tecnología alienígena, pero no ha sido hasta hace poco que han conseguido perfeccionarla —dijo—. Creo que la ADT habría terminado por sacarla a la luz, si hubiera habido el tiempo suficiente.

Pasamos a través de otros dos puestos de control de seguridad y luego por un pasillo cilíndrico del que salían otros muchos corredores con puertas numeradas a cada par de metros. Estaba a punto de preguntar a Ray qué había detrás de ellas, cuando de pronto una se abrió y salió de ella una oficial de la ADT. Antes de que la puerta se volviera a cerrar, pude ver una pequeña habitación del tamaño de un vestidor. En el centro había una silla rotatoria atornillada al suelo, rodeada por un despliegue de paneles de control y mandos de videojuegos ergonómicos, además de un monitor envolvente con la vista en primera persona de dentro de la cabina de un *mecha* de guerra.

—Estaciones de control de drones —dijo Ray, mirando hacia el mismo lugar que yo—. Hay miles de ellas por toda la base. Se pueden utilizar para pilotar por control remoto un Interceptor, un DHTBI o cualquier otro dron del arsenal de la ADT, sin retraso ni limitaciones de alcance.

—Hablas de... ¿drones de verdad?

—De verdad. —Señaló detrás de mí—. Mira, allí hay un par de ellos.

Me di la vuelta y vi una fila de diez DHTBI bajando por el pasillo que teníamos delante. Me quedé de piedra mientras escuchaba cómo les rechinaban las juntas y les chirriaban los servos con su lento andar. Cuando desaparecieron doblando una esquina, Ray ya se había empezado a mover de nuevo y tuve que correr para alcanzarlo, sin dejar de dar vueltas y más vueltas a lo que acababa de ver.

—¿Teniente Lightman? —llamó una voz masculina.

Ray y yo nos detuvimos al mismo tiempo y nos dimos la vuelta hacia la voz. Pertenecía a un chico, quizás incluso más joven que yo, con la piel, el pelo y los ojos oscuros. En la solapa llevaba la insignia de capitán y la bandera iraní cosida en las hombreras del uniforme. El chico levantó su QComm y lo apuntó hacia mi cara, como si intentara escanearme con él. Sonrió de oreja a oreja al ver el nombre que había aparecido en su pantalla. Se puso en posición de firmes con gesto brusco y me lanzó un saludo militar.

—Es un gran honor conocerlo por fin en persona —dijo—. Capitán Arjang Dagh a su servicio. ¡Soy un gran seguidor de su trabajo, teniente!

—¿Mi trabajo? —repetí, mirando a Ray con incertidumbre—. ¿Teniente?

—Lo siento, señor... —dijo Ray, devolviendo el saludo a Dagh—. El señor Lightman todavía no ha jurado bandera.

—¡Es verdad! —afirmó—. ¡Lo sabía! —Sonrió para disculparse—. Lo siento por haberle espiado con mi QComm, «señor» Lightman, pero siempre he querido conocerle. —La mano empezó a temblarle sin parar—. Hemos volado juntos en muchas misiones todos estos años, por lo que quizá reconozca mi apodo de piloto. —Me acercó la mano y se la estreché con tanta firmeza como pude—. Soy Rostam.

Se me apagó la sonrisa y solté su mano. Sí que reconocía el nombre, y mucho.

—Uau, ¿en serio? —dije, intentando recuperarme mientras mostraba una sonrisa forzada—. Es genial conocernos por fin. Siempre había pensado que yo era el piloto más joven de los diez primeros.

—El honor es mío —respondió, lanzándome una sonrisa humilde que me puso de los nervios. Luego se giró hacia Ray—. Yo estoy en la quinta posición. Beagledeacero, aquí presente, está en la sexta. —Se giró para sonreírme de nuevo—. Pero desde hace no mucho. Estuve mucho tiempo por detrás.

—Mereces estar entre los cinco primeros —dije, intentando ocultar lo mucho que me irritaban sus cumplidos—. Me has dado unas buenas palizas en los servidores de jugador contra jugador muchas veces. Eres un máquina, tío. La élite.

—Muy amable por su parte —respondió—. Viniendo de usted, significa mucho.

Ray carraspeó con impaciencia y se señaló la muñeca como si llevara reloj. El capitán Dagh le dedicó una mirada inquietante y luego señaló con el pulgar la insignia de capitán que tenía en la solapa.

—Tranquilito, sargento —dijo Dagh—. Deje hablar a los adultos.

Cuando Dagh se volvió de nuevo hacia mí, Ray extendió los brazos e hizo ademán de estrangularlo a sus espaldas.

—Sí, señor, capitán, señor.

Dagh volvió a sonreírme y me enseñó una brillante fotografía de 20 × 25 centímetros que acababa de sacar de una funda de plástico que llevaba bajo el brazo. La foto era una versión ampliada de la que tenía en mi placa de identificación. Me la tendió con vergüenza, junto con un rotulador permanente negro.

—¿Le importaría a usted firmar aquí? —preguntó—. Estoy reuniendo los autógrafos de los diez mejores pilotos, y esta podría ser mi única oportunidad de conseguir el suyo.

Dejé pasar las terribles implicaciones que tenía lo que acababa de decir y utilicé el rotulador para firmar mi primer autógrafo. Luego devolví la foto a Dagh, mientras me preguntaba cuántos autógrafos del resto de pilotos de *Armada* habría conseguido aquel día, y de quiénes.

—Muchas gracias, señor Lightman —dijo Dagh—. Como le decía, ha sido todo un honor.

Hizo un amago de saludo militar, pero a medio camino estiró la mano y se la estreché.

—El honor ha sido mío, señor —dije—. Espero que volvamos a encontrarnos.

Se acercó y chocó su QComm con el mío. Los dispositivos soltaron sendos pitidos.

—He agregado el número de mi QComm a su lista de contactos —dijo—. No dude en llamarme si necesita ayuda con cualquier cosa.

—Lo haré —dije—. Gracias.

Dio media vuelta y se marchó en sentido contrario. Cuando se perdió de vista, Ray y yo seguimos adelante y pasamos por otro grupo de puertas automáticas blindadas.

—¿Qué edad tendría ese chico?

—¿Quién? ¿El capitán Dagh? —dijo—. Diecisiete, pero solo tenía quince cuando lo reclutó la ADT. Parece que es un prodigio. —Dejó de caminar y me miró intranquilo—. Con eso no he querido decir que tú no lo fueras... lo seas.

Sentí como si me hubieran elegido el último para formar equipo en el recreo, solo que a escala global y con una importancia trascendental.

—Yo también estaba entre los diez mejores —dije—. ¿Por qué no se me reclutó a mí con quince años?

Frunció el ceño y me miró escéptico.

—Tu perfil psicológico indicaba que no eras apto para reclutarte antes de tiempo.

—¿Por qué no? ¿Por qué no era apto?

—No te hagas el tonto, «Zacka Ataca» —respondió—. Ya sabes por qué.

Antes de que pudiera responder, Ray se dio la vuelta y siguió andando.

Y antes de que desapareciera de mi vista, me tragué mi orgullo y me apresuré a seguirlo.

FINALMENTE, LLEGAMOS A UN VESTÍBULO CIRCULAR CON MUCHOS ASCENSORES. POR ALLÍ había otros «Candidatos a recluta de élite» merodeando y esperando a que llegara el siguiente ascensor. Cuando estaba a punto de adelantarme para unirme a ellos, Ray me tocó en el hombro.

—Hasta aquí puedo llegar —dijo.

Me miró de arriba abajo, como si aquel fuera mi primer día de colegio. Extendió la mano hacia mi mochila, que ahora estaba casi vacía, y se la acerqué. Luego, antes de que pudiera quejarme, me quitó la chaqueta de mi padre y empezó a doblarla.

—¡Eh, eso es mío! —dije con una voz odiosa de niño impertinente.

—Sí, lo sé —respondió—. Y no te discuto que es una chaqueta muy molona. Pero llevarla durante esta reunión no es la mejor manera de causar una buena primera impresión.

Metió la chaqueta en mi mochila y cerró la cremallera a la fuerza antes de volver a ponérmela a la espalda.

—Esos ascensores te llevarán hasta el auditorio de reuniones —dijo mientras señalaba detrás de mí—. Solo tienes que seguir al resto de los aspirantes.

Eché un vistazo por el vestíbulo y vi que los aspirantes hacían cola en los ascensores. Luego me di la vuelta para mirar a Ray.

—¿Cuándo nos volveremos a ver?

—No estoy seguro, tío —dijo, mirándome a los ojos—. Todo ha ocurrido muy rápido. Tengo que coger otro transbordador dentro de un par de minutos.

—¿Por qué? —pregunté—. ¿Adónde te mandan?

—A defender la Gran Manzana —dijo—. Pertenezco a «Las Treinta Docenas», ¿recuerdas?

Sonrió, se enderezó y se colocó las solapas.

—Me han destinado al Primer Batallón de Drones Blindados de la ADT —dijo—. Nos ha tocado defender la costa este. Yo estaré aquí abajo, luchando en tierra, mientras tú te enfrentes a ellos en el cielo.

Nos quedamos un momento en silencio y luego Ray extendió la mano. Dudé unos instantes, pero se la estreché. A pesar de todo, no quería que Ray se fuera. Era la única cara conocida que había por allí. Mientras buscaba la manera de despedirme sin que se notara que lo había perdonado, Ray me sorprendió apresándome con sus brazos y dándome un firme abrazo de oso. Y sin querer, le devolví el abrazo con la misma fuerza.

—Tienes un don, Zack —dijo mientras retrocedía—. Puedes marcar la diferencia en la guerra, de verdad. No lo olvides, ¿vale? Por muy aterradoras que se pongan las cosas durante las próximas horas...

Asentí, pero no le respondí. No tenía ni idea de cómo responder a algo así, ni a nada de lo que estaba ocurriendo. No era un soldado. Solo era un chico de las afueras que jugaba un montón a los videojuegos. ¡No estaba preparado para participar en una guerra interplanetaria! Y en aquellos momentos no me sentía preparado para nada, ni siquiera para despedirme de Ray.

—Venga, que estamos montando una escenita —dijo Ray—. Cuídate. Hazlo por mí, ¿vale? Y... —Se le quebró la voz. Carraspeó antes de continuar—. Y vamos a prometer que volveremos a vernos en el Starbase Ace cuando todo haya terminado. Pediremos algo en el Caza Thai y nos contaremos algunas batallitas. ¿Hecho?

—Hecho —dije, tragándome el nudo que se me había formado en la garganta.

Ray me hizo un saludo militar y se lo devolví, aunque me sentía como un niño jugando a imitar a un soldado.

—La Fuerza estará ya contigo... —dijo Ray, apretándome el hombro por última vez—. Siempre.

Y eso fue todo. Se dio la vuelta y echó a andar hasta desaparecer por donde habíamos venido. Me quedé allí un momento, mirando hacia el lugar por el que se había marchado, y luego me volví hacia los ascensores, donde mis compañeros «Candidatos a recluta de élite» seguían haciendo cola con nerviosismo.

ENTRÉ EN EL ASCENSOR JUNTO A OTROS QUINCE CANDIDATOS DE DISTINTOS SEXOS, edades y etnias, aunque en los rostros de todos ellos se veía la misma expresión confundida, que probablemente tuviera yo también en la cara.

Mientras el ascensor descendía, todos nos quedamos en silencio mirando el techo, los zapatos o las puertas cerradas que teníamos delante, cualquier cosa que nos permitiera evitar el contacto visual. Me pregunté dónde estaría y qué habría hecho cada uno de ellos esa misma mañana, antes de que un transbordador de la Alianza de Defensa Terrestre apareciera de la nada para darle un vuelco a su realidad, arrancarlos de sus vidas y llevarlos a aquel lugar.

También me planteé si habría jugado a *Terra Firma* o *Armada* con alguno de ellos. Era posible, incluso probable. Joder, si hasta cabía la posibilidad de que uno de ellos fuera el famoso RojoTrinco en carne y hueso.

El ascensor no tenía indicador de piso ni panel de control, tan solo una flecha descendente que se encendía y sonaba dos veces por segundo mientras bajábamos más y más hacia las profundidades. Conté unos veinte de esos pitidos antes de que las puertas se volvieran a abrir.

Salimos del ascensor hacia un amplio recibidor circular, repleto de candidatos a reclutas igual de desorientados que nosotros. La mayoría de ellos llevaba ropa común como yo, pero se notaba que veníamos de climas diferentes. También había gente con trajes de negocios, uniformes de franquicias de comida rápida, batas de quirófano y una mujer de mediana edad con la mirada confundida que llevaba un vestido de boda y aún tenía el ramo de novia en las manos.

Alrededor del vestíbulo había soldados de la ADT que hacían pasar a todo el mundo a través de una hilera de puertas, que llevaban hacia la parte baja de las gradas de un auditorio. Entré con el resto, mientras giraba la cabeza para inspeccionar los alrededores. El auditorio era enorme, tenía forma de tazón y asientos parecidos a los de un estadio que apuntaban hacia una gigantesca pantalla de proyección lo que conseguía que se pareciera más a un cine con tecnología IMAX que a una sala de reuniones subterránea de alto secreto. El techo sí que era otra historia: era una cuadrícula de hormigón larga e inclinada, con unas losas que formaban una especie de gofres reforzados con muelles para amortiguar golpes en el medio. Como el resto de la base, el auditorio parecía construido para soportar un impacto nuclear directo en la superficie.

Miré a mi alrededor para elegir dónde sentarme. Debajo de la pantalla gigante vi un escenario rectangular con un atril en el centro. Las primeras treinta filas de delante ya estaban llenas de reclutas nerviosos, y un flujo constante iba llenando poco a poco las siguientes. Una detrás de otra, como hacíamos en las asambleas escolares. También había unos cuantos menos conformistas (o más antisociales) que habían decidido sentarse mucho más atrás, solos o en pequeños grupos.

Empecé a subir por la escalera más cercana, en dirección a los asientos menos ocupados del tercio superior del auditorio. Cuando llegué a los asientos más altos, busqué una zona donde hubiera uno lo suficientemente apartado. Pero me quedé a medio camino.

La chica estaba justo a mi derecha, sentada sola en una fila vacía cerca del fondo, empinando el codo con una petaca cromada, pintada con los colores y el diseño de R2-D2. Incluso sentada, me daba la impresión de que era más alta que yo. Su piel pálida de alabastro contrastaba mucho con la ropa negra que llevaba: botas militares negras, vaqueros negros y un *top* negro (que no cubría del todo el sujetador negro que llevaba debajo). Tenía un mechón de pelo negro puntiagudo que le caía por un lado y por el otro le llegaba hasta la barbilla. Pero lo mejor eran los tatuajes que tenía en ambos brazos: en el izquierdo llevaba un precioso dibujo semidesnudo de la heroína de los cómics *Tank Girl*, con ropas posapocalípticas y besuqueando un M-16. En el bíceps derecho y con elegantes letras mayúsculas tenía escritas las palabras: EL RIESGO SIEMPRE VIVE.

Verla fue casi tan impresionante como haber visto el caza Guja la tarde anterior. De Ellen me había ido enamorando poco a poco a lo largo de varios meses, pero aquello fue como recibir el impacto de un rayo de Mjolnir directamente en la frente.

Mientras me preguntaba si tendría el valor de sentarme a su lado, me di cuenta de que ya me movía hacia ella, tan rápido como me lo permitían los pies. Mientras subía la escalera me di cuenta de que era probable que mis emociones estuvieran a flor de piel y no fueran muy fiables en aquellas circunstancias extremas, pero la idea se perdió entre la abundancia de hormonas que invadía mi cerebro mientras me acercaba a ella por el centro de la fila en la que estaba sentada. Intenté convencerme de que probablemente quisiera compañía, aunque su comportamiento indicara todo lo contrario.

Cuando llegué a su asiento, no me hizo el menor caso y me dejó allí esperando a que se diera cuenta de mi existencia. Ella siguió concentrada en su regazo y yo bajé la mirada para comprobar que lo que llamaba tanto su atención era su QComm, que había desmontado y cuyas partes tenía desperdigadas por los muslos. Parecía como si estuviera realizando una autopsia al dispositivo, y supuse que sería algo así, porque parecía poco probable que pudiera volver a dejarlo como al principio.

Pero poco después empezó a hacer justo eso. Montó el QComm en cuestión de segundos, con la misma destreza y velocidad con la que un Marine desmontaría un arma. Cuando terminó de montarlo, lo encendió y se quedó mirando cómo se reiniciaba el sistema operativo.

Luego levantó la vista hacia mí. Señalé el asiento que estaba a su lado.

—¿Te importa si me siento ahí?

Sé que es difícil de creer, pero había improvisado esa frase sobre la marcha.

Me miró de arriba abajo antes de responder.

—Lo siento —dijo—. Estoy teniendo una conversación privada con mi droide. ¿Verdad, R2? —Volvió a acercarse la petaca a la boca e hizo un gesto con la mano abierta para señalar todos los asientos vacíos que teníamos debajo—. ¿Por qué no buscas a otro espécimen femenino de la especie al que tirarle los trastos?

—No te emociones, Vasquez. —Señalé la petaca con la cabeza—. Solo he venido a gorronearte algo de priva.

Ella rio y yo sentí un dolor punzante en el centro del pecho. Bajó la mirada hacia su tatuaje de «El Riesgo Siempre Vive», sorprendida por que conociera de dónde venía.

—Vale —dijo con mirada juguetona—. Siéntate, bebé.

—Gracias, abuelita. —Me senté a su lado y apoyé los pies en el respaldo del asiento de delante, igual que ella.

—¿Acabas de llamarme «abuelita»?

—Sí, porque tú me has llamado «bebé» y has herido mi orgullo masculino.

Se volvió a reír, más alto aquella vez, lo que hizo que se intensificara el dolor que tenía en el pecho.

De cerca era más preciosa todavía y sus ojos, que pensaba que eran castaños, tenían una tonalidad ambarina que les daba un color dorado y franjas cobrizas en los iris.

—Lo siento —dijo—. Aparentas menos edad. ¿Cuántos años tienes?

—Cumplí dieciocho el mes pasado.

Sonrió con superioridad.

—Qué pena —añadió—. Me gustan los menores.

—Genial —respondí—. Una pedófila con problemas de alcoholemia.

Rio por tercera vez, en esa ocasión por lo bajo, con un resoplido muy femenino que volvió a afectar mi ritmo cardiaco. Luego bajó la mirada hacia su petaca y puso un tono más íntimo.

—R2 —murmuró—, este sueño empieza a ponerse cada vez más raro. Acaba de aparecer un chico mono y muy ocurrente. ¿Dónde está el truco?

Estuve a punto de preguntar si se refería a mí. Desastre evitado.

—Lamento ser yo el que te lo diga —respondí—, pero no estás soñando.

—¿Que no? ¿Y cómo estás tan seguro?

—Porque está clarísimo que soy yo el que está soñando —dije—. ¿Cómo es posible que el sueño sea tuyo si no eres más que otro producto de mi imaginación, como todo lo que tenemos alrededor?

—Bueno, lamento ser yo la que te lo diga —respondió, dándome un golpecito con la petaca y derramando un poco de líquido sobre mi pierna—, pero yo no soy el producto de la imaginación de nadie.

«Qué alivio», pensé. Pero lo que dije en realidad fue:

—Por desgracia, yo tampoco. —Le dediqué una sonrisa—. Así que todo esto tiene que estar ocurriéndonos en este mismo momento. A ambos.

Asintió y echó otro trago.

—Así es —dijo—. Justo lo que me temía. —Se apartó la petaca de la boca y me ofreció un poco, pero negué con la cabeza.

—¿Sabes? Pensándolo mejor creo que debería estar lúcido durante la reunión —dije—. No tengo edad para beber, de todas formas —agregué, para ayudarme a parecer más soso todavía.

Ella puso los ojos en blanco.

—Sabes que están a punto de decirnos que se nos viene encima el fin del mundo, ¿verdad? —afirmó—. Y no pretenderás estar sobrio del todo ante una mierda así, ¿no?

—Me has convencido —dije mientras le quitaba la petaca.

La llevé a mis labios y ella se puso a cantar: «*Breakin' the law, breakin' the law.*»

La miré suplicante.

—Por favor, no me hagas echarlo por la nariz, ¿vale?

Asintió con solemnidad y levantó tres dedos.

—Palabra de chica *scout*.

Puse los ojos en blanco.

—Me es bastante difícil imaginar que fueras una chica *scout*.

Entrecerró los ojos y luego se agachó para bajar el calcetín a rayas que le llegaba a la rodilla y dejar a la vista el tatuaje verde fuerte con el logo de las Girl Scouts de Estados Unidos que tenía en su pantorrilla izquierda.

—Admito mi error —dije—. ¿Tienes algún otro tatuaje molón?

Me dio un puñetazo en el hombro, con fuerza, y luego señaló la petaca, que seguía en mi poder.

—Deja de retrasarlo, bebé. Hasta el fondo.

Le di un pequeño sorbo, pero aun así tragué lo suficiente de aquel líquido ardiente como para poner una mueca y toser. No conocía los licores como para saber qué era lo que tenía ahí dentro, pero yo habría dicho que propergol mezclado con uno o dos dedos de disolvente. Sabía que me seguía mirando, así que me vi forzado a dar un segundo trago más largo. Luego le devolví la petaca con naturalidad, a pesar de que me lloraban los ojos y tenía la garganta como si acabara de tragar lava fundida.

—Gracias —dije con voz ronca.

—Me llamo Alexis Larkin. —Extendió la mano—. Pero mis amigos me llaman Lex.

—Encantado, Lex. —Sentí una pequeña sacudida de estática cuando estrechamos las manos—. Yo me llamo Zack-Zack Lightman —dije, tartamudeando mi propio nombre.

Sonrió y extendió la mano para coger la petaca, que le devolví con mucho gusto.

—Y bueno, ¿de dónde eres, Zack-Zack Lightman?

—Solo un «Zack» —dije riendo—. Soy de Portland, Oregón. ¿Y tú?

—Tejas —dijo en voz baja—. Soy de Austin. —Su expresión se ensombreció y bebió otro trago, haciendo una mueca de dolor aquella vez—. Y allí estaba, hace menos de una hora, depurando subrutinas en mi cubículo... ¡cuando de repente ha aparecido un puto transbordador de la Alianza de Defensa Terrestre y ha aterrizado fuera de la oficina! He creído que se me iba la bola. Ahora no sé qué pensar.

Tiritó y se frotó los hombros desnudos.

—¡Aquí hace un frío de cojones! —dijo—. Y me he dejado el abrigo en una zona horaria diferente.

Recité en silencio una plegaria de agradecimiento a Crom antes de abrir mi mochila y pasarle la chaqueta de mi padre.

—Uau —dijo—. Qué pasada. Gracias. —Pasó unos segundos admirando los parches y luego se la puso por encima de los hombros, como un chal.

—¿Dónde trabajas?

—En una empresa de *software*. Desarrollamos aplicaciones y sistemas operativos para dispositivos móviles. Nos hemos quedado todos pasmados cuando el transbordador ha descendido fuera de la oficina, porque muchos compañeros míos también son aficionados a los videojuegos. Muchos lo han reconocido al momento, incluso antes de ver el emblema de la Alianza de Defensa Terrestre en el casco. No podíamos creérnoslo.

—¿Y qué ha pasado?

—Hemos bajado todos corriendo hacia el aparcamiento. Después, dos personas trajeadas, un hombre y una mujer, han salido del transbordador y me han llamado usando mi nombre completo, cosa que me ha parecido rara y humillante, como si pretendieran llevarme al despacho del director o algo así. Han dicho que necesitaban mi «ayuda en un asunto urgente de seguridad nacional». ¿Qué elección tenía? Habían llegado en una nave espacial salida de un videojuego y sabía que no podría haberme pasado el resto de mi vida preguntándome cómo era por dentro o dónde me habría llevado, así que los seguí. —Hizo un gesto vago con la cabeza hacia lo que nos rodeaba—. Y ahora estoy en una base de alto secreto del gobierno, perdida en medio de la mierda de Iowa, esperando descubrir qué coño está pasando. En resumen: que está a punto de írseme la puta olla.

Lo dijo todo muy calmada, con una voz firme.

Asentí.

—Creo que en realidad estamos en medio de la mierda de Nebraska.

—¿Ah, sí? ¿Y cómo lo sabes?

—Porque Ray... el agente de la ADT que me ha traído aquí, dice que estamos en Nebraska.

—Los payasos que me han traído a mí no me han explicado una mierda —dijo.

Hasta ese momento, no se me había ocurrido que se me hubiera dado un trato especial, pero me parecía muy poco probable que el resto de los candidatos del auditorio también tuvieran agentes encubiertos de la ADT destinados en su ciudad natal durante los seis años anteriores para vigilarlos y orientarlos.

Lex volvió a echar un vistazo a su QComm, que ya había terminado de reiniciarse, y empezó a tocar con el pulgar los iconos de la pantalla.

—Será mejor que cumplan la promesa de desbloquear estos trastos —dijo—. No quiero que mi abuela se empiece a preocupar por mí. Suele hacerlo si no la llamo todos los días... —Lex marcó el número, que estaba en la memoria del QComm, pero en la pantalla apareció una X roja junto a un mensaje que rezaba: «Acceso a redes civiles bloqueado»—. Eso ya lo veremos —gruñó al QComm mientras se lo guardaba en el bolsillo.

—¿Tienes buena relación con tu abuela? —pregunté para darle un poco más de conversación.

Asintió.

—Mis viejos murieron en un accidente de coche cuando era pequeña. Mi abuelo ya había fallecido, así que me crio mi abuela, ella sola. —Me miró a los ojos—. ¿Y tú qué, Zack? ¿Tienes a alguien en casa por el que estés preocupado? ¿Alguien que se preocupe por ti?

Asentí.

—Mi madre. —Me imaginé su cara—. Es enfermera. Solo somos nosotros dos.

Lex asintió como si no hiciera falta que le explicara más. Nos quedamos callados un momento. De repente me dieron ganas de que Cruz y Diehl estuvieran allí conmigo. Toda aquella locura habría resultado mucho más fácil con mis dos mejores amigos.

Pero, a pesar de que los Mikes tenían mucha experiencia con *Armada* y *Terra Firma*, su clasificación en ambos juegos no parecía ser suficiente para merecer una invitación a aquella insólita ceremonia.

—¿Lex?

—¿Zack?

—¿Juegas a *Terra Firma* y a *Armada*?

—A *TF*.

—¿Y eres buena? —pregunté—. ¿Formas parte de Las Treinta Docenas?

Asintió.

—Ahora mismo estoy en el puesto diecisiete —dijo, con estudiada modestia—. Pero he llegado hasta el quince. A esas alturas, suelen cambiar mucho.

Silbé por lo bajo, impresionado.

—No veas, tía. ¿Cuál es tu apodo de piloto?

—Lexecutora —dijo—. Es una palabra compuesta. ¿Cuál es el tuyo?

—Beagledeacero —afirmé, haciendo una mueca por lo estúpido que sonaba al decirlo en alto—. Es un...

—¡Es fantástico! —dijo—. Me encanta esa peli, aunque sea un poco chunga. Y mi abuelo solía poner el disco *Snoopy vs. the Red Baron* todas las Navidades.

No me lo creía. Nadie había pillado la mezcla de *Águila de acero* y los Peanuts de mi apodo de piloto y siempre tenía que explicarlo, ¡hasta a Cruz y Diehl! Sentí unas ganas terribles de extender el brazo y tocar su hombro para confirmar que era real.

—No estás en Las Treinta Docenas, porque reconocería tu apodo —dijo—. ¿Juegas a *Armada*?

Asentí, intentando ocultar mi decepción.

—¿No te va el género?

Agitó la cabeza a los lados.

—Los simuladores de vuelo me dan vértigo. Prefiero combatir con los pies en la tierra. —Se señaló con el pulgar—. Tú ponme a los mandos de un *mecha* de batalla gigante, que aplastaré a mis enemigos y los veré destrozados.

Sonreí.

—¿Y qué hay del lamento de sus mujeres?

—Ah, sí —dijo, riéndose entre dientes—. El lamento de sus mujeres se oirá por todas partes. Eso se da por hecho, ¿verdad?

Nos reímos muy fuerte y atrajimos miradas molestas desde los asientos más cercanos. Parecíamos las dos únicas personas de aquel auditorio que estaban de buen humor, lo que hizo que nos riéramos todavía más alto.

Cuando recuperamos la compostura, Lex levantó la petaca y dejó que las últimas gotas le cayeran en la lengua, que tenía estirada. Luego enroscó la tapa y se guardó la petaca en los vaqueros.

—«Le han dado a R2» —citó, antes de reproducir el característico silbido del pequeño droide azul. Entonces fui yo el que soltó una risita inesperada.

—Suéltalo, Star Lord —dijo—. ¿En qué puesto de la clasificación estás?

—Mi posición en *Terra Firma* es demasiado mala para decirla en voz alta —confesé con enormes dosis de falsa modestia, preparándome el terreno—. Pero ahora mismo estoy el sexto en *Armada*.

Abrió los ojos como platos y giró la cabeza para mirarme de frente.

—¿En la sexta posición? —repitió—. ¿A nivel mundial? ¿No estás de coña?

Se lo juré. Que me muera si no es verdad, pero sin morirme.

—Eso es un nivelazo muy serio —dijo—. Me impresiona usted, Zack-Zack Lightman.

—Me halaga, usted, señorita Larkin —respondí—. Pero estarías mucho menos impresionada si me vieras jugar a *Terra Firma*. No se me dan mal los DHTBI, pero no sería capaz de hacer nada con un Centinela. Siempre termino aplastando los edificios de viviendas llenas de civiles y me degradan, por lo que tengo que volver a utilizar la infantería.

—¡Ay! ¡Daños colaterales y de propiedad! Te gusta jugártela a doble o nada, ¿eh?

Antes de que pudiera responder, las luces del auditorio se atenuaron y el público empezó a quedar en silencio. Sentí cómo Lex me asía el antebrazo y lo apretaba con la fuerza suficiente para cortarme la circulación. Miré al frente, agarrando con fuerza los reposabrazos de mi asiento y temblando ante la expectación de ver en la pantalla iluminada que teníamos delante algo que llevaba esperando toda la vida.

Nos pusieron la cinta de entrenamiento gubernamental más inquietante de la historia.

10

EL LOGO ANIMADO DE LA ALIANZA DE DEFENSA TERRESTRE APARECIÓ EN LA PANTALLA, y la A y la D mayúsculas de las siglas ADT se transformaron en un escudo que contenía la azulada Tierra girando sobre sí misma. En la parte inferior del brazo de la T mayúscula se formó la cabeza abovedada de un *mecha* Centinela, y la parte superior se convirtió en un ojo ciclópeo cerrado, que sabía que representaba la estación lunar Alfa, la instalación secreta de la Alianza de Defensa Terrestre en la cara oculta de la Luna. Me pregunté por qué la auténtica ADT había decidido incluir la estación lunar Alfa en el emblema, ya que era obvio que no podía ser real. Luego me recordé a mí mismo que, hacía tan solo unas horas, pensaba justo lo mismo sobre la propia ADT.

El lema en latín de la ADT, «Si Vis Pacem Para Bellum», apareció debajo del emblema y luego ambos se esfumaron y quedó en la pantalla un gran cielo estrellado, con una música ominosa sonando de fondo. Eran los primeros compases de la partitura para orquesta de *Armada*, compuesta nada menos que por John Williams. Cuando se incorporó la sección de cuerda de la Orquesta Sinfónica de Londres, sentí cómo se me erizaban los pelillos de la nuca.

Tuve que recordarme que aquello era la vida real.

Y también que tenía que respirar.

En la pantalla apareció una antigua sonda de la NASA flotando, cruzando el vacío estrellado como una exhalación. Se parecía a una parabólica de patio trasero, pero con tres largas antenas de televisión atornilladas a la base en el ángulo adecuado. La reconocí como una de las naves gemelas *Pioneer 10* o *Pioneer 11*, las primeras sondas que la NASA había enviado para explorar las zonas más alejadas del sistema solar. Se lanzaron a principios de los setenta, por lo que deduje que el metraje que veíamos estaba generado por ordenador.

La cámara se situó detrás de la nave y pudimos ver que se dirigía muy rápido hacia Júpiter. A medida que el gigante gaseoso crecía en la pantalla, una voz comenzó a hablar por encima de la banda sonora. Lex y yo, junto a un coro de espectadores del auditorio, dimos un respingo al reconocerla. Lo habíamos hecho al momento, a pesar de que su propietario llevaba muerto unos veinte años.

Era la de Carl Sagan.

Y las primeras palabras que pronunció contradijeron casi todo lo que me habían contado sobre lo que la humanidad conocía del universo.

—En 1973, la NASA descubrió la primera prueba de inteligencia extraterrestre, aquí mismo, en nuestro propio sistema solar, cuando la nave *Pioneer 10* envió un primer plano de Europa, la cuarta luna más grande de Júpiter. La imagen se recibió y se descodificó en el Laboratorio de Propulsión a Chorro de Pasadena, California, el 3 de diciembre a las 19.26, hora del Pacífico.

En ese momento me quedó claro por qué la ADT había contratado al doctor Sagan como narrador de aquella cinta. El familiar y firme tono de barítono que tenía Sagan proporcionaba a sus palabras un frío matiz de hecho científico indiscutible que era muy perturbador, ya que Sagan había sido un motor de la humanidad en la búsqueda de vida extraterrestre inteligente desde los años sesenta. Si la NASA había descubierto alienígenas en 1973 y Sagan había ayudado a ocultárselo al mundo durante el resto de su vida, tenía que haber tenido un motivo muy convincente, pero ni de broma era capaz de imaginarme cuál podía ser.

¿Habría conseguido la ADT editar o imitar la voz de Sagan de alguna manera para la cinta? ¿O lo habrían chantajeado para grabarla? Joder, sabía tan poco que hasta era posible que la ADT tuviera un laboratorio secreto debajo del Pentágono lleno de tanques axlotl para producir en masa clones de Sagan y Einstein las veinticuatro horas del día, como si fueran Honda Accord.

Entonces apareció en pantalla un vídeo del propio doctor Sagan y dejé de preguntarme si se trataba de su voz. La grabación era sin duda de los setenta: Sagan se veía más joven que en la primera serie *Cosmos*. Se encontraba de pie en una sala de control del Laboratorio de Propulsión a Chorro junto a otros muchos científicos greñudos, todos reunidos frente a un monitor de televisión en blanco y negro y observando expectantes cómo aparecía línea a línea en primer plano la primera foto de Europa de la historia. La parte derecha de la luna joviana estaba a oscuras, pero la luz solar llegaba al otro hemisferio y ya se podían observar algunas características de su superficie, a pesar de la baja resolución de la fotografía.

Cuando la descarga estaba a punto de terminar y el resto de la superficie de Europa ya era visible, Sagan y los demás científicos empezaron a analizar la imagen, cada vez más intranquilos y desconcertados. Se formó la última línea de píxeles y la imagen apareció al completo en el monitor, mostrando que una amplia zona de la superficie helada de Europa estaba cubierta por una esvástica gigante.

Por el auditorio se oyeron resoplidos de pavor y palabrotas murmuradas.

—Pero ¿qué coño...? —escuché maldecir entre dientes a Lex, a mi lado.

Asentí. Aquella era sin duda la lección de historia más per-

155

turbadora a la que me había enfrentado nunca, y aún no había terminado.

—Aquel primer plano reveló la existencia de un enorme símbolo grabado en la superficie de la luna de Júpiter —prosiguió la voz de Sagan con tranquilidad—. Una cruz equilátera cuyas cuatro aspas terminaban en un ángulo de noventa grados, lo que se conoce en la Tierra como una esvástica. Se encontraba en el hemisferio sur y ocupaba una superficie de más de un millón de kilómetros cuadrados. De hecho, la esvástica era tan grande que parecía un poco torcida en aquella primera foto de la *Pioneer*, debido a la curvatura de la superficie de la luna.

»La NASA reconoció el símbolo de inmediato como la primera prueba de inteligencia extraterrestre. No obstante, la emoción por aquel descubrimiento tan relevante se vio eclipsada por el debate sobre el posible significado del símbolo. Durante siglos, civilizaciones pacíficas de todo el mundo han utilizado la esvástica como un símbolo decorativo y un amuleto de buena suerte, hasta que en 1920 la adoptó el partido Nazi y, debido a las atrocidades que cometió a continuación, se transformó para siempre en el emblema de los peores rasgos de la humanidad.

—Vale, ¿y por qué no estamparon el símbolo del yin y el yang en Europa en lugar de ese? —susurró Lex a mi lado, entre dientes—. Eso sí que habría dejado flipada a la NASA.

—Chist —respondí, y Lex soltó una risita histérica antes de recuperar la compostura. Volvimos a prestar atención a la pantalla.

—No teníamos manera de saber si los seres que habían pintarrajeado Europa conocían el significado que el símbolo tenía para nosotros —continuó la voz de Sagan—. Hasta que tuviéramos más información, lo único que podíamos hacer era especular sobre el origen y el significado de aquel símbolo. Los líderes políticos y militares del país tomaron la decisión de ocultárselo al resto del mundo, ya que temían que dicha revelación creara un estado de pánico que precipitaría la civilización hacia un caos religioso, político y económico. El presidente Richard Nixon emitió un decreto confidencial por el cual aquel lúgubre descubrimiento de la NASA en Europa quedaría como un secreto nacional del más alto nivel hasta que pudiera estudiarse más a fondo.

Ya entendía por qué Carl Sagan y los demás científicos del laboratorio habían aceptado seguir el juego al gobierno para ocultarlo todo. La alternativa habría sido contar a los sensibles habitantes del planeta Tierra que se acababa de descubrir una nota gigante de los nazis orbitando alrededor de Júpiter. Si Walter Cronkite hubiera soltado algo así en las noticias de 1973, toda la civilización habría perdido los papeles. Preparar otra misión a Europa bajo esas circunstancias también habría sido problemático, o quizás imposible.

Pero quedaban muchos elementos perturbadores en aquella historia. Uno de ellos era que los detalles del descubrimiento de la NASA en el satélite Europa me causaban una extraña sensación de *déjà vu*. No me costó mucho darme cuenta de la razón.

Desde finales de los años setenta, la historia oficial que contaban los científicos sobre Europa era que lo habían catalogado como uno de los entornos más prometedores para albergar vida extraterrestre del sistema solar, debido al gran océano de agua líquida que albergaba debajo de su superficie. Eso había convertido aquella luna en uno de los escenarios más populares para los escritores de ciencia ficción. Se me ocurrían muchas historias que narraban el descubrimiento de vida alienígena en Europa, como la novela *2010: Odisea dos* de Arthur C. Clarke, secuela de *2001: Una odisea del espacio*. Peter Hyams fue el encargado de dirigir la excelente adaptación cinematográfica de *2010* en los ochenta, y la película terminaba con una inteligencia alienígena muy avanzada utilizando a HAL-9000 para enviar a la humanidad un mensaje de texto enorme advirtiéndola de que ni de coña se acercaran a Europa.

«No intentéis aterrizar allí.»

Que el primer mensaje de contacto extraterrestre fuera una esvástica también me sonaba de algo. Después de exprimirme el cerebro durante lo que se me antojó una eternidad, me di cuenta de que tenía la respuesta frente a mis narices: el propio Carl Sagan había escrito sobre una situación similar en su primera y única novela de ciencia ficción, *Contacto*. En la historia de Sagan, los investigadores del proyecto SETI reciben un mensaje de una inteligencia extraterrestre que contiene una copia de la primera emisión de televisión terrícola interceptada por ellos, que resulta ser un metraje del discurso inaugural de Adolf Hitler para las olimpiadas de 1936 en Berlín. Uno de los momentos más impactantes, tanto de la novela como de la película que la adaptaba, tenía lugar cuando los científicos del proyecto SETI decodifican el primer fotograma de la transmisión de vídeo alienígena y descubren que es el primer plano de una esvástica nazi.

Los sucesos que tenían lugar delante de mí en la pantalla eran diferentes de las historias de primer contacto de *2010: Odisea dos* o *Contacto*, claro, pero ¿serían sus similitudes una mera coincidencia?

Al igual que Sagan, Clarke había tenido relación con la NASA. Tenía sentido que él también supiera sobre el descubrimiento de la *Pioneer 10* en Europa y hubiera decidido no contar nada. Pero entonces, ¿por qué los dos habían dejado pequeñas pistas sobre aquel secreto clasificado en sus novelas de ciencia ficción superventas? ¿Y por qué la ADT lo había permitido? Sobre todo, teniendo en cuenta que ambas novelas se habían adaptado al cine como películas taquilleras que habían transmitido aquella información a los espectadores de todo el mundo.

Llegué a la conclusión de que con toda probabilidad acababa de responder a mi propia pregunta, cuando varias imágenes de Europa en alta definición que mostraban la superficie con mucho más detalle comenzaron a aparecer en la pantalla. De cerca, la luna parecía una bola de nieve sucia entrecruzada por unas líneas y grietas de color naranja rojizo que tenían miles de kilómetros de longitud. La esvástica grande y negra yacía impoluta, grabada en la superficie de la luna.

—Cuando la *Pioneer 11* llegó a Júpiter un año después, en diciembre de 1974 —continuó la voz de Sagan—, se ajustó su trayectoria para acercarla más a Europa y que enviara imágenes mucho más claras de la luna y de la anomalía en su superficie, para desmontar cualquier sospecha de que la imagen que había captado la *Pioneer 10* estaba trucada. Por aquel entonces, la NASA ya ultimaba la construcción de una nueva sonda de alto secreto diseñada para viajar a Europa, aterrizar en ella, estudiar la esvástica de cerca y, con un poco de suerte, recoger datos suficientes para descubrir su origen y su propósito. La NASA llamó a aquella nave la *Envoy I*, y llegó a la luna Europa el 9 de julio de 1976. Ese fue el día en el que la humanidad tuvo su primer contacto directo con una inteligencia alienígena.

Nunca en mi vida me había quedado tan absorto delante de una pantalla de cine.

Apareció una imagen de la *Envoy I*, o más bien otra simulación generada por ordenador, que mostraba cómo llegaba a la órbita de Europa, con el majestuoso planeta Júpiter de fondo. La sonda parecía una versión más grande y menos aerodinámica de las dos naves *Voyager* que la NASA había lanzado el año siguiente, y tenía unos depósitos de combustible gigantescos y un módulo de aterrizaje acoplados a su estructura.

Cuando la nave pasó por encima del inmenso símbolo negro, liberó desde la órbita su módulo de aterrizaje, que inició el descenso hacia la superficie congelada.

La imagen cambió a lo que parecía ser metraje real grabado por la cámara de a bordo del módulo de aterrizaje durante la aproximación.

Desde justo encima y a plena luz del sol, la esvástica gigante de la superficie de Europa parecía estar formada solo por unas largas franjas de hielo descolorido. Las partes de hielo ennegrecidas seguían reflejando la luz solar y, aparte del cambio en el color, no había ninguna alteración en el entramado de grietas y crestas heladas que cubrían la superficie de la luna. Era como si alguien hubiera estampado una plantilla con la esvástica más grande del sistema solar en la superficie de Europa y luego la hubiera rociado con un bote de espray de pintura acrílica negra del tamaño de un Destructor Estelar.

—El módulo de aterrizaje de la *Envoy* descendió cerca de la punta más meridional de la anomalía, junto a lo que más tarde se conocería como la región Thera Macula —continuó la voz de Sagan, mientras la sonda completaba el descenso controlado y se posaba en la superficie, con el tren de aterrizaje entre el borde de la esvástica y el hielo inmaculado.

Para mi sorpresa, había una circunferencia dorada unida a la base de la sonda de aterrizaje que me resultaba conocida. Parecía idéntica a los famosos discos dorados que la NASA había colocado también en las dos *Voyager*.

—Había un disco hecho de cobre bañado en oro, de doce pulgadas, acoplado a la sonda de aterrizaje de la *Envoy* —explicó Sagan—. Este disco tenía codificadas grabaciones de sonido e imágenes seleccionadas para representar la diversidad de la vida y la cultura de la Tierra, como una muestra de paz de nuestra especie.

Después de que el módulo de aterrizaje terminara de desplegar su panel solar, un brazo robótico articulado surgió de la parte inferior y empezó a recoger muestras de la superficie oscurecida. La pala de metal que remataba el brazo estaba caliente y hacía surcos en el hielo de unos treinta centímetros de profundidad, lo que permitió descubrir que también era negro por debajo.

Cuando el brazo se replegó, el cuerpo de la sonda se abrió

como una flor de metal y reveló un dispositivo en forma de torpedo con la punta dirigida hacia el hielo.

—El calentamiento de marea generado por Júpiter en Europa provoca que la mayor parte del interior de la superficie de la luna se halle en estado líquido, lo que resulta en un océano subterráneo que sabíamos que podía albergar vida y era el lugar más lógico en el que buscar a los seres responsables de crear el símbolo de la superficie lunar.

Me volvió a maravillar el potente efecto tranquilizador de la voz de Sagan. Si hubieran elegido a James Earl Jones para narrar aquella sesión informativa, es probable que el efecto hubiera sido incluso más terrorífico.

—Poco después de aterrizar, la sonda de la *Envoy* desplegó un criobot, un dispositivo experimental que funcionaba con energía nuclear y estaba diseñado para derretir el hielo de la superficie de la luna y explorar el océano que se ocultaba debajo en busca de vida extraterrestre.

La sonda hizo descender poco a poco al criobot con forma de torpedo, empujando la candente parte delantera hacia el hielo ennegrecido. Una columna explosiva de vapor salió disparada hacia la atmósfera casi inexistente de Europa, mientras el dispositivo seguía derritiendo la superficie de color ónice y formaba un túnel cilíndrico perfecto en su descenso a través del hielo, ayudado por la gravedad.

Unos segundos después, la parte trasera del criobot desapareció bajo la superficie y dejó atrás un largo cable de fibra óptica que lo mantendría conectado a la sonda de aterrizaje y al transmisor. Entonces cambió el plano y apareció en pantalla una animación de la luna Europa que mostraba el progreso del criobot mientras atravesaba varios kilómetros de hielo sólido hasta llegar al final de la corteza y hundirse en el oscuro océano.

—Perdimos contacto con el criobot tan solo unos segundos después de que llegara al final de la capa de hielo de la luna. Al principio, la NASA sospechó que se debía a un fallo técnico, ya que en el mismo instante también perdimos el contacto con el módulo de aterrizaje. Pero cuando la *Envoy* pasó orbitando por encima de la zona de aterrizaje un par de horas después, las imágenes de satélite que nos envió mostraron que la sonda de aterrizaje había desaparecido de la superficie sin dejar rastro, igual que la esvástica.

La cinta pasó a mostrar las imágenes captadas por la *Envoy*. Era cierto que la esvástica había desaparecido. Luego la imagen se enfocó para mostrar con detalle la zona de aterrizaje de la sonda. Las cuatro huellas que había dejado en el suelo seguían allí, y también el agujero circular que había taladrado el criobot al derretir el hielo, un hielo que había vuelto a su color original de manera milagrosa.

—Cuarenta y dos horas después de que la NASA perdiera contacto con el módulo de aterrizaje, el transmisor de radio volvió a emitir en la misma frecuencia de alto secreto utilizada por la NASA. Cuando la señal llegó a la Tierra, descubrimos que contenía un mensaje de voz corto, enviado supuestamente por los habitantes de Europa. Nos sorprendió descubrir que estaba en nuestro idioma y la voz se parecía a la de una niña humana.

Se empezó a escuchar la grabación de la voz de una niña.

—Habéis mancillado nuestro templo más sagrado —decía con un tono plano y sin inflexiones—. No os lo perdonaremos. Vamos a mataros a todos.

No pude evitar pensar que había algo extrañamente familiar en aquel mensaje, incluso mientras me estremecía en mi asiento. Parecía sacado de una película mala de ciencia ficción.

Luego continuó la narración tranquilizadora de Carl Sagan.

—Se llegó muy rápido a la conclusión de que la voz femenina de aquella transmisión extraterrestre estaba sintetizada a partir de una de las breves grabaciones de sonido incluidas en el disco dorado que habíamos enviado con la sonda de aterrizaje.

»Muy a nuestro pesar, aquel mensaje de quince palabras se empezó a repetir en un bucle continuo durante horas y luego durante días. Los europanos, como empezamos a llamarlos, hicieron caso omiso a nuestros intentos de responder o explicar nuestras acciones. Por razones que seguimos sin comprender, parece que consideraron que el primer intento de establecer contacto con ellos había sido una declaración de guerra imperdonable. Al enviar una sonda para derretir la superficie de la luna y explorar por debajo, quizá sin saberlo habíamos sobrepasado una frontera religiosa o territorial que dicha especie consideraba sagrada. O quizás era tan solo que los europanos consideraban a nuestra especie una amenaza para la suya, sin más. Todavía no estamos seguros de sus motivos, ya que todos nuestros esfuerzos posteriores para comunicarnos con ellos han sido en vano.

Hubo otra oleada de voces nerviosas por todo el auditorio. Analicé al público, esperando que alguien ya hubiera perdido los nervios, pero todos estaban tranquilos y en sus asientos, hasta yo. Haber descubierto que unos alienígenas malvados iban a por nosotros no nos puso histéricos ni nos hizo perder los estribos, y creo que sabía por qué. Durante décadas se nos había bombardeado con novelas, películas, dibujos animados y series de televisión de ciencia ficción sobre extraterrestres de todo tipo. Los visitantes alienígenas estaban tan presentes en la cultura popular que ya formaban parte del subconsciente colectivo de la humanidad. Se nos había preparado para afrontarlo cuando se hiciera realidad, y había llegado el momento.

—Comenzamos a enviar más sondas al satélite Europa, cientos de ellas, pero casi todas se destruyeron o desaparecieron poco después de llegar a la órbita lunar. No obstante, mediante ensayo y error, pudimos ir colocando varias plataformas de vigilancia remota en el resto de lunas de Júpiter, lo que nos permitió monitorizar Europa sin que nos detectaran. Aquellas cámaras fueron las que nos enviaron las siguientes imágenes.

Empezaron a aparecer en la pantalla en orden cronológico miles de imágenes de satélite de Europa, lo que hizo que pareciera un vídeo en *stop-motion*. Se empezó a formar un anillo muy fino de restos metálicos cerca del ecuador de la luna. Cuando se ampliaron las fotos, pudimos ver millones de robots de construcción moviéndose por andamios orbitales y también el armazón del casco de la nave que construían.

Se parecía al planeta natal de los sobrukai que habíamos visto en la misión de la noche anterior, solo que la superficie de Europa era blanca en lugar de roja. Y en vez del gigante gaseoso de tonos morados llamado Tau Ceti V cerniéndose por detrás, se encontraba el conocido ojo ciclópeo de Júpiter.

Los europanos construían una armada, igual que los sobrukai, pero lo hacían mucho más cerca de la Tierra. Tenían naves Forjadoras orbitando en torno a su luna y produciendo en serie cazas y drones, como los que había visto alrededor de Sobrukai la noche anterior. Los europanos también habían remolcado varios asteroides y meteoritos hasta órbitas seguras alrededor de su luna, y ya se veían varios robots de construcción con forma de araña pululando por sus superficies y excavando para extraer metales y otras materias primas. Cuando dejaban sin recursos un asteroide, atraían otro hacia la órbita.

El vídeo secuencial continuó, abarcando semanas, meses y años en los que aquellas máquinas autorreplicantes construyeron sin descanso una pequeña flota de naves espaciales alrededor de Europa. La flota siguió creciendo hasta que las embarcaciones de guerra alienígenas eran tantas que formaron un anillo parecido al de Saturno en torno al ecuador de la luna.

A medida que los asteroides se iban remolcando y minando, seis Acorazados esféricos enormes comenzaron a formarse en la órbita de Europa.

—A pesar de todos nuestros esfuerzos para alcanzar un acuerdo con los europanos, ellos siguieron haciendo los preparativos para la guerra, construyendo drones que servían para construir otros drones —explicó el narrador—. Vimos muy preocupados cómo empezaban a multiplicarse exponencialmente en número ante nuestros ojos. Mes tras mes. Y luego año tras año.

»A mediados de los años ochenta, los europanos empezaron a enviar naves de exploración a la Tierra —continuó Sagan—. El ejército logró capturar y analizar varias naves del enemigo. Así descubrimos que todas eran drones que los europanos controlaban desde cientos de miles de kilómetros de distancia, usando algún tipo de comunicación cuántica instantánea. Esta es la razón por la que aún no conocemos la apariencia física ni las características fisiológicas de los europanos.

Me agité con incomodidad en mi asiento y sentí una extraña combinación de frustración y alivio. Me había hecho a la idea de que Sagan iba a revelar que los europanos eran parecidos a los calamares antropomórficos sobrukai de *Armada*. Fue un alivio saber que no era el caso, pero también resultaba frustrante enterarte de que, tras cuatro décadas, seguíamos sin conocer nada de la fisiología del enemigo.

—Sin embargo, después de años de esfuerzo, nuestros científicos consiguieron desarrollar mediante ingeniería inversa la tecnología de comunicación cuántica alienígena, y también algunos elementos de sus sistemas de propulsión y del arsenal de sus naves. Desde ese momento, nos hemos valido de esas tecnologías para acumular una reserva global de nuestros propios drones defensivos, que creemos que proporcionarán a la humanidad una oportunidad de luchar contra los invasores.

Reparé en que se me había escapado un suspiro incómodo. Había estado dispuesto a tragarme aquella explicación de «hemos logrado replicar la tecnología alienígena en solo un par de años» que utilizaba la ADT cuando la consideraba solo el trasfondo ficticio de un videojuego. Pero planteado como un hecho real sí que no colaba, por mucho que utilizaran la voz de Carl Sagan. Parecía del todo imposible que la ADT hubiera logrado recrear sistemas de comunicación, propulsión y armas muy superiores en tan solo unos años mientras ocultaban un empeño de ese calibre a la población mundial, por no hablar de que además hubieran fabricado en masa millones de drones. Y aunque fuera posible, ¿por qué el enemigo nos había dejado hacerlo sin problema? Según lo que nos acababan de contar, los europanos no solo nos habían dejado capturar varias de sus naves, sino que nos habían concedido el tiempo suficiente para descubrir cómo funcionaban y construir nuestra propia flota de naves con las mismas capacidades. Y al construir su flota a la vista de nuestros satélites, en la órbita de la luna Europa, habían proporcionado a la humanidad una perspectiva detallada de lo que nos esperaba cuando llegara el momento del ataque.

Tenía que haber algo de verdad en lo que la ADT nos había contado. El transbordador que me había llevado a aquel lugar y todo lo que me rodeaba eran pruebas de ello. Estaba seguro de que había más historia detrás de la que nos contaban. Mucha más.

—Poco a poco, los líderes de la humanidad se fueron dando cuenta de que acabaríamos extinguiéndonos si no éramos capaces de superar nuestras diferencias y unirnos como una única especie para defender nuestro hogar y a nosotros mismos. Aquello animó a varios miembros de Naciones Unidas a formar una coalición militar global de alto secreto, bautizada como Alianza de Defensa Terrestre, para el momento en que nuestros peores temores se hicieran realidad y toda la armada de los europanos se precipitara sobre la Tierra.

El emblema de la ADT volvió a aparecer en la pantalla.

—Hasta que llegue ese momento, seguiremos trabajando por la paz mientras nos preparamos para la posibilidad de una guerra.

Cuando Sagan terminó la narración, la pantalla se puso en negro y la cinta terminó de golpe. Lex se dio cuenta de que seguía agarrándome el antebrazo y lo soltó. Me había dejado marcas en la piel con las uñas, pero ni me había dado cuenta. Había estado muy ocupado viendo cómo mi realidad se quebraba en millones de añicos.

Las luces volvieron unos segundos después, y fue entonces cuando nos comunicaron las noticias malas de verdad.

11

UN HOMBRE ALTO Y CON UN UNIFORME DE LA ADT MUY ENGALANADO SUBIÓ AL pequeño escenario de debajo y caminó hacia el atril que había en el centro. Cuando lo alcanzó, su cara apareció en la enorme pantalla panorámica que tenía detrás, y ahogué un grito al mismo tiempo que Lex y buena parte del público.

Se trataba del almirante Archibald Vance, el comandante tuerto de la ADT que informaba sobre las misiones a los jugadores de *Armada* y *Terra Firma*.

Siempre había pensado que sería un actor contratado para el papel, pero saltaba a la vista que también me había equivocado en eso.

El almirante apoyó las manos en el atril y echó un buen vistazo al público.

—Saludos, candidatos a reclutas —dijo—. Soy el almirante Archibald Vance y he sido comandante de campo de la Alianza de Defensa Terrestre durante más de una década. Estoy seguro de que muchos se sorprenderán al descubrir que soy real y no un personaje de ficción. Pero se lo aseguro: soy tan real como la Alianza de Defensa Terrestre.

Se oyeron algunos aplausos aislados y alguna que otra risa entre dientes. El almirante esperó a que se volviera a hacer el silencio antes de continuar.

—Se les ha convocado hoy aquí porque necesitamos su ayuda. Se cuentan entre los pilotos de drones más habilidosos y mejor entrenados del mundo. Los videojuegos que han conseguido dominar, *Terra Firma* y *Armada*, son en realidad simuladores de instrucción para el combate creados por la ADT para localizar y entrenar a individuos como ustedes, aquellos que poseen los talentos necesarios para defender el planeta de la inminente invasión europana.

»Como acaban de comprobar, la existencia del enemigo alienígena se ha mantenido en secreto desde su descubrimiento inicial —continuó—. Era necesario para que la humanidad permaneciera tranquila el tiempo suficiente para que nuestros líderes organizaran y constituyeran un mecanismo de defensa contra los invasores. —Apartó las manos del atril y volvió a mirar al público.

»Pero se nos ha acabado el tiempo. Ha llegado el día que más hemos temido durante todos estos años. Y ustedes son los candidatos a recluta más prometedores, procedentes de multitud de países de todo el mundo. Por eso hemos tenido la precaución de traerlos hasta aquí, un lugar seguro, antes de que se revele la verdad a todo el mundo.

—La puta hostia —escuché murmurar a Lex.

—El vídeo de presentación que acaban de ver se preparó a principios de los noventa —dijo el almirante Vance—. A lo largo de los años hemos ido actualizando las imágenes generadas por ordenador, pero el contenido no ha variado casi nada. La intención de la ADT siempre ha sido hacer público este vídeo cuando la amenaza de una invasión ya fuera imposible de ocultar. Por desgracia, ese día se acerca. Después de amenazar con erradicarnos durante más de cuarenta años, parece que los europanos por fin han terminado los preparativos para la guerra.

Se agarró a los bordes del atril, como si intentara mantenerse en pie. Aquello me hizo reparar en que yo estaba haciendo lo mismo con los reposabrazos de la butaca.

—Esta es una imagen de satélite de ayer por la mañana. —Detrás de él, apareció en la pantalla una nueva imagen de la luna Europa en alta resolución. La construcción de la flota que habíamos visto en la grabación ya estaba terminada. Seis Acorazados esféricos se abrían de par en par para recibir su cargamento mortal, y sus grandes plataformas espirales de almacenamiento estaban ya casi a tope, con más de mil millones de drones listos para el transporte y el despliegue.

»La siguiente se tomó hace tan solo unas horas —dijo el almirante mientras otra imagen de Europa aparecía en la pantalla.

El grupo de brillantes naves de construcción alienígena que orbitaba la luna helada había desaparecido, y también los seis gigantescos Acorazados esféricos. Había una enorme marca circular de quemadura en el hemisferio sur de Europa, el mismo lugar en el que el Rompehielos había disparado el láser en el asalto a Sobrukai durante la misión de *Armada* de la noche anterior.

—¡Hostia puta! —grité, y no fui el único—. ¿La misión era de verdad?

—¿Qué quieres decir? —preguntó Lex.

Antes de que pudiera responderle, el almirante volvió a hablar.

—La ADT atacó Europa ayer por la noche —dijo—. Muchos de los pilotos de *Armada* presentes formaron parte de esa misión, que constituía la única oportunidad de destruirlos antes de que enviaran sus drones contra nosotros. Pero la misión del Rompehielos fue un fracaso y la flota europana ya se encuentra de camino a la Tierra.

No podía quedarme callado con tantas dudas en la cabeza.

—Esta historia no tiene sentido —susurré a Lex—. Si los extraterrestres quieren erradicarnos, ¿por qué han esperado cuarenta años? ¿Por qué darnos tanto tiempo para prepararnos y comprender su tecnología, cuando podrían habernos devastado en los setenta? ¿Por qué esperar? —Negué con la cabeza—. Ya no tenía sentido cuando era solo trasfondo del juego, y sigue sin tenerlo. O sea, ¿para qué molestarse en enviar una flota de drones robóticos? ¿Por qué no atacarnos con un virus, un asteroide asesino o...?

—Por Dios, qué más dará, tío —bufó Lex. Con el rabillo del ojo pude ver cómo intentaba dar otro sorbo de la petaca vacía mientras le temblaba la mano. Luego soltó un taco y volvió a ponerle la tapa—. A lo mejor viven miles de años. Para ellos, estos cuarenta serían como un fin de semana largo. —Entrecerró los ojos hacia la brillante imagen de la pantalla—. Ahora ya da igual, ¿no? Está claro que se han cansado de esperar.

Lex volvió a prestar atención al almirante, y yo intenté hacer lo mismo.

—Estas son la posición y la trayectoria actuales de la flota enemiga —dijo Vance mientras aparecía a su espalda un mapa animado del sistema solar. El emplazamiento de la flota europana estaba indicado con tres manchas en forma de ameba, que iban de menor a mayor tamaño. Se estiraban formando una línea entre Júpiter y la Tierra e iban atravesando poco a poco el cinturón de asteroides, como un tren de carga interplanetario.

Parecía como si la flota europana se acercara a la Tierra en tres oleadas ofensivas separadas. Su trayectoria común estaba indicada por una brillante línea amarilla que no dejaba duda de cuál era el objetivo.

—Dios mío —susurró Lex—. Ya han hecho más de medio camino.

Tenía razón. La primera oleada ya se acercaba al cinturón de asteroides, más allá de la órbita de Marte.

La imagen se amplió sobre la vanguardia, la mancha que se encontraba más cerca, y pudimos discernir que estaba formada por una tupida nube de miles de pequeños triángulos verdes moviéndose en manada alrededor de un círculo verde oscuro que había en el centro: un Acorazado esférico rodeado por su escolta de cazas. Luego el almirante ajustó la pantalla táctica para enfocar las otras dos manchas todavía más grandes que la seguían. La segunda contaba con dos Acorazados esféricos y una escolta compuesta por el doble de cazas Guja. La tercera tenía tres Acorazados esféricos y el triple de cazas Guja.

El almirante usó un puntero láser para señalar los tres grupos de naves.

—Por razones que todavía no llegamos a comprender, el enemigo ha dividido el ejército invasor en tres oleadas ofensivas, cada una más grande que la anterior —explicó—. Estimamos que cada uno de estos Acorazados esféricos transporta una carga de mil millones de drones individuales.

Hasta yo fui capaz de sacar cuentas. El almirante nos acababa de comunicar que seis mil millones de drones alienígenas asesinos venían de camino para acabar con nosotros. Era obvio que el combate no iba a estar equilibrado, sobre todo cuando nos alcanzara la segunda oleada.

El almirante movió el puntero láser hacia el grupo de naves con forma de flecha que iba en cabeza.

—Si la trayectoria y la velocidad no cambian, la vanguardia, esta primera oleada de naves, alcanzará la órbita lunar en menos de ocho horas.

Una cuenta atrás digital apareció en la esquina inferior derecha de la pantalla. Mostraba el tiempo restante hasta la llegada de la vanguardia: 07.54.07.

Al instante, mi QComm dio un aviso auditivo y se iluminó la pantalla que tenía en la muñeca, igual que hicieron todos los QComm del auditorio, lo que creó un único pitido ensordecedor que resonó por todas partes. Me miré la muñeca y vi cómo la misma cuenta atrás para la invasión había aparecido también en la pantalla de mi QComm, sincronizada a la perfección con la que podía leerse detrás del almirante.

07.54.05
07.54.04
07.54.03

—Dios —balbuceó Lex mientras miraba el QComm que llevaba en la muñeca y observaba cómo iban pasando los segundos—. Ahora me siento como Serpiente Plissken.

Se me escapó una carcajada que estaba muy fuera de lugar pero se escuchó por todo el auditorio, y la reprimí a toda prisa cuando las caras de debajo empezaron a volverse con el ceño fruncido hacia nosotros. Lex soltó una risita y yo me llevé el dedo índice a la boca para indicarle que se callara.

—Si conseguimos sobrevivir al ataque de la vanguardia, la segunda oleada de drones enemigos llegará a la Tierra unas tres horas después, y la última otras tres horas más tarde.

Cada vez que decía la palabra «vanguardia», me venía a la cabeza el viejo juego de recreativas que tenía ese título. *Vanguard* era un buen juego de naves con desplazamiento lateral que, a mediados de los ochenta, había descubierto en la colección de mi padre. En el juego había que derrotar cinco oleadas de enemigos que iban incrementando su dificultad, y cuando superabas la última te enfrentabas al jefe final, el «Gond». Yo me imaginaba que el Gond y el jefe supremo de los europanos serían más o menos idénticos. Luego recordé que era posible que ni siquiera hubiese un jefe supremo de los europanos, ya que según el vídeo no sabíamos nada sobre la fisiología o la estructura social de esas criaturas. Quizá ni siquiera tenían un líder. ¿Se trataría de una mente colmena?

Cuando el almirante terminó de hablar y se volvió hacia el público, se desató un estruendo de murmullos, que fue aumentando de volumen hasta que Vance pidió silencio con un gesto.

—Hacen bien al estar nerviosos —dijo—. Nos enfrentamos a una invasión total del planeta y las tropas enemigas son mucho más numerosas que nuestros efectivos. Por suerte, nuestras posibilidades no son tan nefastas como podría parecer. La Alianza de Defensa Terrestre lleva décadas preparándolo todo para este momento y, cuando llegue la hora, la humanidad estará lista para plantar cara y defender nuestro hogar.

Se escuchó una ovación desesperada mientras el emblema de la Alianza de Defensa Terrestre volvía a aparecer en la pantalla, acompañado de otro tema de la partitura de *Armada* de John Williams. A pesar de que todo lo que nos habían contado me provocaba incredulidad, escuchar la música en aquellos momentos me puso la piel de gallina.

Un hangar lleno de Drones Interceptores Aeroespaciales DIA-88 apareció en la pantalla y me dejó con la boca abierta. Eran igualitos a los drones que pilotaba en *Armada*, hasta el último detalle. Luego apareció otra foto en la que se apreciaban miles de DHTBI en formación bajo unos focos, dentro de algún búnker de hormigón secreto. Para terminar se nos mostró la foto de un único *mecha* Centinela y pude oír cómo a Lex se le escapaba un «uau» susurrado. Era igual que los Centinelas del juego, hasta en el tamaño.

—Les estamos mostrando el verdadero motivo de la reciente crisis económica mundial. Se ha exprimido hasta la última gota de la tecnología, la industria y los recursos naturales de la humanidad, para asegurar que dispondremos de suficiente potencia de fuego con la que enfrentarnos a la superioridad numérica y al arsenal más desarrollado del enemigo. Y, en este momento, por fin nuestras tropas están listas para el despliegue.

Aparecieron en pantalla más fotos que mostraban miles de Interceptores, Centinelas y DHTBI reales almacenados en lugares ocultos de todo el mundo, esperando para entrar en combate. De repente, me sentí muy orgulloso de mi especie y de todos los milagros tecnológicos que habíamos logrado para procurarnos la supervivencia.

—Hemos fabricado millones de estos drones y los hemos escondido en lugares estratégicos por todo el planeta —continuó el almirante—. Cuando empiece la invasión, los reclutas civiles de todo el mundo podrán utilizar sus dispositivos de videojuegos para controlar el ejército de drones mediante la tecnología de enlace de comunicación cuántica instantánea, que conseguimos gracias al enemigo. Esta red global de drones militares de defensa es la única esperanza para superar todas las adversidades que nos esperan.

El emblema de la ADT volvió a aparecer en la pantalla detrás del almirante.

—Las fuerzas internacionales de la Alianza ya han conseguido frustrar muchas de las misiones de reconocimiento que el enemigo ha enviado a la Tierra, y estas nos han ayudado a reunir una gran cantidad de datos sobre sus naves, su arsenal y sus tácticas —explicó—. Todos esos datos se han incorporado a los simuladores de entrenamiento *Terra Firma* y *Armada*, para asegurarnos de que todos ustedes realizaran una preparación eficiente de cara a enfrentarles con drones del enemigo en combate real. Es por eso que en realidad llevan años combatiendo en una versión virtual de la guerra. —Sonrió apesadumbrado—. Ha llegado la hora de lo auténtico.

Se agarró las manos por detrás de la espalda y suavizó la expresión.

—Sé que esto puede resultar aterrador para algunos de ustedes —dijo—. No podemos obligarlos a arriesgar sus vidas y a unirse a nuestras filas. A estas alturas ya deberían saber que no podrán escapar de la guerra huyendo a esconderse en sus casas. Ni tampoco podrán hacerlo sus amigos ni sus familias. En la Tierra no hay dónde esconderse. Estas criaturas, sean lo que sean, vienen para exterminarnos a todos. Si no los detenemos, la humanidad dejará de existir.

Puso ambas manos sobre el atril y bajó la mirada, como si se dirigiera a los reclutas sentados en la primera fila.

—Pero vamos a detenerlos. Si los siete mil millones de miembros de la especie humana nos unimos contra la amenaza y luchamos juntos como un único planeta y con todas nuestras fuerzas, podemos ganar la guerra. Y aquí es donde empieza todo, con cada uno de ustedes.

Se empezó a oír una ovación entre el público. No me uní a ella, ni Lex tampoco, pero la vi asentir con lentitud, como aceptando a regañadientes la llamada a las armas del almirante Vance. En el escenario, el almirante hizo una pausa para enderezarse y luego continuó hablando con el mismo tono calmado de antes.

—A pesar de que la vanguardia europana no llegará a la órbita lunar hasta dentro de ocho horas, tenemos razones para creer que el enemigo puede estar preparando un ataque furtivo a lo largo del día de hoy, antes de que llegue el resto de su flota. Durante los últimos días, se han visto varias naves exploradoras europanas en la atmósfera, y varias de ellas vigilaban instalaciones y puestos de avanzada de la ADT como este.

Señaló un mapa del mundo que acababa de aparecer detrás de él en la pantalla, que mostraba varios puntos rojos diseminados para indicar los lugares donde se habían avistado las naves exploradoras. La mayoría de ellos se encontraban cerca de ciudades muy pobladas, pero había uno iluminado sobre mi ciudad natal.

—Seguimos sin tener ningún modo de rastrear la naves exploradoras europanas, por lo que desconocemos su posición actual. No obstante, hemos...

Llegó un estruendo apagado que procedía de algún lugar sobre nosotros. Una detonación amortiguada seguida de un gran temblor, que agitó todo el auditorio como un breve terremoto. Algunos gritaron, y luego empezó a sonar una bocina de alarma.

—Alerta roja. Las instalaciones están siendo atacadas —anunció una voz femenina sintetizada por el sistema de megafonía—. Todo el personal, diríjase inmediatamente a sus puestos de batalla. Repetimos: las instalaciones están siendo atacadas. Alerta roja.

Lex y yo nos miramos con escepticismo.

—¿En serio? —dijo ella—. Esto no puede estar ocurriendo ahora, ¿verdad?

—Ni de broma —respondí—. Seguro que se están quedando con nosotros. Tiene que ser un simulacro o algo así...

Otra explosión en la superficie hizo que el suelo de piedra que teníamos debajo temblara con más fuerza, y se oyó una nueva algarabía de gritos y alaridos de pánico. El mapa de la pantalla gigante del auditorio fue reemplazado por ocho transmisiones de vídeo en directo, procedentes de las cámaras de la superficie, en las que se podían ver desde varios ángulos las granjas falsas que ocultaban el Palacio de Cristal. Todos los edificios ardían y en el cielo se vislumbraba un enjambre de cazas Guja. Sus cascos con forma de cuchillas brillaron como espejos bajo el sol matutino mientras descargaban láseres y bombas de plasma sobre la base.

Un silencio incómodo recorrió el auditorio durante unos momentos, mientras todos mirábamos las imágenes en la pantalla. Luego volvieron con renovada fuerza los gritos y los alaridos.

En la pantalla, un escuadrón de cazas Guja descendió y roció con bombas las puertas blindadas que protegían el muelle de estacionamiento.

Otro temblor agitó el auditorio y cayó una polvareda de las grietas que se habían formado en el techo de hormigón reforzado. Me pregunté cuánto más podría aguantar antes de derrumbarse.

—¡Mantengan la calma! —vociferó el almirante para hacerse oír entre el griterío, que se había intensificado—. ¡Si quieren vivir, necesito que se controlen y obedezcan mis órdenes!

El terror que se apreciaba en la voz del almirante daba casi tanto miedo como las imágenes que se veían en la pantalla que tenía detrás.

—Repetimos: las instalaciones están siendo atacadas —anunció de nuevo por megafonía la voz femenina computerizada—. Todo el personal, diríjase inmediatamente a sus cápsulas de control de drones. Consulten su QComm para obtener más información. Todo el personal, diríjase inmediatamente a sus cápsulas de control de drones...

Lex sacó rápido su QComm. Su pantalla se iluminó con un mapa estilo GPS de la base, en el que una ruta de color verde partía desde el punto del auditorio en el que nos encontrábamos, bajaba las escaleras hacia la salida más cercana y luego recorría una serie de pasillos hasta llegar a una habitación circular llamada Núcleo 3. Miré mi QComm y comprobé que a mí se me había asignado el Núcleo 5, al que se llegaba por la misma ruta pero estaba un poco más lejos.

—¡Vamos! —dijo Lex, dejándome la chaqueta en los muslos mientras pasaba por delante de mí.

Yo no me levanté del asiento. Tenía los ojos clavados en el caos que mostraba la pantalla, pero mi cabeza seguía dando vueltas a todo el cúmulo de sinsentidos que había descubierto en un solo día. Había algo que no encajaba. Y seguía sin saber si mi padre...

—¿Zack? —Levanté la cabeza y vi que Lex me miraba con mucha impaciencia desde el principio de la fila—. ¿Qué? ¿Piensas quedarte ahí sentado viendo cómo nos matan estas cosas?

Lex tenía razón. Aquello no era culpa de la ADT. Eran los europanos. Ellos eran mi verdadero enemigo, la causa de todos los problemas y pérdidas que había sufrido desde mi nacimiento. Aquellos invasores del espacio exterior eran los culpables de todo lo que ocurría. Al declararnos la guerra unas décadas antes, los europanos habían perturbado la historia de la humanidad y nos habían arrebatado el futuro. Y ahora habían llegado para quitarnos todo lo demás.

De pronto, lo único que me importaba era que lo pagaran caro. Todos y cada uno de ellos.

—Sí, ya voy —dije, levantándome. Metí la chaqueta en la

mochila y corrí hacía Lex, que ya bajaba los escalones de las gradas de tres en tres.

LEX Y YO CONSEGUIMOS ESCABULLIRNOS ENTRE EL GRUPO DE GENTE QUE SE ARREMOLINABA EN la salida más cercana. Tan pronto como la atravesamos y llegamos hasta el pasillo que salía del auditorio, Lex echó a correr de nuevo y se abrió paso entre otros reclutas menos entusiastas, hasta que alcanzó la delantera y lideró la acometida. Me afané en no quedarme atrás y pude seguirla gracias al sonido ametrallador de sus botas militares golpeando contra el suelo de piedra.

Nos llegó el sonido de otra explosión apagada en la superficie, cuya onda expansiva hizo temblar el suelo. Comenzó a caer polvo y tierra de entre las losas del techo del pasillo, mientras la gente a nuestro alrededor corría en todas direcciones para seguir los mapas de las refulgentes pantallas de sus QComm.

Dejé de mirar el mío para centrarme en seguir a Lex, y atravesamos lo que me pareció una eterna sucesión de pasillos, hasta que ella se detuvo delante de unas puertas blindadas con el letrero NÚCLEO DE CONTROL 3.

—Yo me quedo aquí —dijo, señalando hacia el pasillo—. El Núcleo Cinco está más adelante.

Asentí y abrí la boca para desearle buena suerte, pero solo pude decir un «Bue...» antes de que ella se volviera y me plantara un beso en la mejilla. Es probable que aquello me causara un pequeño debilitamiento en la integridad estructural de las rodillas, pero conseguí mantenerme en pie.

—Dales caña, Beagledeacero —dijo, antes de que las puertas blindadas se cerraran de golpe tras ella.

Tan pronto como fui capaz de transmitir órdenes a las piernas, eché a correr de nuevo. Al final del mismo pasillo encontré otras dos puertas con el letrero NÚCLEO DE CONTROL 5 y las crucé a la carrera. Daban a una enorme habitación con forma de tonel en la que había cientos de cápsulas de control de drones, apanaladas en las paredes curvas y cubiertas por toda una urdimbre de escaleras estrechas y rampas de acceso. Parecía una versión más grande de los centros de control de drones que aparecían en las secuencias de vídeo de *Armada*. La pantalla de mi QComm cambió para mostrar un diagrama en tres dimensiones de la estancia y luego me marcó la cápsula que se me había asignado: la CCD537. Subí hasta el tercer nivel por la escalera más cercana y corrí hasta mi cápsula por la rampa de acceso de metal. Al acercarme a ella, un escáner dio un pitido y la puerta se abrió con un siseo. Entré sin pensármelo.

Cuando me senté en la silla de cuero, la puerta se cerró y se iluminaron al mismo tiempo los paneles de control que tenía alrededor y la pantalla panorámica envolvente, en la que apareció el emblema de la Alianza de Defensa Terrestre.

Di un vistazo a los conocidos controles y agarré con la mano derecha la palanca de vuelo que tenía justo delante de mí, idéntica a la de los mandos de *Armada* que Ray me había regalado el día anterior. El control de gases con dos joysticks que tenía al alcance de la mano izquierda también parecía idéntico a la versión doméstica que había comercializado Chaos Terrain, solo que aquel estaba atornillado al reposabrazos de mi asiento ergonómico de piloto.

La cápsula también proporcionaba otras opciones de control, entre ellas unos guantes de batalla de *Terra Firma*, empleados para controlar a un DHTBI o un Centinela, y otras más normales como teclado y ratón, o un mando normal de Xbox, Nintendo o PlayStation. Opciones suficientes para que casi cualquier jugador se sintiera como en casa.

Vi un fugaz brillo rojo cuando el sistema escaneó mis retinas, y luego una X roja empezó a parpadear en la pantalla, junto a las palabras ACCESO DE CONTROL DE DRONES NO AUTORIZADO.

—Atención, candidato a recluta —dijo la misma voz femenina sintetizada, mientras sus palabras aparecían también en la pantalla que tenía delante—. Solo el personal de la Alianza de Defensa Terrestre está autorizado para operar con drones y entrar en combate. ¿Desea alistarse ahora en la Alianza de Defensa Terrestre?

Varios párrafos con mucho texto comenzaron a bajar por la pantalla, el ilegible entramado legal que explicaba todos los detalles del alistamiento. Me habría llevado horas leerlo todo y es probable que no hubiera entendido ni una palabra.

—¿Estás de coña? —grité—. ¿Tengo que alistarme antes de poder combatir?

—Solo el personal de la Alianza de Defensa Terrestre está autorizado para operar con drones y entrar en combate —repitió el ordenador.

—Esto es aprovecharse un poco de la situación, ¿no crees?

—Vuelva a formular su pregunta, por favor.

—¡Menuda puta broma! —grité, golpeando la consola.

—Si no desea alistarse en la Alianza de Defensa Terrestre en este momento, por favor, salga de la cápsula de control de drones y diríjase a la estación de renuncia más cercana.

Como tardé en responder, el ordenador dijo:

—Lo siento, no he escuchado su respuesta. ¿Desea alistarse ahora en la Alianza de Defensa Terrestre?

Otro temblor sacudió los cimientos de la base. Las luces del techo de mi cápsula parpadearon unos instantes.

—¡Vale, sí! —Empecé a pulsar repetidas veces el botón de ACEPTAR que había en la parte inferior de la pantalla—. ¡Quiero alistarme, joder! ¡Apúntame ya!

—Por favor, levante la mano derecha y lea en alto el juramento.

En la pantalla apareció un párrafo de texto que ya incluía mi nombre al principio. Empecé a leerlo y las palabras se fueron borrando a medida que las pronunciaba:

Yo, Zackary Ulysses Lightman, habiendo sido nombrado oficial de la Alianza de Defensa Terrestre, juro solemnemente apoyar y proteger mi planeta natal y a sus ciudadanos de todos nuestros enemigos. Juro que les debo mi lealtad y mi devoción. Juro que acepto este cargo voluntariamente, sin ningún tipo de reservas ni intenciones de desertar. Juro que obedeceré las órdenes de mis superiores y que desempeñaré con honradez las tareas del puesto que estoy a punto de ocupar, con la ayuda de Dios.

Eso último estaba marcado como «opcional», pero como tenía prisa lo dije sin pensar, a pesar de que siempre me había considerado agnóstico. Además, pensándolo bien, era posible que sí que hubiera un Dios después de todo. Tenía que haber algún responsable de enviar a tomar por saco todo mi sentido de la realidad.

—¡Enhorabuena! —exclamó el ordenador—. Ahora es usted oficial de vuelo de la Alianza de Defensa Terrestre, con graduación de teniente. Su perfil de habilidad de la ADT y su rango de piloto de *Armada* ya han sido verificados. Vuelo: Autorizado. Combate: Autorizado. Acceso permitido a la cápsula de control de drones. Configuración de usuario importada. Iniciando sincronización con el Interceptor. ¡Buena suerte, teniente Lightman!

La pantalla cambió a la conocida cámara en primera persona desde el interior de un Dron Interceptor Aeroespacial DIA-88, listo para el lanzamiento. La canción *You Really Got Me* de Van Halen atronó de golpe por el sistema envolvente de la cápsula de control, haciéndome dar un salto en el asiento. Intenté relajarme y me di cuenta de que el ordenador se había conectado a mi QComm por Bluetooth y había empezado a reproducir la siguiente canción de la lista «Asalto a las recreativas» de mi padre.

No vacilé ni un instante. Pulsé el botón de lanzamiento y mi

Interceptor salió disparado por su túnel, oculto en uno de aquellos depósitos de grano, hacia un cielo azul y despejado.

Un cielo de verdad, lleno de nubes de verdad.

En ese momento me di cuenta de que la vista desde dentro de la cabina tenía algo distinto a lo que veía cuando jugaba a *Armada*. Los indicadores del HUD y el punto de mira eran idénticos, pero estaban superpuestos a una transmisión en directo y en alta definición de los alrededores del dron, tal y como los captaba la cámara estereoscópica dentro del auténtico dron Interceptor que pilotaba. Con la puerta de la cápsula de control cerrada, la sensación de estar en una cabina real era casi absoluta. Incluso podía ver sobresaliendo por los lados de la nave las puntas en forma de colmillo de los cañones solares.

Un instante después, la vista del cielo cambió a otra que conocía muy bien: un enjambre de cazas Guja disparando en todas direcciones, incluida la mía. Gracias a la carrera que me había hecho dar Lex, mi Interceptor fue el primero en lanzarse, lo que significaba que también era el único objetivo aéreo para el enemigo.

Mientras me escoraba en una maniobra evasiva, pude echar mi primer vistazo al terreno que tenía debajo. Los cultivos, establos y depósitos ardían. Incluso el suelo, que había sido pasto de una ráfaga de disparos láser, estaba ennegrecido.

Según mi HUD, había justo cien cazas Guja atacando la base.

«Y esta vez son de verdad, Zack. Si no conseguís detenerlos, moriréis.»

Tuve que hacer algunos cambios en la configuración de mis controles, pero solo me llevó unos segundos con aquella interfaz tan familiar.

Luego respiré hondo y analicé el campo de batalla. Debajo de mí, otros Interceptores ya empezaban a salir despedidos de los túneles de lanzamiento escondidos en la zona norte de la granja, túneles que también ardían. Cientos de DHTBI y varios *mechas* Centinelas comenzaron a surgir de los búnkeres subterráneos ocultos debajo de los establos y los edificios cercanos.

El HUD me confirmó que el Centinela solitario que corría por delante del resto y lideraba la carga estaba controlado por Lex: la pantalla indicaba su apodo de piloto y su rango superpuestos al *mecha*.

Vi cómo hizo dar un salto de potencia a su Centinela mientras disparaba con los cañones de las muñecas a una hilera de cazas Guja que se le acercaban por arriba y acribillaban con láseres el suelo a ambos lados de su dron.

Viré el Interceptor para analizar el espacio aéreo justo por encima de la base. La mayoría de los cazas Guja concentraban sus ataques en la entrada, en aquellas dos grandes puertas blindadas que se hundían en el suelo, y ya empezaban a tener un ligero brillo rojizo y a deformarse ante la tremenda ráfaga de disparos láser y bombas de plasma. Cuando atravesaran aquellas puertas, irrumpirían en la base y lo devastarían todo con una inundación de fuego líquido, llevándose por delante a Lex, a mí mismo y al resto de personas que ocupaban el Palacio de Cristal.

Pero no me sentí inseguro ni tuve miedo. Me había preparado para aquel momento durante toda mi vida. Desde la primera vez que había tenido entre mis manos un controlador de videojuegos.

Sabía lo que tenía que hacer.

Tiré de la palanca de vuelo y aceleré al máximo para lanzar el dron contra la nube de cazas Guja que llenaba el cielo, justo delante. Mi HUD señaló la nave enemiga más cercana a mi posición y apunté hacia ella, un poco por delante para compensar la velocidad y la distancia. Entonces apreté el gatillo, disparé una ráfaga con los cañones solares y conseguí dos impactos directos.

El primero de ellos dejó al caza Guja sin escudos y el segundo hizo que explotara, como una reluciente bola de fuego, un milisegundo después.

Sin saberlo, acababa de conseguir la primera baja enemiga de la batalla y de la guerra.

Pero a partir de entonces, las cosas empezaron a ir de mal en peor.

12

R ECIBIÓ EL NOMBRE DE LA BATALLA DEL PALACIO DE CRISTAL Y FUE MI PRIMER combate a vida o muerte en la vida real. A pesar de ello, mi cuerpo no se hallaba dentro del Interceptor, sino a unos cientos de metros, en algún lugar en las profundidades de la base subterránea por la que luchaba. Si los alienígenas conseguían superar las defensas de la superficie y penetrar en ella, sería mi final. Y también el de Lex, el almirante y todos los demás.

No iba a permitir que ocurriera.

Tampoco iba a quedarme esperando a que se lanzara el dron de RojoTrinco y me arrebatara toda la gloria.

Carraspeé.

—¿TAC? —dije—. ¿Estás ahí?

Esperaba escuchar la voz femenina sintetizada por defecto, pero para mi sorpresa el sistema también había importado mi perfil de sonido personalizado de *Armada*, por lo que en su lugar escuché la frase habitual de *El vuelo del navegante*.

—¡Cumplimiento! —exclamó mi TAC con una versión digitalizada de la voz de Paul Reubens—. ¿Cómo puedo ayudarle, teniente Lightman?

—Activa el piloto automático —ordené mientras tocaba la pantalla táctica. Pasé el dedo por ella, dibujando una trayectoria en forma de S que cruzaba la zona por la que había más enemigos—. Llévame hacia ese caos. Tú conduces y yo disparo.

—¡Cumplimiento!

Para una batalla real, la voz de *El vuelo del navegante* me parecía inapropiada y me distraía más, por lo que volví a establecer la configuración por defecto y, como curiosidad, la actriz elegida había sido Candice Bergen. Chaos Terrain no había escatimado en gastos.

Cuando se activó el piloto automático, cambié la configuración de los controles para que los mandos de gases y la palanca de vuelo funcionaran como controladores de disparo duales con dos palancas multieje para la torreta láser omnidireccional del Interceptor. Al hacerlo se activó el sistema de apuntado en tres dimensiones de la torreta y empezó a señalar las naves enemigas que había a mi alrededor como una espiral en expansión de brillantes puntos de mira rojos.

—Hola, chicos —murmuré—. Os tengo justo donde quería.

TAC hizo que el Interceptor trazara el arco que había dispuesto en la pantalla, hundiéndolo en el caos de las naves enemigas. Un remolino de objetivos parpadeantes apareció en mi HUD. Subí el volumen de la música más todavía, apunté a uno de los líderes y abrí fuego.

Para mi sorpresa, conseguí deshacerme de siete naves enemigas una detrás de otra, con ráfagas precisas y duraderas de la torreta láser, antes de que ninguna de ellas pudiera realizar maniobras evasivas. Luego, las otras naves de mi HUD rompieron la formación y comenzaron a desperdigarse en todas direcciones mientras abrían fuego contra mí, o al menos hacia el lugar donde se encontraba mi Interceptor un milisegundo antes. Justo como había planeado, cuando el Interceptor pasó por el centro del laberinto simétrico que formaban, las naves enemigas fueron pasto del fuego cruzado durante unos gloriosos segundos que resultaron en más de una docena de bajas. Entonces, como si estuvieran bajo las órdenes de una mente colmena, todas dejaron de disparar al mismo tiempo, permitiendo a mi dron escapar por el otro lado.

Había realizado aquella maniobra cientos de veces en los combates aéreos simulados de *Armada* y tenía comprobado que, si la sincronización me salía bien, funcionaba como un reloj, ya que las naves enemigas siempre reaccionaban de la misma manera, como suele ocurrir en los videojuegos.

Pero ¿por qué había funcionado una táctica como aquella en el mundo real? Si de verdad eran drones de combate alienígenas controlados por seres vivos que habitaban en las profundidades oceánicas de Europa, a más de quinientos millones de kilómetros, ¿por qué volar y combatir de la misma manera que sus homólogos en el videojuego?

¿Cómo había hecho Chaos Terrain para simular las maniobras y tácticas enemigas con un nivel de precisión tan perfecto? No debería ser posible, a menos que los drones europanos estuvieran controlados por algún tipo de inteligencia artificial o de mente colmena, en lugar de por seres vivos conscientes.

Mi Interceptor recibió un disparo de refilón en los escudos y sonó una alarma de advertencia que hizo que me volviera a concentrar en la batalla. El sistema de respuesta háptica de la silla vibró para simular el impacto del proyectil de plasma en los escudos y comprobé cómo el indicador de energía se reducía a la mitad. Preparé otra ruta en la pantalla y toqué el icono de aceptar.

—Afirmativo —anunció TAC con tranquilidad, mientras el ordenador de navegación iniciaba el ascenso de la nave. En el HUD observé cómo una larga fila de Gujas del enemigo se aglutinaba en mi estela y alzaba el morro para seguirme.

Mi torreta láser ya había agotado buena parte de las reservas de energía del núcleo, por lo que cambié a los cañones solares y apunté al líder con mucho cuidado. Cerré un ojo, tomé aire, esperé... y luego disparé. Y disparé otra vez. Y otra. ¡BUM! ¡BUMBA! ¡BUM! Otros tres Gujas explotaron con violencia delante de mí, uno tras otro, como había visto hacer a sus homólogos en el videojuego tantas otras veces desde la habitación de mi casa de las afueras, y las palabras del joven Luke Skywalker resonaron en mi cabeza: «Hay que arriesgar el todo por el todo.»

Hice reventar otro Guja. Y luego otro más. Estaba a tope. Los movimientos y los ataques de los cazas Guja me eran muy familiares y hasta predecibles.

Y me dio la impresión de que todo era muy fácil. Como muchos otros extraterrestres malotes de ficción, los cazas sobrukai a los que me enfrentaba en *Armada* siempre habían sufrido el síndrome del *stormtrooper* de *Star Wars*. Tenían una puntería de mierda y eran muy fáciles de matar. Pero en *Armada* se trataba de los extraterrestres de un videojuego, y lo que tenía delante eran naves alienígenas en una batalla de verdad. ¿Por qué seguían funcionando las mismas tácticas?

Seguí con los labios la letra de la canción de Queen que sonaba en mis auriculares mientras hacía explotar un Guja tras otro en el cielo. «Y otro que desaparece, otro que desaparece, otro que muerde el polvo.»

Destruí a otros tres con una descarga de rayos de fotones, y el total de bajas en mi cuenta subió hasta diecisiete. Según el cronómetro de la misión, mi Interceptor solo llevaba en el aire setenta y tres segundos.

Justo cuando empezaba a sentirme invencible, mi nave recibió una sucesión de impactos directos desde detrás que me dejaron sin escudos. Varios indicadores de alarma empezaron a parpadear por todo el HUD, y TAC puso mi nave en un tonel volado evasivo que la hizo pasar casi a ras sobre la base.

El suelo de debajo ya estaba lleno de despojos ardientes y restos esqueléticos de cientos de DHTBI destruidos. Me fijé en uno que no tenía piernas y al que habían decapitado, pero aun así seguía sacudiendo los brazos y disparando a ciegas hacia el cielo. Poco después, su controlador activó por fin la secuencia de autodestrucción y la detonación hizo que uno de los edificios en llamas que estaba cerca se derrumbara.

Una rápida serie de alaridos agudos, cada uno seguido por algo parecido a un trueno, salió de los altavoces de sonido envolvente que cubrían las paredes, el suelo y el techo de la cápsula de control de drones. Conocía muy bien ese sonido por haber jugado a *Armada*: la ADT había disparado los cañones tierra-aire. En las misiones cooperativas del juego, me había acostumbrado a reaccionar a aquel sonido preocupándome del fuego amigo, ya que los jugadores relegados a los cañones de tierra durante esas batallas solían ser los que tenían peor puntería.

Escoré la nave a estribor y estudié el terreno para averiguar de dónde venía el sonido. Alrededor de la granja se habían abierto en el suelo varias trincheras grandes que antes estaban ocultas. En cada una de ellas había alineadas decenas de cañones de plasma antiaéreos y torretas láser tierra-aire. Todas se movían y disparaban de manera individual, lo que me hizo suponer que estaban controladas por otros reclutas de la Alianza de Defensa Terrestre como yo, reclutas que se jugaban la vida desde una oscura cápsula de control de drones en algún lugar bajo tierra.

Cambié la cámara de mi pantalla táctica a una vista en dos dimensiones que me recordó al clásico juego de recreativas *Missile Command*. Varios escuadrones de cazas Guja seguían dando veloces pasadas contra las puertas blindadas de la superficie. Se lanzaban hacia ellas en grupos de cuatro o cinco mientras dejaban caer bombas de plasma e intentaban evitar sin mucho éxito las ráfagas de proyectiles de los cañones de la superficie de la base.

La cantidad de naves enemigas empezaba a disminuir y cada vez tenían que sufrir más ataques, ya que no dejaban de surgir refuerzos en forma de oleadas de drones Interceptores de los túneles de lanzamiento ocultos en los depósitos de grano para unirse a la batalla.

Los refuerzos de infantería también empezaban a llegar. Había nuevos DHTBI y Centinelas saliendo sin parar de los búnkeres subterráneos y disparando contra los invasores.

Ya estaba recuperando los escudos, así que desactivé el piloto automático y dirigí el Interceptor en un picado espiral para intentar encarar a otro escuadrón de cazas Guja, justo cuando empezaban a descender para lanzar una nueva andanada de bombas sobre las puertas de seguridad, que ya estaban al rojo vivo y empezaban a torcerse y a ceder, lo que creaba rendijas en los bordes que iban ensanchándose a cada segundo que pasaba. No faltaba mucho para que cupiera un caza por ellas, y eso sería el principio del fin.

Ajusté la trayectoria de la nave y me acerqué al escuadrón de Gujas por arriba mientras el punto de mira oscilaba por sus siluetas en mi HUD. Pulsé con el pulgar el seleccionador de armamento y activé los misiles Macross del Interceptor, pero justo cuando estaba a punto de lanzarlos, los objetivos dejaron de disparar y aceleraron en picado.

Durante un instante creí que los cinco se iban a estrellar contra las puertas de seguridad en un acto suicida, pero me di cuenta de que no se trataba de eso. Apuntaban a varias decenas de metros de distancia, cerca del centro de la granja, donde un grupo de nuestros drones de infantería restantes ya empezaba a dispersarse para evitarlos.

Pero el escuadrón se detuvo de improviso antes de impactar, para quedarse flotando unos metros por encima del suelo. A los pocos segundos, los cinco cazas Guja se giraron y compusieron una especie de formación en estrella, con las alas casi tocándose entre sí y formando una especie de cadena circular. Entonces las alas curvadas con forma de cuchilla empezaron a engancharse y a unirse entre ellas, combinándose y reconfigurándose a velocidad de vértigo para formar un robot humanoide de un tamaño similar al de los Centinelas. Como una especie de Basilisco improvisado.

Aquel gólem de chatarra gigante empezó a dar brincos por

el camino pavimentado que llevaba a la granja falsa, desenterrando postes de luz al llevarse por delante los cables, que terminaban por romperse sobre su pecho, como si se tratara de Godzilla. La electricidad recorrió su burdo torso un momento, pero aquello no lo detuvo. Continuó acercándose mientras otros Gujas empezaban a combinarse y aterrizaban detrás de él.

En ese momento dejé de sentir chulería y pasé a sentir miedo. Auténtico pavor, en realidad. Ninguna de las naves de los sobrukai se había comportado nunca de aquella manera en *Armada* ni en *Terra Firma*. Aquello era nuevo. Los escuadrones de DHTBI y Centinelas ya se congregaban cerca de la amenaza y se preparaban para atacar a aquel nuevo enemigo que había surgido.

—¡Venga ya, hombre! —Oí que decía una voz femenina por el canal general de comunicaciones. Era la de Lex—. ¿Desde cuándo han aprendido estas cosas a formar un Voltron?

Dijo algo más, pero no pude oírlo por culpa del ruido ensordecedor, como de motosierra, que hicieron los cañones Gauss de su Centinela cuando empezó a disparar contra aquella cosa.

Al parecer, escuchar la voz de Lex también hizo que los demás operarios de drones se acordaran de las comunicaciones, porque empezó a oírse un tumulto de voces por el canal general. Algunas eran de las tropas de infantería pidiendo refuerzos aéreos, ya que los *mechas* gigantes formados por cinco Gujas empezaban a causar estragos entre sus filas, liliputienses en comparación, al bombardearlas con los proyectiles de plasma que disparaban desde los cañones de fotones que recubrían sus miembros blindados. Una llama azul surgió de los propulsores que tenían en los pies mientras doblaban las rodillas, y saltaron hacia delante, impulsándose a cien metros sobre el terreno chamuscado hasta llegar a las puertas blindadas de seguridad. Las puertas ya estaban deformadas y se habían salido de su estructura, lo que había creado unos huecos enormes por los bordes, que parecían tener el tamaño suficiente para que uno de aquellos *mechas* alienígenas gigantes se escurriera dentro de la base.

Analicé la oleada de DHTBI y Centinelas que luchaba debajo de mí. En mi HUD, el apodo de piloto de cada operador aparecía superpuesto al dron que controlaba, pero aun así me llevó varios segundos encontrar el de Lex. Había dado un salto de potencia en dirección a unos *mechas* Guja que se acababan de combinar, pero tanto su dron como todos los que tenía alrededor estaban recibiendo una lluvia de plasma de los escuadrones de Gujas restantes, que habían bajado en picado para proporcionar fuego de cobertura a sus camaradas de la superficie.

Di un bandazo descendente y a izquierda para unirme a un frente de Interceptores que se disponían a atacar al resto de Gujas. Aceleramos para internarnos en sus filas mientras los acribillábamos con todo lo que teníamos. Alcancé de lleno a dos cazas enemigos y vi cómo muchos más recibían el impacto de mis camaradas aéreos en cuestión de segundos, pero la carga también nos hizo perder varios Interceptores.

En la superficie, el Centinela de Lex se abalanzó sobre el líder de los *mechas* Guja y se enzarzaron en un forcejeo junto al hueco más grande de las puertas de seguridad. El Centinela realizó un movimiento espectacular al girar en sentido antihorario mientras levantaba una de sus enormes extremidades y golpeaba con el antebrazo al *mecha* del enemigo, lo que hizo que se estrellara contra el suelo sobre la mezcolanza que conformaba su torso. Lex realizó un salto de potencia justo antes de que otros dos Centinelas descargaran sus armas contra la inmovilizada bestia de metal. A aquellas ráfagas se les unieron las de otros cientos de DHTBI que también empezaron a dispararle. Un par de segundos después, el *mecha* de cinco Gujas explotó y soltó una lluvia de restos y escombros que resonó a cada impacto sobre las humeantes puertas de seguridad.

Volví a elevar mi Interceptor, para intentar dar otra pasada sobre los Gujas que quedaban. Pero cuando analicé mi HUD vi que ya solo había cinco, un pequeño grupo de triángulos verdes que se movía en mi pantalla táctica, organizados en una especie de formación de ataque a mucha más altura que yo.

Incliné la nave para encarar al escuadrón que quedaba y vi cómo empezaban a caer en un picado directo hacia la base, como si intentaran un ataque kamikaze a la desesperada. Pero me dio la impresión de que su ángulo no era el correcto: no se dirigían hacia el hueco en las retorcidas puertas de seguridad, sino hacia los túneles de lanzamiento de Interceptores, los que habían estado ocultos debajo de los graneros hasta hacía pocos minutos. La falsa fachada se había quemado o explotado, por lo que ya solo quedaba a la vista la chapa blindada llena de marcas.

Los cazas Guja empezaron a separarse y cada uno de ellos se alineó con un túnel de lanzamiento diferente. Ahora que me daba cuenta, todos ellos tenían la boca abierta de par en par y todos ellos daban al hangar de drones de reserva. Según el diagrama de la base que aparecía en el HUD, dicho hangar se encontraba a bastante profundidad, no muy lejos de donde estaba yo sentado en ese momento.

Intentaban un último ataque kamikaze a la base, por los túneles de lanzamiento abiertos. Era algo que los falsos invasores alienígenas de *Armada* no habían intentado nunca. ¿Cómo era posible que los genios que habían diseñado la base no se hubieran dado cuenta de aquel pedazo de punto débil?

Por suerte, allí estaba yo para solucionar el problema.

Aceleré a fondo para ponerme encima de ellos y abrí fuego incluso antes de tenerlos dentro de mi alcance. Hubo suerte y pude acabar con dos de ellos. Entonces algunos otros Interceptores cercanos también empezaron a disparar y se llevaron por delante a otras dos naves enemigas antes de que alcanzaran la abertura de los túneles de lanzamiento.

Pero el último caza Guja sobrevivió y yo continué persiguiéndolo mientras bajaba en picado, acercándose a los túneles, que sobresalían de la tierra chamuscada y ennegrecida como dedos esqueléticos.

—Atención, pilotos de los Interceptores. Aquí el centro de mando del Palacio —gritó el almirante Vance por el sistema de comunicaciones—. ¡Retírense y no abran fuego! ¡No intenten seguir a esa nave por los túneles de lanzamiento! Repito, ¡retírense y no abran fuego! Tenemos un sistema automático de seguridad en esa zona que...

Silencié la voz del almirante en mi sistema.

En la pantalla táctica pude ver cómo el grupo de Interceptores que llevaba en cola se separaba de mí y se retiraba, como había ordenado el almirante Vance. Estuve a punto de hacer lo mismo, ya que los años que había pasado jugando a *Armada* me habían acostumbrado a cumplir órdenes, las del almirante Vance para ser más precisos, y sabía que las mecánicas del juego recompensaban a quienes obedecían a sus superiores.

Pero una cosa era un videojuego y otra la vida real, y la orden apresurada del almirante para que abandonáramos la persecución me pareció un suicidio. Si no lográbamos destruir el caza Guja que quedaba antes de que cruzara el túnel de lanzamiento, nada evitaría que sobrecargara su núcleo dentro del hangar de drones. La explosión derrumbaría la base subterránea, matándome a mí, a Lex y a todos los demás antes de que tuviéramos la oportunidad de salvar el mundo. No estaba dispuesto a correr el riesgo ni a dejar mi vida a merced de un «sistema automático de seguridad» diseñado por los mismos palurdos que habían dejado un hueco tan enorme y evidente en nuestras defensas.

Así que tomé la apresurada decisión de desobedecer una orden directa y seguí persiguiendo al Guja kamikaze mientras se metía en picado por la abertura del depósito y penetraba en el túnel de lanzamiento. En mi mente, tuve que hacer caso omiso a la insistente voz del maestro Yoda, que no dejaba de repetirme: «¡Advertido te he! ¡Largo tiempo lo lamentarás!»

Los dos avanzábamos por el estrecho túnel de lanzamiento, como balas persiguiéndose por el cañón de una pistola en la dirección equivocada. Justo cuando me disponía a abrir fuego, la nave enemiga realizó un tonel volado que hizo rozar la punta de su ala derecha con la pared del túnel, lo que me obligó a virar en el sentido de las agujas del reloj para evitar la lluvia de chispas que dejó tras de sí. Cuando me enderecé, conseguí colocar el Guja a tiro durante unos instantes y disparé una ráfaga corta con los cañones solares. Pero rebotó en sus escudos y no conseguí retrasarlo. El uso continuado de armamento hizo que mi dron redujera la velocidad, por lo que el Guja empezó a sacarme ventaja y fue más difícil apuntarle. Aquello era como jugar al *Space Invaders*: la última nave extraterrestre que quedaba con vida siempre era la más puta de todas y la más difícil de matar, ya que se movía más rápido que las demás. ¿Era impresión mía o aquel Guja parecía de repente mucho más difícil de destruir que los ineptos de sus hermanos?

Dejé de disparar unos instantes para concentrarme en evitar que mi Interceptor chocara contra las paredes del túnel y conseguir que aumentara la velocidad, todo ello mientras intentaba alinear de nuevo al enemigo en mi punto de mira. El casco metalizado del caza reflejaba el parpadeo de las luces de posición incrustadas en el túnel, que pasaban a mi alrededor como borrones de neón.

A mi Interceptor casi no le quedaba energía y pronto tendría que elegir entre disparar o mantener la velocidad. Solo quedaba potencia para un par de disparos más con los cañones solares.

Nuestras dos naves continuaron persiguiéndose en picado y pude fijarme en que el túnel se hacía un poco más ancho, por lo que aproveché para disparar otra ráfaga con los cañones solares. Pero no dio en el blanco y en esa ocasión mi chulería se convirtió en pánico cuando el Guja solitario llegó al final del túnel y salió al otro lado, en el cavernoso hangar de drones.

Lo seguí hasta el interior y aporreé los frenos de inercia del Interceptor, ya que al parecer había conseguido arrinconar a mi enemigo. Seguí disparando proyectiles de plasma al Guja, con mucha mejor puntería al hallarme estático. Logré dos impactos directos y seguidos en sus escudos, lo que hizo que titilaran un instante antes de apagarse.

Tan pronto como fallaron los escudos del Guja, se detuvo de golpe justo enfrente de mí, cerca del centro del inmenso hangar. Había visto a cazas Guja e Interceptores de la ADT realizar aquella maniobra una infinidad de veces mientras jugaba a *Armada*. Yo mismo la había puesto en práctica en muchas ocasiones: el dron había iniciado su protocolo de autodestrucción. El núcleo se sobrecargaría en unos siete segundos.

Disparé la última descarga de proyectiles de plasma contra la nave enemiga indefensa, que vibraba cada vez más a medida que aumentaba la energía de su núcleo, y mientras se acercaban a su objetivo recé en silencio a Crom para que lo alcanzaran y lo aniquilaran antes de que acabara por convertirse en un arma de destrucción masiva.

Era como si el tiempo se hubiera detenido. Eché un vistazo rápido al hangar que teníamos alrededor y me di cuenta de que seguía medio lleno. Había miles de Interceptores nuevos y sin estrenar atracados en las cintas transportadoras de las plataformas de lanzamiento, que se alineaban en las paredes curvas de hormigón reforzado del hangar.

Vi a cámara lenta cómo los proyectiles que había disparado se acercaban al tembloroso casco de metal del Guja. Por fin alcanzaron su objetivo y me deslumbró un resplandor blanco en las pantallas envolventes de la cabina.

Entonces todas se quedaron en negro y mi cápsula de control de drones se apagó por completo, lo que sumió la pequeña estancia en una oscuridad total. Desde algún lugar por encima de mí, llegó el sonido apagado de la explosión atómica de un núcleo de energía, seguido de un terrible retumbar que solo podía significar que varios pisos de la base se estaban derrumbando.

No sé cuánto tiempo estuve allí sentado en la oscuridad, oyendo las consecuencias de mi error, pero en algún momento se abrió la puerta de mi cápsula de control y una espantosa avalancha de luz me cegó por unos instantes. Poco a poco fui recuperando la vista y distinguí una silueta femenina formándose en el umbral. Allí estaba Lex, con una mano apoyada en la cadera.

—¿Has visto lo que ha pasado? —dijo, negando con la cabeza—. Algún piloto de Interceptor capullo ha perseguido al último caza Guja por los túneles de lanzamiento, justo antes de que el hangar explotara.

Asentí y me puse en pie con inseguridad. Me dirigí al exterior de mi cápsula de control, sintiéndome casi como si acabara de salir de un Interceptor y de una batalla de verdad. Que era lo que acababa de pasar, en realidad.

—Sigo sin estar seguro de lo que ha ocurrido ahí arriba —mentí.

—Ya lo teníamos ganado —respondió ella—. Habíamos destruido todos los drones menos uno, pero de alguna manera este último caza Guja ha podido entrar en el hangar de drones y autodestruirse —dijo—. Alguien la ha cagado.

Al ver que no respondía, estudió mi cara con detenimiento.

—Has sido tú, ¿verdad? —preguntó—. ¿No has oído gritar al almirante Vance por el comunicador para que os retirarais? ¡Porque todos los demás sí!

Frunció los labios y levantó los dos pulgares.

Antes de que pudiera decir algo en mi defensa, el QComm pitó y me vibró en el antebrazo, y luego la pantalla empezó a parpadear en rojo para llamar mi atención. Recibí un mensaje de texto que me urgía a presentarme ante el almirante Vance en el centro de mando. Debajo apareció un mapa interactivo de la base con una ruta iluminada en verde que partía de mi posición actual, en el centro de control de drones, y cruzaba un pasillo hasta otro grupo de ascensores.

Cuando terminé de leer el mensaje, una voz femenina sintetizada anunció por el sistema de megafonía:

—Teniente Zack Lightman, se le ordena presentarse de inmediato ante el almirante Vance en el centro de mando del tercer piso.

—En buena te has metido —musitó Lex mientras se apartaba para dejarme pasar.

13

EL MAPA TRIDIMENSIONAL DEL QCOMM ME LLEVÓ POR UNA RUTA ENREVESADA QUE cruzaba toda la base a lo largo de varios pisos. Parecía desviarse para mostrarme las secciones que habían salido peor paradas por la explosión del hangar, pero aun así las consecuencias se podían ver por todas partes.

A medida que iba descendiendo, recorrí pasillos llenos de humo, ardiendo debido a chisporroteantes fuegos eléctricos, y me crucé con equipos de emergencia compuestos de DHTBI que corrían en dirección contraria. También vi a algunos otros pilotos de drones, en su mayoría cubiertos de polvo o de ceniza. Algunos se arrastraban como zombis, mientras que otros pasaban por mi lado corriendo como histéricos. En cada giro, esperaba encontrarme con un cadáver, con alguien que hubiera muerto por mi culpa.

La onírica euforia que había sentido cuando llegué a aquel lugar me había abandonado por completo y se había convertido en un cóctel de confusión, incertidumbre y, sobre todo, fatalidad.

Cuando pasé por las puertas de seguridad que llevaban al centro de mando del Palacio de Cristal, los dos guardias de la entrada ya parecían conocerme y saber qué me llevaba hasta allí. De hecho, era como si todos los que se fijaban en mí me fulminaran con la mirada. Yo les devolvía una expresión amenazante.

Al llegar al despacho del almirante Vance, me detuve en el pasillo y practiqué el saludo un par de veces, imitando a los soldados que había visto en las pelis. Luego respiré hondo y coloqué la mano contra el escáner de la pared. Se oyó un pitido de confirmación y las puertas se abrieron. Entré en la sala a regañadientes y las puertas se cerraron de nuevo detrás de mí.

El almirante Vance estaba sentado detrás de su escritorio, pero se levantó al verme. Me detuve justo en la entrada y le dediqué el saludo de novato que acababa de practicar.

Me sorprendió al enderezarse y devolverme el saludo, llevando una veloz mano rígida hasta la ceja y bajándola como la cuchilla de una guillotina un segundo después. Fue entonces cuando me fijé en el arma que llevaba en su cadera derecha, una antigua Beretta de nueve milímetros. Estaba seguro de no habérsela visto antes, en la reunión del auditorio.

Retiré el saludo, pero me aseguré de quedarme en posición de firmes mientras intentaba evitar el contacto ocular directo, cosa que me resultó más difícil de lo que esperaba, teniendo en cuenta que al almirante le faltaba un ojo. Guardó silencio, y me di cuenta de que esperaba a que yo hablara primero.

—Teniente Zack Lightman —dije, después de aclararme la garganta—. Presente, tal y como se me ha ordenado... señor.

—Descanse, teniente —respondió el almirante, con una sorprendente voz calmada—. Siéntese.

Señaló una silla de metal al otro lado de su escritorio. Mientras se sentaba, extendió el brazo para apagar uno de los monitores que formaban un semicírculo sobre su escritorio, pero antes de que la pantalla se oscureciera pude vislumbrar lo que había en ella: la parte superior mostraba la misma foto de carnet que tenía en mi placa de identificación, junto a la foto de mi anuario escolar y mucho texto, con toda mi información privada y hasta mi expediente académico. Antes de que entrara en su despacho, el almirante había ojeado la historia de mi vida, y no es que se hubiera esforzado demasiado en ocultármelo.

—Menudo primer día ha tenido, señor Lightman —dijo—. Está a punto de convertirse en el primer recluta de la historia de la ADT en ser sometido a consejo de guerra menos de una hora después de su alistamiento. —Sonrió—. Hasta podría aparecer en el *Libro Guinness de los Récords*, si es que mañana sigue existiendo.

—Almirante, señor... Sigo sin tener claro cuál ha sido mi error —respondí, casi con total sinceridad—. ¡Intentaba evitar que esa nave se metiera en la base antes de la autodestrucción! ¿Qué esperaba que hiciera?

—Que obedeciera las órdenes, teniente —dijo el almirante, con un tono de voz en el que por fin capté algo de ira.

Pulsó una tecla de su ordenador y la pantalla se volvió a encender. Dio unos clics con el ratón y apareció mi Interceptor en pantalla, descendiendo en picado para perseguir al último de los cazas Guja, que se abalanzaba hacia la abertura del túnel de lanzamiento de drones mientras el almirante gritaba por el canal de comunicaciones: «¡Retírense y no abran fuego! ¡No intenten seguir a esa nave por los túneles de lanzamiento! Repito, ¡retírense y no abran fuego!»

—Oiga, se ha saltado la parte en la que reparto candela —protesté—. ¿No podemos ver un poco más? Ya sabe, para pillar el contexto y eso.

El almirante hizo como si no lo hubiera oído. El vídeo pasó a otro momento en el que se mostraba cómo el último caza Guja salía por el otro lado del túnel de lanzamiento de drones y entraba en el hangar, con mi nave pisándole los talones y disparándole. El almirante volvió a pausar el vídeo.

—Di esa orden por una buena razón, teniente —dijo con calma—. De haberla acatado y no estar siguiendo a esa nave, se habría activado una barricada blindada de seguridad en los dos extremos del túnel que habría evitado que entrara la nave enemiga. Así, ¿lo ve?

El almirante señaló hacia otro monitor, en el que una simulación animada mostraba al caza Guja acercándose a la abertura del túnel. Pero, antes de que la alcanzara, un disco circular y grueso se interpuso en su trayectoria y cubrió la entrada. Un segundo después la nave enemiga chocó contra él y se convirtió en una bola de fuego.

—Pero eso no es lo que ha pasado, ¿verdad? —prosiguió el almirante—. Porque usted ha desobedecido mis órdenes y ha seguido persiguiendo de cerca la nave enemiga, con lo que el transpondedor de su Interceptor ha desactivado la barricada de seguridad del túnel para poder entrar sin problemas. Por desgracia, eso también ha permitido que pasara el caza Guja al que seguía, y gracias a usted ha podido superar las defensas y llegar hasta el hangar de drones, momento en el que no ha dudado en detonar su núcleo.

Volvió a reproducir el vídeo y vi en silencio cómo el caza Guja completaba la secuencia de autodestrucción y detonaba.

—Bravo, Beagledeacero —me felicitó el almirante mientras daba un aplauso sarcástico—. Es un milagro que esa explosión no haya matado a nadie. Pero hemos perdido más de quinientos Interceptores DIA-88 completamente nuevos.

Hice una mueca de dolor. Eran muchos.

—He destruido más cazas del enemigo que cualquier otro piloto —me defendí.

—Es cierto —respondió—. Pero su pequeña cagada ha hecho más daño a la base que el ataque furtivo del enemigo. —Frunció el ceño—. ¿De qué parte está?

No pude responderle. La decepción que desprendía el tono sereno de su voz era mucho peor que si se hubiera desgañitado conmigo al estilo *La chaqueta metálica*.

—Esos drones costaron millones y nos llevó años construirlos —dijo—. Pero el dinero no importa. Su valor para la humanidad era incalculable, ya que no tenemos tiempo para producir más.

—Pero señor, ¿cómo esperaba que supiera que había barricadas automáticas de seguridad? —pregunté—. No formaban parte del juego. En *Armada* los sobrukai nunca intentaron colar un caza en la base de la ADT por los túneles.

—Porque no creíamos que hubiese manera de que los cazas enemigos superaran las barricadas de seguridad de los túneles. —Suspiró—. Por lo visto, nadie creyó que habría un piloto tan tonto como para seguir a una nave enemiga que iba directa a suicidarse contra el hangar de drones.

—No es justo que me cargue a mí la culpa —respondí—. Era mi primera vez en un combate real, ¡y ni siquiera quería participar en él! ¡Usted me trajo aquí y me contó que nos invadían los extraterrestres, solo diez minutos antes de que atacaran este puto sitio! ¡Soy un estudiante de instituto! ¡De hecho, ahora mismo debería estar en clase!

El almirante asintió, levantando ambas manos para que me calmara.

—Tiene razón —dijo—. Lo siento. No es culpa suya. —Y con una sonrisita, añadió—: No del todo, al menos.

Su respuesta me dejó descolocado. No dije nada.

—La ADT siempre supo que habría riesgos al usar una simulación en videojuego como único método para entrenar a los reclutas civiles —continuó—. Pero las circunstancias no nos dejaron otra opción. Era la única manera de localizar y entrenar en un corto periodo de tiempo a millones de personas normales para utilizar drones de combate sin que nadie lo supiera. Su rebeldía de hoy y las terribles consecuencias que ha tenido no son sino los resultados inevitables de poner en el frente a un civil inestable e indisciplinado como usted. Es uno de nuestros mejores pilotos, por lo que me dijeron que en su caso los beneficios serían mayores que los riesgos. —Dejó escapar un suspiro de cansancio—. Por desgracia, parece que no ha sido el caso.

Hizo una pausa para darme otra oportunidad de defender-me. Pero no lo hice.

—Si actúa por puro impulso en un combate de *Armada*, no hay consecuencias reales —continuó—. Su rango de jugador baja unos cuantos puestos y el juego le da un sermón en una secuencia de vídeo grabada, que usted olvidará al momento. —Se echó hacia delante—. Pero las cosas han cambiado. Esto ya no es un juego. No podemos permitirnos más errores como el que acaba de cometer. ¿Entendido?

—¿Eso significa que no voy a tener que pasar por el consejo de guerra?

—Claro que no —dijo Vance—. Le necesitamos, teniente. Cuando la flota europana empiece a llegar, nos hará falta todo ser humano capaz de levantarse en armas y ayudarnos a acabar con ellos. Y aun así, puede que no sea suficiente.

Sus ojos gravitaron hacia la cuenta atrás del reloj que había en la pared sobre su escritorio, y los míos los siguieron: quedaban 7 horas, 2 minutos y 11 segundos. Miré el QComm para comprobar que la cuenta atrás estaba sincronizada. Costaba creer que el ataque y la batalla se hubieran desarrollado en menos de una hora. Dejé pasar los segundos mientras seguía mirando.

—Pero esta ha sido su primera y última advertencia —dijo el almirante—. Como desperdicie esta ocasión... pilotará un avión de carga lleno de perritos de goma procedente de Hong Kong.

Lo miré sorprendido. Me sostuvo la mirada durante unos segundos para luego sonreír de manera casi imperceptible. De pronto comprendí con quién estaba hablando: el almirante Vance también era Viper, el piloto de *Armada* que ocupaba el cuarto lugar de la clasificación, justo por encima de Rostam. Viper también era el nombre de un personaje de *Top Gun*, la película en la que aparecía la frase que acababa de citar.

Hasta ese momento no había sabido que Viper y el almirante Vance eran la misma persona. Aquel pequeño detalle todavía no se había revelado en la historia de *Armada*, una historia que cada vez se iba adueñando más de la realidad.

El almirante seguía mirándome sin mover un músculo, esperando una respuesta. Ya no sonreía.

—¿Lo ha entendido, hijo?

Acusé su elección de palabras con una mueca.

—Sí, señor —dije, apretando los dientes—. Pero no soy su hijo.

—Lo sé. Es hijo de Xavier Lightman —respondió, y nuestras miradas se encontraron de nuevo—. Se le parece mucho —añadió, como si no tuviera gran importancia—. Y también vuela como él.

El despacho empezó a dar vueltas a mi alrededor, cada vez a más velocidad.

—¿Conocía a mi padre? —conseguí preguntar al fin.

—Todavía lo conozco —dijo, señalando su QComm—. Precisamente estaba hablando con el general Lightman antes de que llegara a mi despacho. Sobre usted, claro.

Sus palabras me cayeron encima como un alud.

Desde que era pequeño me había imaginado todo tipo de situaciones en las que mi padre había fingido su muerte de alguna manera, o perdido la memoria, o sido secuestrado por la CIA para lavarle el cerebro y convertirlo en un asesino como Jason Bourne. Pero tan solo habían sido fantasías. En realidad nunca dudé que estuviera muerto. Hasta aquel preciso momento.

—Mi padre está muerto —dije sin entonación—. Murió antes de celebrar mi primer cumpleaños.

—Su padre está vivo —respondió el almirante, mientras extendía la mano para tocarse la cicatriz aserrada de la mejilla derecha—. Y yo le debo la vida. Todos se la debemos.

Mi mente seguía rechazando que algo así fuera posible, que aquello estuviera ocurriendo de verdad. ¿Mi padre vivía y encima era general de la Alianza de Defensa Terrestre? ¿Un héroe de guerra con la misión de salvar el mundo?

Abrí la boca, pero Vance se adelantó y respondió mi pregunta antes de que la formulara.

—La ADT simuló la muerte de su padre al reclutarlo. A las primeras tandas de reclutas se las obligaba a cortar todo lazo con sus antiguas vidas. A cambio, la ADT prometía ayudar económicamente a sus familias mientras ellos se ausentaban para salvar el mundo.

¿Entonces mi padre nos había engañado y abandonado a sabiendas? ¿Cómo fue capaz de...?

El almirante Vance volvió a interrumpir mis pensamientos.

—No se enfade con su padre. Lo hizo para protegerle. Para proteger el mundo. Y tampoco se compadezca de usted mismo. Su familia no fue la única que tuvo que hacer sacrificios. —Bajó la mirada al anillo de matrimonio de su mano izquierda—. Créame, Zack. Su padre nunca le ha olvidado. Para serle sincero, no ha dejado de lloriquear por lo mucho que le echa de menos. —Me observó—. Y aunque no fuera consciente de ello, volvió a entrar en su vida hace algunos años, de una manera un tanto limitada.

»El general Lightman ha supervisado su entrenamiento desde que la simulación llamada *Armada* llegó a la red —explicó Vance—. Ha estado presente en casi todas sus misiones de entrenamiento. Da la casualidad de que además es el piloto de *Armada* con el rango más alto. Su apodo es...

—¡RojoTrinco! —grité—. ¿Entonces mi padre es el Barón Rojo?

El almirante asintió.

—¿Y está aquí? —pregunté, mirando atrás por si entraba de repente—. ¿Cuándo podré verlo? —Me levanté de un salto—. ¡Quiero hablar con él ahora mismo!

—Cálmese, teniente —dijo—. El general no está destinado en el Palacio.

Abrió una carpeta de plástico transparente de su escritorio y me pasó el único folio que contenía. Parecía ser algún tipo de circular oficial de la Alianza de Defensa Terrestre. En la parte superior estaban impresos mi nombre completo, mi graduación y otros datos importantes, y luego había varias líneas de texto con muchas siglas y abreviaturas que no conocía. La firma y el nombre del almirante estaban debajo del todo.

—¿Qué es esto? —pregunté mientras seguía intentando descifrar el texto.

—Sus órdenes —dijo—. Y el traspaso a su nuevo destino. También se le ha enviado una copia digital a su QComm.

Lo miré.

—¿No me voy a quedar aquí?

Negó con la cabeza.

—La mayor parte del personal del Palacio de Cristal está siendo redistribuido en este mismo momento —dijo—. Es obvio que la ubicación de esta base ya no es un secreto para el enemigo, aunque al parecer nunca lo fue. Además, como bien sabrá, casi todos los drones aéreos que quedaban han sido destruidos al estallar el hangar de reserva.

Seguí analizando las órdenes, intentando descubrir dónde se me iba a destinar. Entonces lo vi, impreso al principio del documento. NUEVO DESTINO: ELA – ECD LUNAR.

—No puede ser. ¿Voy destinado a la estación lunar Alfa?

El almirante asintió.

—¿Está ahí arriba de verdad? —pregunté—. ¿Es cierto que la ADT construyó una base fortificada secreta en un cráter de la cara oculta de la Luna, como en el juego?

—Sí, Lightman —respondió—. Como en el juego. Trate de no perder el hilo.

Su QComm vibró en el escritorio y el almirante miró la pantalla. Luego giró la silla y se puso a analizar la media docena de monitores que tenía a su alrededor.

—Eso es todo, teniente —dijo y señaló la salida—. Coja su uniforme y preséntese en el muelle de transbordadores de inmediato.

Me quedé mirándolo, sin moverme.

—No iré a ninguna parte hasta que me deje ver a mi padre, señor.

—¿Es que no sabe leer, teniente? —preguntó—. Lightman es su nuevo oficial al mando.

Volví a mirar la circular que tenía en la mano. Y allí estaba, impreso justo debajo de mi destino. COMTE.: GRAL. LIGHTMAN, X.

—Deséele lo mejor a su viejo de mi parte cuando llegue a la cara oculta de la Luna —dijo el almirante Vance con voz ausente, como si de pronto estuviera a años luz de distancia—. Y dígale que estamos en paz.

EL MAPA DE LA PANTALLA DEL QCOMM ME LLEVÓ POR ZONAS DE LA BASE QUE NO HABÍAN sufrido daños hasta bajar al nivel cuatro. Cuando salí de un turboascensor que todavía funcionaba, me uní a la procesión de reclutas que llegaban al Centro de Ingreso, una estancia enorme y enmoquetada, repleta de cubículos de oficina de paredes altas. Aquello parecía la oficina de Tráfico de Portland, aunque, gracias a Zod, parecía que la cola de la ADT corría mucho más rápido. Cuando llegó mi turno, un técnico uniformado me hizo otro escáner de retina. Luego sacó un nuevo uniforme de oficial de vuelo de la gran repisa que tenía detrás y me lo entregó. Estaba en una percha y metido en un plástico transparente junto a unas zapatillas deportivas con las suelas de color gris oscuro, cordones de velcro y sin el logotipo del fabricante por ninguna parte. Las dos piezas del uniforme eran de color azul marino, y la cazadora con cremallera tenía unas marcas doradas en los hombros y bajando por las mangas. Mi nombre y mi rango estaban cosidos sobre el bolsillo que tenía la chaqueta en la parte izquierda del pecho, sobre el emblema de la Alianza de Defensa Terrestre.

Me acerqué a los vestuarios de al lado y encontré un compartimento vacío en el que me desvestí. Cuando terminé de apretujar mis ropas de civil en la mochila, me puse el uniforme de la ADT. Todo era de mi talla.

Intenté evitar mirarme en el espejo hasta que hubiera terminado, y luego me encontré cara a cara con mi reflejo. No me había puesto un uniforme desde que fui lobato en los Boy Scouts, y me preocupaba que aquel me quedara igual de mal. Pero cuando vi mi figura en el espejo llegué a la conclusión de que era más bien al contrario. Tenía el aspecto de un joven héroe espacial a punto de embarcarse en una aventura épica. Luego caí en la cuenta de que mi nuevo trabajo consistía más o menos en eso.

Me miré la cara en el espejo, intentando asimilar la batalla que se libraba en ella entre el miedo y la expectación.

Alisé el uniforme una última vez, cogí la mochila y salí del vestidor sintiéndome unos centímetros más alto que cuando había entrado. El mapa del QComm volvía a guiarme por toda la base, marcando una nueva ruta enrevesada que evitaba las zonas dañadas durante el ataque furtivo del enemigo.

Cuando llegué al muelle de transbordadores, me sorprendí al ver que, aparte de algunos escombros desperdigados por la pista, parecía haber salido ileso del ataque y de mi cagada monumental.

Había varios transbordadores de la ADT estacionados en las plataformas de aterrizaje numeradas que rodeaban la pista ovalada del hangar. Seguí andando hasta encontrar el que indicaban mis órdenes. Las puertas de la cabina estaban abiertas y por ellas pude ver que ya había varias personas sentadas dentro, esperando para despegar.

—Menuda planta —escuché decir a una voz detrás de mí—. ¡Oficial y caballero!

Al volverme vi a Lex en posición de firmes con su nuevo uniforme de la ADT, que parecía diseñado a medida para realzar su figura.

—¿Y bien? —preguntó—. ¿Qué te parece?

«Me parece que eres la chica de mis sueños y que es probable que nunca volvamos a vernos.» Algo así fue lo que me vino a la cabeza, pero no tuve el valor de decirlo en voz alta. En lugar de ello di un paso al frente, me enderecé y le ofrecí un brusco saludo militar.

—Teniente Zack Lightman —dije—. A sus órdenes, señora.

—Teniente Alexis Larkin —respondió, devolviéndome el saludo—. ¡Lista para salvar el mundo!

Bajé la mano y di un paso atrás.

—Le queda de fábula, teniente.

—Vaya, muchas gracias, teniente —respondió ella—. A usted tampoco le queda nada mal. —Echó un vistazo al rango de mi uniforme—. Ya veo que el almirante ha decidido no mandar tu culo insubordinado a un consejo de guerra, ¿eh?

Negué con la cabeza.

—Solo me ha dado un sermón.

Lex también movió la cabeza de un lado a otro.

—¿Ves lo que te decía? Está claro que se te da un trato especial. —Me propinó un empujón—. ¿Acaso tu viejo es senador, jefe de la mafia o algo así?

No tenía claro cómo responder a eso, así que me quedé en silencio.

—¿Adónde te envían? —pregunté.

—A la estación Zafiro —respondió—. Es el nombre en clave de otra base como esta, en las afueras de Billings, Montana. ¿Y a ti?

Le pasé la circular con las órdenes que me había dado Vance. Cuando vio mi destino, puso los ojos como platos y volvió a mirarme.

—¿A la estación lunar Alfa? —preguntó—. ¿Existe de verdad?

—Eso parece.

Me devolvió el folio con cara de contrariedad.

—¡Menuda puta mierda, coño! —exclamó—. Yo me quedo en Montana y tú vas a la Luna, joder. Lo más justo del universo. —Me dio otro empujoncito—. A lo mejor tengo que empezar a insubordinarme igual que tú.

Sabía que bromeaba, así que no respondí. Luego se hizo un silencio incómodo.

Lex se desabrochó el QComm del antebrazo.

—Acerca la mano un momento.

Obedecí y entonces ella entrechocó nuestros QComm, que soltaron un pitido.

—Ahora tengo tu número y tú tienes el mío —afirmó—. Estaremos en contacto. —Señaló la cuenta atrás que aparecía en la pantalla del QComm y sonrió—. Es bastante probable que solo tengamos unas seis horas y cuarenta y tres minutos más para estar en contacto, así que no es para tanto.

—Gracias —dije, al tiempo que miraba su nombre y la cuenta atrás en la pantalla de mi dispositivo.

—No veas, eres un chico popular —se sorprendió Lex mientras estudiaba la pantalla del suyo. La tocó un par de veces y luego me enseñó en ella los tres nombres que también figuraban en mi lista de contactos: Arjang Dagh, Alexis Larkin y Ray Habashaw. Entonces tocó el icono de música y descubrí que se las había ingeniado para copiar también toda la música de mi QComm.

—Oye, ¿cómo lo has hecho? —pregunté, haciendo un amago poco entusiasta de quitarle el QComm mientras ella se apartaba.

—Me molestó que se colaran en mi viejo teléfono, por lo que decidí piratear yo los suyos. Ha sido más fácil de lo que esperaba. —Sonrió—. Aunque hayan usado tecnología alienígena para crear estas cosas —continuó—, los programas que utiliza sin duda están desarrollados por humanos. Por programadores quemados y con un sueldo de mierda, como yo, y que usan todos los atajos que pueden. El protocolo de seguridad del sistema de compartición de archivos es un desastre. Solo me ha costado cinco minutos desbloquear este cacharro.

Se pasó el QComm por detrás de la espalda con una mano y lo cogió sin mucho esfuerzo con la otra, sin dejar de mirarme. Luego lo puso frente a mí.

—El acceso a la red pública de telefonía sigue desactivado, así que no he podido llamar a mi abuela —explicó—. Pero me las he ingeniado para darme privilegios de administradora en la red de los QComm. Ahora puedo hacerme con los datos privados de otro QComm llamando o entrechocándolo con el mío. Contactos, mensajes de texto, correos electrónicos. Todo.

—Pero ¿cómo es posible que el sistema permita hacer esas cosas?

—¿Tú qué crees? —preguntó—. Para que el Gran Hermano pueda espiarnos hasta el fin de los días. —Agarró mi teléfono—. Dame, voy a liberar el tuyo también.

Le dejé coger mi QComm y me quedé mirando cómo sus pulgares se movían sin cesar por el teclado de la pantalla.

—Eres increíble —le espeté. Era lo que pensaba en ese mismo momento, y acababan de decirme que el mundo iba a desaparecer—. ¿Lo sabías?

Se sonrojó, aunque no levantó la vista de la pantalla del QComm.

—Sí, ya —respondió, poniendo los ojos en blanco—. En fin. Eso es... lo que tú opinas, tío.

Reí y me acerqué un poco. Ella no se apartó.

—Escucha —dije, como si no fuera obvio que ya lo hacía—. Sé que nos acabamos de conocer, pero me gustaría que supieras que ojalá nos hubiéramos conocido hace mucho tiempo, en circunstancias muy diferentes...

Sonrió.

—No te me pongas pastelosa, princesita —respondió, echándose hacia detrás—. Nos vemos.

Se dio la vuelta como si se fuera a marchar, pero giró de repente sobre sus talones, me agarró por las solapas y me besó. En la boca, con lengua y todo. Cuando separamos los labios para recuperar el aliento, Lex me rodeó con sus brazos para darme un abrazo fuerte. Luego se apartó y señaló con el pulgar por encima del hombro, hacia el transbordador solitario atracado al otro lado del muelle.

—Es hora de irme —dije—. Creo que me esperan.

—Sí, deberíamos irnos los dos.

—Sí. Deberíamos.

No nos movimos ni un ápice.

—Buena suerte, Lex —dije por fin.

—Machácalos, Zack —respondió con una sonrisa—. Llámame desde la cara oculta de la Luna. Y avisa si ves algún decepticon o una base secreta de los nazis ahí arriba.

—Hecho.

Nos volvimos a despedir con un saludo militar y luego se colgó al hombro la nueva mochila de la ADT y salió corriendo hacia su transbordador. Me quedé mirando hasta que entró y se cerraron las puertas. Unos segundos después su transbordador despegó y ascendió por la estrecha abertura que había entre las puertas blindadas de seguridad del techo, que estaban demasiado deformadas y dañadas como para poder abrirse del todo.

Luego el transbordador de Lex se inclinó hacia el cielo y salió disparado, hasta que desapareció de mi vista.

Respiré hondo, me colgué mi mochila al hombro, di media vuelta y empecé a caminar hacia el transbordador, mientras me preguntaba cuánto tardaría en llevarme volando a la Luna.

14

AL ACERCARME AL TRANSBORDADOR, OÍ VARIAS VOCES MUY ALTAS Y SUPERPUESTAS que llegaban desde la escotilla abierta.

—¿Por qué todo el mundo da por hecho que Rojo-Trinco es un hombre? —preguntaba una mujer con un acento muy marcado, que parecía sacado de la película *Fargo*—. En mi opinión, es muy sexista.

—Eso —intervino una voz femenina más joven—. La Baronesa Roja sería un apodo más adecuado para ella.

Se oyeron risas de mujer. Me detuve a escasos metros del transbordador, me agaché e hice como si me ajustara las tiras de velcro de mis nuevas zapatillas de la ADT, lo que me permitió seguir poniendo la oreja.

—La gente da por hecho que RojoTrinco es un tío porque Rojo Cinco era un tío —respondió una voz masculina. Tenía un acento de la costa este que sonaba igual de espeso que el de la mujer a mis oídos, acostumbrados al de la costa oeste septentrional—. No quiero chafaros el día, pero el Barón Rojo también era un tío, igual que Maverick, Goose, Iceman y el resto de pilotos estrella de la historia.

—Tienes en cuenta que estás hablando de personajes de ficción, ¿verdad? —replicó la mujer más joven—. Para tu información, lleva habiendo mujeres piloto desde hace más de cien años. Hice un trabajo sobre ese tema en el colegio. Una mujer llamada Marie Marvingt realizó combates aéreos durante la Primera Guerra Mundial, y los rusos tenían mujeres piloto en la Segunda. Además, el Ejército de los Estados Unidos también las acepta desde los años setenta.

Después de una pausa embarazosa, la voz masculina respondió con irritación:

—Que sí, lo que tú digas.

Llegaron unas risas muy escandalosas y hasta algunos aplausos. Lo vi como una oportunidad, así que me enderecé y subí por la pequeña escalera retráctil del transbordador.

Las risas se apagaron cuando los cuatro pasajeros que había dentro me vieron aparecer por la escotilla y se volvieron hacia mí. Me quedé allí durante un momento muy incómodo y permití que me analizaran mientras yo hacía lo mismo con ellos.

Todos llevaban el mismo uniforme de oficial de vuelo de la ADT que yo. Justo a mi izquierda se sentaba una mujer de mediana edad con la piel bronceada, el pelo negro y el nombre TTE. WINN cosido en el uniforme. A su derecha quedaba un asiento vacío, pero a su izquierda había un tipo fornido de barba descuidada que no dejaba de mirarme con recelo. Sentada frente a él había una chica adolescente afroamericana que ni siquiera parecía tener la edad suficiente para conducir, con un hombre joven y asiático al lado. Este daba la impresión de tener poco más de veinte años y llevaba una pequeña bandera china cosida debajo del emblema de la ADT de su uniforme, en lugar de la pequeña versión bordada de la bandera estadounidense que adornaba los otros uniformes. Además, en lugar de las palabras «Alianza de Defensa Terrestre», tenía una hilera de caracteres chinos.

Después de que los cinco nos hubiéramos inspeccionado en silencio durante un tiempo que consideré más que suficiente, guardé la mochila en el compartimento superior y me senté al lado de la mujer mayor, ya que era la única que me había sonreído.

—Hola —dije, extendiendo la mano—. Me llamo Zack Lightman y soy de Portland, Oregón. —A pesar del desconcierto, no había olvidado decir que era de Portland y no de Beaverton, para que no me tomaran por un paleto y por no tener que aguantar los chistecitos sobre castores que sugería el nombre.

—Bienvenido a bordo, Zack —respondió, estrechando mi mano entre las dos suyas—. Yo me llamo Debbie Winn. —Había algo en su tono y en sus gestos que me hizo pensar que era profesora.

—Encantado de conocerte, Debbie.

—Encantada, aunque no sea en las mejores circunstancias. —Rio y me dedicó una sonrisa llena de inquietud. Yo le respondí con otra igual.

—Este es Milo —dijo, señalando al mamotreto de hombre que tenía a su izquierda, quien seguía mirándome con hostilidad. Las letras de su uniforme lo identificaban como TTE. DOBSON.

—Hola, Milo —saludé, acercándome para ofrecerle mi mano—. ¿Cómo va eso?

Se quedó mirando la mano sin responder hasta que me cansé, encogí los hombros y la bajé.

—Bueno... no le hagas caso. Es de Filadelfia —respondió Debbie, como si eso explicara la mala educación de Milo. Luego señaló con la cabeza hacia la joven que tenía enfrente—. Zack, ella es Lila. Lila, te presento a Zack.

—En realidad, nadie me llama así —dijo la chica—. Todos utilizan mi mote, Whoadie. También es mi apodo de piloto en *Armada*.

Nos estrechamos la mano y estuve a punto de decirle que reconocía su apodo, pero entonces el chico joven que estaba a su lado carraspeó. Tenía el nombre TTE. CHÉN cosido en el uniforme.

—Este es Jiang Chén, también conocido como LocoJi —dijo Whoadie—. Es chino y no se le da muy bien nuestro idioma.

Chén me sonrió y me estrechó la mano. El lado derecho de su pelo rojo caía en mechones puntiagudos y le tapaba media cara, pero lo cierto es que le quedaba bien. Chén bajó la cabeza para echar un vistazo al QComm que tenía atado en la muñeca derecha y una hilera de caracteres en mandarín apareció en la pantalla. Debía de ser una traducción de lo que acababa de decir Whoadie, porque cuando terminó de leerlo levantó la mirada y me dedicó una sonrisa cansada.

—Ho-la —dijo con mucho acento—. Encantado de conocelte.

—Encantado de conocerte a ti también —respondí muy despacio—. Sé muy bien quién eres en el juego, LocoJi. Y también tú, Whoadie. Hemos volado juntos en muchas misiones. Es todo un honor conoceros por fin en persona. —Me levanté y saludé con la mano—. Soy Zack, también conocido como Beagledeacero.

En el momento en que oyeron mi apodo de piloto, la tensión que había en el lugar se disipó y mis cuatro nuevos compañeros se relajaron muchísimo, sobre todo Milo, que hasta me sonrió por primera vez desde que había subido a bordo.

—¡El Beagle! —repitió Whoadie, sonriendo con satisfacción—. Qué bueno conocerte por fin. ¡Eres una puta leyenda, tío!

Vi cómo Debbie hacía una mueca cuando Whoadie dijo la palabra que empezaba por P.

—¿Beagledeacero? —preguntó Chén con las cejas levantadas y sin rastro del acento marcado de antes.

Cuando asentí, se abalanzó sobre mí para estrecharme la mano mientras hablaba sin parar en chino. En mi QComm apareció una traducción, que no era más que un batiburrillo de elogios que le agradecí uno tras otro. Cuando me soltó y se calmó, volvimos a los asientos.

—¿Cuál es tu apodo de piloto, Debbie? —pregunté, aunque por eliminación ya me lo imaginaba.

Puso una mano en su pecho e hizo una inclinación de cabeza.

—MamáAtómica a vuestro servicio. —Sonrió con nerviosismo—. ¿Lo pilláis? «MamáAtómica», como «Bomba atómica».

—Sí, señora, lo pillamos —dijo Milo, poniendo en blanco sus ojos inyectados en sangre.

—Déjame adivinar —dije, señalando hacia él—. Entonces tú tienes que ser MaestroFumao5000, ¿verdad?

Sonrió, poniéndose muy contento.

—El auténtico.

El MaestroFumao, también conocido como «MF5K» entre sus muchos detractores, era un piloto famoso por no dejar de pavonearse y fanfarronear (y hacer mucha gracia, aunque fuera sin querer) en los foros de Chaos Terrain, donde usaba una hoja de cannabis cromática como avatar. También le gustaba mucho comentar en voz alta las batallas por el canal público, como Jack Burton en las frecuencias de radioaficionados. Yo solía silenciarlo, pero había reconocido su acento de Filadelfia y la chulería que exudaba. No estaba seguro de que me cayera bien, pero aquello no parecía importarle mucho.

Aunque suene extraño, saber los apodos de piloto de todos los presentes me hizo sentir como si me encontrara entre viejos amigos, o al menos entre aliados conocidos. MamáAtómica, Whoadie, LocoJi y MaestroFumao5000 eran nombres que había visto a diario durante un año, ya que eran cuatro apodos que siempre estaban entre los diez mejores de *Armada*, al principio por encima de mí y luego por debajo. La noche anterior había mirado la clasificación por última vez y Whoadie seguía detrás de mí en séptima posición, seguida por LocoJi en octava, MamáAtómica en novena y MaestroFumao5000 en la décima.

—Siento haberme comportado como un capullo antes —dijo Milo, ofreciéndome su puño para chocarlo con el mío. Lo hice—. Creía que eras RojoTrinco u otro de esos cretinos elitistas de los cinco primeros puestos.

Chén leyó la traducción y susurró una respuesta en chino a su QComm. El dispositivo tradujo al momento sus palabras.

—Yo también pensaba lo mismo —dijo el ordenador con una voz masculina sintetizada que sonaba calcada a la de Stephen Hawking.

Aquello me hizo preguntarme si Hawking también habría participado en la gran mentira de la ADT. ¿Y Neil deGrasse Tyson? Si Carl Sagan estaba metido en el ajo, era probable que otros científicos importantes también. Añadí aquella incógnita a la lista de preguntas sin respuesta que me rondaba por la cabeza, que no hacía más que crecer a cada hora que pasaba de aquel día de locos.

—¡RojoTrinco tampoco gusta a mí! —declaró a viva voz el inexpresivo traductor de Chén—. ¡Es un gilipollas de pedazo!

Whoadie rio e imitó la voz del traductor mientras hacía movimientos robóticos con las manos.

—¡Eso! —replicó—. ¡El Barón ser pollascome menudo!

Todos rieron, pero yo me agité con incomodidad en mi asiento. Por suerte, las risas inesperadas a costa de mi padre se interrumpieron un segundo después, cuando la compuerta que daba a la cabina se abrió y llegó por ella un DHTBI haciendo un ruido del demonio con sus pies metálicos. La cabeza del dron se abrió por el centro y desplegó una pequeña pantalla plana de transmisión a distancia que mostraba la imagen en directo de la persona que lo controlaba: un oficial de la ADT de mediana edad con un impresionante bigote del tamaño del de Sam Elliot.

—Bienvenidos a bordo —dijo—. Hoy me corresponde ser el piloto de vuestro transbordador. Soy el capitán Meadows.

En el instante en que terminó de presentarse, lo bombardearon con una infinidad de preguntas desde todos los ángulos, con una gran variedad de acentos y en dos idiomas diferentes. Yo también quería preguntarle muchas cosas, pero el oficial ya estaba levantando las garras del dron para pedir silencio. Lo consiguió un minuto después.

—No estoy autorizado para responder a vuestras preguntas —dijo—. Vuestro nuevo comandante os informará tan pronto como lleguemos a la estación lunar. Si tenéis alguna otra duda y las respuestas no están clasificadas, podéis usar la aplicación del Manual de Orientación para Reclutas de la ADT en vuestro QComm. ¿Entendido?

Todos asintieron y se pusieron a mirar los QComm.

—Genial —dijo el capitán, respondiendo a nuestro dócil silencio—. Despegaremos en unos minutos. Pero antes de irnos, me han dicho que hay alguien que quiere veros.

Señaló hacia la escotilla abierta, por la que apareció un hombre al que conocíamos todos, pelirrojo y de mediana edad, que entró en nuestra cabina. Nos saludó con una sonrisa que parecía sacada de la portada de una revista.

—¿Finn Arbogast? —preguntamos varios al unísono.

—El que viste y calza —respondió, sonriendo y aún jadeando un poco—. He venido corriendo hasta aquí desde el Centro de Operaciones para no perder la oportunidad de conocerlos a todos por fin. —Recorrió la cabina para estrecharnos las manos a todos con firmeza—. Ustedes cinco han sido todo un orgullo para el proyecto de Chaos Terrain durante mucho tiempo. De hecho, su talento y su dedicación son lo que ha permitido convencer a los mandamases de que la iniciativa del simulador de entrenamiento para civiles podía funcionar a escala global. ¡Así que gracias!

Había visto muchas fotos y entrevistas en vídeo con el fundador de Chaos Terrain, pero en persona era más bajo de lo que esperaba. Me estrechó la mano el último y, cuando nos miramos a los ojos, ladeó la cabeza.

—Usted debe de ser Zack Lightman, ¿verdad? —dijo, meneando la cabeza sin dejar de analizar mi cara—. ¿El famoso Beagledeacero?

Asentí. Echó una mirada rápida a los demás y luego me sonrió como disculpándose.

—Escuche, teniente —dijo Arbogast—. Espero que el almirante Vance no haya sido muy duro hace un rato. Usted no tenía forma de saber que existía la barricada de seguridad en los túneles de lanzamiento de drones. Nunca una nave enemiga había intentado una maniobra así en los ataques contra la estación lunar, por lo que no incluimos esa posibilidad en las misiones de entrenamiento de *Armada*. —Se encogió de hombros—. Todos los días se aprende algo, supongo.

Giré la cabeza a los dos lados. Todo el mundo me miraba con cara de sorpresa y los ojos muy abiertos.

—¿Fuiste tú? —dijo Milo, riéndose—. ¿Tú eres el kamikaze mamón que ha perseguido a ese caza Guja hasta el hangar antes de que hiciera «bum»?

Asentí.

Todos me miraron durante un momento muy incómodo, hasta que Arbogast dio una palmada.

—Bueno... sé que se disponen a partir hacia la ELA, así que no les robaré más tiempo —dijo—. Solo quería darles las gracias en persona y elogiar su valentía.

—Perdone, señor —interrumpió Milo con su marcado acento de Filadelfia—. Pero ¿dónde coño está RojoTrinco? Ya sabe, el Barón Rojo. Es el mejor piloto de *Armada* del mundo, ¿no? ¿Por qué no está aquí? ¿Es que no van a reclutarlo?

Arbogast me lanzó una mirada muy breve y luego volvió a mirar a Milo.

—Reclutamos a RojoTrinco hace décadas —respondió—. Es nuestro piloto más condecorado.

Arbogast estudió mi reacción mientras los demás intercambiaban miradas de sorpresa.

—Pero ¿cómo se llama el tío? —insistió Milo—. O la tía. —Miró a Whoadie y a Debbie como disculpándose.

Arbogast asintió.

—RojoTrinco es el apodo que usa el general Xavier Lightman.

Uno a uno fueron volviendo los ojos hacia el apellido que tenía cosido en mi uniforme, para luego quedárseme mirando durante unos segundos. Cuando vieron que no decía nada, Debbie terminó por romper el silencio.

—¿Algún parentesco, Zack? —preguntó con tranquilidad.

Miré a Arbogast, que también parecía muy interesado en escuchar mi respuesta.

—Es mi padre —respondí—. Pero nunca llegué a conocerlo. Crecí creyendo que había muerto cuando yo era solo un bebé. Acabo de descubrir que la ADT falseó su muerte cuando lo reclutó.

Todos se quedaron en silencio, como si lo estuvieran asimilando. Todos menos Chén, que tenía que leer la traducción de su QComm antes de comprender lo que acababa de decir. Cuando levantó la vista de su pantalla unos segundos después, soltó un silbido largo y quedo.

—¿Y ahora estás de camino a la Luna para reunirte con él por primera vez? —preguntó Debbie.

Asentí.

—¡Joder, colega! —exclamó Milo, agitando la cabeza—. Y yo que pensaba que mi día se había puesto muy rarito.

Me giré hacia Arbogast.

—¿Lo conoce usted?

—Un poco —respondió—. Tuve el honor de trabajar con el general Lightman durante un corto periodo de tiempo hace algunos años. Fue uno de los principales asesores militares de *Armada*. —Escrutó mis rasgos un segundo y luego continuó—: Se nota el parecido.

Asentí.

—Sí, eso me han dicho.

Escuchamos un chirrido que indicaba que los motores del

transbordador acababan de encenderse. Arbogast se enderezó y nos dedicó un torpe saludo militar.

—Gracias de nuevo por sus servicios —dijo—. ¡Y buena suerte allá arriba!

Salió del transbordador antes de que ninguno pudiera devolverle el saludo. Cuando ya se había marchado, el DHTBI que controlaba Meadows se giró y pulsó un botón rojo y grande del mamparo. Las puertas del transbordador se cerraron con el sibilante sonido de la presurización, que casi ni se oyó por el ruido que hacían los motores.

—Abróchense los cinturones, reclutas —dijo Meadows por su comunicador—. Tenemos autorización de vuelo.

Me puse el arnés de seguridad y trasteé con la hebilla hasta que por fin conseguí abrocharla. Luego me apreté fuerte las correas contra el pecho. Cuando todos nos hubimos amarrado, el DHTBI de Meadows levantó un pulgar robótico en nuestra dirección.

—El viaje a la estación lunar Alfa debería durar unos cuarenta minutos —explicó—. Una vez que salgamos de la atmósfera de la Tierra, viajaremos a mucha velocidad. Si nos encontramos con algún enemigo durante el trayecto, cada uno de ustedes podrá utilizar el QComm para controlar las torretas láser omnidireccionales que hay en la parte inferior del casco. Pero los radares están limpios en estos momentos, así que no debería haber sorpresas. Acomódense y disfruten del paseo.

El dron regresó a la cabina y vi cómo se acoplaba a su cápsula de carga justo antes de que se cerrara la escotilla. Me di cuenta de que mis compañeros seguían con los ojos fijos en mí. Debbie y Whoadie apartaron la mirada rápidamente, pero Milo y Chén siguieron observándome, como si me acabara de salir en la frente un cuerno centelleante. Los ignoré tanto tiempo como pude y luego fui levantando el dedo corazón de la mano derecha poco a poco. Cuando lo estiré del todo, pillaron la indirecta y miraron hacia otro lado.

Me quité el QComm del brazo e intenté marcar el número del móvil de mi madre en el teclado de la pantalla, pero no funcionó y apareció un aviso indicándome que seguíamos sin tener acceso a las redes de telefonía civiles.

Suspiré y me volví a atar el QComm a la muñeca.

DESPEGAMOS UNOS MINUTOS MÁS TARDE. COMO LA VEZ ANTERIOR, EL VIAJE FUE MUY tranquilo, incluso mientras el transbordador remontaba la atmósfera acelerando hasta alcanzar velocidad de escape y el cielo que veíamos por la ventana iba pasando de un azul claro a un negro azabache.

Pero a diferencia de entonces, cuando alcanzamos la oscuridad la nave no se dio la vuelta para volver a caer hacia la Tierra. Seguimos avanzando hacia el espacio exterior. Igual que en mi primer viaje, la gravedad del interior de la nave no cambió, y cuando cerré los ojos parecía que estábamos quietos. A pesar de ello, nos movíamos tan rápido que en solo unos minutos nos habíamos alejado de la Tierra lo suficiente como para ver el planeta entero por la ventana, algo que había soñado durante toda mi vida.

Contemplé la radiante esfera azul de debajo, hogar de todas las personas y cosas que tanto me importaban, y analicé los huecos que había en la intrincada capa de nubes que cubría la costa oeste de Norteamérica para intentar captar un atisbo de la ensenada de Portland. En ese momento me di cuenta de lo lejos que estaba de casa. Y nos alejábamos más y más a cada segundo que pasaba.

«Esto es por lo que luchamos —pensé—. Esto es lo que intentan arrebatarnos.»

Apreté la cara contra la ventana que tenía detrás y estiré el cuello para poder ver lo más lejos posible. Y allí estaba, la bombilla grisácea brillando en la oscuridad por delante de nosotros.

Me había pasado toda la vida creyendo que ningún ser humano había puesto el pie sobre la Luna desde la última misión Apolo de 1972. Ahora era yo el que se dirigía hacia ella, a bordo de una nave espacial que se había creado aplicando la ingeniería inversa a tecnología alienígena, para reunirme con el padre que nunca había conocido. ¿Qué aspecto tendría? ¿Cuáles serían sus primeras palabras cuando me viera? ¿Cómo iba a reaccionar yo?

Me di cuenta de que, enfrente de mí, Debbie había agachado la cabeza y tenía las manos entrecruzadas con fuerza en su regazo. También había cerrado los ojos y movía los labios en silencio.

—¿Qué estás haciendo? —le preguntó Milo con curiosidad.

Debbie murmuró en silencio un «amén» y luego abrió los ojos y lo miró.

—Es obvio que intentaba rezar, Milo —respondió.

—¿Rezar? —dijo con una voz que rezumaba sarcasmo—. ¿A quién?

Debbie lo miró con incredulidad.

—A Jesús, nuestro Señor, que se sacrificó por nosotros. ¿A quién si no?

—Ya, claro —le espetó Milo, riendo entre dientes—. Solo una pregunta, señora creyente: ¿en qué parte de la Biblia se nos advierte sobre esta invasión extraterrestre? —Echó un vistazo alrededor, como si buscara el apoyo de los demás—. ¡Porque creo que me salté ese versículo!

La cara de Debbie palideció sin dejar de mirarlo. Abrió la boca para responder, pero la pregunta parecía haberla dejado tan aturdida que no sabía ni qué decir.

Whoadie, en cambio, sí lo sabía.

—«Y el quinto ángel tocó la trompeta —recitó con los ojos fijos en Milo—, y vi una estrella que cayó del cielo en la tierra; y le fue dada la llave del pozo del abismo. Y abrió el pozo del abismo, y subió humo del pozo como el humo de un gran horno, y oscurecióse el sol y el aire por el humo del pozo.»

—¿Pero qué abismo? —preguntó Milo—. ¿Qué me estás contando, chica?

Yo me había criado con la idea de que no había diferencia entre mitología y religión, pero aun así las palabras de Whoadie me asustaron mucho. Los versículos que había recitado me recordaron al fuego y el humo apocalípticos que había visto saliendo por las puertas de seguridad del Palacio de Cristal, deformadas por la andanada láser de los extraterrestres.

—«Y adoraron al dragón que había dado la potestad a la Bestia —continuó—, y adoraron a la Bestia diciendo: "¿Quién es semejante a la Bestia, y quién podrá lidiar con ella?".»

Cuando terminó, todos nos quedamos mirándola unos momentos. Luego Debbie comenzó a aplaudir, y Chén y yo la imitamos poco después. Whoadie se ruborizó y bajó la mirada.

—A mi tío Franklin le encanta recitar las Sagradas Escrituras —dijo, encogiendo los hombros—. Llevo escuchando el Apocalipsis desde antes de empezar a andar.

—Bueno, yo voto por no seguir recitando versículos de la Biblia —dijo Milo, levantando la mano derecha—. Esto me ha puesto los pelos de punta.

Debbie asintió.

—Sí, no creo que recitar el Apocalipsis sea muy buena idea en estos momentos —dijo—. Ya estamos todos bastante asustados.

Whoadie lanzó a Milo y a Debbie una mirada de decepción antes de responder.

—«Aquel que no tenga estómago para esta batalla, dejadlo marchar —recitó sin dejar de mirar a los dos adultos—. ¡Se le hará pasaporte y se le pondrá en la bolsa una corona para el viaje! No moriremos en compañía de un hombre que tema que su hermandad muera con nosotros.»

Los dos clavaron la mirada en ella.

—Pero ¿se puede saber qué te pasa, chica? —preguntó Milo al fin.

Whoadie volvió a encoger los hombros.

—Lo único que a mi tío Franklin le gusta más que recitar las Sagradas Escrituras es citar a Shakespeare. —Sonrió—. He visto todas esas películas de Branagh y Zeffirelli un millón de veces, así que me sé los diálogos de memoria.

Chén escribió algo en el traductor del QComm y luego lo giró hacia ella.

—Eres muy lista y tienes una memoria increíble —dijo la voz sintetizada.

Aunque el cumplido había salido de un aparato, fue suficiente para que Whoadie se volviera a ruborizar y suspirara un «gracias». Ella y Chén se volvieron a mirar. Parecía como si ya hubiera algo entre ellos, a pesar de la diferencia de idioma.

—¿Qué edad tienes, Whoadie? —preguntó Debbie, haciendo lo posible para cambiar de tema.

—Cumplí dieciséis la semana pasada —dijo—. Pero todavía no me he sacado el carnet de conducir.

—Tienes acento de Nueva Orleans —continuó Debbie, intentando pronunciar el nombre de la ciudad de la manera en la que lo hacían los oriundos de la zona.

Whoadie asintió.

—Vivo en el noveno distrito, el *Ninth Ward* —respondió—. De hecho, mi apodo viene de ahí. Whoadie es la manera en la que los de la zona pronuncian *wardie*, que es como se llama a las personas que viven en el mismo distrito que tú —explicó—. Mis padres me llamaban Whoadie desde que era una niña. Nunca me gustó demasiado, porque los chicos de la escuela se inventaban todo tipo de rimas de mierda con el dichoso apodo. Hasta que les daba una patada en los putos cojones y lo dejaban.

Respondió con una voz tan dulce y femenina que no pude aguantar la risa. Y Milo tampoco. Pero Debbie la miró con cara de horror absoluto.

—¡Lila! —exclamó, haciendo otra mueca—. ¡Cuida esa lengua, cariño! Seguro que tus padres no te permiten hablar así en su presencia, ¿verdad?

Whoadie se cruzó de brazos.

—Es cierto que no solían dejarme —respondió—. Pero murieron los dos con el huracán cuando era pequeña, así que ahora puedo decir lo que me dé la puta gana.

—Toma ya —murmuró Milo con voz queda.

—Pobrecita —dijo Debbie, algo avergonzada—. Lo siento mucho. No lo sabía.

Whoadie asintió y apartó la mirada. Debbie quedó muy afectada y se hizo el silencio, pero entonces Milo decidió ayudar a recuperar la conversación.

—Pero mira... —dijo, girando la cabeza hacia mí—. Zack también pensaba que su padre había muerto, pero no lo está. Quizá tus viejos también sigan vivos, ¿no?

Whoadie lo miró y negó con la cabeza poco a poco.

—Se ahogaron —respondió—. Vi sus cuerpos.

No dio más detalles. Milo también quedó muy afectado y decidió callar. Whoadie se dio la vuelta para mirar por la ventana y la observé, recordando aquello que me había dicho el almirante Vance de no compadecerme de mí mismo.

—¿Y tú, Debbie? —pregunté, cambiando de tema a la desesperada—. ¿De dónde eres?

—De Duluth, Minnesota —respondió con una sonrisa de oreja a oreja. Soy bibliotecaria en un colegio y tengo tres hijos que ya son adolescentes. El mayor tiene quince años. —Se le borró la sonrisa de la cara—. No pude despedirme. Me dejaron enviar un mensaje de texto a mi hermana para decirle que se encargara de ellos, pero no pude decirle por qué.

—¿Y tu marido no podía hacerlo? —preguntó Whoadie.

Debbie bajó la mirada hacia el anillo de bodas que tenía en su mano izquierda y luego sonrió a Whoadie.

—Me temo que no, cariño —dijo, mirando a Whoadie a los ojos—. Howard murió de un infarto el año pasado.

Esa vez le tocó a Whoadie poner cara de vergüenza.

—Lo siento.

—No pasa nada —respondió Debbie—. Mis chicos son muy fuertes. Estoy segura de que lo superarán. Solo espero... —Su voz se convirtió en un hilillo, pero continuó—: Cuando me dejen hablar con ellos, solo espero que entiendan por qué no podía quedarme con ellos.

—Lo entenderán —dije con tanta seguridad como pude—. A tus hijos también les gustan los videojuegos, ¿verdad?

Asintió.

—Juegan juntos a *Terra Firma* todas las noches mientras su madre juega a *Armada* —respondió—. Tenemos todos los ordenadores colocados uno al lado del otro en el salón.

—Entonces tus hijos lucharán a nuestro lado —dije con una sonrisa—. ¿Verdad?

Debbie asintió y se enjugó las lágrimas con la manga.

—Es verdad —afirmó—. Tienes razón. Lo había olvidado.

—¡Afirmativo, joder! —gritó Milo—. ¿Los hijos de Mamá-Atómica también van a partir la pana en nuestro equipo? —Sonrió a Debbie—. ¡Esos extraterrestres de mierda no van a tener nada que hacer!

Me sorprendí al ver cómo Debbie le devolvía la sonrisa y tuve que reconsiderar la primera impresión que me había dado Milo. Por algún motivo, su acento a lo Rocky Balboa hacía que su arrogancia sonara adorable.

Chén, que acababa de ponerse al día con la conversación gracias a su traductor, asintió enérgicamente mirando a Milo y luego dijo algo a su QComm.

—Mis amigos y mi familia también nos ayudarán desde casa —dijo el programa en su lugar, utilizando las palabras adecuadas por primera vez—. Y eso me tranquiliza mucho.

—Muchas gracias, Chén —respondió Debbie—. A ti también, Milo. Tenéis razón, es muy tranquilizador. —Entrelazó las manos en su regazo—. Pero sigo teniendo miedo por mi familia. Y por todos nosotros. —Movió la cabeza de un lado a otro—. Nunca creí que algo así pudiera llegar a pasar. Es una pesadilla.

—Pues para mí... —respondió Milo, reclinándose en su asiento—. Es como un sueño hecho realidad.

Debbie lo miró fijamente.

—¿Estás loco? —preguntó—. ¿Cómo puedes pensar algo así?

Milo se encogió de hombros.

—Hasta ayer vivía en un sótano de mierda y me aburría como una ostra en un cubículo en la oficina. —Señaló hacia el paisaje utópico que se veía por la ventanilla del transbordador—. ¡Y miradme ahora! Soy oficial de la Alianza de Defensa Terrestre y vamos de camino a la puta Luna para salvar la Tierra de una invasión alienígena. —Se volvió hacia Debbie—. Convénceme de que este no es el mejor día de mi vida. O de la historia, ya puestos.

—¡Qué tal si te digo que están a punto de matarnos, imbécil! —le gritó ella, con un temblor histérico en la voz—. ¿Es que no prestabas atención a lo que nos ha contado el almirante? ¿No has visto el tamaño de la flota del enemigo? Nos sobrepasan en número a lo bestia.

Milo parecía sorprendido de verdad.

—Es posible que me haya perdido esa parte de la charla —respondió. Luego añadió, con una mirada fulminante—: ¡Es que tengo TDAH! ¡Mi cabeza se pone a divagar si las reuniones duran mucho! —Por primera vez, detecté miedo de verdad en su voz—. ¿Tan mal están las cosas? El almirante no ha dicho que...

—¿Que qué? —le interrumpió Debbie—. ¿Que es más que probable que estemos condenados? ¿Para qué decirlo tan claro? —Se giró para mirar a través de la ventana—. No era necesario. Es un hecho. Pensadlo. Están tan desesperados que nosotros somos la mejor baza de la Alianza. Solo somos un puñado de frikis que pasan mucho tiempo jugando a videojuegos. No somos soldados.

—¡Sí que lo somos! —respondió Milo—. No olvides que nos hemos alistado. —Giró la cabeza hacia ella—. Venga ya, ¿no puedes intentar ser un poquito más positiva? No es el fin. ¡Todavía podemos ganar!

Debbie contempló sus rasgos antes de responder.

—¿Es que no lo pillas, Milo? Da igual quién gane. Van a morir millones de personas cuando estalle la guerra dentro de unas horas.

Milo agitó la mano con desdén.

—¡Hay que tener más pelotas! Si matar a estos extraterrestres de mierda es la mitad de fácil que en el juego, ¡vamos a darles candela en sus culos europeos!

—Europanos, Milo —le corregí—. «Eu-ro-pa-nos.» No «euro-pe-os».

—Me importa un carajo cómo se llamen —suspiró—. Ya sabes a qué me refiero.

—Odio reconocerlo —añadió Whoadie—. Pero estoy de acuerdo con Milo. Si en el juego podemos con ellos, también podemos en la vida real. —Echó un vistazo esperanzado a su alrededor—. Al fin y al cabo, somos lo mejor de lo mejor, ¿no?

Antes de que el QComm tuviera tiempo de terminar de traducir, Chén se puso en pie y gritó «¡Eso es!» con el puño levantado. Luego enseñó los dientes y gritó algo que sonó parecido a «¡Chen-lí!».

El QComm tradujo la palabra con su voz sintetizada: «¡Victoria!»

Whoadie sonrió y también levantó el puño, para luego repetir el grito de «¡Chen-lí!» con casi la misma intensidad que Chén.

—¡Sí, joder! —gritó Milo, haciendo cuernos con la mano como si estuviera en un concierto de *heavy metal*—. ¡Chen-lí!

Debbie me miró, esperando a ver si yo también soltaba el

grito de guerra. En realidad compartíamos la valoración negativa sobre las posibilidades que teníamos en la guerra, pero fingir optimismo parecía lo mejor para que no decayera la moral de los demás. Y la mía.

Levanté un puño y, con tanto entusiasmo como pude, grité también eso de «¡Chen-lí!». Di un codazo a Debbie y ella suspiró con resignación.

—¡Chen-lí! —repitió, levantando el puño sin muchas ganas—. Yupi.

Chén nos dedicó a todos una sonrisa, se echó hacia delante y estiró la mano derecha con la palma hacia abajo. Whoadie imitó el gesto y puso la mano encima de la de Chén. Milo, Debbie y yo hicimos lo mismo. Luego gritamos todos al unísono «¡Chenlí!» una vez más.

Un momento después volvimos a oír la voz del capitán Meadows por el intercomunicador, anunciando que nos acercábamos a la estación lunar Alfa. Aquello pareció sacarnos del ensimismamiento y todos retiramos las manos.

El transbordador dio un giro brusco y la superficie llena de cráteres de la Luna apareció por las ventanas de babor mientras entrábamos en órbita. Conseguí vislumbrar durante unos instantes el cráter Tycho poco antes de salir zumbando hacia la cara oculta, que estaba casi a oscuras. Aquel hemisferio de la Luna nunca daba hacia la Tierra, por lo que era la primera vez que lo veíamos con nuestros propios ojos. La superficie estaba marcada con algunas zonas ennegrecidas que parecían marcas de quemaduras, pero no eran tan grandes ni podían llamarse «mares», como ocurría en el hemisferio que todos conocíamos. El territorio de la cara oculta tenía un color y una apariencia mucho más uniformes, pero eso no lo volvía más acogedor.

Mientras volábamos sobre la superficie desértica y llena de cráteres de la Luna, imaginé cómo quedaría la Tierra después del conflicto que estaba a punto de estallar. La batalla podría dejar el mundo devastado y muerto, sin vida ni color, como la Luna.

Los océanos secos, la atmósfera arrasada, las grandes ciudades reemplazadas por cráteres y su preciosa superficie chamuscada por los fuegos de la guerra.

Agité la cabeza y me froté los ojos con las palmas de las manos antes de volver a mirar hacia la superficie lunar.

El sol bajaba por el horizonte y hacía que los cráteres más prominentes arrojaran amplias sombras que se extendían por la marcada superficie como dedos negros y ganchudos. Abajo, en la superficie, apareció un enorme cráter con forma de cuenco que hizo que se me erizaran todos los pelillos de la nuca. Sabía dónde estábamos. Aquel era el cráter Daedalus, la ubicación secreta de la estación lunar Alfa. Ya sabía que aquel era nuestro destino, pero no había podido convencerme a mí mismo de su existencia hasta aquel preciso instante, cuando lo vi con mis propios ojos.

El gran cráter Daedalus tenía otro mucho más pequeño y escarpado a su lado llamado Daedalus B, y junto a este había un tercero más pequeño aún que se llamaba Daedalus C. Los bordes de los tres cráteres se tocaban, y visto desde arriba su contorno tenía cierto parecido con la forma de un reloj de bolsillo, del que Daedalus B era la pequeña perilla circular de la parte superior y Daedalus C el primer eslabón de la cadena que saldría de él. Aquellos tres cráteres llamaban mucho la atención en comparación a los miles que se podían encontrar en el resto de la superficie lunar debido a que, incluso a aquella distancia, se identificaban en ellos estructuras creadas por el hombre.

Las paredes del cráter más grande habían sido alisadas y curvadas para formar una cuenca perfecta que sirviera de plato para el enorme radiotelescopio que habían construido. Tenía un diseño parecido al del observatorio de Arecibo, en las montañas de Puerto Rico, pero varios cientos de veces más grande. Los dos cráteres más pequeños contenían sendas esferas blindadas, como pelotas de golf colocadas sobre vasos de chupito. Las cubiertas metálicas estaban pintadas de color gris, para parecerse a la superficie lunar.

—¡La estación lunar Alfa! —gritó Chén nada más verla. Luego arrancó a hablar muy emocionado en chino mientras señalaba cosas en la superficie. Los demás estiraron el cuello para mirar por las ventanas que tenían más cerca y echaron un primer vistazo a nuestro destino.

—¡Ahí está! —exclamó Whoadie, pegando un brinco en su asiento—. ¡Es de verdad! ¡De verdad de la buena!

El aspecto de la estación lunar Alfa nos sonaba a todos, ya que habíamos entrado y salido cientos de veces con los Interceptores de una versión simulada de ella cuando jugábamos a *Armada*. El transbordador se dirigía a la estación siguiendo la misma trayectoria, lo que me causó una extraña sensación de *déjà vu*.

Al acercarnos, la cúpula que coronaba la esfera más pequeña se abrió de manera simétrica, como una naranja, y dejó el espacio suficiente para permitir la entrada del transbordador. Una vez iniciado el descenso, la cúpula se volvió a cerrar sobre nosotros y el hangar quedó sellado de nuevo, como una gigantesca cámara de descompresión. El diseño siempre me había recordado al muelle de la base lunar Clavius que aparecía en *2001: Una odisea del espacio*. No me habría extrañado que la ADT usara elementos de los diseños de Stanley Kubrick. Al fin y al cabo, cosas más raras se habían visto. No había más que echar un vistazo alrededor.

Un instante después, el transbordador tomó tierra en el hangar y se apagaron los motores, lo que hizo que un silencio inesperado se adueñara de la cabina. Mis compañeros se apelotonaban contra las ventanas, pero yo no podía mirar. Me quedé quieto en mi asiento, paralizado por una oleada oscilante de miedo y emoción.

El DHTBI de Meadows salió de la cabina y utilizó una de sus garras para pulsar un botón verde y grande del mamparo.

Las barras de seguridad que cubrían los asientos se elevaron hacia el techo y las puertas se abrieron con un sonido sibilante.

—Dejen su equipo y síganme —nos dijo Meadows a través del altavoz del dron. Luego el DHTBI se giró y salió del transbordador, haciéndonos gestos.

Whoadie se desabrochó el arnés de inmediato y saltó de su asiento. Cuando sus pies tocaron el suelo, ya estaba corriendo hacia fuera.

—¡No me puedo creer que estemos en la Luna! —dijo con asombro infantil, estirando los brazos mientras saltaba por la escotilla abierta del transbordador. Al verla correr me di cuenta de que no rebotaba como siempre había visto hacer en los vídeos a los astronautas de la misión Apolo, lo que significaba que habían ajustado la gravedad para que coincidiera con la de la Tierra.

Chén forcejeó hasta quitarse el arnés y salió disparado detrás de Whoadie. A Milo le costó un poco más liberarse, pero luego salió al exterior del transbordador sonriendo como un niño en la mañana de Navidad. Debbie y yo nos quedamos solos en la cabina de pasajeros. Se desabrochó el arnés de seguridad y se volvió para mirarme.

—¿Estás listo para salir, Zack?

Hice como si fuera a asentir, pero no terminé de mover la cabeza.

—Llevo toda la vida imaginándome este momento —le conté—. Y ahora... creo que tengo demasiado miedo a salir ahí fuera.

—No te preocupes —respondió—. Seguro que él está igual de nervioso que tú. Puede que incluso más.

El DHTBI de Meadows volvió a meter la cabeza en la cabina de pasajeros, con la pantalla de transmisión a distancia desplegada. Sonrió a Debbie y luego giró la cabeza del dron para mirarme.

—Tiene al general fuera esperándole, teniente. —Se giró hacia Debbie—. Me ha pedido que la escolte a usted y al resto de recién llegados a la Sala de Operaciones, para que él y el teniente puedan hablar a solas unos minutos. Luego también se dirigirán hacia allí.

—Por supuesto —respondió Debbie, levantándose. Me apartó un mechón de pelo de la frente. Luego me apretó el hombro y me dedicó otra sonrisa—. Nos vemos dentro de un rato, ¿vale?

Asentí.

—Gracias, Debbie.

Me volvió a sonreír antes de irse detrás del DHTBI de Meadows.

Me quedé allí solo, sentado en la cabina de pasajeros mientras intentaba hacer acopio de valor. Luego pulsé el botón para desabrochar el arnés de seguridad y me lo fui quitando mientras me levantaba despacio.

Cuando salí fuera, él estaba allí. Esperándome.

15

ESTABA A TAN SOLO UNOS METROS DE MÍ, DE PIE Y EN POSICIÓN DE FIRMES, CON UN uniforme idéntico al que llevaba puesto yo. Mi padre, Xavier Ulysses Lightman. Vivito y coleando.

Y sonriendo.

Me sonreía con la misma expresión que solía poner yo pero en una versión más adulta de mi cara. El hombre que tenía delante de mí podría haber sido mi yo del futuro que había viajado en el tiempo para advertirme sobre lo que nos deparaba el destino.

Con el rabillo del ojo pude ver cómo el DHTBI de Meadows escoltaba a Debbie a través de unas puertas blindadas, al otro lado del hangar. Chén, Milo y Whoadie los esperaban en el túnel que había más allá, junto a un oficial de la ADT que no reconocí y que llevaba una bandera japonesa en el uniforme. El grupo nos miraba embobado por las esclusas abiertas, que un segundo después se cerraron con un golpe seco que resonó por todo el hangar.

No era del todo consciente de que se habían marchado ni de lo que me rodeaba, ya que tenía todos los sentidos puestos en mi padre. Aquel fantasma cuya ausencia me había atormentado durante toda la adolescencia estaba delante de mí, resucitado como por arte de magia. Me sorprendí a mí mismo mirando una gota de sudor que se le había formado en la ceja y descendía por una mejilla, como si ese detalle demostrara que estaba ocurriendo de verdad. La situación me recordó una escena de *Desafío total* original, otra de esas películas que me sabía de memoria gracias a que él tenía una copia en VHS.

Lo miré durante mucho rato, mientras él no dejaba de hacer lo mismo conmigo. A medida que iba desgranando los detalles faciales de aquel padre que había perdido hacía tanto tiempo, la familiaridad intrínseca que tenía con sus facciones hizo que percibiera sin demasiado esfuerzo el miedo que intentaba ocultar.

Parecía mayor de lo que había pensado, pero era probable que fuera porque nunca había visto una foto suya en la que tuviera más de diecinueve años. Una parte de mí esperaba que al verlo no hubiera envejecido nada: quizá la ADT lo hubiera congelado en carbonita o utilizado la velocidad de la luz con objeto de dilatar el tiempo y mantenerlo joven para combatir en la guerra. Pero iba a ser que no. Ahora mismo debía de tener unos treinta y siete años, la misma edad de mi madre, aunque él aparentaba diez años más en lugar de los diez menos que aparentaba ella. Daba la impresión de estar en una forma física envidiable, pero tenía el pelo negro algo entrecano y unas visibles patas de gallo en torno a sus ojos, que eran azules como los míos. Sus facciones estaban curtidas por el cansancio y me pregunté si no estaría vislumbrando el aspecto que tendría mi propio rostro en el futuro, si es que llegaba a vivir hasta alcanzar su edad.

Mientras daba vueltas a todo aquello, caí en la cuenta de que se había empezado a mover hacia mí y ya estaba cerca, lo que le permitió rodearme de improviso con los brazos.

Algo se me quebró en el pecho en aquel momento, y de mi interior surgió una avalancha de sentimientos. Apreté la cara contra él y aquello me devolvió un recuerdo sensorial que llevaba mucho tiempo olvidado: el de estar en los brazos de mi padre cuando era niño. Podría haber sido incluso el recuerdo de la última vez que me abrazó, antes de que desapareciera de mi vida para siempre.

No, para siempre no. Hasta aquel mismo momento.

—Qué contento estoy de verte, Zack —susurró con un ligero temblor en la voz—. Y lo siento. Lo siento muchísimo por haberos abandonado a tu madre y a ti. Nunca imaginé que me ausentaría tanto tiempo.

Cada una de sus palabras me henchía el corazón de tal forma que pensé que se me iba a salir del pecho. De una tacada, mi padre había dicho todas las cosas que siempre había deseado escucharle cuando aún me permitía fantasear con que siguiera vivo. Me encontraba demasiado abrumado para responder. Una parte de mí seguía creyendo que aquello era algún tipo de sueño en duermevela y que si decía algo equivocado me despertaría de inmediato, en el peor momento posible.

Intenté hablar para decirle que llevaba toda la vida soñando con aquel momento. Pero seguía sin salirme la voz. Mi padre pensó que mi silencio era señal de que algo no iba bien. Me soltó, dio un paso atrás y empezó a estudiar mi cara, intentando descifrar la expresión de desconcierto que había en ella.

—Llevo dieciocho años esperando a poder decirte esto, Zack —continuó con tranquilidad—. Lo he practicado en mi cabeza un millón de veces. Espero haberlo hecho bien. Espero no haberla cagado.

En ese momento tuve la absurda idea de que ojalá mi madre estuviera allí conmigo para presentarme a aquel extraño que tenía una cara como la mía.

—No lo has hecho —respondí al fin, casi sin voz. Luego carraspeé y volví a intentarlo—: No la has cagado —dije con cautela—. Yo también me alegro de verte.

Mi padre soltó el aire.

—Menudo alivio —respondió—. No las tenía todas conmigo. —Sonrió con nerviosismo—. Tienes todo el derecho a enfadarte y sé que tienes bastante carácter, así que...

Dejó de hablar cuando vio que se me borraba la sonrisa de la cara. Puso cara de vergüenza y retorció el ceño, lo mismo que hacía yo cuando me arrepentía de algo que acababa de decir.

—¿Cómo es posible que sepas que «tengo bastante carácter»? —pregunté con la voz supurando rabia. Mi padre rio sin querer por la ironía de mi réplica, pero yo no la había captado y su reacción solo me hizo sentirme aún más dolido y cabreado. De alguna forma, toda la emoción y la euforia que había sentido por reencontrarme con él habían desaparecido de repente—. ¿Cómo te atreves a pensar que sabes algo sobre mí?

—Lo siento, Zack —respondió—. Pero soy tu nuevo oficial al mando. He leído tu perfil de la ADT, que contiene toda la información de tu expediente académico y tu ficha policial.

—Y también los resultados de todas mis pruebas psicológicas, supongo.

Asintió.

—La ADT investiga todo lo que puede sobre los posibles reclutas.

Asentí.

—¿Y se menciona en mi «perfil de recluta» que los problemas que tengo para controlar mi ira podrían deberse a la trágica muerte de mi padre en la explosión de una fábrica de mierda, cuando solo tenía diez meses? —La pregunta lo afectó, pero no pude evitar hundir el puñal un poco más—: ¿Cómo crees que sienta crecer creyendo que mi padre murió así? ¿Y que el resto de la ciudad también lo creyera? ¿Intentabas arruinarme la vida? ¿No podías haber fingido tu muerte en un puto accidente de tráfico o algo por el estilo?

Abrió y cerró la boca unas cuentas veces antes de poder articular palabra.

—No fue elección mía, hijo —respondió—. Tenía que ser en una explosión para que no pudieran identificar el cuerpo. Enterraron a un anónimo en mi lugar. —Me miró a los ojos—. Lo siento, yo también era un crío por aquel entonces. No llegué a entender del todo hasta qué punto me estaba comprometiendo. Ni lo que dejaba atrás.

Nos quedamos allí mirándonos en silencio durante un momento, hasta que sonó el QComm de mi padre. Miró la pantalla con el ceño fruncido y luego se volvió hacia mí.

—Tenemos que llegar cuanto antes a la Sala de Operaciones para informaros a ti y al resto de reclutas que acaban de llegar —dijo—. Ya tendremos más oportunidades de hablar en privado, ¿de acuerdo?

Asentí en silencio. Llevaba mucho tiempo esperando aquel momento, pero no me quedaba otra opción.

Mi padre sacó de su bolsillo un pequeño objeto plateado.

—Toma —dijo mientras lo apretaba contra la palma de mi mano—. Es para ti.

Le di la vuelta. Era una memoria USB con el emblema de la ADT grabado en la carcasa.

—¿Qué hay dentro?

—Cartas, en su mayoría —respondió—. Os he escrito a tu madre y a ti todos y cada uno de los días que he pasado aquí. —Me di cuenta de que al hablar iba cambiando el pie en el que apoyaba todo el peso del cuerpo, otro de mis tics nerviosos—. Espero que ayuden a explicar mejor por qué tomé esa decisión y lo difícil que me ha sido sobrellevarla desde entonces. —Se encogió de hombros, evitando mirarme a la cara—. Siento que sean tantas. Es posible que no tengas tiempo de leerlas todas.

Le flaqueó la voz y se dio la vuelta para esconder la cara. Volví a mirar la memoria USB y cerré el puño en torno a ella para protegerla, desconcertado porque un objeto tan pequeño tuviera en su interior algo tan valioso.

Mi padre levantó el QComm que tenía sujeto a la muñeca y tocó varios iconos de la pantalla. En ese momento, una hilera de puertas de almacenamiento que había bajo el fuselaje del transbordador empezaron a abrirse y revelaron unos contenedores cúbicos. Mi padre susurró varias órdenes en el QComm y, unos segundos después, un equipo de cuatro DHTBI se desensambló de un armazón cercano y echó a andar en fila hacia el transbordador. Tres de los drones empezaron a bajar el cargamento, mientras el cuarto subía a la cabina de pasajeros para recoger las mochilas.

—¿Listo, teniente? —preguntó mi padre, señalando la salida con la cabeza.

—Sí, señor —respondí, guardando la memoria USB en un bolsillo de la camisa del uniforme para tenerla más cerca del corazón. Luego cruzamos juntos el hangar y por fin pude relajarme lo suficiente como para observar con detalle el panorama surrealista que me rodeaba.

El hangar de la estación lunar Alfa era un lugar sobrecogedor. Las paredes curvas de la cúpula blindada que nos rodeaba estaban llenas de cientos de brillantes Interceptores colocados en las cintas transportadoras de las plataformas de lanzamiento, que esperaban a ser disparados al espacio como las balas de una ametralladora de alta velocidad. Comprendí que eran los drones que nos habían llevado allí para pilotar. Usaríamos aquellas naves para enfrentarnos al enemigo cuando alcanzaran la órbita lunar, al cabo de cinco horas y media.

En aquel momento me sentí como cuando Luke Skywalker inspeccionaba el hangar repleto de naves Ala-X, Ala-Y y Ala-A, poco antes de la batalla de Yavin. O como el capitán Apolo al subir a la cabina de su Viper en la cubierta de vuelo de *Galactica*. O como Ender Wiggin al llegar a la Escuela de Batalla. O Alex Rogan al ceñirse el uniforme de la Liga Estelar y observar boquiabierto el hangar lleno de Bombarderos estelares.

Pero aquello no era ficción. Yo no era Buck Rogers, Flash Gordon, Ender Wiggin o cualquier otro. Aquello era la vida real. Mi vida. Era yo, Zackary Ulysses Lightman, un chico de dieciocho años de Beaverton, Oregón, que acababa de alistarse en la Alianza de Defensa Terrestre y reunirse en la cara oculta de la

Luna con su padre desaparecido mucho tiempo atrás. Y nos disponíamos a combatir en una encarnizada batalla para impedir la destrucción de la Tierra y salvar la especie humana de la aniquilación total.

Si todo aquello era un sueño, no estaba seguro de querer que terminase. Pero lo iba a hacer, y pronto, ya que tenía el equivalente a un reloj de cocina, atado en el antebrazo, que informaba con exactitud de cuántas horas, minutos y segundos quedaban para el brusco despertar.

Cruzando la salida del hangar, mi padre siguió adelante entre las puertas abiertas de la esclusa y se internó en el túnel de acceso tubular que había al otro lado. Si la distribución del lugar era idéntica a la de su contrapartida virtual en *Armada*, como parecía ser, el túnel descendía bajo la superficie lunar hasta el vecino cráter Daedalus B, donde se ubicaba el resto de la estación.

Me detuve justo antes de abandonar el hangar y di media vuelta para observar una vez más los miles de Interceptores estacionados a mi alrededor, en la pared curvada de la cúpula. Desde allí también distinguí al fondo las estaciones automatizadas de ensamblaje de drones, con sus compiladores de materia y sus nanorrobots trabajando para construir más DIA-88, que probablemente no tendrían tiempo de terminar si Vance estaba en lo cierto sobre la llegada de los extraterrestres. Me cambió la cara y volví a sentir una vergüenza terrible al recordar mi gran cagada en el Palacio de Cristal, el hangar lleno de drones que habíamos perdido por mi culpa.

Pero luego también recordé una de las últimas imágenes del vídeo informativo de la ADT: la de la flota europea, un gigantesco y mortífero anillo de naves de guerra que había rodeado el satélite helado y ya se dirigía hacia la Tierra.

Aquellos drones que habíamos perdido en el Palacio de Cristal no habrían marcado la diferencia. Como tampoco la marcarían los que tenía delante ni los que quedaban a buen recaudo en la Tierra.

Al ver que seguía en el hangar, mi padre dio la vuelta y regresó al trote hacia mí.

—¿Qué te ocurre, Zack?

Me reí a carcajada limpia ante la disparatada pregunta.

—¿Que qué me ocurre? —repetí—. Bueno, pues veamos...

—Tenemos que continuar, teniente —me interrumpió—. No nos queda tiempo.

Pero yo no me moví y mi padre se quedó esperando.

Me volví para observar su cara y luego le hice la pregunta que tenía que hacerle.

—¿Hasta qué punto nos sobrepasará en número la flota enemiga? Cuando haya llegado toda, digo.

—Tanto que no creo que merezca la pena planteárselo... —respondió al momento, sin pararse a pensarlo siquiera. Pero la falta de preocupación en su tono fue lo que volvió a enfadarme.

—Entonces ¿para qué coño me has traído aquí? —pregunté—. ¿Para tener un fugaz encuentro padre-hijo antes de unas muertes horribles? —Señalé el transbordador con el pulgar—. Si no hay escapatoria, será mejor que me lo digas ahora mismo. Preferiría pilotar ese trasto hasta casa y morir junto a mi madre. ¿Has pensado en lo sola que se siente?

Mi padre me miró como si acabara de arrancarle las tripas y sentí una pequeña punzada de remordimiento, mezclada con una perversa satisfacción. Me pareció adecuado herir sus sentimientos, como venganza por la manera en la que las decisiones que había tomado en su vida habían afectado la mía.

Mi padre tardó un poco en responder. Y cuando lo hizo, su tono de voz fue mucho más serio.

—Yo no le he «traído» aquí, teniente. Se alistó por voluntad propia como soldado de la Alianza de Defensa Terrestre. Y no va a poder huir a casa solo porque ahora tenga miedo. Créame.

—No tengo miedo —respondí, mintiéndole a la cara.

—En ese caso, es usted un puto imbécil —dijo, muy convencido—. Por suerte, sé que no es el caso. —Me miró fijamente a los ojos—. Llevo media vida luchando en esta guerra, Zack, y sigo aterrorizado. No sabes cuánto tiempo llevo temiendo que llegaría este día. Y aquí estamos.

—No estás dándome nada de confianza —dije.

—Lo sé, teniente —continuó—. Como también sé que da la impresión de que nuestras posibilidades son ínfimas, por lo que te han dicho y las imágenes que te han mostrado. Pero créeme, hijo, todavía hay muchas cosas que desconoces sobre nuestra situación actual y la de nuestros enemigos.

Miró por encima del hombro hacia una gran cámara de seguridad colocada encima de la salida más próxima, que oscilaba despacio de un lado a otro. Se volvió de nuevo hacia mí y fue entonces cuando capté por primera vez algo muy perturbador en la mirada de mi padre. Un tenue asomo de la locura que siempre había temido haber heredado de él.

—Este no es lugar ni momento para hablar —dijo, bajando la voz a un susurro—. Pero las cosas no están tan mal como pueda parecer, Zack. Te lo prometo. —Me dedicó una sonrisa esperanzadora—. Por eso te agradezco tanto que hayas venido. Voy a necesitar tu ayuda.

Aunque sabía que no debía, le pregunté:

—¿Mi ayuda para qué?

—Para salvar el mundo, hijo —dijo mi padre—. ¿Te apetece?

Me enderecé y por primera vez me di cuenta de que teníamos la misma altura.

—Sí, señor, general, señor —respondí—. Por supuesto.

No cabía duda de que era orgullo lo que vislumbré en la mirada de mi padre. Era embriagador.

—Esperaba que dijeras eso —dijo, dándome una palmadita en la espalda—. Sígueme.

Se giró y marchó de nuevo al trote hacia la salida del hangar.

Robé una última mirada furtiva a los cazas brillantes apilados detrás de mí. Luego corrí detrás de mi padre, a pesar de no tener muy claro hacia dónde me llevaba.

EL GENERAL LIGHTMAN ME GUIO POR LOS PASILLOS ENMOQUETADOS Y MAL ILUMINADOS DE LA estación lunar Alfa mientras yo seguía mordiéndome los carrillos de vez en cuando. El dolor me servía como prueba de que estaba despierto y todo aquello era real.

Bajamos por un camino enrevesado hacia la planta de la Sala de Operaciones, y no dejó de sorprenderme lo extrañamente familiar que me parecía todo aquello y lo buena que era la simulación de la estación lunar en *Armada*.

Cuando comenté a mi padre que algunos elementos del diseño exterior de la estación parecían plagiados de la ficticia base Clavius de la película *2001: Una odisea del espacio*, me lo confirmó encantado.

—El equipo de ingenieros que diseñó y construyó este lugar tenía mucha prisa, así que tomaron elementos de muchos diseños que ya existían —explicó, señalando los pasillos enmoquetados que nos rodeaban—. Plagiaron un montón de ideas a Syd Mead y Ralph McQuarrie, como todo el mundo. Y también a otros. —Sonrió—. Los pasillos que dan acceso al nivel de mantenimiento los robaron tal cual del decorado de *Aliens*, te lo juro. Ya lo verás.

Después de esa confesión, empecé a darme cuenta de que por toda la estación había pruebas de más plagios de diseños de ciencia ficción. Todo era elegante, ergonómico y con un toque retrofuturista, lo que lo hacía parecer más estético que práctico.

También había carteles de películas y grupos de rock antiguos colgados por todas partes, pero estaba seguro de que aquello había sido cosa de los actuales habitantes de la estación. Igual que el grafiti pintado en rojo que decoraba la pared de un pasillo: LA TARTA ES MENTIRA.

Pasamos también por otro pasillo decorado con una larga hilera de fotos enmarcadas, de hombres y mujeres con el uniforme de la ADT y peinados al estilo de hasta cuatro décadas diferentes. Cada foto iba acompañada de una plaquita con el nombre del oficial y dos fechas, que indicaban el «Periodo de servicio en la Alianza de Defensa Terrestre». Aquella frase iba acompañada de otra que rezaba: «SE SACRIFICÓ PARA PROTEGERNOS A TODOS».

—¿Todos ellos sirvieron en la ADT aquí arriba?

Asintió.

—Y también murieron aquí arriba —respondió—. Son los oficiales que han perdido la vida en cumplimiento de su deber.

—Pero también eran pilotos de drones, ¿no? —insistí—. ¿Por qué murieron?

—Por los anteriores ataques del enemigo que ha sufrido esta base —respondió, y sin darme tiempo a meter baza añadió—: Lo explicaré en la reunión.

Cuando llegamos al final del pasillo, mi padre me guio hacia un turboascensor que nos bajó en un par de segundos hasta el nivel de Operaciones, a más de un kilómetro y medio bajo la superficie lunar. Luego me condujo por una serie de cámaras parecidas a cuevas excavadas en la roca del satélite, que albergaban varios generadores de fusión fría, sistemas de soporte vital, compiladores de materia y la enorme matriz de distorsión gravitatoria.

—No sé para qué sirve la mayoría de estas cosas —confesó mi padre—. Ni cómo utilizarlas. Pero tampoco ha hecho falta, ya que todos los sistemas de la estación están automatizados. Y el mantenimiento lo llevan unos drones controlados por personas reales desde la Tierra.

Cuando pasamos junto a la pared transparente de la zona médica vi que todo su personal estaba formado también por drones. Los doctores de la estación eran DHTBI con equipamiento especial y el añadido de unas manos articuladas con forma humana que podía manejar por control remoto un cirujano desde el planeta.

—Un médico de Londres usó uno de estos drones médicos para quitarme el apéndice hace un par de años —explicó—. La operación fue como la seda.

Los barracones del personal se encontraban en el mismo nivel y consistían en cincuenta dormitorios modulares para dos personas.

—Como solo hay tres habitaciones ocupadas, todo el mundo podrá dormir solo —dijo mi padre. Señaló hacia una puerta en la que se podía leer «A7»—. Esa es la tuya. La puerta ya tiene codificada tu información biométrica, y tu equipaje debería estar dentro.

Levanté el QComm y eché un vistazo a la cuenta atrás.

—¿Por qué se molestan en asignarme dormitorio? —pregunté—. La vanguardia llegará en un par de horas, no es que vaya a poder echarme una siesta en mis ratos libres.

—No —dijo con una sonrisa—. Pero quizá te apetezca tener algo de intimidad más tarde, cuando puedas llamar a tu madre.

Me quedé mirándolo hasta que atrapé sus ojos.

—¿Tú tienes pensado llamarla?

Negó con la cabeza.

—No creo que sea buena idea —respondió—. ¿Por qué querría hablar conmigo cuando se entere de que sigo vivo y que... os abandoné?

—¡Pues claro que querrá hablar contigo! —le dije—. Se va a alegrar un montón cuando sepa que sigues vivo. —Después añadí, sin pensar—: Igual que yo.

Analizó mi cara.

—¿De verdad lo crees?

—Lo sé —respondí, a pesar de que yo también intentaba convencerme de ello—. Nunca superó tu pérdida. Nunca se ha vuelto a enamorar. Me lo dijo.

Mi padre se apartó de repente y oí cómo se le escapaba un

ruidito, parecido al de un animal herido al caer en una trampa. Al ver que no me respondía, señalé el resto de puertas que había en el pasillo.

—¿Cuál es la tuya? —pregunté.

Señaló la primera puerta del pasillo, en la que se podía leer «A1».

—Pero no forma parte de la visita —dijo, mientras intentaba girarme en la dirección contraria.

—Venga, déjame mirar solo un segundo —imploré, sin moverme—. Por favor, señor.

—De verdad que no hay mucho que ver —respondió, interponiéndose entre la puerta y yo.

Pero a juzgar por su reacción, seguro que había mucho que ver, y no estaba dispuesto a perdérmelo. No me moví. La disputa continuó durante algunos segundos, hasta que por fin el general se echó a un lado y abrió la puerta con un manotazo al botón, rojo de vergüenza. Pasé a su lado y me metí en la pequeña habitación modular.

Toda la pared del fondo estaba cubierta con fotos de mi madre y mías, incluidas las de mis anuarios escolares desde primaria. Sobre su cama había colgada una foto de mi madre con el uniforme de enfermera, que seguro que había sacado de la página web del hospital. Las demás paredes estaban vacías del todo.

Antes de que pudiera continuar examinando su espacio vital más a fondo, tiró de mí hacia fuera y cerró la puerta.

—Rápido —dijo, intentando ocultar que le fallaba la voz—. El tiempo es oro.

16

OTRO TURBOASCENSOR NOS PRECIPITÓ HACIA ABAJO A UNA VELOCIDAD perturbadora y frenó de improviso unos segundos después. Una pantalla colgada en la pared mostraba un mapa tridimensional de la estación, según el cual acabábamos de llegar al nivel más bajo, al fondo de la estructura oval enclavada en el cráter Daedalus. Cuando se abrieron las puertas, salimos a un pequeño pasillo de moqueta azul que terminaba en unos portones blindados corredizos que tenían las palabras CENTRO DE OPERACIONES DE DRONES impresas con plantilla militar. Sobre aquellas puertas, alguien había pintado en la pared un elaborado grafiti que rezaba CÚPULA DEL TRUENO.

Al acercarnos, se abrieron las puertas y seguí a mi padre hacia una gran sala circular con un techo abovedado de hormigón, pintado de un color azul iridiscente como el de las pantallas que se usan en los platós de cine para añadir luego los efectos digitales.

—Bienvenido al Centro de operaciones de drones de la estación lunar Alfa —dijo mi padre, extendiendo los brazos a los lados—. Lo llamamos la Cúpula del Trueno.

—¿Por qué?

—Bueno... porque tiene una cúpula —dijo, señalando hacia arriba—. Y porque lo que hacemos dentro es luchar, como en

Mad Max. —Se encogió de hombros—. Y porque «Cúpula del-Trueno» mola mucho más que «Centro de operaciones de drones».

En el centro de la estancia había una plataforma elevada con una silla de mando rotatoria, dotada de pantallas táctiles ergonómicas y curvadas en los dos reposabrazos. La silla estaba rodeada por diez huecos ovalados excavados en el suelo de piedra, cada uno de los cuales albergaba una cápsula de control de drones. A diferencia de las cápsulas multifunción que habíamos utilizado en el Palacio de Cristal, las de la base lunar parecían diseñadas solo para controlar Interceptores. Cada hueco tenía en su interior una simulación de la cabina de un Interceptor DIA-88: un asiento de piloto, la palanca de vuelo, los paneles de control habituales y los indicadores, todo ello colocado debajo de la cubierta con pantalla envolvente que se cerraba encima del piloto al sentarse en la cabina.

Mi padre tocó un botón de su QComm y la brillante cúpula azul que teníamos encima se encendió como la pantalla de una televisión en alta definición. Apareció una vista envolvente del paisaje salpicado de cráteres que rodeaba la estación lunar, como si estuviéramos en la plataforma de observación del nivel superior y no en una cúpula blindada muy por debajo de la superficie.

Mi padre me guio por el enorme búnker y pude ver mejor las cápsulas de control de drones que tenía a mis pies. Sus cubiertas semitransparentes revelaron que cuatro de ellas ya estaban en uso. Debbie, Milo, Whoadie y Chén daban un tiento al nuevo equipo con lo que parecía ser una especie de simulación de entrenamiento.

El oficial japonés que había visto antes estaba junto a la consola de control con otro oficial de la ADT, un hombre alto y de piel oscura que no había visto nunca. Ambos parecían tener la misma edad que mi padre, y también el mismo semblante cansado y curtido por la guerra. Mientras se acercaban a saludarnos, los cuellos de sus uniformes me revelaron que ambos tenían graduación de comandante.

—Zack, me gustaría presentarte a dos de mis mejores amigos —dijo mi padre—. El comandante Shin Hashimoto y el comandante Graham Fogg.

—*Konnichiwa*, Lightman-san —dijo el comandante Shin. Le dediqué un saludo militar, pero él me descolocó haciendo una reverencia—. Me alegro de conocerte por fin. Tu padre me ha contado muchísimas cosas de ti con los años. —Sonrió—. Ya me tenía un poco cansado, la verdad.

—Lo siento —dije, respondiendo lo primero que se me ocurrió.

Shin se quedó examinando mi cara durante tanto tiempo que empezó a incomodarme. Luego volvió a mirar a mi padre y luego otra vez hacia mí, para compararnos.

—Manda mandangas —dijo, sorprendido—. Eres el vivo retrato de tu padre. —Me dio un codazo en las costillas mientras sonreía de oreja a oreja—. ¡Mi más sentido pésame, chico!

Su propio chiste lo hizo reír a carcajada limpia, mientras mi padre me dirigía una mirada de disculpa, la misma que solía poner yo a mi madre cuando algún amigo venía a casa y rompía algo. Pero reí con educación y me volví para estrechar la mano al comandante Fogg, que daba la impresión de ser la persona más alta de la Luna.

—Es todo un placer conocerle, teniente Lightman —dijo con alegría. Me sorprendió descubrir que tenía un marcado acento británico—. ¡Bienvenido a la estación lunar Alfa!

Eché un vistazo al hombro de su uniforme y distinguí la bandera del Reino Unido en lugar de la de Estados Unidos. También reparé en que su apellido iba precedido por las siglas de «jefe de escuadrón», el equivalente de las fuerzas aéreas británicas a nuestra graduación de comandante.

—¿Solo sois vosotros tres? —pregunté—. ¿No hay nadie más aquí?

—Solo nosotros —respondió Shin—. Dos veces al mes llega un transbordador con suministros, pero el resto del tiempo estamos aquí solos. Si no contamos los drones, claro.

Graham asintió.

—Antes la Alianza tenía a docenas de personas destinadas aquí arriba para asegurarse de que todos los sistemas funcionaran bien —añadió—. Pero cuando activaron la red de los QComm, casi todo se podía hacer a distancia con los drones, así que dejaron aquí solo un destacamento mínimo de personal militar indispensable.

—Solía haber más pilotos aquí arriba —continuó mi padre—, como el almirante Vance, pero ahora solo quedamos nosotros.

—Los tres mosqueteros —dijo Graham con una sonrisa—. Menudos capullos con suerte estamos hechos.

Había una mesa plegable grande y tres sillas de metal también plegables apoyadas en la pared del fondo. La mesa estaba cubierta con libros de reglas de *Dungeons & Dragons*, pantallas para el DJ y una infinidad de dados de formas extrañas.

—Jugamos a *D&D* cuatro o cinco noches a la semana —explicó Graham cuando me vio mirando todo el material—. Nos ayuda a pasar el rato. Shin suele hacer de máster. —Me sonrió—. Mi personaje es un arquero elfo de nivel veintisiete.

—¿Por qué no le enseñas tu hoja de personaje, Graham? —dijo Shin—. Eso sí que dejará impresionado al chaval.

Graham lo ignoró y siguió pendiente de mí con una sonrisa entusiasta en la cara, viéndome pasear la mirada por el centro de mando como si fuera un chico que enseña su habitación a alguien. No muy lejos vi una batería muy grande, dos guitarras eléctricas y tres soportes para micrófonos, rodeados por una pila de amplificadores. Me acerqué para examinar el equipo.

—¿Qué pasa, que tenéis un grupo o algo así? —pregunté.

—Pues claro —respondió Graham con orgullo—. Nos llamamos «El amo de la batalla». El nombre viene de...

—¿El corto protagonizado por Emilio Estevez? —lo interrumpí— ¿De la antología de terror *Pesadillas*?

Mi padre y sus amigos parpadearon sorprendidos con una sonrisa tonta dibujada en sus caras.

Les sonreí y asentí en dirección a mi padre.

—La vi cuando le llegó el turno en tu colección de viejas cintas VHS. Fue...

Dejé de hablar cuando me di cuenta de lo mucho que revelaba esa última frase, pero ninguno se había fijado. Todos seguían mirándome sonrientes por haber pillado la referencia en el nombre del grupo.

—Me cae bien este chico, Xavier —dijo Shin.

Mi padre asintió.

—Sí, a mí también.

—Nos marcamos unas versiones de Van Halen muy decentes —continuó Graham—. ¿Te parece si luego os tocamos algo?

—Claro —dije sin estar muy convencido—. Estaría muy bien.

Volví a mirar a mi padre, pero tenía la cabeza gacha y la sacudía avergonzado.

—No vamos a tocar para ellos, Graham, ya te lo he dicho —murmuró—. Va a haber una invasión alienígena dentro de unas horas, ¿recuerdas?

—¡Más razón para machacar las cuerdas una última vez! —respondió Graham, haciendo cuernos con ambas manos en alto.

Me acerqué al borde de la cápsula de control de drones más cercana y eché un vistazo. Había un cartel de AVERIADA pegado con cinta adhesiva en la pantalla táctica.

—¿A esta qué le pasa? —pregunté.

—Pues que Graham le tiró Coca-Cola Zero encima —respondió Shin—. Un gasto militar de millones de dólares.

—Para ya de endosarme ese marrón —protestó Graham—.

Te dejaste las sandalias tiradas por ahí y me resbalé con ellas. Esos millones son culpa tuya, Shin-tético.

Graham rio, pero cuando vio que yo también lo hacía, frunció el ceño.

—¿Dónde le ves la puta gracia, chaval? —preguntó—. Yo solo me he cargado una cápsula de drones, ¡nada comparable a los miles de millones que hemos perdido esta mañana gracias a tu maniobrita!

Shin asintió y siguieron mirándome mal los dos unos segundos, hasta que estallaron en carcajadas.

—Que era broma, hombre —dijo Graham sin parar de reír—. ¡Hoy debo de haber visto ese vídeo tuyo persiguiendo al Guja hacia dentro de la estación unas cincuenta veces! ¡Es la releche!

Shin negó con la cabeza.

—¿Cómo has evitado que Viper te asesine por hacer algo así?

—Quizás haya comprendido que de todas formas soy hombre muerto, así que daba un poco igual.

Mi padre torció el gesto y me dio la impresión de que estaba a punto de decir algo, pero Shin cambió de tema.

—¿Le apetece algo para ñascar, teniente? —preguntó—. En vuestro perfil de la ADT viene una lista con los aperitivos favoritos de todos, así que hemos ido pidiéndolos. Te gustan los cereales Mágico Charms, ¿verdad? Y sin leche, ¿no? Tenemos por ahí un montón de paquetes para ti, ¿ves?

Señaló hacia una de las cápsulas vacías de la habitación, donde había apilada una montaña de paquetes de mis cereales favoritos, como si fueran cajas de munición. El resto de reclutas también tenía todo un surtido de chucherías y bebidas colocado en el suelo al lado del hueco de sus cápsulas. Junto a la de Milo había paquetes amontonados de nachos con queso y palitos de carne seca Slim Jims, todo al lado de una pequeña montaña de latas de Mountain Dew Light. En la de Whoadie había varias bolsas de Cheetos, sabor a queso cheddar y jalapeños, junto a una hilera de botellas de dos litros de Hawaian Punch. En la de Debbie, bolsas de Skittles de todos los colores, y en la de Chén, un montón de latas plateadas de una bebida energética, con las letras QI LI impresas junto a un montón de caracteres en chino.

—¿Cómo es que nuestros aperitivos favoritos aparecen en los perfiles de la ADT? —pregunté a Shin.

Fue Graham el que respondió.

—La ADT lo sabe todo sobre todos, muchacho —dijo—. Tus bebidas y chucherías favoritas no eran lo único que quedaba grabado mientras jugabas a *Armada* o a *Terra Firma*, créeme. Tus pulsaciones, presión arterial, la composición de tu sudor... Al lado de la ADT, la CIA y el FBI parecen una AMPA.

—Genial —dije—. El gobierno nos ha espiado toda la vida, pero al menos tenemos nuestras chucherías favoritas. Algo es algo.

Me sorprendió ver cómo mi padre sonreía por mi comentario. Justo en ese momento, los demás nuevos reclutas salieron de sus cápsulas y me acerqué a saludarlos. Chén se puso en posición de firmes cuando vio aproximarse a mi padre, y los otros se apresuraron a hacer lo mismo.

—Descansen, reclutas —dijo mi padre mientras caminaba hacia ellos—. Bienvenidos a la estación lunar Alfa. Soy el general Xavier Lightman, su nuevo oficial al mando. Siento haberles hecho esperar.

Observó sus caras mientras aguardaba respuesta, pero mis nuevos amigos parecían demasiado anonadados para dársela. Mi padre se plantó delante de Milo, que le sonreía como si acabara de conocer a su estrella de cine favorita y parecía haber olvidado la arrogancia de antes.

—Usted debe de ser Milo Dobson, ¿verdad? También conocido como MaestroFumao5000.

Milo asintió de manera casi imperceptible, como si de repente le hubiera dado una especie de aneurisma de fan total.

—Es un honor poder conocerle por fin en persona, teniente Dobson —continuó mi padre. Se volvió hacia los demás—. Es un honor poder conocerles a todos. Whoadie, LocoJi, MamáAtómica. —Estrechó la mano a todos y luego me señaló con la cabeza—. Y por supuesto, también a Beagledeacero. Son cinco de los mejores pilotos que he visto en acción. Es todo un privilegio tenerles por aquí.

Los demás sonrieron, sonrojados de orgullo. Y puede que yo me sonrojara también. Un poquito.

—¡Gracias, señor! —dijo Chén, repitiendo despacio la traducción de su QComm.

—Eso, ¡gracias, general! —dijo Milo, recuperándose al fin de su parálisis—. Ya ves, la hostia. ¡Es todo un cumplido, viniendo del mismísimo RojoTrinco! ¡Es usted el mejor de los mejores entre los mejores, señor! Llevo estudiando sus maniobras durante años... Todos lo hemos hecho.

Me dio la impresión de que mi padre se avergonzó de verdad con aquel cumplido.

—Tampoco es para tanto —respondió. Luego señaló hacia sus dos compañeros—. Shin y Graham también se han involucrado mucho con sus simulaciones de entrenamiento. Estoy seguro de que reconoceréis sus apodos de piloto: Shin usa el alias MaxJenio y Graham...

—Mi apodo de piloto es Withnailed —lo interrumpió Graham—. Aunque estos dos casi nunca me llaman así.

—Preferimos llamarlo «Sito» —dijo Shin—. Es el diminutivo de «inglesito». Lo odia.

Graham asintió.

—La verdad es que sí.

Todos sonreímos al reconocer sus apodos de piloto. MaxJenio y Withnailed eran veteranos entre los cinco primeros de la clasificación. Desde el primer año de vida del juego no habían dejado de disputarse el segundo y el tercer puesto, por debajo de RojoTrinco.

—No quiero ser maleducada, general Lightman —dijo Debbie—. Pero ¿cuándo van a contarnos para qué nos ha enviado la

ADT aquí arriba? —Lanzó una mirada a Shin y a Graham—. ¿Por qué no podíamos quedarnos en la Tierra junto al resto de reclutas?

Mi padre intercambió una extraña sonrisa con sus dos amigos y luego asintió con la cabeza en dirección a Debbie.

—Estaba a punto de informarles sobre ese tema —respondió.

Graham sonrió y señaló una hilera de asientos de cuero acolchado que teníamos detrás.

—Quizá prefiráis estar sentados cuando escuchéis lo que os vamos a contar —dijo justo antes de sentarse él mismo. Milo y Debbie lo imitaron, pero Chén, Whoadie y yo nos quedamos de pie.

Mi padre hizo un gesto con la mano hacia la pantalla panorámica que cubría el techo abovedado e hizo cambiar la imagen. Dejó de verse una transmisión en directo de la superficie lunar para pasar a una animación tridimensional del sistema solar, en la que el planeta Tierra giraba sobre sí mismo al fondo y la Luna orbitaba holgazana a su alrededor, rodeados por una serie de anillos concéntricos que indicaban la ruta orbital de los demás planetas. Mi padre volvió a gesticular hacia la pantalla y aceleró la animación, lo que hizo que los planetas zumbaran alrededor del Sol como coches de carreras, cada uno por su propia pista.

—Una de las cosas que no os contaron durante la reunión de alistamiento es que esta no es la primera vez que los europanos envían tropas para atacarnos —explicó el general—. A lo largo de cuatro décadas, lo han hecho treinta y siete veces, para ser exactos.

En la pantalla de la cúpula, la maquinaria celestial del sistema solar siguió girando hasta que la Tierra y Júpiter se alinearon en su distancia orbital mínima. Un momento más tarde, cuando la órbita del satélite Europa lo situó justo entre Júpiter y la Tierra, la imagen se detuvo.

—Cada 398,9 días tiene lugar un acontecimiento astronómico conocido como la oposición de Júpiter —prosiguió el general—. Cuando el Sol y Júpiter se alinean a cada lado de la Tierra y el satélite Europa está en su posición más cercana a nosotros. Desde aquel primer contacto con ellos, los europanos han aprovechado esa proximidad para enviar a la Tierra un pequeño destacamento de naves, dedicadas a vigilar, probar nuestras defensas y abducir especímenes humanos vivos para estudiarlos.

Tocó la pantalla de su QComm y apareció en la pantalla una imagen de la estación lunar Alfa vista desde arriba, encajada en el cráter Daedalus.

—Cuando los europanos empezaron a enviar estas partidas de reconocimiento a la Tierra, la ADT decidió construir una estación defensiva secreta aquí, en la cara oculta de la Luna —continuó el general—. La idea original era que sirviera como puesto de avanzada para comunicaciones y vigilancia de largo alcance, pero cuando se inauguró en septiembre de 1988 y se destinó a ella a un personal fijo, cambiaron las tácticas del enemigo. Durante la siguiente oposición de Júpiter, los europanos no enviaron su destacamento de naves exploradoras directo a la Tierra. Las enviaron a la estación lunar Alfa. Y atacaron.

En la pantalla de la cúpula empezó a reproducirse un vídeo que mostraba una gran formación de cazas Guja descendiendo en picado desde el cielo estrellado de la Luna hacia la pequeña estación encajada en el cráter de debajo, mientras desde el hangar se desplegaban Interceptores que iban derechos a encararlos, lo que daba lugar a una descomunal batalla aeronáutica.

—Conseguimos vencer, por muy poco —explicó—. Nos llevó casi un año reparar todos los daños. Y durante la siguiente oposición de Júpiter, los europanos volvieron a atacar con una fuerza todavía mayor, para hacer frente a las mejores defensas que habíamos preparado en la estación lunar Alfa. Y una vez más, conseguimos rechazarlos por muy poco.

—El año siguiente ocurrió lo mismo —continuó Graham—. Y el siguiente a ese, también.

—Cada año enviaban más y más drones para atacar la estación —añadió Shin—. Y cada año, nosotros mejorábamos las defensas para estar más preparados.

Mi padre asintió.

—La escalada continuó durante una década, hasta que los europanos volvieron a cambiar de jugada el año pasado al utilizar nuevo armamento. Uno con el que ya os habéis encontrado durante vuestro entrenamiento en *Armada*. El Disruptor.

Hubo un coro de gemidos procedente de los nuevos reclutas. En la pantalla vimos aparecer un grupo de naves enemigas que descendía hacia la estación lunar Alfa, en una formación perfecta que me recordó por un momento a una captura de pantalla de *Space Invaders*.

El esquema estructural de un decaedro giratorio apareció en la pantalla al lado de las naves y sentí cómo se me erizaban los pelillos de la nuca.

—Al parecer un Disruptor necesita acoplarse a un cuerpo celeste grande, como un planeta o una luna. —En la pantalla apareció una animación en la que se mostraba el cuerpo cromado y en rotación del decaedro aterrizando en la Tierra y disparando un rayo de energía rojo hacia el núcleo del planeta—. Entonces el dispositivo utiliza el campo magnético del planeta para generar un campo esférico que interrumpe todas las comunicaciones cuánticas en su interior.

—Todos los drones de la ADT cuentan también con unidades de radiocontrol para situaciones de emergencia —agregó Shin—. Pero por desgracia, el Disruptor también interfiere las comunicaciones de radio, así que no sirven para nada.

En la pantalla, el Disruptor de color verde esmeralda generó una esfera transparente de energía roja que envolvió por completo el planeta Tierra y toda su atmósfera, lo que provocó que los drones de la ADT empezaran a caer de los cielos. Pero la Luna estaba fuera del alcance del Disruptor y, por lo tanto, también lo estaba la estación defensiva de la cara oculta.

—El efecto de disrupción cuántica solo funciona si el transmisor y el receptor se encuentran dentro del mismo campo esférico —explicó el general—. Basta con que el dron o su operador, cualquiera, esté fuera de este campo para que no tenga efecto y deje intacto el enlace cuántico. Si el enemigo consigue que el Disruptor se acople en la Tierra, solo el personal que tengamos aquí arriba en la Luna, o sea, nosotros, podrá seguir controlando los drones que están almacenados en la Tierra y viceversa.

Mi padre cambió la animación del esquema estructural y volvió al vídeo de los cazas enemigos, en el que apareció un gran decaedro de un color similar al del ónice, con una joya oscura y de muchas caras brillando en el centro. El objeto empezó a vibrar muy rápido y cambió de color, desde el negro azabache a un rojo centelleante que refulgía a lo largo de sus aristas.

—Justo antes de atacar esta base durante la última oposición de Júpiter, los europanos activaron el Disruptor y lo acoplaron al campo magnético de la Luna, que es relativamente débil comparado con el de la Tierra.

Mientras mi padre hablaba, el decaedro palpitante disparó un rayo de energía rojo hacia el núcleo de la Luna. Generó a su alrededor un campo esférico de energía, cuyo diámetro creció a toda velocidad hasta cubrir por completo la estación lunar Alfa y buena parte de la superficie lunar, las zonas que sabía por las reuniones de *Armada* que tenían mayor intensidad de campo magnético.

—Cuando el Disruptor se activó, nos dejó sin la capacidad de controlar los drones que teníamos en la estación —siguió explicando mi padre—. Pero el resto de pilotos de la ADT que estaban en la Tierra no se vieron afectados, ya que estaban fuera de su campo de acción.

Shin hizo aparecer en la pantalla una animación diferente que mostraba la Tierra y la Luna, con la cara oculta cubierta por el campo transparente del Disruptor. Se veía bastante grande, pero no lo suficiente como para cubrir al mismo tiempo a los dos cuerpos celestes.

—Los drones del enemigo siguieron funcionando por el mismo motivo —continuó mi padre—. Los controlaban desde el satélite Europa, a cientos de miles de kilómetros del campo de acción.

Shin asintió.

—La estación tiene una intranet cableada de seguridad —dijo—, lo que nos permitió seguir defendiéndola con los cañones de la superficie y con drones de respaldo conectados físicamente, para que no los afectara el Disruptor.

En la pantalla, el vídeo mostró los cañones de seguridad del exterior de la estación activándose y devolviendo el fuego a los cazas Guja y los Guivernos del enemigo, que no dejaban de atacar las defensas con ráfagas de rayos láser y proyectiles de plasma. En la superficie, varios DHTBI y *mechas* de guerra también la defendían, desenrollando cables de fibra óptica que limitaban muchísimo su movilidad, alcance y efectividad.

—La ADT envió varios escuadrones de Interceptores de refuerzo desde la Tierra —explicó—. Y poco a poco fuimos capaces de destruir el Disruptor con su ayuda. Pero la estación quedó muy dañada y por poco no lo contamos.

—¿Los Disruptores son igual de complicados de destruir que en el juego? —preguntó Chén por su QComm.

Shin, Graham y mi padre asintieron al mismo tiempo.

—Entonces, ¿cómo pudisteis cargároslo? —pregunté.

Shin y Graham sonrieron al mismo tiempo, como si estuvieran esperando esa pregunta.

—«Hacen falta dos para arreglar algo» —citó Shin, sonriendo de manera enigmática.

—«Hacen falta dos para apartarlo de la vista» —añadió Graham después de asentir con la cabeza.

Ambos se miraron como si estuvieran a punto de recitar el resto de la letra de *It Takes Two*, pero mi padre hizo una leve negación de cabeza y callaron para dejarlo continuar.

—Hay quien dice que tuvimos suerte —respondió mi padre,

mirando a Shin—. Yo creo que los europanos nos dejaron destruirlo.

—Pero ¿por qué iban a hacerlo? —preguntó Debbie.

—Buena pregunta —dijo mi padre—. Vean este vídeo y saquen sus propias conclusiones.

Tocó su QComm y otro vídeo un tanto borroso comenzó a reproducirse en la pantalla de la cúpula.

—Esta grabación la tomó una de las cámaras de seguridad de la superficie de la estación lunar Alfa —explicó Shin—, unos veintitrés minutos después de que empezara el ataque. Las comunicaciones cuánticas y de radio no funcionaban por el Disruptor. La mayor parte de la estación y casi todas las defensas de superficie estaban ya destruidas.

En la pantalla se podían ver al fondo las ruinas humeantes de la esfera que conformaba la estación lunar, mientras unos drones alienígenas con forma de araña atravesaban su cubierta de metal blindado y se abrían camino con sus láseres. En la parte más próxima de la imagen, junto al borde del cráter Daedalus, se apreciaba el gigantesco decaedro del Disruptor, que giraba a toda pastilla sobre la superficie mientras disparaba su palpitante rayo rojo de enganche al núcleo de la Luna. En el aterciopelado cielo negro, cientos de nuestros Interceptores lanzaban un ataque sobre el escudo del Disruptor y le disparaban desde infinidad de ángulos.

—Como sabréis gracias al entrenamiento, el Disruptor solo tiene un punto débil —dijo Shin—. Una ráfaga sostenida de disparos láser y proyectiles de plasma puede desactivar sus escudos, pero al tener un núcleo tan grande, los Disruptores se recuperan mucho más rápido que cualquier otro dron del enemigo. Sus escudos solo permanecen desactivados durante tres segundos, y luego vuelven a ponerse a máxima potencia.

—Y esos tres segundos no son suficientes para destruirlos —continuó Milo—. Por lo menos en el juego. Por eso nunca nadie ha conseguido derrotar a un Disruptor. Ni siquiera el Circo Volador.

—¡Mirad! —Shin señaló la pantalla—. ¡Ahí viene a salvarnos a todos!

En la pantalla apareció un único *mecha* realizando un salto de potencia por la superficie lunar y lanzándose impertérrito contra la columna de cegadora luz roja que había creado el rayo acoplador semitransparente del Disruptor.

—¡El viejo Viper Vance! —Graham agitó la cabeza con admiración—. ¡A por todas!

—¿El almirante Vance es quien controla ese *mecha*? —preguntó Whoadie.

—Así es —respondió mi padre—. Pero en aquella época todavía era general y estaba al mando de la estación lunar Alfa. Me pusieron a mí en su lugar cuando lo ascendieron a almirante, en gran parte debido a la hazaña que están a punto de ver.

—Pero Viper hacía locurones como este todo el rato —añadió Shin—. Ese tío era un temerario.

—Y estoy seguro de que sigue siéndolo —dijo mi padre impasible, sin dejar de mirar la pantalla.

Continuamos viendo el vídeo sin sonido de la carga del general Vance contra el Disruptor, sin dejar de preguntarnos qué ocurriría cuando llegara hasta él.

—¿Cómo controla ese *mecha* si el Disruptor sigue operativo? —me pregunté en voz alta, sin dejar de analizar el vídeo con atención—. Se mueve demasiado rápido para ir con cable, ¿no?

Mi padre asintió.

—Tienes razón —respondió—. A Vance no le gustan los drones con cable porque son muy lentos y vulnerables. —Señaló la pantalla con la cabeza—. Está pilotando ese *mecha* en persona. Hay una cabina encajada en el torso, justo encima del núcleo de energía. El mismo núcleo de energía que Viper está sobrecargando en este... mismo... momento.

En la pantalla, el *mecha* de Vance se acercó a unos centímetros de distancia del rayo acoplador y de repente quedó flácido y cayó en la superficie entre una nube de polvo, como un monigote gigante de metal.

—¿Activó la secuencia de autodestrucción estando dentro? —dijo Milo con incredulidad—. ¿Es que el viejo tenía ganas de suicidarse?

Shin y Graham asintieron, y luego Shin señaló a mi padre.

—Eso mismo pensaba yo de Vance y del general Lightman, aquí presente.

Señalé la pantalla.

—Pero no le va a dar tiempo de eyectarse.

Mi padre asintió.

—El sistema de lanzamiento de la cápsula de Vance sufrió daños durante la carga. Así que se quedó allí atrapado con la bomba que él mismo había activado.

Yo ya había empezado a contar los siete segundos que tardaría en completarse la secuencia de autodestrucción del núcleo, pero cuando iba por cinco aparecieron dos *mechas* más, corriendo por la parte inferior de la pantalla. Del cielo seguían lloviendo disparos láser y de plasma, procedentes de la batalla aérea que seguía librándose sobre los restos humeantes de la estación lunar, casi destruida. Entonces empezó a oírse un tema de rock clásico que venía del micrófono de Vance, una de las canciones de la cinta de mezclas «Asalto a las recreativas» de mi padre: *Black Betty* de Ram Jam.

—Es uno de los apodos con que llamamos a los Disruptores desde entonces —dijo Shin, mientras señalaba con la cabeza el decaedro negro y giratorio de la pantalla—. Un Black Betty, o bien un «dado de diez».

Seguí mirando la pantalla con atención. Los dos *mechas* de guerra Titán se acercaron al trote hacia el que estaba paralizado con Vance en su interior, y se movían al unísono, casi como una pareja de natación sincronizada. Los movimientos eran perfectos: esquivaban y zigzagueaban una y otra vez, justo a tiempo de evitar que los vaporizaran. Siempre hacia delante, ajenos a los géiseres de rocas y polvo lunar que estallaban alrededor y a veces justo delante de sus narices.

Shin pausó el vídeo.

—Tu padre controla esos dos *mechas*. A la vez. Está dentro del de la izquierda y al mismo tiempo está conectado al de la derecha mediante un cable corto de fibra óptica con carcasa de titanio que los une.

—Shin sabe lo que dice —dijo mi padre, sin quitar los ojos de la pantalla—. Fue él quien me ayudó a unirlos unos diez minutos antes de que se grabara esto.

Shin volvió a reproducir el vídeo y yo devolví mi atención a la pantalla. Vi cómo los dos *mechas* se acercaban disparando los cañones solares y los láseres contra el enorme escudo esférico del Disruptor mientras se metían por debajo de aquella gigantesca estructura giratoria y del rayo acoplador que disparaba hacia abajo.

Entonces el *mecha* en el que iba mi padre llegó hasta el de Vance, arrancó de cuajo la cápsula de escape con Vance en su interior y se la colocó bajo el brazo como un balón de fútbol americano.

Una ráfaga de proyectiles explosivos cayó hacia el cable blindado que unía el *mecha* de mi padre con su acompañante, lo que cercenó la conexión. El dron de mi padre arrojó el dron vacío de Vance hacia arriba, como si hiciera un lanzamiento de peso, hacia el lugar de donde surgía el rayo acoplador del Disruptor, que todavía tenía activados los escudos.

Al mismo tiempo, realizó un salto de potencia en la dirección opuesta mientras lanzaba la cápsula de escape de Vance hacia delante, apenas un segundo antes de eyectar la suya. Ambas cápsulas salieron volando y desaparecieron de la pantalla, poco antes de que el *mecha* de Vance completara la cuenta atrás de siete segundos para su autodestrucción y detonara. Dos segundos después, el dron del que mi padre había escapado también explotó, y esto causó dos impactos casi seguidos y sincronizados a la perfección. Había sido una maniobra casi imposible, como marcar un triple de lado a lado de la cancha cuando queda menos de un segundo.

Pero en otras circunstancias no habría sido suficiente ni aquella fantástica sincronización. Justo antes de que la detonación de ambos *mechas* alcanzara el escudo transparente del Disruptor, este se desactivó y dejó al decaedro sin protección durante los tres segundos necesarios para que su gigantesco núcleo cargara suficiente energía para reactivar las defensas. Fue durante aquel cortísimo intervalo de tiempo cuando ambos *mechas* detonaron, uno detrás del otro.

La primera detonación golpeó el casco diamantino del Disruptor, pero de algún modo su blindaje absorbió el golpe, lo que provocó que las facetas triangulares de su parte exterior se iluminaran en naranja fosforescente mientras la energía se disipaba a lo largo de ellas. Fue la detonación del segundo *mecha* medio segundo después la que hizo que la armadura debilitada del Disruptor cediera por fin, con una explosión que se llevó por delante al propio Disruptor.

Graham y Shin estallaron en aplausos. Me dio la sensación de que habían visto el vídeo a menudo y que aplaudían todas y cada una de las veces. Whoadie, Milo, Debbie y Chén también aplaudieron, pero yo me abstuve. Estaba demasiado absorto mirando la pantalla.

—¿Podemos volver a verlo? —pregunté—. Esta vez a media velocidad.

Shin asintió y volvió a poner el vídeo, y luego varias veces más, ya que todos terminaron por pedírselo. La escena se volvía más impresionante y un poco más perturbadora con cada visionado. Era cierto que mi padre había tenido una suerte tremenda. Si los escudos del Disruptor hubieran fallado una fracción de segundo antes o después, el ataque no habría tenido éxito. Y estudiando la marca de tiempo superpuesta a la imagen, daba la impresión de que los escudos habían estado desactivados un instante más de lo que deberían, lo suficiente para que mi padre hubiera obrado aquel milagro.

—¿Cuántos Disruptores más vienen ahora mismo de camino? —preguntó Milo, atemorizado—. Os olvidasteis de comentar ese pequeño detalle en la reunión.

—Tres —dijo mi padre—. Un Disruptor acompaña a cada oleada de los invasores.

—¡Tres! —repitió Milo—. No tenemos ninguna posibilidad de destruir tres Disruptores seguidos. ¡Y mucho menos teniendo en cuenta que nos va a caer encima la del pulpo alienígena!

Mi padre asintió.

—Sí, yo tampoco las tengo todas conmigo. Pero nos queda un último as bajo la manga. El Rompehielos.

—Pero ¿la misión del Rompehielos no había fracasado? —preguntó Debbie—. Lo destruyeron poco antes de que el láser atravesara la corteza de Sobrukai... de Europa, quiero decir.

—Destruyeron el Rompehielos que ustedes escoltaron anoche, es cierto —respondió mi padre—. Pero tenemos un plan de emergencia. Confiábamos en poder destruir a los europanos antes de que lanzaran su flota contra nosotros, pero sabíamos que no había muchas posibilidades de conseguirlo. Por lo que construimos un segundo Rompehielos, oculto dentro de un asteroide que ahuecamos y colocamos en órbita alrededor de Júpiter, para evitar que lo detectaran los europanos. Tan pronto como su flota partió hacia la Tierra y dejaron Europa sin protección, lanzamos este nuevo Rompehielos. Ya está de camino.

—¿Cuándo llegará?

—Debería alcanzar Europa más o menos al mismo tiempo que la segunda oleada enemiga llega a la Tierra.

—¿Y si no sobrevivimos a la primera oleada? —preguntó Debbie.

—Entonces dará igual lo que pase con el Rompehielos —dijo Shin—. Pero por eso tenemos que asegurarnos de sobrevivir.

¡Porque así tendremos una posibilidad de poner fin a esta guerra de una vez por todas!

Esperé a que Graham o mi padre dieran señales de estar de acuerdo con Shin, pero ambos se quedaron en silencio.

—¿Alguien tiene hambre? —preguntó mi padre. Luego levantó su QComm—. Me acaban de informar de que los drones han terminado de preparar la cena y está lista en el comedor.

—¡Gracias a Dios! —gritó Milo mientras empezaba a andar hacia la salida—. Me tenía preocupado que los Cheetos y la zarzaparrilla fueran mi última comida. ¡A zampar!

Whoadie y Debbie asintieron, y también Chén después de consultar la traducción.

—Yo no tengo mucho apetito —respondí. Si estaba a punto de morir, quería que el desayuno que mi madre me había preparado aquella mañana fuera mi última comida, no un filete ruso recalentado en el microondas de una estación lunar.

Mi padre asintió antes de abrir la marcha hacia la salida con Shin. Graham vio que me había quedado rezagado y me pasó el brazo por los hombros.

—Confía en mí, cambiarás de opinión cuando veas lo que tenemos preparado —dijo—. Nos han enviado un almuerzo especial de cinco platos de alta cocina en vuestro transbordador.

—¿Por qué? —preguntó Debbie—. ¿Porque hay muchas probabilidades de que sea nuestra última comida?

—Supongo —respondió Graham, sonriéndome mientras aceleraba el paso hacia la salida—. Y no sé vosotros, pero yo voy a ponerme hasta arriba.

17

EL COMEDOR DE LA ESTACIÓN LUNAR ALFA ERA UNA HABITACIÓN LARGA Y RECTANGULAR con cuatro mesas circulares de acero satinado, rodeadas por unos bancos del mismo material atornillados al suelo. Había varios dispensadores modulares de comida y bebida incrustados en una amplia pared junto a unos cuantos microondas. No había replicadores de alimentos, al menos a simple vista. En la pared opuesta había una gran ventana cóncava a través de la que se veía el paisaje impresionante del gigantesco cráter Daedalus, extendiéndose por debajo como un Gran Cañón en blanco y negro.

Como nos habían prometido, en las mesas había un menú pintoresco dispuesto y esperándonos, que parecía tener comida suficiente para varias cenas de Acción de Gracias. Una de las mesas de acero estaba cubierta con un mantel de tela y preparada con ocho servicios de cubertería de plata y vajilla de porcelana, y a un lado aguardaba una hilera de cuatro DHTBI en silencio y posición de firmes, dispuestos a servirnos. Tenían un esmoquin de papel pegado en cada torso de metal.

Me senté en el último asiento vacío, entre Milo y mi padre. Graham se sentó al lado de Debbie, y fue entonces cuando su lenguaje corporal me reveló que estaban coladitos el uno por el otro. Milo también se dio cuenta y puso los ojos en blanco antes de darme un codazo y señalarlos con la cabeza. Luego señaló a Chén y Whoadie, que también se dedicaban miraditas con disimulo.

—Genial —gruñó entre dientes—. Yo pensaba que nos iban a reclutar para una aventura espacial épica, pero resulta que soy la estrella invitada de *Vacaciones en el mar: La nueva generación.*

—Pongan rumbo... ¡hacia el amor! —parafraseó Shin, haciendo una imitación tan perfecta de Patrick Stewart que Milo y yo reímos a carcajada limpia.

Empezamos a pasar los platos y servirnos comida, todos menos Debbie, que agachó la cabeza y empezó a murmurar una oración en voz baja. Nos quedamos quietos durante un momento incómodo y luego también agachamos la cabeza para solidarizarnos con ella hasta que terminara.

A pesar de que todo tenía un aspecto delicioso, yo seguía sin apetito. No obstante, los estrafalarios acontecimientos de la jornada parecían haber dejado un enorme hueco en el estómago de los demás, que se pasaron un buen rato demasiado ocupados para hablar. Lancé algunas miradas de reojo a mi padre, pero no paraba de meterse comida en la boca como un robot mientras evitaba el contacto visual conmigo.

Chén fue el primero en romper el silencio.

—Mi teléfono sigue sin funcionar —dijo por el traductor de su QComm—. ¿Cuándo se me permitirá llamar a casa y hablar con mi familia?

Mi padre consultó la hora en su QComm.

—Una hora antes del momento en el que estimamos que llegará la vanguardia —respondió—. Será entonces cuando los líderes de todas las naciones del mundo informarán a los ciudadanos. Una vez se descubra el pastel, podrán llamar todos a casa. Me temo que no tendremos mucho tiempo.

—¿Por qué esperar hasta el último momento para anunciar la invasión? —preguntó Whoadie—. Eso no dejará mucho tiempo de preparación al mundo para el ataque de la vanguardia.

—El mundo ya está tan preparado como puede estar —respondió mi padre.

Shin asintió.

—La población ya ha empezado a entrar en pánico, a juzgar por lo que llega en las noticias de todo el mundo. Gente de todas partes ya ha visto los transbordadores de la ADT con sus propios ojos esta mañana, cuando han ido a recoger a los reclutas esenciales. Los medios llevan todo el día emitiendo y analizando las imágenes, y las han relacionado con los videojuegos de Chaos Terrain. Todo el mundo quiere saber qué está ocurriendo en realidad.

Mi padre negó con la cabeza.

—No, no quieren —objetó—. Cuando la gente descubra lo de la invasión, todo se convertirá en un caos. La civilización empezará a desmoronarse.

Graham soltó un bufido con sorna.

—La ADT sabe que la gente estará más dispuesta a quedarse y luchar si no tienen tiempo de poner los pies en polvorosa.

Miré a mi padre y él me devolvió la mirada durante un instante, pero luego pasó a Debbie, que no apartaba los ojos de la cuenta atrás de su QComm. Aparecía superpuesta a la fotografía que tenía como fondo de pantalla: tres chicos morenos y sonrientes con las barbillas apoyadas en el bordillo de una piscina, en un día soleado.

—Qué chicos tan guapos —dijo Graham.

—Gracias —respondió ella—. Estoy preocupada por ellos. —Luego extendió la mano y cubrió la cuenta atrás con un dedo, para que solo quedaran a la vista las caras de sus hijos.

—¿Y qué hay de vosotros dos? —preguntó Debbie a Shin y Graham—. ¿La ADT también os dejará poneros en contacto con vuestras familias?

—En realidad es algo que me tiene muy nervioso —respondió Graham—. Mi madre sigue viva, pero cree que morí en los años noventa. Mi padre ya había fallecido cuando me reclutaron, así que la dejé sola... y sigue sola. La ADT se ha encargado de que no le falte nada, claro, pero a nivel emocional... No sé qué puedo hacer. —Graham parpadeó un par de veces y tragó saliva antes de continuar—. Espero que todavía me reconozca. Y si es así, espero que no le dé un infarto al verme. Ni cuando el Primer Ministro haga el anuncio. —Negó con la cabeza—. La pobre ya tiene más de sesenta años.

A mí no me preocupaba tanto la reacción de mi madre cuando se enterara de que el planeta estaba a punto de sufrir una invasión. Siempre había sabido mantener la calma en los peores momentos. Hasta parecía funcionar mejor bajo presión. Pero cuando se enterara de que mi padre seguía vivo... eso ya era otra historia.

—¿Y tú, Shin? —preguntó Debbie sin levantar la voz—. ¿Tienes algún familiar, mi niño?

La sonrisa de la cara de Shin se agrió un poco.

—Por desgracia, mis padres fallecieron hace años, cuando había pasado más o menos la mitad del tiempo que llevo aquí arriba. Así que nunca pude despedirme de ellos, lo que me dolió mucho por aquella época. —Luego su expresión se iluminó y extendió un brazo para dar a mi padre un apretón en el hombro y un manotazo en la espada—. Pero a mi amigo Xavier también le había pasado lo mismo y me ayudó a superarlo. También perdió a sus viejos hace...

Shin calló de repente y me lanzó una mirada nerviosa antes de volverse hacia mi padre, que de nuevo parecía absolutamente concentrado en el mantel.

—Qué más da —añadió Shin, dejando el tema—. Ahora mismo me alegro mucho de que pudieran vivir sus vidas con tranquilidad y no tengan que presenciar... esto que se nos viene encima.

Todos los de la mesa asintieron excepto mi padre, que parecía estar transformándose en piedra poco a poco. Shin se dio cuenta y se giró hacia mí.

—¿Qué tal lo llevas tú, Zack? —preguntó—. ¿Aguantas bien? Asentí. Luego negué con la cabeza. Luego me encogí de hombros y volví a negar.

—No estés tan preocupado —dijo Shin—. El general se ha olvidado de comentar algo durante su charlita de antes. —Me dedicó una mirada conspiratoria—. Tenemos un arma secreta: el mejor piloto de drones que ha existido jamás. —Señaló hacia mi padre con el pulgar—. ¿Sabías que tu viejo ha destruido más de trescientas naves enemigas? Tiene el récord de la ADT.

»Tu padre también ha recibido tres veces la Medalla de Honor, de mano de tres presidentes distintos —continuó Shin—. ¿A que no lo sabías? —Señaló hacia mi padre con la cabeza—. Es modesto hasta para contárselo a su propio hijo.

—¿En serio? —le pregunté—. ¿Tres Medallas de Honor?

Mi padre asintió mientras cerraba los ojos por la vergüenza, igual que hacía yo siempre que recibía cumplidos.

—Eran Medallas de Honor confidenciales —respondió mi padre—. Tampoco es que nadie vaya a enterarse nunca.

—Pues yo acabo de enterarme —dije—. Y mamá también lo sabrá cuando pueda hablar con ella.

Me dedicó una sonrisa vaga y luego volvió a bajar la mirada.

Mi madre iba a estar muy orgullosa de él, pero quizá no fuera suficiente y él lo sabía. Quedaba patente en el derrotismo que asomaba a sus rasgos cada vez que la nombraba. Mi padre sabía tan bien como yo que sus sacrificios heroicos y sus buenas intenciones tal vez no bastarían para ganarse el perdón, o la comprensión siquiera, por lo que nos había hecho. Y mucho menos con el poco tiempo que nos quedaba. Hasta yo dudaba de que lo hubiera perdonado del todo.

Volví a mirarle. Sabía que no tenía intención de llamar a mi madre, pero ya me encargaría yo de hacerlo en su lugar si era necesario. No tenía claro qué podía decirle mi padre después de haber desaparecido diecisiete años. Ni siquiera sabía lo que le iba a contar yo cuando hablara con ella, y eso que la había visto aquella misma mañana. Tampoco sabía si ella estaría dispuesta a escuchar, pero tenía que intentarlo.

Whoadie terminó de comer al poco tiempo, se levantó de la mesa y se dirigió hasta la ventana del observatorio. Pasó allí un rato mirando hacia el plato de antena enclavado en el gigantesco cráter de debajo.

—¿Qué habíais dicho que era esa cosa? —preguntó.

—Es el observatorio Daedalus —dijo Shin, con la voz llena de orgullo—. El radiotelescopio más grande que se ha construido jamás. Por la humanidad, al menos.

—¿Lo construimos para hablar con los extraterrestres? —preguntó Whoadie.

Shin asintió.

—Este cráter está cerca del centro de la cara oculta de la Luna, por lo que queda resguardado por completo de las interferencias de radio creadas por los humanos y es el lugar ideal para enviar y recibir transmisiones de radio sin que puedan escucharse desde la Tierra. —Suspiró—. Por desgracia, los europanos nunca han tenido ganas de hablar.

—Una de las primeras acciones de la ADT —continuó Graham— fue crear un cuerpo especial llamado el Consejo de Tregua, formado por un puñado de científicos importantes, entre ellos Carl Sagan...

—Llevo dando vueltas a una cosa desde que ha salido el nombre —dije, interrumpiéndolo—. ¿Cómo consiguieron que Carl Sagan mantuviera a los europanos en secreto tanto tiempo?

—Él sabía que la noticia habría hecho entrar en pánico a todo el mundo y cambiaría para siempre la civilización —dijo mi padre—. Aceptó guardar el secreto con la condición de que la ADT le diera la financiación necesaria para educar a la población mundial e intentar prepararlos para el anuncio de que la humanidad no estaba sola. Así es como consiguió financiar su serie de televisión *Cosmos*.

Shin asintió.

—Por desgracia, el doctor Sagan falleció antes de que las cosas con los europanos comenzaran a ponerse interesantes.

—El Consejo de Tregua siguió intentando llegar a un acuerdo de paz después de que él muriera —añadió Graham—. Pero esos calamares nunca respondieron.

—¿Calamares? —repetí—. Creía que no sabíamos nada sobre la fisiología de los europanos.

—Esa es la historia oficial, desde luego —dijo Graham, poniendo tono conspiratorio—. Pero confía en mí, muchacho, son calamares. Los mandamases saben más sobre el enemigo de lo que parece. Siempre. —Miró a Shin, luego a mi padre y por último de nuevo a mí.

—¿De qué habláis? —preguntó Milo—. ¡Los europeos nos han declarado la guerra sin motivo alguno!

Todos habíamos dejado de corregir a Milo cada vez que confundía a los europeos con los europanos, hasta el pobre Graham, que era europeo de verdad.

—Esa es la historia oficial, desde luego —volvió a decir Graham—. Pero ¿qué sentido tiene? Pensadlo. Si los europanos nos hubieran atacado hace diez, veinte o incluso treinta años, nunca hubiéramos podido detenerlos.

Me erguí en mi asiento y luego miré a mi padre, que tenía la mirada fija en Graham.

—En aquella época ni siquiera podríamos habernos librado de un asteroide o un meteorito, así que no digamos ya de una especie alienígena enfadada, con un armamento y una tecnología tan superiores —continuó Graham—. Tenían mucha ventaja desde el principio, así que ¿por qué no la aprovecharon? En vez de eso, lo que hicieron fue darnos su tecnología y después dejarnos todo el tiempo del mundo para investigarla. Luego nos dieron más tiempo todavía para crear un ejército de millones de drones que nos defendiera de los que ellos construían.

Era muy perturbador escuchar cómo Graham se hacía en

voz alta muchas de las preguntas que me reconcomían a mí desde la reunión de la ADT.

—¡Y construyeron todas sus naves y drones en la órbita de Europa, a plena vista de las cámaras del Galileo! Es imposible que no supieran que estábamos mirando. ¡Querían que lo viéramos! Como si emitieran un episodio interminable de *Bricoalienmanía*.

Graham reparó en que Shin se había puesto el dedo índice en la sien y lo giraba para indicar que a su amigo le faltaba un tornillo, y respondió haciéndole un corte de mangas mientras seguía hablando.

—Los europanos nos llevaban una ventaja enorme, pero la fueron perdiendo poco a poco y a propósito, en lugar de acabar con nosotros de un plumazo. ¿Por qué? ¿Por qué enviar pequeños grupos de naves exploradoras cada año sin excepción para analizarnos, mutilar nuestro ganado y atacar la estación secreta en la Luna? —Bajó el volumen de la voz hasta un susurro—. Pero es que, para colmo, esos ataques ni siquiera iban en serio. Nunca intentan destruir por completo la estación ni matar a todos sus ocupantes en los asaltos durante las oposiciones de Júpiter. Se limitan a hacer el daño suficiente para demostrar que podrían destruirla si quisieran. Y luego se largan sin hacerlo. ¿Por qué?

Shin volvió a intervenir.

—¿Vas a dejar que suelte estas tonterías delante de los nuevos reclutas? —preguntó a mi padre—. ¿Poco antes del ataque? ¡Va a desmoralizarlos!

Era cierto que mis compañeros parecían afectados por la charla de Graham. Y yo también, pero por una razón bien diferente. Todo lo que había dicho encajaba a la perfección con mis sospechas, pero ya había tenido suficiente. Shin estaba en lo cierto: preocuparse por aquellas ideas y preguntas sin respuesta horas antes de la batalla de nuestras vidas era una distracción sin sentido, y podía hasta llegar a ser peligrosa.

—¡No se puede detener la señal, colega! —exclamó Graham—. También he escuchado de varias fuentes fiables que una nave exploradora cayó en Florida a finales de los ochenta, pero aquella no era un dron. Consiguieron rescatar de su interior a dos pilotos europanos muertos que flotaban dentro de una cabina presurizada con forma de pecera. Se dice que los cuerpos aún están conservados en hielo, en un búnker a casi diez kilómetros de profundidad debajo de la base de las fuerzas aéreas de Wright-Patterson.

—Eso son viejos rumores —dijo Shin—. Chismorreos de la Alianza. Mentiras que llevan circulando por ahí desde hace décadas. ¡No hay pruebas que lo corroboren!

—¡Eso no es verdad y lo sabes, Shin-tético! —respondió Graham—. ¿Por qué crees que los sobrukai se diseñaron como extremófilos acuáticos en los juegos de Chaos Terrain? ¡Porque es la apariencia real de los europanos, tío! —Se volvió para dirigirse a mí y a los nuevos—. El diseño del jefe supremo de los sobrukai se basa en la fisiología real de los europanos. Solo hicieron que diera un poco más de miedo para impresionar.

—Pues lo hicieron bien —dijo Debbie—. Cada vez que olvido saltarme la introducción y lo veo por error, tengo pesadillas con ese jefe supremo.

—De nuevo, me temo que nuestra galletita Graham piensa con el culo —dijo Shin—. No tenemos ni idea de si son cefalópodos o no. Tan solo es lo más probable si tenemos en cuenta su hábitat actual. En realidad no sabemos si son criaturas basadas en el carbono. Ni siquiera si son nativos de Europa. —Sonrió a Debbie—. No te preocupes. El jefe supremo es una farsa. Se lo inventaron los de Chaos Terrain para que el enemigo tuviera rostro, ¡uno malvado y de aspecto humanoide que obligara a la humanidad a unir sus fuerzas! Como Ming el Despiadado, Darth Vader, Zod o...

—Ya lo pillo —respondió Debbie. Después negó con la cabeza—. A saber por qué, pero no tener ni idea de cuál es su aspecto da incluso más miedo.

Whoadie y Milo asintieron. Volví a mirar a mi padre, pero él seguía analizando mi cara, como si intentara valorar mi reacción a lo que acababa de escuchar.

—¿Usted se cree algo de todo esto, general? —le preguntó Debbie.

Mi padre vaciló un momento e intercambió una mirada con Graham antes de romper por fin su silencio.

—Soy mucho más escéptico con esos rumores que Graham —respondió—. No obstante, tampoco estoy de acuerdo con las estimaciones inflexibles de Shin sobre el tema. —Me miró—. Todos tenemos una opinión, incluido el almirante Vance. Cada uno de nosotros interpreta la escasez de datos al respecto de una manera muy diferente. —Se permitió una sonrisa leve—. Está en la naturaleza humana, supongo.

—No ha respondido a la pregunta, general —señaló Whoadie—. ¿Usted qué cree?

—Eso, general —terció Shin, con un tono repentinamente burlón—. ¿Por qué no es sincero y les cuenta la verdad? Cuéntele a su hijo cuál es su «teoría». Seguro que eso les proporciona la moral y el estímulo necesario, ¡justo antes de la hora de la verdad!

Shin armó un estruendo al soltar sus cubiertos en el plato, se levantó de la mesa y se fue del comedor. Mi padre lo siguió con la mirada.

Graham se encogió de hombros y siguió comiendo.

—Los tres hemos discutido mucho sobre esto a lo largo de los años —explicó—. Era obvio que hoy iban a salir a relucir nuestras diferencias.

—Shin está muy estresado últimamente —dijo mi padre—. Todos lo estamos.

—¿A qué se refería? —pregunté—. ¿Cuál es tu teoría?

Mi padre suspiró y miró a los demás, que no le quitaban ojo de encima. Incluso Graham.

—Casi todos los altos mandos de la ADT piensan igual que

Graham. Creen que las tácticas y la conducta de los europanos estos últimos cuarenta y dos años son muy discutibles, al menos desde la perspectiva de un humano. —Negó con la cabeza—. El problema es que nunca se han puesto de acuerdo en cómo interpretarlas. La mayoría de los que están al mando, gente como el almirante Vance, perdió el interés en comunicarse con los europanos después de que empezaran a enviar drones para atacarnos.

—¡Y no me extraña! —exclamé—. Nos declararon la guerra.

—Es cierto —respondió—. Pero ¿y si los europanos hubieran esperado hasta este momento para atacarnos por motivos ocultos, por algo que no podemos comprender? ¿Y si los hemos malinterpretado? ¿O ellos nos han malinterpretado a nosotros?

—Pero ¿qué coño hay que interpretar? —pregunté sin pensar—. Vienen para matarnos a todos, como llevan prometiendo desde antes de que ninguno de nosotros hubiéramos nacido. Ya no hay tiempo para negociaciones, ¿no crees?

Mi padre se encogió de hombros. Parecía estar contra las cuerdas.

—No lo sé, hijo —respondió—. Es posible.

Me puse en pie.

—¿Es posible? ¿Has dicho «es posible»?

—Tranquilo, Zack —me calmó mi padre—. Déjame explicártelo...

—¡Ya he escuchado suficiente, general! —exclamé—. Shin tiene razón. ¡Se supone que debería liderarnos en la batalla y ser una inspiración! No... ¡no volcar todos sus miedos en nosotros!

Mi acusación le sentó como una patada y su cara cambió por completo. Sus facciones empezaron a retorcerse, pero le di la espalda para no seguir viendo su reacción.

Luego salí de allí tan rápido como pude, sin mirar atrás.

perdido. Saqué el mapa interactivo de la estación que tenía en el QComm y lo utilicé para localizar el turboascensor más cercano. Bajé en él hacia el nivel residencial y luego volví hacia donde estaban los barracones. Al llegar a mi habitación, apreté la palma de la mano contra el panel de color ónice que había al lado de la puerta para abrirla. Las luces se encendieron cuando entré.

El interior se parecía a un dormitorio de la Academia de la Flota Estelar. Tenía una disposición simétrica pensada para dos personas. A cada lado había una cama elevada, enclaustrada en un habitáculo transparente e insonorizado cuyos cristales se podían tintar pulsando un botón para tener privacidad. Cada habitáculo también tenía una escalerilla, cómoda, un armario para los uniformes y un televisor grande de pantalla plana incrustado en el techo, encima de la cama. También había un escritorio con un ordenador debajo de cada cama y una silla ergonómica atornillada al suelo. Mi mochila estaba allí.

Me senté en el ordenador y el monitor que tenía integrado se encendió. En su escritorio había un fondo de pantalla con el emblema de la ADT y unos cuantos iconos.

Saqué la memoria USB que me había dado mi padre y la conecté.

Contuve el aliento mientras aparecía en pantalla la lista de archivos que contenía. En la memoria había cientos de archivos de texto y decenas de vídeos, todos con nombres parecidos: «QueridoZack» seguidos de una fecha con seis dígitos. El primer archivo se llamaba QueridoZack091000.txt. 9 de octubre de 2000. Unos días después de la supuesta muerte de mi padre.

> Querido Zack:
> No sé ni cómo empezar esta carta. Estos últimos días han pasado muchas cosas, y la mayoría de ellas no tiene mucho sentido.

Te escribo desde la Luna. En serio, chavalín. ¡Tu papá está en la Luna!

El caso es que no morí en la explosión de la planta, como le dijeron a tu madre. El gobierno hizo que pareciera que había muerto porque necesitaban mi ayuda para evitar una invasión alienígena. Sé que suena estúpido, como salido de un libro barato de ciencia ficción o de una peli de sobremesa. ¡Pero tiene sentido que sea así! *La guerra de las galaxias, Star Trek...*, todas las películas, novelas, series de televisión y videojuegos de ciencia ficción a los que llevo jugando toda la vida estaban diseñados para preparar a la gente de la Tierra contra una invasión extraterrestre de verdad. Sigo intentando hacerme a la idea, pero sé que es cierto. Ya lo he comprobado con mis propios ojos.

Seguimos sin saber cuándo comenzará la invasión, así que no sé cuánto tiempo tendré que estar separado de ti y de tu madre. Quizá solo sean unos meses, pero podrían pasar años antes de que pueda volver a casa. También cabe la posibilidad de que muera aquí arriba. Si eso ocurre, no quiero que pases la vida pensando que tu padre era un trabajador de aguas residuales acabado que murió en un accidente estúpido antes de poder hacer algo importante en su vida.

Quiero que sepas quién era y lo que me ocurrió de verdad. Pero sobre todo necesito que sepas lo difícil que fue para mí dejaros a ti y a tu madre. Y lo difícil que me resulta saber que ambos pensáis que he muerto. Por favor, créeme que nunca os habría hecho pasar por esto si no pensara que era la única opción.

El gobierno ha prometido que cuidará de mi familia mientras yo no esté. Se han inventado una indemnización falsa por lo del accidente, así que tu madre y tú no tendréis que preocuparos por el dinero. Vivirás mucho mejor que si hubiéramos estado los tres aguantando con el sueldo de un trabajador de aguas residuales, eso seguro. Sé que no justifica que me haya ido, pero me ayuda a sentirme mejor.

Os echo muchísimo de menos a los dos, pero he de reconocer que también es increíble estar aquí. Toda mi vida he pensado que el destino me tenía preparado algo grande, pero a mí solo se me daban bien los videojuegos y siempre creí que era una afición inútil. Pero mira, no es inútil, ni yo tampoco. Creo que esto es lo que estaba destinado a hacer en la vida. Solo que nunca llegué a imaginarlo.

Ahora nadie puede saber que existo, así que ni siquiera se me permite enviarte postales de cumpleaños mientras estoy fuera. Pero voy a seguir escribiéndote tanto como me sea posible y guardaré las cartas hasta que pueda dártelas. También voy a escribir a tu madre. Solo han pasado unos días, pero ya os echo mucho de menos a los dos.

Espero que os vaya bien y espero que mi funeral no fuera demasiado para tu madre ni para ti, aunque no tienes ni siquiera un año y ni te acordarás. Ella sí, y pensar por todo lo que debe de haber pasado me da ganas de tirarme por un acantilado. Aunque ahora que lo pienso, puede que en realidad ya lo haya hecho. Por eso estoy atrapado aquí arriba.

Sea como sea, prometo volver a escribirte pronto, cuando tenga más tiempo. Te contaré todo lo que me ocurra y todo lo que descubra sobre esta estación lunar en la que vivo. Ahora tengo que irme a defender la Tierra de los invasores extraterrestres.

Te quiere,

XAVIER (tu padre)

Seguí leyendo y devorando carta tras carta.

Las primeras estaban llenas de detalles que complementaban la historia que ya había desentrañado al leer su viejo cuaderno de teorías. Mi padre describía con detalle cómo había empezado a descubrir ciertos aspectos de la gran conspiración de la ADT durante los años anteriores a que lo reclutaran, después de toparse con el extraño videojuego *Phaëton* en el salón recreativo que frecuentaba. Más tarde descubrió que ese mismo prototipo se había utilizado para reclutar a Shin, a Graham y al almirante Vance.

Después de alistarse, las sospechas que mi padre había tenido durante tanto tiempo se confirmaron: la ADT lo había inves-

tigado desde la escuela primaria. Y había pasado a ser una priori-
dad después de enviar por correo sus docenas de borrosas fotos
Polaroid con sus mejores récords a Activision. Pero la ADT con-
sideró que no era apto para reclutarlo a esa edad debido a unos
«resultados problemáticos» en la evaluación psicológica preli-
minar que le hicieron. Por eso no reclutaron a mi padre hasta
mucho después, cuando tenía diecinueve años y acababa de tener un hijo. Una mañana, dos hombres con traje negro se presen-
taron en su trabajo durante el descanso de la comida y lo secues-
traron. Lo llevaron a una de sus instalaciones secretas, le pusieron
una versión anterior del vídeo de la ADT que yo había visto aquel
mismo día y le dieron dos opciones: unirse a ellos y utilizar su
destreza con los videojuegos para intentar salvar a la humanidad
o, dicho con sus propias palabras, «rajarse y seguir metido hasta
el cuello en aguas residuales para sobrevivir hasta que aparecie-
ran los extraterrestres y destruyeran el planeta, a mi esposa, mi
bebé y el resto de personas a las que quiero».

ᅟ¿Qué otra cosa podía hacer, Zack? No quería dejaros, pero
tampoco quería quedarme sentado sin hacer nada mientras pasaba todo aquello. Así que dije que sí, a pesar de que sabía que podía significar no volver a veros a tu madre y a ti nunca más. Me dije
que si moría protegiéndoos a vosotros y a nuestro hogar, habría
valido la pena.

Reclusión, así es como empezó a llamarlo.
En cada una de las cartas que abría, mi padre repetía las mismas disculpas, recordando y lamentando cada Navidad o cumpleaños que se perdía. Para él, todo momento importante de mi
niñez y mi adolescencia había sido un arma de doble filo. Le
alegraba ver cómo me iba convirtiendo en adulto, a pesar de estar tan lejos. Pero esa alegría siempre estaba teñida por la amar-
ga agonía de sentir que se lo estaba perdiendo todo y del daño
que hacía su ausencia.

Según las cartas, la ADT le informaba sobre nosotros una vez al mes. Y él esperaba aquella información con las mismas ganas que un día libre. Entretanto, no paraba de buscar en internet cualquier pequeño atisbo de información que pudiera encontrar en el periódico local o en la página web de mi escuela. Cada vez que recibía una foto mía nueva, escribía sobre ella con muchísimo detalle en las cartas, sin dejar de repetir y repetir cuánto había crecido y lo mucho que nos echaba de menos a mi madre y a mí. Más y más cada año que pasaba.

Me escribía sobre su vida diaria como piloto de drones de élite en la estación lunar Alfa. Me contaba con detalle las batallas en las que participaba cada año durante la oposición de Júpiter. Sobre las esperanzas que tenía puestas en la victoria y el miedo a la guerra que estaba por venir. Mi padre usaba a menudo esa frase en las cartas. «La guerra que está por venir.» Me hizo darme cuenta de lo terrible que había sido para él tener aquel conflicto siempre metido en la cabeza durante tantos años. Había pasado toda su vida adulta con aquella terrible carga, con la certeza de que el final de todas las cosas estaba cada vez más cerca a cada segundo que pasaba.

En una carta me confesó que había dejado de tener miedo a la invasión. «Ahora tengo ganas de que empiece ya —escribió—. Porque acabará de una forma u otra con mi miseria y con mi reclusión.» Había frases como: «Os echo tanto de menos a tu madre y a ti que a veces no puedo ni mantenerme en pie.»

Y luego, muchas cartas después, dijo: «Ya no lo soporto más».

En otra carta escribió: «Se me ha ido un poco la bola durante un tiempo.» Le habían recetado antidepresivos y, cuando las cosas se pusieron feas de verdad, también tuvo que tomar tranquilizantes. Además, lo obligaron a tener sesiones con un loquero por videoconferencia dos veces a la semana.

Escribió que le seguían dando medallas, pero que ya no significaban nada para él. Que solo quería volver a casa, pero no podía porque su trabajo era asegurarse de que la humanidad tuviera un hogar cuando acabara todo. Además, tenía claro que la ADT no iba a permitir que volviera ya a casa de ninguna manera, porque lo había solicitado. Muchas veces. Le dijeron que era un recurso demasiado valioso y que el mundo necesitaba que permaneciera en su lugar. Entonces empezó a pedir a la ADT que le diera unas cuantas horas de permiso para poder visitar a su familia y recordar por qué seguía luchando. Le dijeron que era un riesgo demasiado grande y que, si alguien se enteraba de que seguía vivo, sobre todo su familia, podía poner en peligro todo por lo que había trabajado y se había sacrificado durante todos aquellos años.

Por difícil que hubiera sido para mí crecer sin conocer a mi padre, me di cuenta de que todos los años que habíamos pasado separados habían sido incluso más difíciles para él. Durante los últimos diecisiete años yo había tenido una existencia idílica con mi madre en las afueras, rodeado de amigos y todas las comodidades del hogar. Mi padre los había pasado en el lugar donde me encontraba, en aquel desolado rincón de la cara oculta de la Luna, solo y dando por hecho que sus seres queridos lo habían olvidado ya del todo.

AL FINAL ME ENTRÓ CURIOSIDAD Y ADELANTÉ EN EL TIEMPO PARA VER LA COLECCIÓN DE MENSAJES de vídeo que había grabado. Hice clic en el más reciente, con fecha de hacía menos de una semana. Según la marca de tiempo del vídeo, eran poco más de las dos de la mañana, en la zona horaria de la ELA.

Mi padre estaba sentado en una cámara grande y oscura, más grande que su habitación. Pertenecía a una parte de la estación que no reconocí. No se había afeitado, tenía la cara pegada al QComm y su mirada paranoica e inyectada en sangre llenaba la mitad del encuadre de la cámara. Estaba allí sentado en la oscuridad y divagando frente a la cámara del QComm, como si fuera un paciente de manicomio delirante y con camisa de fuerza. Como Brad Pitt en *12 monos*, para ser exactos.

—Tengo que hacer algo —dijo—. Algo que no puedo contarte hasta que no te vea en persona. Pero todavía no sé si Vance aceptará mi petición y te destinará conmigo aquí arriba. Si no lo hace, necesito que sepas una cosa.

Miró fijamente el objetivo de la cámara, mientras al parecer buscaba las palabras adecuadas.

—¿Y si la única manera de derrotar a los extraterrestres fuera descubrir sus verdaderos motivos? —Se encogió de hombros y apartó la mirada—. O la única manera de sobrevivir, al menos. Llegados a este punto, creo que sobrevivir es lo mejor que puede esperar la humanidad. —Volvió a mirar hacia la cámara—. Espero que todo esto tenga sentido para ti, en el caso de que puedas verlo en algún momento. Si es así, por favor, perdóname, hijo. Por todo. No hagas caso a lo que digan de mí ni de lo que he hecho. Quiero que sepas que hice lo que sentía que tenía que hacer para protegeros a tu madre y a ti, y al resto de habitantes de la Tierra. Quiero que sepas que hice lo que hice porque creía que no me quedaba elección. Si sigues vivo y ves este mensaje, sabrás que tomé la decisión correcta.

Miró con atención a cámara unos segundos más, como si esperara que alguien le respondiera. Luego tocó la pantalla y su imagen se desvaneció.

Saqué la memoria USB de un tirón, me la guardé en el bolsillo y luego me agaché para coger la mochila de la ADT. Mi vieja mochila de lona estaba embutida en su interior, y contenía la antigua chaqueta de cuero repleta de parches de mi padre. Me colgué la mochila al hombro y me dirigí a la salida.

Avancé por el pasillo vacío hasta la habitación de mi padre. La puerta se abrió automáticamente cuando me acerqué al escáner de retina, y lo vi sentado en una esquina de la habitación, a los mandos de un Sistema de Control de Vuelo de los Interceptores de Armada como el que yo tenía en casa. Llevaba puestas las gafas de RV y los auriculares con cancelación de ruido, y no parecía haberse enterado de que acababa de entrar. Vi que jugaba una misión de práctica de *Armada* con Shin y Milo, ya que no paraba de decir sus apodos de piloto, seguidos de la típica coletilla marca de la casa de RojoTrinco, la que soltaba cada vez que hacía picadillo virtual una nave enemiga.

—De nada. De nada. Y muchos de nada para ti también.

Carraspeé en alto y se quitó las gafas y los auriculares.

Levanté la memoria USB y él asintió y se levantó. Luego miró por encima del hombro a la cámara de seguridad más cercana y se volvió a girar hacia mí.

—Vamos —dijo—. Conozco un lugar en el que podemos hablar en privado.

18

MI PADRE ME GUIO POR UN LABERINTO DE PASILLOS POCO ILUMINADOS Y LUEGO subimos a un turboascensor. Nos llevó hacia arriba, al piso más alto de la estación, y cuando se abrieron las puertas nos encontrábamos en la plataforma de observación. En ese momento, me di cuenta de que la cúpula transparente que teníamos encima era del mismo tamaño exacto que el techo abovedado de la Cúpula del Trueno de abajo, y de que la vista era clavada. Miré alrededor hasta localizar el soporte de la cámara que colgaba de la estructura blindada de la cúpula y capturaba una vista en 360 grados y alta definición del paisaje circundante, para proyectarla en el techo de hormigón de la Cúpula del Trueno, en las profundidades de la superficie rocosa de la Luna.

Sin detenerse para admirar las vistas, mi padre cruzó hasta el otro lado de la plataforma de observación, donde había otra puerta de ascensor. Aquella no era como las del resto de la estación, ya que no se abrió de forma automática al acercarnos a ella. En vez de eso, mi padre destapó un panel que había al lado y tecleó de memoria un largo código en un teclado numérico. Las puertas se abrieron y entramos. Dentro solo había un botón con una flecha hacia abajo que se encendió al pulsarlo mi padre. El ascensor nos bajó tan rápido que creí que se me iban a levantar los pies del suelo. Al abrirse de nuevo, salimos a un pequeño túnel de servicio lleno de cables y tubos de metal. Lo recorrí junto a él y aceleré para no quedarme atrás. Era un túnel muy largo con mucha pendiente hacia abajo.

Cuando por fin llegamos al otro extremo, mi padre abrió una escotilla circular en el techo con otro código de seguridad. Subimos por una escalerilla de metal y llegamos a una habitación grande y circular con el techo abovedado y transparente. A través de él se veía el paisaje impresionante del cráter y de la esfera blindada que protegía la estación lunar Alfa, a nuestra derecha. Era un gigantesco orbe acorazado, encajado en el cráter adyacente con forma de cáliz que se veía al fondo, justo al otro lado del borde del cráter Daedalus en el que nos encontrábamos, que era mucho más grande y tenía forma de cuenco.

—Bienvenido al observatorio Daedalus —dijo mi padre—. Perdón por todo el polvo y la basura. Está claro que los drones de limpieza nunca bajan hasta aquí. Cerraron este observatorio hace unas dos décadas y prohibieron el acceso a todas sus instalaciones.

Me detuve un momento a contemplar la desértica superficie lunar, que se extendía en todas direcciones hacia el negro horizonte. El paisaje me hizo comprender de sopetón lo aislada que estaba aquella estación. No era de extrañar que mi padre y sus amigos se comportaran de manera un tanto extraña. Los años de soledad que habían tenido que soportar en aquel lugar podrían volver loco a cualquiera.

—¿Has dicho que el acceso a este sitio estaba prohibido?

—Lo estaba —respondió—. Bueno, y lo está, pero me las ingenié para activar los sistemas de energía y de soporte vital sin que nadie de la Tierra se diera cuenta. También desactivé todos los micrófonos y las cámaras de aquí, para convertir este lugar en uno de los pocos de toda la estación en los que la ADT no puede grabarme ni vigilarme.

Se inclinó hacia un pequeño micrófono que sobresalía de

una consola de seguridad cercana y se puso a hablar en voz alta.

—Abre la puerta de la cámara de las cápsulas, HAL —citó—. ¡Abre la puerta de la cámara de las cápsulas, HAL! —Me sonrió—. ¿Ves? Toda la privacidad que quieras.

—Genial, así el Fumador no podrá poner la oreja para escuchar lo que decimos —murmuré, pero mi padre dejó pasar el comentario.

—Esto —dijo mientras pulsaba un par de interruptores y el espacio tenebroso se inundaba de luces fluorescentes—. Esto es lo que quería enseñarte.

La otra parte de la sala de control era una caótica mezcolanza de trastos. Había notas escritas a mano, diagramas, dibujos y páginas impresas pegados con cinta por todas partes y amontonados en todas las superficies disponibles. Se parecía a la guarida de un detective de homicidios en una serie de televisión, un detective que hubiera pasado décadas persiguiendo en solitario a un asesino en serie en cuya existencia no creía nadie más.

Recorrí la habitación y atravesé la jungla de papeles que mi padre había creado, analizando sus notas y documentos impresos.

—Sé que no da muy buena impresión —dijo, como si me leyera la mente—. Parece el garaje de Russell Crowe en *Una mente maravillosa*, ¿verdad?

—Yo diría que se parece más a la guarida de un supervillano —respondí. Luego comencé a pulsar botones al azar de la consola que tenía delante—. ¿Cuál de todos es el de autodestrucción?

—Pues el primero que has pulsado —dijo, señalando un botón rojo sin etiquetar.

Me lo creí por un momento, lo suficiente para abrir mucho los ojos, presa del pánico.

—¡Sí! —exclamó, sonriendo—. Menuda pillada, chico.

—Bien por ti —respondí—. ¿Todo esto es cosa tuya?

Asintió.

—Nunca lo he hablado con Shin ni con Graham —explicó—. Shin no se lo tomaría en serio —dijo—. Y Graham... Bueno, Graham no es que sea muy escéptico, y esto quería enfocarlo desde un punto de vista científico. —Clavó los ojos en mí—. Pero teniendo en cuenta lo que has dicho en el comedor, había supuesto que no querrías saber nada del asunto.

Negué con la cabeza.

—Me he estado haciendo las mismas preguntas que Graham y tú. Es solo qué... no creo que conocer las respuestas marque la diferencia a estas alturas. —Lo miré sin pestañear—. Cuéntamelo.

Asintió y respiró hondo.

—Sabes quién es Finn Arbogast —dijo. No era una pregunta, pero asentí de todos modos.

—¿El falso fundador de Chaos Terrain? —dije, recordando el breve encuentro que había tenido con él en el Palacio de Cristal, aquella misma mañana, aunque me pareciera que había transcurrido una eternidad—. ¿Qué pasa con él?

—Fui su principal asesor militar cuando el equipo de Chaos Terrain desarrollaba *Terra Firma*, *Armada* y sus primeros paquetes de misiones —dijo, con lo que me pareció un deje de orgullo—. Siempre había soñado con dedicarme a crear videojuegos de mayor, así que imagina cómo me sentí cuando me dieron la oportunidad de ayudar a diseñar los videojuegos que salvarían al mundo.

»Arbogast y yo colaboramos durante muchos meses. Pero no en persona, sino mediante videoconferencia varias veces a la semana. Su trabajo era crear los videojuegos que servirían para entrenar a la población mundial para la batalla contra los europanos, por lo que la simulación del entrenamiento tenía que ser capaz de emular sus naves, armas, maniobras y tácticas, todo con muchísima exactitud. Para conseguirlo, concedieron a Arbogast acceso ilimitado a todos los datos de la ADT sobre los europanos, a todo lo que se sabía sobre ellos desde el primer contacto.

—Suspiró apesadumbrado—. Y yo también logré acceder a algunos de esos datos secretos.

—¿Cómo? —pregunté—. ¿No estabas tú aquí arriba y él en la Tierra?

—Enlazó su red informática a la nuestra —dijo mi padre—. Así era más fácil pasarnos las nuevas versiones de *Terra Firma* y *Armada* tan pronto como estuvieran listas para probar. Gracias a eso, conseguí tener acceso a sus archivos de investigación sobre los europanos, que contenían un montón de datos de alto secreto sobre nuestras interacciones con ellos a lo largo de los años. Todo lo que saqué en claro de ahí confirmó la teoría que había ido componiendo desde hacía una década.

Asentí, intentando ocultar lo nervioso que me estaba poniendo.

—Suéltalo —dije.

—De acuerdo —respondió—. Ahí va. —Respiró hondo—. Desde que tuvo lugar el primer contacto, los extraterrestres han estado interceptando nuestras emisiones de películas y programas de televisión. Luego crean vídeos uniendo algunas escenas y nos los envían de vuelta una vez al año, justo antes de la oposición de Júpiter. Pero solo un puñado de personas estaba autorizado a ver esas transmisiones. —Señaló la pantalla—. Ahora necesito que las veas tú también.

En la pantalla empezó a aparecer un torrente de vídeos editados por los alienígenas, y en todos ellos se mostraba algún tipo de conflicto humano. Vi mucho metraje de noticias sobre la Segunda Guerra Mundial, alternado con fotos y vídeos de conflictos militares a gran escala que habían tenido lugar en las décadas siguientes. Pero aquellas imágenes de guerras de verdad llegaban alternadas con escenas de muchas películas y series de televisión bélicas antiguas. Era como si los europanos no pudieran distinguir entre realidad y ficción. O eso o las alternaban a propósito, como si quisieran hacernos entender algo.

Lo más raro fue cuando también empecé a reconocer algunas escenas cortas tomadas de muchas películas de ciencia ficción, y en todas ellas había algún tipo de invasor alienígena hostil. En tan solo unos segundos, identifiqué planos de las franquicias *Star Trek* y *Star Wars*, mezclados con otros de las distintas versiones de *La guerra de los mundos*, *Ultimátum a la Tierra*, *V* y hasta (vaya por Dios) *Campo de batalla: La Tierra*. Pero nada de alienígenas amigables. Ni rastro de *E. T.*, *Starman*. *El hombre de las estrellas*, *Tierra a Eco* o *ALF*.

—¿Ves todas estas transmisiones? —dijo mi padre mientras el batiburrillo de imágenes continuaba sucediéndose en la pantalla, conformando un zoo grotesco de invasores extraterrestres tomados de toda la historia de las películas de ciencia ficción—: xenomorfos, depredadores, trífidos, transformers... Estaban todos.

»Creo que las imágenes y la manera en la que están ordenadas forman algún tipo de mensaje, hijo —afirmó—. Un mensaje que parece hecho a propósito para ser enigmático. Es como... como si sostuvieran un espejo para que pudiéramos vernos desde su perspectiva.

El montaje de imágenes perturbadoras que brillaba en la pantalla se vio interrumpido por una serie de fragmentos de dos y tres segundos de películas taquilleras veraniegas como *Independence Day*, *Armageddon* o *Deep Impact*, en su mayoría escenas en las que la humanidad hacía el esfuerzo de trabajar unida para salvarse a sí misma y su hogar de un mortífero cometa, un asteroide perdido o una amplia variedad de invasores extraterrestres hostiles.

—Creo que los europanos han estudiado la humanidad y su cultura popular incluso desde antes del primer contacto —dijo mi padre, pasándose las dos manos por el pelo—. Yo creo que vieron todas las series y películas de ciencia ficción sobre invasiones alienígenas y comprendieron que era una de nuestras peores pesadillas. Así que decidieron convertirlas en realidad. Se pusieron manos a la obra para crear su propia invasión, a imagen y semejanza de las que siempre habíamos imaginado. Las mismas que hemos representado en la ficción, con naves nodriza gigantes, combates de naves espaciales y robots asesinos. ¡Lo tiene todo!

Mi padre me miró, como esperando a que dijera algo, pero yo me había quedado sin palabras. No podía dejar de mirar la pantalla, donde seguían llegando aquellas imágenes. Reconocí fotogramas de las nuevas versiones de *La cosa*, *Ultimátum a la Tierra* y *La guerra de los mundos*, y luego el vídeo de una película antigua: *La Tierra contra los platillos volantes*.

—Me convencí de que aquellas transmisiones tenían algún mensaje cuando escuché esto —dijo, mientras pulsaba iconos de su QComm—. Cada grupo de imágenes termina con una serie de cinco notas.

Era el comienzo de «Wild Signals», de la partitura de John Williams para la banda sonora de *Encuentros en la tercera fase*. Las mismas cinco notas con las que el teclista del gobierno empieza la partida de Simon con los extraterrestres al final de la película.

¡Ta-Ta-Ta-POM-POM!

Las notas sonaron como si salieran de un viejo teléfono con marcación por tonos. Luego se empezaron a repetir muy rápido una y otra vez. Mi padre silenció el sonido y se volvió hacia mí para comprobar mi reacción, pero escuchar aquellas cinco notas de *Encuentros en la tercera fase* me había descolocado por completo. Nunca me había gustado aquella película, y es probable que la culpa la tuviera el protagonista, Roy Neary, por lo fácil —cuidado con el *spoiler*— que le había resultado abandonar a su familia al final. Era algo que me tocaba un poco demasiado de cerca.

Miré las imágenes. Escuché las notas. Y esperé a que mi padre continuara.

—Vale —dijo, moviéndose poco a poco hacia delante—. Vamos a considerar primero la cronología de los acontecimientos.

Piensa en cómo transcurrió nuestro primer contacto con ellos. Los europanos orquestaron todo el conflicto y nos manipularon para que cayéramos en la trampa. —Entrecerró los ojos—. ¿Por qué si no estamparon una esvástica gigante en la superficie de Europa? ¡Era una trampa y caímos en ella! ¡Como el puto almirante Ackbar!

En cualquier otra circunstancia habría soltado una carcajada, pero no era el momento.

—Veamos —continuó—. La humanidad descubre un mensaje amenazador de una inteligencia que obviamente no es humana, en un lugar donde sabían que los humanos lo encontrarían cuando su tecnología avanzara lo suficiente como para enviar sondas a las partes más alejadas del sistema solar. Algo así como lo que ocurrió con el monolito enterrado en la Luna de *2001*.

Asentí, no para indicar que estaba de acuerdo, sino para dejar claro que había pillado la referencia. Estuve a punto de mencionar que había leído su copia de *El centinela*, el relato corto de Arthur C. Clarke que había inspirado la historia de extraterrestres antiguos que dejan detrás un artefacto que se narra en *2001*, pero estaba ocupado preguntándome si mi padre sufría sesgo de confirmación, sesgo de selección o algún otro de los sesgos que había aprendido en clase de psicología. Quizás estuviera viendo pautas donde no las había.

O quizá no.

—Los europanos debían de saber que no nos resistiríamos a enviar una sonda para investigar su procedencia. Y cuando lo hicimos, no tardaron en declararnos la guerra y comunicarnos sus intenciones de acabar con toda la especie. Según la historia oficial, los extraterrestres nunca nos dieron la posibilidad de explicar nuestras acciones ni de negociar con ellos. Pero aun así, no acabaron con nosotros de inmediato, aunque tuvieran los medios tecnológicos para hacerlo. No. En vez de eso, nos atacaron y nos arrastraron con ellos a una especie de extraña carrera armamentística. Poco a poco, permitieron que las diferencias tecnológicas entre nuestras especies se fueran acortando. Y así estuvimos durante cuarenta y dos años. Y este año es cuando por fin han decidido invadirnos. ¿Por qué? Esa conducta no tiene el menor sentido. A menos que todo esto sea una prueba. Esa es la única explicación lógica.

—Mira que no estamos hablando de vulcanos, ¿eh? —le recordé—. No puedes aplicar la lógica humana a una conducta extraterrestre, ¿a que no? ¿Por qué deberían tener sentido para nosotros sus acciones? Puede que su cultura y sus motivaciones sean... ya sabes, imposibles de comprender para una mente humana.

Mi padre negó con la cabeza.

—La mente de este humano es capaz de saber cuándo le dan gato por liebre —respondió—. Estos extraterrestres nos han persuadido y manipulado hasta traernos justo donde estamos por algún motivo. Quizá para ver cómo respondemos, o para someternos a unas circunstancias concretas y ver cómo reacciona la especie humana en su conjunto.

—¿Como si fuera una prueba?

Asintió y luego se sentó de improviso sin decir una palabra, como un abogado que termina los alegatos finales ante un juez. Se me quedó mirando, como si esperara una respuesta, con una mirada febril, esquiva e inquieta por saber cómo reaccionaría.

—¿Y qué crees que quieren evaluar con esa prueba? ¿Cuánto miedo pueden meternos en el cuerpo? ¿Cuánto trabajo costaríamos de matar o de esclavizar?

—No lo sé, hijo —dijo, con la voz medida y calmada a pesar de su expresión—. Quizá quieran ver cómo se comporta nuestra especie durante el encuentro con otra especie inteligente, potencialmente hostil. Es uno de los temas más clásicos de la ciencia ficción: la aparición de los extraterrestres para poner a prueba a la humanidad. Aparece en *Ultimátum a la Tierra*, *Forastero en tierra extraña, Consigue un traje espacial: viajarás* y en muchos episodios de *Star Trek*. Los europanos pueden tener millones de motivos diferentes. En el reinicio ochentero de *Más allá de los límites de la realidad*, había un episodio que se llamaba «Pequeño talento para la guerra»...

Levanté la mano para interrumpirlo.

—Pero esto no es ciencia ficción, general —dije, sintiéndome como el adulto de la conversación mientras él adoptaba el papel de adolescente soñador que no atiende a razones—. No es un episodio de *Más allá de los límites de la realidad*. Es la vida real, ¿recuerdas?

—La vida imita el arte —replicó—. Y quizás estos extraterrestres en concreto también lo hagan. —Me sonrió—. ¿A ti algo de esto te parece que podría ocurrir en la vida real? ¿No se está desarrollando todo como lo haría en un relato o una película, bien sincronizado para crear un efecto dramático?

Cogió una pizarra blanca que estaba apoyada contra una consola cercana y la inclinó hacia mí para que viera los dos diagramas garabateados que había en ella. Mi padre había dibujado a toda prisa la Estrella de la Muerte de *Star Wars* en la parte izquierda y un Disruptor decaédrico en la derecha. Ambos estaban rodeados de flechas y notas que parecían establecer una comparación entre ellos. Pero no estaba seguro del todo, ya que no era capaz de descifrar la caligrafía de mi padre ni aunque me fuera la vida en ello.

—Mira el Disruptor, por ejemplo —dijo—. ¿Por qué es tan difícil de destruir, cuando los demás drones los arrasamos sin problemas? ¿Por qué no hacer que todos los drones sean igual de difíciles? ¡Pues porque el Disruptor es un jefe final! —Señaló la pizarra—. El Disruptor es su versión de la Estrella de la Muerte: un arma de destrucción masiva gigantesca y casi indestructible, pero con un pequeño talón de Aquiles gracias al que podemos acabar con ella. —Me miró fijamente—. Es como si estuviera diseñado para ser así, para que al menos un piloto tenga que sacrificarse si quiere destruirlo. Los escudos solo se desactivan durante unos segundos, ¡el tiempo justo para que puedan detonar dos núcleos, si se sincronizan a la perfección! ¿Qué razón hay para diseñarlo de esa manera si no es a propósito?

Asentí.

—Yo había pensado lo mismo —confesé.

—Ningún ingeniero ni diseñador armamentístico construiría algo con un punto débil tan gratuito —explicó—. El Disruptor se parece más a la creación de un desarrollador de videojuegos, algo pensado para suponer un gran desafío al final de una fase, un jefe que requiere un enorme sacrificio para ser destruido. Y piensa también que enviaron uno, solo uno, y para atacar esta estación, en vez de mandarlo a la Tierra desde el principio. ¿Por qué? ¡Porque querían que descubriéramos cómo funcionaba! ¡Y luego nos dejaron destruirlo! Quizá fuera parte de su prueba... quizá querían descubrir si los humanos están dispuestos a realizar un sacrificio heroico para salvar a sus compañeros. Comprobar si nuestra especie se comporta de verdad tal y como nos retratamos en los libros, películas o videojuegos. —Se levantó y echó a andar de un lado a otro, cada vez más rápido—. A lo mejor es una prueba de nuestro valor y convicción, para ver si somos tan nobles y altruistas como nos creemos.

—Pero ¿cómo iban a enterarse los extraterrestres del sacrificio heroico de Vance? —pregunté—. ¿O de cualquier cosa que ocurriera en las filas de la ADT durante aquellas batallas?

Mi padre se mordió el labio inferior y luego levantó su QComm.

—Piénsalo un momento. ¿De dónde viene la tecnología de los QComm?

Moví la cabeza de un lado a otro, incrédulo, pero él me llevó la contraria asintiendo.

—Los europanos inventaron esta tecnología, y en realidad apenas entendemos cómo funciona —dijo—. Por lo que sabemos, podrían estar usándolos para escucharnos ahora mismo.

—Se frotó las sienes e hizo una mueca de dolor—. ¿En serio crees que fue una coincidencia que, de todas las instalaciones de la ADT que podían haber atacado esta mañana, eligieran justo a la que acabábamos de enviar nuestros candidatos a recluta de élite?

Se quedó callado, mirándome. La cabeza me daba vueltas y me senté en una de las sillas de cuero atornilladas al suelo.

—¿Por qué me cuentas todo esto? —pregunté.

Frunció el ceño, como decepcionado de que tuviera que preguntarlo.

—Porque eres mi hijo —respondió—. Quizá solo quiera conocer tu opinión.

—¿Sobre qué, general?

—Sobre lo que crees que deberíamos hacer —dijo—. ¿Hacemos la vista gorda a todos los sinsentidos de los europanos y dejamos que la ADT lance su arma de destrucción masiva contra ellos? ¿Intentamos cometer un genocidio contra la primera especie inteligente con la que hemos topado jamás?

—¡Pero son ellos los que vienen a cometer un genocidio contra nosotros! —grité—. ¡Lo único que podemos hacer es defendernos!

—Yo creo que tenemos elección, hijo. Creo que es justo lo que nos plantean. Que elijamos. Podemos intentar destruirlos, lo que seguramente significaría la aniquilación —dijo—. O podemos jugárnosla, basándonos en nuestras deducciones y en un razonamiento ético, y tratar de detener el Rompehielos.

—Pero ¿así no estaríamos permitiendo que nos destruyeran nada más llegar?

—Si quisieran exterminar la humanidad, lo habrían hecho hace décadas —respondió—. Tenían la capacidad tecnológica para barrernos el mismo día en que tuvo lugar el primer contacto. La utopía de que podríamos ganar la guerra no es más que eso, una utopía. Siempre lo ha sido.

No respondí, y él me agarró por los hombros.

—Nadie más sabe todo esto. Nadie ha sido capaz de leer los posos del café como hemos hecho nosotros, Zack. Sé que hay una razón para que tú y yo estemos juntos aquí y ahora. Estamos en posición de decidir el futuro de la humanidad. —Sonrió—. Quizás hasta su destino.

Lo miré a los ojos. Decía la verdad, o lo que él creía que era la verdad. Eso era algo que me había quedado claro. Es imposible poner cara de póquer con alguien que tiene la misma cara que tú.

—Por eso no participaste en la primera misión del Rompehielos, ¿verdad? —pregunté—. ¿No te lo permitió el almirante? ¿Pensó que intentarías sabotearla?

Asintió.

—Me conoce muy bien —respondió—. Fuimos amigos durante mucho tiempo.

—¿Le contaste la teoría al almirante Vance? —pregunté—. ¿Y no se la tragó?

—Archie es un buen hombre. Valiente y honorable, pero no es que tenga mucha imaginación —dijo—. Y no tiene ni puta idea de los temas que suele tratar la ciencia ficción. —Sonrió—. Fíjate en su apodo de piloto: Viper. Lo sacó del personaje que hacía Tom Skerrit en *Top Gun*, su película favorita. Odia la ciencia ficción. Nunca conseguí que viera nada de *Star Trek*, *Star Wars*, *Firefly* ni *Battlestar Galactica*. —Negó con la cabeza—. El cabronazo hasta se negó a ver *E.T.* ¡*E.T.*! ¿A quién no le gusta?

—Sí, está claro que no es trigo limpio —murmuré.

Mi padre frunció el ceño ante mi sarcasmo.

—No me malinterpretes —replicó—. Archie tiene alma de guerrero. Cree que podemos derrotarlos, a pesar de su tecnología superior, porque cree que la evolución nos ha preparado mejor para la guerra. —Negó con la cabeza—. Me gustan los videojuegos, Zack. Como a ti. Cuando un puzle se me pone delante, no paro hasta resolverlo.

Volvió a ponerse a pasear de un lado a otro delante de mí.

—Quiero saber lo que son de verdad los europanos. Lo que hay debajo de esa capa de hielo. —Miró hacia la cúpula, hacia la franja de estrellas brillantes que teníamos encima—. Quiero saber la verdad. Quiero pasarme el juego. —Me volvió a mirar fijamente—. Y quiero salvar el mundo si es posible.

—¿Cómo?

—No estoy seguro. Pero voy a intentarlo si tengo la oportunidad. —Miró hacia el suelo—. Y quería explicártelo primero a ti. Para que comprendas las decisiones que me voy a ver obligado a tomar. —Se encogió de hombros—. Para que se lo expliques todo a tu madre, si yo no tengo ocasión de...

Dejó la frase en el aire, y no le pedí que siguiera por miedo a lo que podría haber dicho.

Cuando tuvo claro que yo no iba a decir nada más, mi padre extendió la mano y la presionó contra el escáner de al lado de la salida. La puerta se abrió.

—Tienes mucho en lo que pensar —dijo—. Te dejaré solo para que lo proceses.

Dio un paso adelante, como si fuera a abrazarme, pero debió de ver algo en mi mirada que le hizo cambiar de idea. Sonrió y dio un paso atrás.

—Voy a volver a la Cúpula del Trueno para unas últimas comprobaciones en los sistemas de las cápsulas de control —dijo—. Nos vemos allí cuando estés listo, ¿vale?

Asentí, pero no dije nada. Me dedicó otra sonrisa forzada y luego desapareció por la salida.

Cuando se hubo marchado, me quedé allí sentado en la penumbra de la sala de control del observatorio Daedalus, el centro de una oreja gigante que la humanidad había construido para intentar comunicarse con el enemigo, y di vueltas y vueltas a todo lo que acababa de contarme mi padre.

¿Y si tenía razón? La había tenido hace años cuando esbozó la teoría sobre la Alianza de Defensa Terrestre en aquel viejo cuaderno. La misma teoría que había sonado tan ridícula al principio.

Me quedé pensando en aquella posibilidad durante unos momentos. Eché un último vistazo por la cúpula hacia el engranaje de estrellas, mientras seguía rumiando. Luego di media vuelta y me apresuré hacia la salida, para dejar atrás la soledad que sentía en el observatorio Daedalus. No quedaba mucho tiempo. Y no me apetecía estar solo ni un minuto más.

19

VOLVÍ AL OBSERVATORIO EN EL TURBOASCENSOR Y, CUANDO SE ABRIERON LAS PUERTAS y entré en la habitación grande y abovedada, un olor a cannabis encendido inundó mis fosas nasales. A medida que me iba adentrando, el olor se incrementaba, como también lo hacía el sonido de las conocidas notas de *The Dark Side of the Moon* de Pink Floyd, que solo se veía interrumpido por alguna que otra risa apenas reprimida.

A la luz tenue, vislumbré dos figuras tendidas en el suelo: Shin y Milo estaban tumbados boca arriba uno al lado del otro y miraban a través de la cúpula del observatorio hacia el paisaje brillante de la Vía Láctea, mientras se pasaban un peta del tamaño de un misil. El volumen de la canción estaba tan alto que ni siquiera notaron mi presencia, por lo que me quedé escuchando a escondidas unos minutos mientras ellos seguían con una divertida conversación sobre sus episodios favoritos de *Robotech*.

Me acerqué despacio por detrás de ellos y carraspeé fuerte.

—¿Qué pasa, tíos?

Shin se puso en pie de un salto, con una expresión avergonzada en la cara, pero Milo casi ni se inmutó.

—¡Zack! —dijo Shin, sonrojándose—. No te hemos oído entrar... —Se volvió para señalar con el dedo a su compañero—. Estaba... enseñándole a Milo alguno de los cultivos que tenemos en el jardín hidropónico y, esto...

—¿Y ahora os estáis colocando a saco? —dije—. ¿Mientras escucháis *The Dark Side of the Moon*? —Señalé la superficie llena de cráteres que se veía a través de la cúpula y se extendía hacia el horizonte en todas direcciones—. ¿En la cara oculta de la Luna?

—Esta es una variedad especial de la Yoda Kush que creé yo mismo —explicó Shin, mientras sostenía el canuto gigante—. Se me ha ocurrido que nos vendría bien para relajarnos. —Le dio una calada muy profunda—. El pobre Milo está de los nervios, ¿verdad?

Milo negó con la cabeza.

—Ya no —dijo, con una amplia sonrisa—. Joder, Zack, no te lo vas a creer. —Hizo un esfuerzo para incorporarse y se volvió hacia mí—. ¡Shin me ha contado que la ADT lleva décadas desarrollando una cepa especial de hierba que ayuda a la gente a concentrarse y mejora sus capacidades en los videojuegos! Cuando la tuvieron perfeccionada fue cuando el gobierno empezó a legalizarla por fin en Estados Unidos. —Levantó los brazos para celebrarlo—. ¡Han convertido la maría en un arma de guerra! ¡Lo flipo!

Se puso a canturrear y Shin no tardó en unirse a él.

—«¡América, *fuck yeah*, nuestra misión salvará este puto mundo!» —No tardaron en volver a romper en carcajadas.

—¿Y los demás? —pregunté.

—Se han ido todos a follar —anunció Milo—. Whoadie y Chén se han escabullido primero, y luego Debbie se ha ido con Graham.

No tenía ni idea de cómo reaccionar ante aquella información.

—No les culpo —continuó Milo—. Todos nos enfrentamos a la posibilidad de una muerte inminente. ¿Por qué no darnos un buen revolcón antes de que nos lo puedan dar ellos, por así decirlo?

—Yo estaba pensando lo mismo —dijo Shin mientras se volvía para sonreírle. Se miraron unos segundos, hasta que por fin me di cuenta de lo que ocurría allí y de lo zopenco que había sido.

Como a mi madre le gustaba decirme a menudo, tenía el *gaydar* un poco descacharrado.

—Nos vemos, chicos —dije, volviéndome hacia la salida—. Voy a... eso. —Asentí por encima del hombro—. Os dejo solos.

Shin me sonrió. Al parecer le hacía gracia lo nervioso que me había puesto de repente.

—Gracias, Zack —dijo.

—¡Sí, gracias, tío! —dijo Milo a mis espaldas mientras se reía—. ¡Aprovecharemos la soledad!

Mientras bajaba en el ascensor hacia la Cúpula del Trueno, pensé en dónde estaría y qué haría Lex en aquel momento. ¿Se habría encontrado también con un apuesto extraño con el que pasar sus últimos momentos, mientras yo pasaba los míos allí arriba, a millones de kilómetros?

QUEDA 01H33M43S.

NO CREÍA QUE FUESE A HABER NADIE MÁS CUANDO LLEGUÉ A LA CÚPULA DEL TRUENO, PERO SE abrió la cubierta de una cápsula de control de drones y mi padre salió de ella. Me sonrió, pero me di la vuelta en el momento en que cruzamos la mirada y caminé hacia otra de las cápsulas. Cuando estaba a punto de introducirme en ella, mi padre se agachó en el borde del agujero ovalado y miró hacia abajo para dirigirse a mí.

—Lo siento, Zack —dijo—. No debería haberte soltado encima todo eso. Es demasiado. Y más teniendo en cuenta por lo que ya has pasado hoy.

313

—No hay problema —repliqué.

—Gracias por escucharme —continuó—. Se te da muy bien, como a tu madre. —Apartó la mirada—. Es que... llevaba mucho tiempo esperando poder hablar contigo sobre el tema...

Su voz se fue apagando, y yo levanté la mirada hacia él pero me quedé callado.

—¿No vas a decir nada? —preguntó.

Negué con la cabeza.

—Creo que todavía tengo que acabar de procesarlo —respondí—. No sé qué creer.

Asintió y yo pulsé el botón para cerrar la cubierta de la cápsula de control. Se cerró dejándonos a uno a cada lado y dando por finalizada la conversación, o al menos posponiéndola durante un rato.

Me senté en la simulación de la cabina con los ojos cerrados e intenté ordenar mis pensamientos. Pero no tuve mucho éxito.

MÁS TARDE, ESCUCHÉ CÓMO MI PADRE SALUDABA A DEBBIE, CHÉN Y WHOADIE. MILO, SHIN Y Graham aparecieron un par de minutos después.

Cuando el reloj de la cuenta atrás marcó que quedaba una hora, nos reunimos delante de la estación de mando para ver cómo la presidenta de Estados Unidos se dirigía en directo por televisión a todo el país desde el Despacho Oval. No dejaba de sonreír a la cámara, pero sus ojos irradiaban terror.

—Queridos compatriotas —comenzó—. En estos momentos, los líderes de todos los países del mundo están a punto de mostrar a sus ciudadanos el mismo vídeo que van a ver a continuación, en el que se expone la situación desesperada a la que se enfrenta toda la humanidad.

Debbie estaba cerca de mí, mirando la pantalla de su QComm y esperando el momento de poder llamar por fin a sus hijos. Pero los teléfonos seguían bloqueados. Miré a Chén, Shin y Graham, que miraban otras pantallas más pequeñas que había cerca y en las que aparecían los líderes de sus respectivos países haciendo un anuncio parecido. Un instante después, la cara de los presidentes de Estados Unidos y China y la de los primeros ministros de Reino Unido y Japón desaparecieron de las pantallas, para dar paso en todas ellas al emblema de la ADT.

—En 1973, la NASA descubrió la primera prueba de inteligencia extraterrestre, aquí mismo, en nuestro propio sistema solar —explicó la voz de Carl Sagan—, cuando la nave *Pioneer 10* envió un primer plano de Europa, la cuarta luna más grande de Júpiter.

Los ocho nos quedamos allí de pie, juntos como una piña, y volvimos a ver todo el vídeo. Y sabíamos que aquella vez el resto de la humanidad también lo estaba viendo.

Cuando terminó, volvió a aparecer la cara de la presidenta y dijo a todo el mundo lo mismo que el almirante Vance nos había contado a nosotros en el Palacio de Cristal aquella misma mañana. Era como si hubiera pasado un siglo desde entonces. Cuando la presidenta terminó de desvelar las malas noticias sobre la flota extraterrestre que se cernía sobre la Tierra, todos los canales volvieron a emitir su discurso, pero con titulares cada vez más apocalípticos desfilando por la pantalla y con vídeos intercalados de la reacción estupefacta y temerosa de todo tipo de gente ante la noticia.

Mientras observaba cómo se desataba el caos en el despliegue de pantallas que tenía delante, pensé en mi madre, mis amigos y en todos los que habían quedado atrapados allá abajo.

¿Funcionaría de verdad el plan de la ADT? ¿Se derrumbaría la civilización al saber que estábamos a punto de ser invadidos por extraterrestres o la ADT habría logrado preparar nuestro subconsciente para afrontarlo, tal y como esperaba?

¿Se encogería de miedo la humanidad o resistiría y respondería al ataque?

Miré las pantallas, preguntándome cuál sería la respuesta.

Shin empezó a seleccionar canales de televisión diferentes de todo el mundo y a proyectarlos en la cúpula unos al lado de otros, junto a varias transmisiones de vídeo de internet.

Vimos cómo una primera oleada de terror se propagaba por todo el mundo: había imágenes de gente volviéndose loca en las calles abarrotadas de las ciudades, y otros que salían en estampida de los estadios deportivos. Aun así, daba la sorprendente impresión de que el mundo se lo había tomado muy bien. Nadie había colgado en la red vídeos de disturbios, suicidios en masa ni saqueos.

En cuestión de minutos, los mismos presentadores que habían comunicado la noticia anunciaron con total tranquilidad que la mayoría de la población mundial se había unido a la causa. Cientos de millones de personas de todo el mundo ya se movilizaban y conectaban con los servidores de operaciones en línea de la ADT para alistarse, que se le asignaran sus drones de combate y prepararse para defender el planeta. En varios canales aparecían vídeos de personas que abandonaban sus coches para correr hacia tiendas de electrónica, bibliotecas, cafeterías, cibercafés y edificios de oficinas. Miles y miles de personas corriendo como locas hacia cualquier lugar con una conexión de banda ancha a internet.

Era imposible que a los canales de televisión les hubiera dado tiempo de reunir aquellos vídeos tan pronto, y mucho menos editarlos para su emisión. Era imposible saber tan pronto si la mayor parte de la población mundial estaba dispuesta a unirse a la causa y luchar para defender nuestro hogar. Seguro que la ADT estaba detrás de todo aquello y había convencido a los medios con la excusa de que era una mentira necesaria para sobrevivir. Y tenían razón. Si la gente creía que toda la humanidad se hermanaba tras la bandera de la ADT, estaría más dispuesta a unirse a la batalla.

Volví a pensar en la nota que mi padre había garabateado en su cuaderno mucho tiempo atrás:

¿Y si se estuvieran utilizando los videojuegos como entrenamiento de combate, sin que lo sepamos? En plan el señor Miyagi en *Karate Kid*, cuando obligaba a Daniel-san a pintar su casa, sacar brillo al suelo y encerar todos sus coches. ¡Lo estaba entrenando sin que se diera cuenta! ¡«Dar cera, pulir cera» pero a escala global!

Entre noticia y noticia de los telediarios, se empezaron a emitir varios anuncios de las autoridades de treinta o sesenta segundos de duración, todos ellos diseñados para informar a la población mundial sobre los planes de la ADT y mostrar cómo utilizar los ordenadores o los dispositivos móviles para alistarse en la Alianza de Defensa Terrestre y «¡ayudar a salvar el mundo!».

El mejor de aquellos anuncios era uno que empezaba con un plano en el que se veía a un chico y una chica que eran hermanos, sentados en el sofá del salón. El chico jugaba a *Armada* en una televisión gigante mientras, a su lado, la chica jugaba a *Terra Firma* en una tableta. En sus pantallas se veía cómo ella controlaba un dron de infantería DHTBI mientras él conducía un cuadricóptero AVISPA. Ambos intentaban destruir un gran Basilisco extraterrestre que destrozaba a su paso un barrio residencial de las afueras. En el televisor se veía cómo el mastodonte se inclinaba hacia delante y pisoteaba la esquina de una casa, destrozándola bajo sus enormes patas de metal. En ese mismo instante, la pared del salón en el que se encontraban los chicos también se derrumbaba, revelando que se trataba de la casa que el robot gigante acababa de pisotear. Aquellos chicos no estaban jugando, ¡defendían su hogar! Los padres se ocultaban detrás del sofá mientras observaban cómo sus dos hijos luchaban contra aquella máquina alienígena gigante con la ayuda de otros cientos de drones controlados por los vecinos. Cuando conseguían hacer explotar aquel mastodonte, los padres sacaban sus teléfonos y tomaban el control de dos drones más para unirse a la batalla. Me recordó a los viejos anuncios de juguetes que terminaban con aquello de «¡Mamá y papá también pueden jugar!»

Cuando ya no pude soportar más las noticias, me metí en mi cápsula de control y cerré la cubierta. Luego hice que los cristales se tintaran para crear mi propia cámara de aislamiento sensorial.

Me quedé allí, sentado en la oscuridad y escuchando mi propia respiración durante unos minutos. Luego saqué el QComm y puse una canción que había descubierto por primera vez en una vieja cinta de mezclas de mi padre. Era un temazo de rock instrumental de Pink Floyd que solía ponerme para concentrarme antes de las misiones importantes de *Armada*.

La puse una y otra vez, y en todas ellas vocalicé la única frase que se decía a mitad de la canción: «Un día de estos voy a cortarte en pedacitos.»

QUEDA 01H00M00S.

CUANDO EL RELOJ ANUNCIÓ QUE TAN SOLO QUEDABA UNA HORA, TODOS LOS QCOMM SONARON al unísono. Apareció un mensaje en mi pantalla que anunciaba que por fin la ADT había desbloqueado el acceso a las redes públicas de telefonía. Graham, Debbie, Whoadie, Milo y Chén se metieron en sus cápsulas y cerraron la cubierta para tener algo de intimidad y llamar a sus casas.

Shin no llamó a nadie. En lugar de eso, cogió su bajo y por pura casualidad empezó a tocar una versión en solitario de *One of These Days* mientras miraba las estrellas que se proyectaban en la cúpula sobre nuestras cabezas. Reparé en que junto a él tenía un repertorio de prácticas pegado con cinta adhesiva en el suelo, y muchas de las canciones que aparecían en la lista las conocía gracias a las viejas cintas de mi padre.

Mi padre también se había metido en su mundo y se había quedado sentado en la consola del centro de mando. Cuando me acerqué a él, vi que miraba la información de contacto de mi madre en la pantalla de su QComm.

—¿Vas a llamarla? —pregunté, haciendo que se sobresaltara un poco.

Negó con la cabeza.

—Estaba a punto de enviarle un mensaje de vídeo —respondió—. He grabado veintitrés tomas, pero todas son terribles... así que quizá lo deje ya y le envíe la menos mala.

Le quité el QComm de las manos y empecé a marcar un número.

—¿Estás llamándola? —preguntó como un colegial nervioso—. ¿Ahora?

Asentí.

—Necesito decirle que estoy bien —dije—. Y prefiero decirle que estás vivo antes de que le envíes algún mensaje psicótico en vídeo. Como te vea aparecer en la pantalla de su iPhone le va a dar un infarto.

Mi padre me miró más aliviado, pero antes de que pudiera responder nos interrumpió la voz de Milo, hablando en su cápsula. Al entrar debió de haber olvidado cerrar la cubierta y pudimos escuchar toda la conversación.

—¡Ma, que no pasa nada! —dijo Milo—. Ya sabes que han entrenado con videojuegos a todo el mundo para prepararnos, ¿no? ¡Pues yo soy uno de los mejores pilotos de *Armada* y por eso me reclutaron antes! ¡No veas! ¿Y sabes qué? ¡Ahora estoy destinado en la Luna!

—¿La Luna? —gritó ella—. ¡No digas chorradas, Milo! No le cuentes mentiras a tu madre. —Su madre levantó un mando de televisión gigantesco—. Necesito que me ayudes con esta maldita televisión. ¡Están diciendo las mismas tonterías en todos los canales!

Vi cómo Milo levantaba la cámara de su QComm y la giraba

para mostrarle un vistazo rápido de la Cúpula del Trueno y el deslumbrante campo de estrellas que se proyectaba en el techo. La mujer dio un respingo, y Milo sonrió mientras volvía a bajar la cámara para enfocar de nuevo su propia cara.

—¡Te lo he dicho!

Su madre comenzó a gimotear de pavor, no había otra manera de describirlo.

—¿Te han encargado a ti defendernos? ¡Ahora sí que estamos perdidos!

—Ma, por favor —respondió Milo, con una voz cada vez más parecida a la de un niño pequeño—. Relájate. Voy a detener a esas cosas, te lo prometo. No te preocupes. Haré lo que haga falta para que no os pase nada al pequeño Kilgore y a ti. Estarás orgullosa de mí cuando todo haya terminado. Ya lo verás...

No descubrí quién o qué era Kilgore, ya que mi padre se acercó y cerró la cubierta de la cápsula de Milo. Luego volvió atrás y observó muy nervioso cómo yo levantaba su QComm y confirmaba la videollamada con mi madre.

Un segundo después, la cara preocupada y demacrada de mi madre apareció en la pantalla. Estaba en el trabajo, por supuesto, de pie en una de las habitaciones del hospital y apelotonada delante de una televisión junto a muchas otras enfermeras. Incluso en aquel momento, después del anuncio, no había abandonado a la gente que se encargaba de cuidar.

—¡Zack! —gritó mi madre en el momento en que vio mi cara. Salió corriendo al pasillo desierto del hospital mientras sostenía el móvil delante de su cara—. ¡Gracias a Dios que estás bien, cariño! ¿Lo estás, verdad?

—Estoy bien, mamá —respondí—. Si no tenemos en cuenta la invasión extraterrestre y eso.

—Increíble, ¿verdad? —dijo ella—. No han parado de comentarlo en las noticias, ¡en todos los canales! —Se puso el teléfono justo delante de la cara—. ¿Dónde estás? Quiero que vuelvas a casa, Zackary, ¡ahora mismo!

—No puedo, mamá —respondí—. La Alianza de Defensa Terrestre me necesita.

—¿De qué me estás hablando? —preguntó, sonando cada vez más histérica.

—Me he alistado —le conté—. En la Alianza de Defensa Terrestre. Esta mañana. Me han hecho oficial de vuelo. Mira.

Dejé el teléfono en la consola que tenía delante y luego di un paso atrás para que pudiera ver el uniforme. Aquella imagen la dejó sin palabras.

—Cariño, ¿dónde estás? —consiguió preguntar poco después.

—Estoy en la Luna —dije mientras desplazaba la cámara del QComm por toda la sala y luego la levantaba hacia la cúpula—. En la estación lunar Alfa. Es una base secreta en la cara oculta. Voy a ayudar a combatir la invasión desde aquí. —Le dediqué una sonrisa—. Parece que al final todos estos años jugando a los videojuegos no han sido en balde, ¿eh?

Se le inundaron los ojos, pero aun así consiguió mantener su voz de cabreo espectacular.

—¡Zackary Ulysses Lightman! —gritó, haciendo que el teléfono temblara con fuerza en sus manos—. ¡No vas a luchar contra ningún puto alienígena! ¡Vuelve a casa ahora mismo!

—Mamá, no va a pasar nada —dije con tanta tranquilidad como pude—. No estoy solo aquí arriba, ¿vale? Es la otra cosa que tenía que contarte. Agárrate, que vienen curvas.

Tiré de mi padre hacia la cámara del QComm y me quedé detrás de él. Le temblaban tanto las piernas que pensé que se iba a caer.

—Dios mío —dijo mi madre, cubriéndose la boca—. ¿Xavier, eres tú?

—Hola, Pam —respondió él con voz temblorosa—. Qué... qué alegría volver a verte.

—No puedes ser tú —oí que decía mi madre—. No puede ser.

—Es él de verdad, mamá —dije—. Es general en la Alianza

de Defensa Terrestre. Un héroe de guerra. —Sonreí a mi padre—. Lo han condecorado con tres Medallas de Honor, ¿o no?

Él no dijo nada. Solo se quedó allí mirándola con ojos de cordero.

—¿Xavier? —preguntó—. ¿Eres tú de verdad?

—Soy yo de verdad —respondió él, como si cada palabra le quebrara la voz—. Estoy vivo y lo siento muchísimo. No... no sabes cuánto te he echado de menos... ni lo mucho que lamento que criaras tú sola a nuestro hijo. También lo siento por muchas otras cosas, pero...

Ella rompió a llorar otra vez. La cara de mi padre se retorció de dolor y fue entonces cuando me di la vuelta y me alejé lo suficiente para que pudieran hablar en privado. Y también para que no me entrara la llorera a mí también.

Eché un vistazo por la habitación y vi cómo Shin hablaba tranquilamente con Milo. Cerca de ellos, Graham y Debbie hacían lo mismo. Whoadie y Chén se apretujaban en la cápsula de este último y aprovechaban la última oportunidad que tenían para darse el lote.

Entré en mi cápsula de control y bajé la cubierta. Luego saqué el QComm y cerré los ojos mientras pensaba qué iba a decirle a Lex.

Toqué su nombre en mi cortísima lista de contactos y su cara apareció tan rápido en la pantalla que me asustó.

Su nombre, graduación y ubicación actual aparecieron en la esquina inferior derecha de la pantalla. Según decía allí, se las había ingeniado para que la ascendieran a capitana y aún se encontraba en la estación Zafiro, el bastión de operaciones de la ADT que había cerca de Billings, Montana.

Estaba sentada dentro de una cápsula de control oscura como la mía, solo que la suya parecía estar diseñada específicamente para controlar Centinelas, *mechas* de guerra Titán y DHTBI. Contaba con unos «guanteletes de poder» que le permitían controlar las manos enormes de los drones con las suyas.

—¡Hola! Esperaba volver a ver tu cara antes de que se terminara el mundo.

—Pues había pensado en dejarlo para el fin de semana. No quería parecer demasiado ansioso.

—No, claro que no. —Sonrió—. ¿Y qué tal le va por la Luna, teniente?

—¿Quieres que te sea sincero?

—Claro, ¿por qué no? —respondió—. No creo que vivamos lo suficiente como para arrepentirnos de nuestras palabras.

—Esto da muchísimo miedo, en realidad. ¿Qué tal las cosas allá abajo?

—Por aquí también es una locura —respondió—. Pero por lo menos la civilización no ha sucumbido al caos total. Parece que la gente lo está llevando bastante bien. Si lo que se ve en las noticias es cierto, tiene pinta de que el mundo entero está listo para luchar. Es impresionante.

Me dolió escuchar la esperanza que destilaba su voz y no poder contarle que teníamos un segundo Rompehielos ni la teoría de mi padre. Tenía muchísimas ganas de saber su opinión, pero no había tiempo.

—¿Está listo para dar candela a esos extraterrestres, teniente? —preguntó.

—Lo estoy deseando, teniente... perdone, capitana Larkin. —Hice un saludo militar con la mano y fingí que me metía un dedo en el ojo como un idiota, solo para oír su risa—. ¿Cómo es que te han ascendido tan rápido? —pregunté.

—Por mi heroísmo en la Batalla del Palacio de Cristal —respondió—. Eso y que tuve la mejor puntuación de infantería, en número de drones enemigos derribados. Y además, no volé por los aires medio complejo.

—Sí, esas cosas no les hacen mucha gracia.

—Mira, voy a mandarte un regalo —dijo mientras pulsaba la pantalla de su QComm con ambos pulgares—. Una lista de reproducción con mis canciones favoritas para jugar a *Terra Fir-*

ma. Me gusta ponerlas a tope cuando los estoy haciendo añicos —continuó—. Me ayuda a apuntar.

—Sí —dije, sonriendo—. A mí me pasa lo mismo.

Un segundo después apareció en la pantalla de mi QComm el mensaje de TRANSFERENCIA DE ARCHIVOS COMPLETADA. De alguna manera, Lex se las había ingeniado para saltarse la seguridad de mi dispositivo, de modo que ni siquiera me había pedido confirmación para empezar a transferir canciones. Se abrió el reproductor y apareció su lista, que en un primer vistazo solo parecía contener varias canciones de Joan Jett, Heart y Pat Benatar.

—Me vendrá muy bien —dije, sonriendo—. *Arigatō*.

—*Dōitashimashite*.

Le pedí que me enseñara a hacer su truco para transferir archivos y, cuando terminó, conseguí enviarle una copia de la lista «Asalto a las recreativas» de mi padre.

Echó un vistazo rápido a las canciones mientras asentía con una sonrisa en la cara.

—Oye, ¿quieres escuchar una buena noticia? —preguntó.

—Sí, por favor —respondí—. Nunca había tenido tantas ganas.

—Creo que me van a destinar para ayudar en la defensa de la estación lunar Alfa desde aquí abajo —explicó—. Eso suponiendo que no ataquen primero la Tierra, claro. No hemos parado de practicar con simulaciones de defensa de la ELA desde que hemos llegado.

Sonreí, cosa que me había parecido imposible unos segundos antes.

—Entonces me vas a cubrir las espaldas, ¿no?

Asintió.

—Solo tienes que darme el número de identificación de tu cápsula de control de drones —dijo—. He descubierto cómo piratearla para que me deje marcar tu ubicación y que me diga qué dron estás controlando durante la batalla.

—¿Y cuándo te ha dado tiempo de hacer todo eso?

—Llevo todo el día aquí sentada, investigando la conexión de los QComm con los simuladores de entrenamiento —respondió—. Parece que la ADT la ha montado como una red de ordenadores normal y corriente, así que ha sido fácil entenderla y aprender a usarla. Supongo que por eso la diseñaron así. Venga, ¿cuál es tu IECC?

—¿Mi qué?

—Tu número de Identificación de Enlace de Comunicación Cuántico.

Miré los iconos que estaban dispuestos por el borde de la pantalla y me encogí de hombros.

—No tengo ni idea.

Me sonrió y puso los ojos en blanco.

—¿Ves ese icono con forma de engranaje en la parte superior derecha de tu pantalla? Ahí están los ajustes de tu cápsula de control de drones.

—Vale —dije mientras lo tocaba con el dedo—. Ya lo sabía.

Me ayudó a navegar por las pantallas del menú hasta que encontré el número de doce dígitos que ella necesitaba y se lo leí en voz alta.

—Ya está —dijo mientras sus dedos bailaban por una de las pantallas táctiles que tenía delante—. Ya te tengo vigilado.

—Me quedo mucho más tranquilo —afirmé. Y era verdad.

—Deberías —dijo ella—. Este percal me lo conozco. —Me guiñó el ojo con soltura, como una estrella de cine—. Y voy a asegurarme de que termines de una pieza —continuó—. Y esa pieza va a ser mía. ¿Entendido, soldado?

—Sí, señora —respondí—. Ya lo creo.

Luego hice un saludo militar y se echó a reír. Pero unos segundos después, la risa se convirtió en un sollozo quedo.

—Joder, Zack, tengo miedo —dijo. Se mordió el labio inferior para que dejara de temblar, supongo.

—Yo también tengo miedo —dije sin poder mirarla a la cara,

ni a través de la pantalla—. Siempre había imaginado que luchar contra una invasión alienígena sería toda una aventura épica. Como en las pelis... y que la humanidad triunfaría al final.

—*La invasión de los ultracuerpos* —dijo ella—. Las vainas siempre ganan. Así es como se invade, no de esta manera tan chunga a lo *Independence Day* o *Pacific Rim*.

Sus palabras me recordaron la conversación con mi padre y la duda que había conseguido sembrar en mí. ¿Tendría razón? ¿Serviría el Rompehielos para salvar a la humanidad o solo para condenarnos?

—No quiero que mi muerte sea en vano, Zack —dijo Lex, de nuevo con determinación en la mirada—. ¿Crees que tenemos alguna posibilidad de detenerlos? ¿A todos? ¿Sobrevivirá la humanidad?

Asentí con demasiado entusiasmo.

—¡Sí! —afirmé muy rápido—. Tenemos que hacerlo. —Obligué a mi cabeza a dejar de asentir—. Hazlo o no lo hagas, pero no lo intentes. Ya sabes.

Rio y me dedicó una sonrisa.

—Me alegra mucho que nos hayamos conocido, Zack —dijo. Tenía las manos en el regazo y no dejaba de retorcer los dedos—. Solo habría querido que...

—Yo también, Lex.

Respiró hondo.

—«No conoceréis al miedo —citó—. El miedo mata la mente. El miedo es la pequeña muerte que conduce a la destrucción total.»

Reí y continué la cita justo donde ella lo había dejado.

—«Afrontaré mi miedo. Permitiré que pase sobre mí y a través de mí.»

—«Y cuando haya pasado, giraré mi ojo interior para escrutar su camino —continuó ella—. Allá donde haya pasado el miedo ya no habrá nada. Solo estaré yo.»

Soltó el aire poco a poco y luego sonreímos al mismo tiempo.

—Si esta noche no se acaba el mundo y mañana seguimos vivos, tendremos una cita —dijo—. ¿Trato hecho?

—Trato hecho.

QUEDAN 0H14M49S.

MI PADRE TERMINÓ LOS PREPARATIVOS EN EL CENTRO DE MANDO Y BAJÓ A SU CÁPSULA DE control de drones, que se encontraba al lado de la mía. Poco después estábamos los ocho sentados en ellas, cada uno en la suya, mirando cómo pasaban los últimos quince minutos de la cuenta atrás.

El general parecía seguir recuperándose del golpe emocional que había supuesto hablar con mi madre. No quería preguntarle de qué habían hablado, pero sí tenía ganas de decirle algo, de hacer las paces mientras aún tuviéramos tiempo.

Salí de mi cápsula y cogí la mochila de la ADT, que estaba al lado en el suelo. La vieja chaqueta de mi padre seguía dentro de ella. La saqué y se la pasé.

Cuando mi padre vio la chaqueta, se le iluminó la cara y estuvo todo un minuto mirando los parches con detenimiento. Al terminar, se inclinó hacia mí y me abrazó.

—Gracias —me dijo—. Pero ¿cómo es posible que hayas traído esto?

—La tenía puesta esta mañana cuando han venido a reclutarme.

Rio.

—¿En serio?

Asentí. Él se pasó la chaqueta por detrás y se la puso.

—¡Todavía me queda bien! —exclamó mientras admiraba los parches que cubrían ambas mangas—. Solía llevar esta chaqueta cuando iba a los salones recreativos. Creía que me daba buena suerte. También pensaba que me hacía parecer el puto amo. —Negó con la cabeza, riendo—. Tu viejo era un poco capullo. —Se quitó la chaqueta e hizo ademán de devolvérmela.

—Seguro que a ti te queda mucho mejor —dijo—. Déjame vértela.

Meneé la cabeza a los lados.

—Ni de broma. El que se ganó todos estos parches fuiste tú. Tú eres el que tiene que llevarla.

Asintió y volvió a ponérsela.

—Gracias, Zack.

—No hay de qué.

Cuando volví a mi cápsula, solo quedaban cinco minutos en la cuenta atrás.

Y luego cuatro minutos. Luego tres. Dos. Uno.

Me dejé caer en el asiento de piloto y la cubierta de la cápsula se cerró sobre mí.

—«Todo está listo si nuestros corazones lo están» —oí susurrar a Whoadie por el comunicador.

En ese momento, mi QComm estableció su conexión inalámbrica con el sistema de sonido envolvente de la cápsula, y la siguiente pista de la lista «Asalto a las recreativas» comenzó a atronar por los altavoces. Era *Rock You Like a Hurricane* de los Scorpions.

Cabeceé al ritmo del *riff* de guitarra machacón del principio mientras pasaban los últimos segundos de la cuenta atrás.

Cuando llegó a cero, sonó una bocina y un indicador que rezaba ALERTA ROJA brilló en el HUD.

La pantalla táctica se encendió y me informó de que los sensores remotos habían detectado los primeros indicios de la vanguardia europea, que acababa de rebasar el cinturón de asteroides, más allá de la órbita de Marte. Iban a todo trapo. El Acorazado esférico de delante ya se acercaba al planeta rojo, rodeado por una falange de Gujas.

—¡Ahí vienen! —exclamó Milo por el comunicador—. ¡Están ahí! ¿Los veis?

—Sí, Milo —respondió Debbie—. Todavía nos funcionan los ojos. Los vemos.

—Hay muchos —añadió Whoadie—. Un mogollón.

—Los que no detengamos se plantarán en nuestra puerta dentro de un par de minutos, así que acabad con todos los que podáis —ordenó mi padre por el comunicador—. ¡Ya se os ha asignado un dron y estáis conectados! ¡Pilotos, listos para el lanzamiento!

—¡Wolverines! —bramó Milo. Luego soltó un grito de guerra largo por el comunicador, que, para mi sorpresa, se mezcló a la perfección con el que los Scorpions atronaban ya en mis oídos.

En la pantalla, cada vez había menos distancia entre la Tierra y la vanguardia del enemigo, y sentí cómo se me aceleraba el pulso.

—Todos, manteneos alerta —dijo mi padre—. Y que la Fuerza os acompañe.

—Que la Fuerza nos acompañe —matizó Shin, sin un ápice de ironía en la voz.

—¡Que la Fuerza nos acompañe! —repitió también Graham por el comunicador. Debbie y Milo hicieron lo propio, seguidos por Chén, que lo dijo en mandarín.

—*Yuan li yu ni tong tzai.*

La sinceridad que desprendía la voz de Chén hizo que yo también terminara por unirme. Pulsé la tecla del micrófono y repetí con cuidado sus palabras.

—*Yuan li yu ni tong tzai.*

Chén rio y dijo algo más. Una mala traducción apareció en mi HUD: «Encomendad el alma a vuestro creador, he viniendo a aniquilaros. ¡Porque ya estar hasta las pelotas!»

Me partí de risa y no pude parar durante un buen rato. Había aprendido lo que era el «humor de los condenados» solo unos meses antes, en un libro sobre la guerra de Secesión que nos habían mandado leer en clase de literatura. En aquel momento, pensé que era un tipo de humor que nunca estaría en posición de experimentar, pero cuando oí a Chén gritando en chino la mítica frase de Roddy Piper en *Están vivos* me pareció lo más gracioso del mundo, entendí el concepto a la perfección.

—¡Todos los drones están listos para lanzamiento! —anunció el general—. ¡A por ellos!

Nuestros ocho Interceptores salieron disparados y se unieron a la oleada constante de drones que ya salían del hangar, controlados por otros pilotos desde la Tierra.

Volamos juntos para enfrentarnos a los invasores alienígenas.

20

NUESTROS INTERCEPTORES SE ENCONTRARON CON LA VANGUARDIA EUROPANA A medio camino entre la Tierra y el límite del cinturón de asteroides, en el camino orbital de Marte. En la pantalla táctica, la cascada de triángulos de color verde oscuro que representaba la flota enemiga redujo la velocidad a medida que se acercaba a nuestro ejército, representado por un grupo de triángulos blancos con forma de punta de flecha que se dirigían al encuentro del enemigo.

Había muchísimos más triángulos verdes que blancos.

Pero con el arrojo que daba pilotar drones, nuestra carga continuó avanzando directa hacia el enemigo, hasta el instante en que establecimos contacto visual. Entonces mi padre ordenó que pisáramos el freno a fondo y nuestro escuadrón se quedó flotando en el vacío.

—Malos a las doce —anunció mi padre por el comunicador—. Colmillos fuera. Prepárense para atacar tan pronto como entren en alcance. Y no les quepa duda de que entrarán.

Respondimos todos a la vez con un «¡Armas preparadas!» por el canal de comunicaciones.

Y llegaron: un enorme e imposible enjambre de cazas Guja que formaba una especie de red de protección alrededor del gigantesco Acorazado esférico que brillaba en medio, con el retorcido reflejo de las estrellas resplandeciendo en su superficie cromada a medida que se abalanzaba sobre nosotros. Todavía no habían desplegado el Disruptor, que seguía oculto bajo la piel blindada del Acorazado esférico, junto a cientos de miles de naves de transporte que acarreaban los millones de drones de infantería.

—Anda, ¡hola! —escuché que mi padre decía por el comunicador—. Aquí el general Xavier Lightman de la Alianza de Defensa Terrestre. ¿Hacia dónde creéis que vais, capullos? —después de una pausa, añadió—: *Klaatu barada nikto*, tíos.

Luego, quizá para seguir con el humor de los condenados, silbó el mensaje de cinco notas que se usaba para comunicarse con los extraterrestres amistosos en *Encuentros en la tercera fase*. Las mismas notas con las que terminaban todas las transmisiones que habían enviado los europanos.

La única respuesta al silbido de llamada de mi padre llegó unos tensos segundos después, cuando la avanzadilla de cazas Guja se puso al alcance de nuestras naves y empezó a dispararnos.

El negro vacío que nos rodeaba se iluminó con el fuego cruzado de proyectiles de plasma azules y rayos láser rojos, mientras ambos bandos rompían la formación para lanzarse al ataque.

Nuestros Interceptores devolvieron los disparos y vi por encima y debajo de mí, a babor y a estribor, a popa y a proa, cómo empezaban a explotar naves que iluminaban la superficie espejada de mi Interceptor en un terrorífico espectáculo de luces. Una ráfaga similar de pequeñas explosiones atómicas iluminó también las filas de los enemigos que tenía delante, como si se tratara de una ristra de luces de Navidad intermitentes.

Encaré la nave hacia el torrente de cazas enemigos y apreté el gatillo de la palanca de vuelo para disparar una rápida descarga de proyectiles de plasma. Los Guja estaban tan apelotonados delante de mí que era muy difícil fallar, y durante unos segundos me sentí invencible e imparable, como si usara la Fuerza.

Pero al momento me encontré atravesando una nube de cazas Guja que no dejaban de girar y dar barridos, mientras yo esquivaba sus láseres y proyectiles de plasma de manera inconsciente, casi sin pensar. Y sonreía, porque todo había vuelto a cobrar sentido ahora que por fin luchaba contra el verdadero enemigo. La duda y la incertidumbre que mi padre había sembrado en mis pensamientos se habían esfumado. Y también aquel nudo en la garganta fruto del pavor. Todo lo que quedaba era una ira territorial y primaria, y la clara determinación que traía consigo.

Matar o morir. Conquistar o ser conquistado. Sobrevivir o extinguirse.

Aquellas decisiones no eran complicadas. De hecho, las respuestas estaban grabadas a fuego en el cerebro humano. Lo único en lo que podía pensar en aquel momento era: «¡Ahora, por ira, holocausto y rojo amanecer!»

Continué surcando las filas enemigas con mi Interceptor y maniobrando en ángulos rectos, primero disparando y luego moviéndome, sin detenerme en ningún momento. No dejaba de atacar los grupos de objetivos que aparecían en mi HUD, superpuestos a las formaciones de cazas Guja que tenía delante de la nave y que se movían como siempre lo habían hecho en las viejas misiones de *Armada* o *Terra Firma*.

Poco a poco empecé a estar en mi salsa, a notar la sensación familiar que me envolvía a veces cuando jugaba a *Armada* y que lo hacía encajar todo. Con la ayuda de la música de los auriculares, no me fue difícil hacerme con las pautas de los movimientos enemigos, con esas pequeñas particularidades digitales que me permitían anticiparme a sus ataques y maniobras evasivas. Estaba a tope. No había manera de que fallara un tiro y, al mismo tiempo, era imposible que alguien me impactara.

Por un instante, sentí como si estuviera de nuevo en casa jugando a *Armada*.

«¿Por qué iban a comportarse unos alienígenas de verdad como sus simulaciones en un videojuego?»

La pregunta seguía tratando de colarse en mis pensamientos, pero no lo permití. Preferí centrarme en el fragor de la batalla.

Nuestros Interceptores estaban cayendo como moscas, pero los primeros drones de refuerzo ya estaban llegando. Cada vez que destruían un dron, su operario tomaba el control de otro Interceptor del hangar de reserva de la estación lunar Alfa y volaba de nuevo hacia la batalla tan pronto como podía. Por suerte, el trayecto de vuelta al frente era cada vez más corto, ya que la vanguardia seguía avanzando y acercándose a la Tierra. Perdíamos las naves demasiado rápido.

Por si antes no había resultado obvio, la batalla lo confirmó sin lugar a dudas: estábamos inmersos en una guerra de desgaste. No íbamos a poder detener la vanguardia. Ni de lejos. Se movía demasiado rápido y acababa con todo lo que encontraba a su paso.

Si acaso, lograríamos mermar un poco sus fuerzas antes de que alcanzara la Tierra. Si acaso.

Conseguí destruir siete naves enemigas antes de que reventaran mi primer dron.

El par de minutos que tardé en llevar el segundo dron «de vuelta a la mierda» se me hizo interminable. Cuando volví a llegar al frente de las tropas invasoras y me encaré con la vanguardia, recibí el impacto de la autodestrucción del núcleo de un Guja y me volvieron a hacer pedazos. Aquella vez no había conseguido acabar con ningún enemigo.

Cuando mi tercer Interceptor salió disparado por el hangar de drones, un aviso comenzó parpadear en mi HUD. Me informaba de que el enemigo ya se acercaba a la cara oculta de la Luna.

Un segundo después vi cómo un escuadrón enemigo se abalanzaba sobre mí, cayendo en picado desde el cielo azabache de la Luna. Miles y miles de ellos llenaban el horizonte.

—¡La vanguardia se separa! —dijo mi padre por el comunicador—. Se han dividido en dos. Parece que la mitad que contiene el Disruptor va de camino a la Tierra.

—Y la otra mitad se dirige hacia aquí —añadió Shin.

Miré mi pantalla táctica y vi que era cierto. La vanguardia se había dividido en dos, como una ameba, y había dado lugar a dos grupos de naves con forma de torpedo y más o menos del mismo tamaño. Uno de los grupos tenía el decaedro del Disruptor en el centro. El otro venía hacia nosotros.

En la pantalla táctica empezó a brillar un aluvión de triángulos verdes que se dirigía hacia la estación, como un torrente de lava emanando de un volcán del Olimpo desde alguna de las estrellas del cielo.

—¡Atacan la estación lunar Alfa! —informó el ordenador de a bordo, como si no me hubiera dado cuenta—. ¡Atención!

Empezó a oírse una bocina que reventaba los tímpanos por el intercomunicador de la estación.

—¡Toc, toc! —gritó Graham por el comunicador—. ¡Tenemos visita! Y parece que están mucho más enfadados que cuando han venido las otras veces. Echad un ojo a las cámaras de arriba.

Me quité las gafas de RV un momento y toqué el pequeño icono de las cámaras de seguridad en mi QComm. Aparecieron varias ventanas con imágenes en miniatura en la pantalla, cada una correspondiente a una cámara de la estación. El exterior estaba a rebosar de drones enemigos, tanto que parecía una especie de hormiguero fantasmal invadido por insectos metálicos. Al fondo, varias naves de despliegue de drones seguían aterrizando, abriéndose como flores metálicas a medida que iban llegando a la superficie lunar y liberando miles de soldados Araña y Basiliscos que se unían al creciente ejército de drones extraterrestres que ya iba de camino a la estación.

—¡Paquete de bienvenida preparado! —anunció mi padre. Las torretas defensivas automáticas de la estación se activaron y comenzaron a descargar una ráfaga constante sobre los cientos de cazas Guja que descendían hacia la estación como avispones rabiosos.

La primera andanada de bombas de plasma de sus cazas detonó contra los escudos defensivos de la estación. La explosión retumbó y restalló por la superficie transparente del escudo a medida que reflejaba su energía hacia el espacio, lo que creó un juego de luces cegador que brilló sobre nosotros e iluminó brevemente la oscuridad que reinaba en la Cúpula del Trueno. La transferencia de energía subsiguiente hizo temblar toda la estación y la superficie lunar en que se asentaba.

Mientras tenía lugar aquel terremoto lunar (el primero para mí), tuve que resistir la necesidad de salir por patas de mi cápsula de control y buscar un lugar en el que ponerme a salvo. Si es que había alguno.

En vez de eso, agarré con más firmeza la palanca de vuelo, viré en cerrado hacia arriba mi recién lanzado Interceptor de la reserva y pisé a fondo, directo hacia el aluvión de cazas Guja que descendía en mi dirección. Había otros drones que se habían lanzado conmigo y disparaban detrás de mí en formación.

Conseguí acabar con cinco cazas del enemigo. Luego seis. Y luego siete. Mis compañeros lo hacían igual de bien. Oí a Debbie murmurar un «esto está chupado» por el comunicador.

Pero entonces, mientras desplazaba el punto de mira para apuntar hacia el siguiente objetivo, una lluvia de disparos láser impactó en mi dron desde muchos ángulos diferentes y lo hizo papilla.

Maldije y volví a tomar el control de otra nave, pero, antes incluso de que se lanzara, las del enemigo ya habían llegado a la superficie y a disparos se habían abierto paso hasta el hangar de drones de la estación.

Cuando pulsé el botón para que el dron saliera disparado, no ocurrió nada, ya que habían destrozado el mecanismo de catapulta. Las torres de drones inservibles empezaron a desmoronarse y mi pantalla refulgió, toda en blanco.

Al mismo tiempo llegó el sonido de una explosión fuerte y estruendosa en la superficie, seguida de una onda de choque que zarandeó la Cúpula del Trueno con violencia.

Abrí la cubierta de mi cápsula y saqué la cabeza para mirar alrededor. Uno a uno, los demás fueron haciendo lo mismo.

—Mierda —dijo mi padre, demasiado calmado para mi gusto—. Uno de ellos ha superado las defensas del hangar y se ha autodestruido. Lo ha reventado todo, incluidos los drones de reserva que nos quedaban.

—¿Y ahora qué vamos a hacer? —preguntó Debbie, dando voz a mis pensamientos pero sonando mucho más tranquila de lo que yo me sentía en aquel momento.

—La ADT va a enviar más Interceptores desde la Tierra —nos dijo Shin—. Pero van a ir todos a por el Disruptor. Es probable que tengamos que arreglárnoslas solos.

Mi padre y él cruzaron la mirada un momento, antes de que el general se girara hacia el resto de nosotros.

—¡Todo el mundo a sus cápsulas ahora mismo! —gritó mi padre—. Shin nos pondrá al mando de las torretas láser de defensa. ¡Intentad evitar que lleguen a este centro de operaciones todo el tiempo que podáis! Contenedlos, ¿vale?

Antes de terminar de hablar, ya se había dejado caer en uno de los controladores duales de DHTBI que había construido. Lo encendió, metió las manos en los guanteletes de poder y las pantallas que tenía alrededor se iluminaron todas a la vez.

Otro temblor muy fuerte sacudió la Cúpula del Trueno mientras todos volvíamos a nuestras cápsulas de control. Cuando cerré la cubierta y me puse cómodo en mi asiento, apareció en las pantallas un HUD simplificado sobre la transmisión de vídeo en alta definición de una de las torretas de defensa de la estación. También tenía un punto de mira, un telémetro y un medidor de energía para el cañón láser.

—¡No dejéis de disparar! —ordenó mi padre—. ¡Contenedlos mientras sea posible!

Me deshice de tantos drones como pude, pero no paraban de venir, como una oleada interminable. En un par de minutos ocurrió lo inevitable: un grupo de drones pudo concentrar sus disparos láser en la esclusa el tiempo suficiente para atravesar las puertas blindadas y llegar hasta el pasillo del otro lado.

El enemigo estaba suelto en la estación.

—¡Han entrado! ¡Están dentro! —gritó Shin por el canal de comunicaciones—. ¡Están dentro de la estación! Los veo en los niveles cinco y seis, ¡y ya empiezan a bajar hacia aquí! Casi todos son soldados Araña. Cientos... ¡quizá miles de ellos!

Todos nos quedamos dentro de las cápsulas y cada uno tomó el control de un DHTBI en diferentes zonas de la estación. No sabía cómo les iba a los demás, pero a mí me estaban dando para el pelo. Cada vez que pasaba a controlar un nuevo DHTBI, los soldados Araña acababan conmigo más rápido que la vez anterior.

—De acuerdo —dijo mi padre—. Fuera de las cápsulas. Empezamos a evacuar, ¡ahora mismo! ¡Chén, Whoadie, Zack! ¿Voy a tener que sacaros a tirones? ¡Porque soy capaz! ¡Venga! ¡Nos vamos!

Salí a trompicones de la cápsula, justo a tiempo para ver a mi padre cumpliendo su promesa. Se agachó, agarró a Whoadie por la cintura y la izó para sacarla de la cápsula y alejarla de los controles. Mi padre se la entregó a Debbie y luego se giró y se preparó para hacerle lo mismo a Chén, que obedeció en el último segundo y saltó de su cápsula como si fuera Superman, para luego hacer un brusco saludo militar al general mientras caía en la cubierta delante de él.

—Señor, sí, señor —gritó Chén.

Shin se quedó dentro de su cápsula. Corrí para observar sus pantallas interiores y vi cómo controlaba todo un escuadrón de DHTBI apostado a la entrada del turboascensor que llevaba hasta la Cúpula del Trueno. En las imágenes de las cámaras de seguridad, se veía una horda furiosa de soldados Araña a punto de destrozar las puertas blindadas que nos separaban de ellos. Cada vez que les propinaban un golpe, escuchábamos un ruido metálico, repetitivo y quedo, que retumbaba por las paredes de piedra que teníamos alrededor.

Al ver que Shin no salía, Milo volvió a meterse en su cápsula.

—¡Shin y yo los retendremos y luego nos reuniremos con vosotros! —dijo.

Mi padre abrió la boca para protestar, pero otra explosión sacudió la estación y no le dejó articular palabra. Graham gritó sus nombres por encima del hombro y corrió hacia la salida.

—Deje de perder el tiempo, general —dijo Shin—. Milo y yo podremos retenerlos mucho más que los sistemas de defensa automáticos. ¡Pero si no os largáis ahora mismo, no saldréis vivos!

—No se preocupe, señor —gritó Milo por el comunicador—. Lo tenemos controlado.

Mientras discutía con mi padre, Shin tocaba las pantallas que tenía delante con los dedos de ambas manos y marcaba varios grupos de drones para asignarles la orden de atacar a ciertos enemigos o defender ciertas secciones de la estación. Me dio la impresión de que gestionaba muy bien los pocos recursos defensivos que quedaban. Todo ello mientras también se encargaba de controlar a seis DHTBI y luchaba con ellos junto al resto de los drones de infantería controlados desde la Tierra, aunque ellos no fueran tan letales ni habilidosos.

Shin lanzó una mirada a Graham y luego a mi padre de nuevo. Parecieron comunicarse sin articular palabra. Luego mi padre asintió y sus dedos comenzaron a bailar por los paneles de control que tenía delante.

—Estoy dejando configuradas en fuego automático todas las torretas de defensa que no tienen operador —dijo. Luego se volvió y empezó a correr a la salida—. ¡El resto, seguidme! ¡Ahora! ¡Rápido!

Tocó el QComm de su muñeca y se abrió una puerta oculta en la pared curvada de piedra, en la parte opuesta a la entrada. Al otro lado se veía una escalera estrecha. Los seis bajamos por ella a la carrera mientras otra serie de temblores sacudía la estación lunar hasta los cimientos.

La escalera daba a una sala grande y cúbica con una escotilla de presurización incrustada en el suelo de piedra. En la pared había una hilera de cascos espaciales con visor, y mi padre nos ordenó que nos los pusiéramos antes de hacer lo mismo. Después de ponerme el mío, sentí que el casco se estrechaba un poco para formar un cierre hermético alrededor de la cara, hasta debajo de la barbilla. Luego apareció un HUD superpuesto en el interior del visor, con datos atmosféricos y una barra que indicaba el oxígeno restante en los tanques del cuello.

Cuando Graham terminó de asegurarse de que todos nos habíamos puesto bien el casco, mi padre apretó la palma de la mano contra el escáner que había al lado de la escotilla. Se abrió con un silbido y pudimos ver el interior de una cápsula tubular del tamaño de un microbús Volkswagen, con diez asientos para pasajeros. A través de las claraboyas de la cápsula, vimos que se encontraba dentro de un túnel subterráneo esférico, como una bala dentro del cañón de una pistola. Cuando nos amarramos, mi padre pulsó con fuerza el botón rojo del mamparo y la cápsula salió disparada hacia delante, apretándonos a todos contra los asientos.

Mientras nos abalanzábamos por aquel túnel oscuro, pudimos escuchar por el QComm a Milo y Shin soltándose todo tipo de insultos y palabras de ánimo mientras intentaban mantener a raya a los soldados Araña.

—La estación está completamente infestada —nos dijo Shin por el comunicador—. Todos los niveles. Ahora mismo se están concentrando fuera de la Cúpula del Trueno. ¡Entrarán en cualquier momento!

—¡Salid de ahí! —les gritó mi padre—. ¡Os volveremos a enviar la cápsula!

—Lo siento, jefe —respondió Shin, elevando la voz por encima del ruido del metal que se desgarraba y los disparos láser—. Parece que vamos a tener que quemar hasta el último cartucho aquí.

Dijo algo más, pero no pudimos oírlo por culpa de una explosión.

Todas las transmisiones de vídeo de la Cúpula del Trueno se interrumpieron en nuestros QComm, pero seguía llegando el sonido.

—Prosperidad, viejos amigos —dijo Shin un momento después, gritando para hacerse oír por encima de todo el caos que se desataba a su alrededor.

Mi padre intentó responder, pero no le salieron las palabras. Asintió, y luego vi cómo la angustia se apoderaba de sus facciones antes de que se cubriera la cara con ambas manos.

—Eh, chicos, hacedme un favor, ¿vale? —añadió Milo—. Cuando ganemos la guerra, decid a toda Filadelfia que mi última voluntad fue que pusieran mi nombre a mi instituto, ¿vale? Mi madre también fue al mismo, y creo que le gustaría. ¿Me habéis oído?

Cogí el QComm de mi padre y respondí por él.

—Claro, Milo —afirmé—. Dalo por hecho. Nos encargaremos de ello.

—¡Gracias, tío! —respondió—. Instituto Maestro Fumao. ¡Me flipa! —Soltó una risa histérica y oí cómo seguía disparando con su torreta láser sin descanso—. ¡Un momento! ¡Y otra cosa! Decidles también que quiero que erijan una estatua de bronce en la zona centro de Filadelfia. ¡Como la que le hicieron a Rocky! Pero que la mía sea mucho más grande, ¿vale?

Antes de que pudiera responder, otra explosión sacudió la estación y el canal de audio del QComm quedó distorsionado. Aquella explosión sonó mucho más fuerte que las anteriores.

—¡Mierda! ¡Mierda, mierda, mierda! —oímos que gritaba Shin—. ¡Ahí vienen, Milo! ¡Prepárate!

—¡Que vengan! —vociferó Milo muy animado, para mi sorpresa. Llegaron los sonidos de una ráfaga láser procedente del arma de su QComm—. ¿Queréis más? ¡Desde el corazón del infierno os hiero, cabrones! Por el martillo de Grabthar seréis...

La voz de Milo quedó amortiguada por otra serie de fuertes explosiones, seguidas por lo que pareció ser una andanada de disparos láser del enemigo y el bramido terrible y huracanado que sonó al abrirse una brecha en la Cúpula del Trueno y empezar la despresurización. La atmósfera y todo lo que había dentro fue succionado hacia el oscuro vacío del exterior de la superficie lunar. Pero el silencio que vino después fue todavía peor.

21

L A CÁPSULA NOS PRECIPITÓ A TRAVÉS DEL TÚNEL MIENTRAS YO MIRABA LA PANTALLA DE mi QComm en silencio, siguiendo las transmisiones en vídeo de los últimos momentos de la batalla final de la estación lunar Alfa.

Quedaban algunos DHTBI aquí y allá, dando puñetazos a los soldados Araña de la superficie, y un único Centinela forcejeaba con un Basilisco en un cráter chamuscado cercano. Un puñado de cazas Guja seguían lanzándose en picado y bombardeando la estación, atacando sin piedad para no dejar nada en pie ahora que ya no había fuerzas de la ADT que lo impidieran.

Lo veíamos todo a través de las pequeñas pantallas de los QComm, como si se tratara de un acontecimiento televisivo que ocurriera muy lejos. Pero de pronto un fortísimo temblor sacudió la cápsula de escape. Un segundo después, se derrumbó el techo del túnel por delante de nosotros y una luz artificial surgió de arriba, como si se hubieran encendido los focos de un estadio.

Era un Basilisco, una especie de mantis religiosa gigante y metálica con unas enormes cuchillas en forma de guadaña en lugar de patas delanteras, además de un par de manos robóticas extensibles con forma de garras y dos cañones de plasma por mandíbulas.

Uno de sus inmensos brazos metálicos se hundió en el túnel y nos falló por los pelos. El puño cayó como una bola de demolición y destrozó el tramo que nuestra cápsula acababa de cruzar una fracción de segundo antes.

Un grupo de soldados Araña de ocho patas se separó del Basilisco y correteó en persecución de la cápsula, mientras caían al túnel más soldados Araña por detrás de ellos. La cápsula no dejaba de acelerar y a duras penas lograba mantenerse por delante de las enormes garras de metal con las que el Basilisco intentaba golpearla una y otra vez, rasgando la superficie lunar a su paso y haciendo pedazos el túnel que quedaba detrás de nosotros.

Otro temblor agitó la parte del túnel que teníamos delante cuando el Basilisco dio un salto de potencia para acercarse a nosotros. Al mismo tiempo extendió al frente su brazo derecho telescópico y atravesó la claraboya trasera de la cápsula con su garra. Mi padre frenó en seco mientras la cápsula empezaba a despresurizarse y nuestros cascos se activaron automáticamente para proporcionarnos oxígeno. Graham se giró para disparar con el láser de su QComm a la garra del Basilisco, justo antes de que se abalanzara sobre él y lo asiera con sus enormes dedos metálicos.

Antes de que a Graham le diera tiempo de gritar, el dron alienígena lo aplastó y acabó con su vida allí mismo, delante de nosotros. Luego sacó el cuerpo inerte por la claraboya que había roto y lo arrojó contra la pared del túnel, como si fuera un monigote.

Debbie soltó un grito ensordecedor por el comunicador y el Basilisco volvió a meter la garra para atacar esta vez a Whoadie. Chén intentó interponerse en su camino mientras mi padre le disparaba con el láser de su QComm.

El otro brazo del Basilisco atravesó otra claraboya a mi espalda, pero Whoadie me apartó de un tirón en el último momento. Los cinco que quedábamos nos retiramos hacia la parte delantera de la cápsula, fuera de su alcance. El Basilisco agitó sus brazos insectiles durante unos segundos y de pronto los replegó y se quedó erguido, amenazador, sobre nuestra cápsula maltrecha y despresurizada. Mi padre empujó la palanca para acelerar a fondo e intentar que avanzáramos de nuevo, pero me di cuenta de que no tendría tiempo de sacarnos de allí.

El Basilisco levantó una de sus enormes zarpas inferiores y se preparó para aplastarnos.

Se había acabado. No podíamos hacer nada. Íbamos a morir.

Pero justo en ese momento, mientras la zarpa descendía hacia nosotros, un Centinela placó al Basilisco y lo arrojó a la superficie llena de cráteres. Los dos drones forcejearon al borde del enorme agujero que teníamos encima, en un silencio espeluznante. Cruzaron sendas andanadas de misiles y disparos láser y hubo una cegadora explosión de luz blanca, y luego más silencio.

Cuando se dispersó el humo y se asentó el polvo de la superficie de la Luna, lo primero que pudimos ver fue la inmensa cara humanoide del Centinela de la Alianza de Defensa Terrestre apareciendo recortada contra el cielo azabache. Entonces llegaron un chasquido y una voz por el canal de comunicaciones.

—Te he dicho que te cubriría las espaldas, Lightman —oí decir a Lex.

—G-g-gracias, Lex —tartamudeé a través del QComm—. Gracias, nos has salvado el culo. Te debo una.

—Ya te digo si me la debes —respondió.

Su Centinela extendió un brazo inmenso hasta la cápsula de escape y tuve un repentino ataque de pánico. Pero Lex usó las manos del *mecha* para sacar con cuidado la cápsula de los escombros y colocarla de nuevo en el túnel, al otro lado de la sección que había destruido el Basilisco.

Después de dejarnos, Lex se despidió de nosotros agitando una enorme manaza.

—A los que estamos en la estación Zafiro ya nos han asignado drones en la Tierra —dijo Lex por el comunicador—. Me he quedado por si necesitabais ayuda, pero en Shanghái las están pasando canutas. ¡Tengo que largarme! —Los servos rechinaron mientras ponía su Centinela en una perfecta posición de firmes—. ¡Buena suerte!

El Centinela de Lex se apagó y perdió la posición, como una marioneta gigante de metal que se hubiera quedado sin titiritero.

—¿Quién era esa? —preguntó Whoadie.

—La capitana Alexis Larkin, de Las Treinta Docenas —respondí—. Es amiga mía.

Asintió. Luego señaló hacia Debbie, que temblaba y lloraba en silencio mientras miraba por una de las claraboyas rotas. Seguí su mirada con la mía y solo entonces me di cuenta de que mi padre había salido a gatas de la cápsula y estaba en el exterior, acunando el cuerpo sin vida de Graham, con la cubierta impoluta de su casco apretada contra la de su amigo, agrietada y llena de sangre.

Tenía el comunicador silenciado, pero vi la expresión de angustia en su cara a través de la cubierta empañada. Con la boca abierta en un silencioso lamento, mientras abrazaba a Graham y mecía su cuerpo inerte adelante y atrás. Adelante y atrás.

Aquella fue la única vez que vi llorar a mi padre.

NO SÉ CUÁNTOS SEGUNDOS PASAMOS ASÍ. PERO SÍ SÉ QUE, CUANDO INTENTABA REUNIR EL coraje para gritar a mi padre que teníamos que continuar, se levantó y volvió al interior de la cápsula. Pulsó un botón del mamparo y unas persianas blindadas e irisadas se cerraron para cubrir las claraboyas rotas y sellar las fugas de aire. Mientras la cápsula se presurizaba, mi padre nos hizo avanzar de nuevo.

Debbie seguía sollozando en su asiento. Whoadie le pasó un brazo por los hombros.

—«He oído a menudo que la pena ablanda el alma —citó la joven—, la degenera y la vuelve medrosa. Pensemos por tanto en vengarnos y en dejar de llorar.»

Debbie asintió y respiró hondo. Luego, en lo que me parecieron escasos segundos, vi cómo su expresión pasaba del dolor a la ira más pura y desenfrenada.

La cápsula de escape llegó hasta el otro lado del túnel oscuro un par de minutos después. Nos detuvimos en un atracadero presurizado y se abrieron las esclusas de la cápsula. Seguimos a mi padre hacia las puertas blindadas de lo que era sin lugar a dudas un búnker de emergencia que la ADT había construido en el cráter Icarus.

Mi padre contuvo la respiración al colocar la palma de la mano en el escáner, junto a la puerta blindada de la estación. La placa emitió un sonido y se volvió verde un segundo después, lo que hizo que las puertas del búnker Icarus se abrieran y quedara a la vista un túnel estrecho. Mi padre nos hizo pasar y luego pulsó con fuerza un botón de la pared. Las puertas blindadas se cerraron con un portazo detrás de nosotros y quedamos a salvo en el interior. Nos encontrábamos en un pequeño hangar de estacionamiento enclavado en la estación del cráter Icarus. En su interior había ocho Interceptores brillantes debajo de unos focos halógenos.

—Tenemos que darnos prisa —dijo mi padre—. Que cada uno suba a una nave. ¡Rápido!

Corrí por la pasarela para examinar la más cercana. Aquellas naves no eran como los drones Interceptores que habíamos visto hasta el momento: tenían cabina y su diseño permitía pilotarlos desde el interior, en vez de por control remoto.

—Estos son los IA-89 —nos gritó mi padre—. ¡Unos prototipos tripulados de Interceptor Aeroespacial!

Mientras hablaba, se iba acercando a una enorme caja de herramientas que estaba atornillada en la pared del hangar. Sacó una especie de herramienta eléctrica con forma de pistola, algo parecido a una llave de carraca. Luego corrió hacia el primer Interceptor, abrió un pequeño compartimento en la parte inferior del casco y dejó al descubierto un amasijo de cables y circuitos.

—No hemos tenido acceso a este búnker hasta que ha empezado la invasión, para evitar que nos ausentáramos sin permiso —dijo mientras escarbaba en el compartimento con una sonrisa en la cara—. Pero los protocolos de emergencia de la base acaban de darme acceso.

Usó la herramienta eléctrica para quitar un pequeño componente cúbico del vientre de la nave, lo tiró al suelo y cerró el compartimento. Luego corrió hacia el siguiente Interceptor y repitió el proceso.

—¿Qué estás haciendo? —le pregunté—. ¡Tenemos que salir pitando de aquí!

—¿Te crees que no lo sé? —respondió—. Esto es importante. Dame sesenta segundos más.

Cumplió su palabra y un minuto después había sacado de las ocho naves el mismo componente cúbico. Cogí uno del suelo por curiosidad. En un lado de la carcasa de plástico gris tenía grabado un número de identificación largo, seguido de letras: ADT-IA89-TAC-TRNSPNDDR.

Cuando terminó, mi padre corrió por una plataforma de metal hasta una consola de mandos apagada, que se encendió al tocarla. Los dedos de sus dos manos comenzaron a bailar por las pantallas táctiles pulsando iconos y navegando por los submenús, casi a la misma velocidad que el comandante Data. A los pocos segundos ya había activado los ocho IA-89. Los motores de fusión empezaron a resonar y luego a chirriar, y los puertos de escape térmicos refulgieron con un brillo anaranjado.

Mi padre tocó otro icono y se abrieron cinco de las cabinas. Cuando corrí hacia el Interceptor más cercano, se retrajo un panel en la popa del casco y se desplegó una escalerilla de metal hacia el suelo de piedra, que resonó con un golpe metálico. Oí tres veces seguidas el mismo sonido a ambos lados, cuando Debbie, Whoadie y Chén se acercaron a sus naves.

Era la primera vez que me metía en cualquier cabina de verdad, no digamos ya en la de una nave espacial interplanetaria. Pero no me sentí como si fuera la primera vez. La posición de los controles en el interior era idéntica a la de las cápsulas de control de drones, que a su vez no variaba mucho respecto al sencillo equipo de plástico barato que había usado en mi habitación durante años.

Al sentarnos en las cabinas abiertas, quedábamos a la misma altura que mi padre, que seguía en la consola de mandos de la plataforma elevada de control, iluminado por las pantallas que tenía delante.

—Cuando están en vuelo, estas naves generan su propia burbuja anuladora de inercia —explicó—, así que pilotarlas en persona no será muy diferente a controlarlas en remoto. Excepto en una cosa, claro: si os derriban llevando estas, no podréis controlar otro dron. Porque estaréis muertos.

Al ver cómo reaccionábamos a sus palabras, nos explicó la principal característica de seguridad de las naves.

—No os preocupéis. Las cabinas de estas naves en realidad son cápsulas de eyección autónomas. Se supone que se liberan automáticamente cuando reciben un impacto directo, como un airbag.

—¿Se supone? —pregunté.

—Las naves solo son prototipos —respondió—. No creo que haya dado tiempo de probarlas mucho.

Las manos de mi padre seguían danzando por el panel de control. Gracias a mi posición privilegiada en la cabina vi la pantalla de control que tenía detrás, y parecía que estaba trazando rutas de vuelo para los tres Interceptores restantes, los que estábamos a punto de dejar atrás. Sacó un pedazo de papel arrugado del bolsillo, lo consultó y comenzó a pulsar teclas, como si lo utilizara como referencia para la ruta de los Interceptores no tripulados. Luego accedió a varios menús de configuración de componentes que yo no había visto nunca.

Cuando terminó de trabajar en la consola de mandos del búnker, la apagó, salió corriendo por la pasarela de metal y se metió de un salto en la cabina de su Interceptor, deslizándose por el asiento de cuero del piloto como si fuera un niño por una barandilla.

Las cubiertas de las cinco cabinas se cerraron y presurizaron con un sonido sibilante, y los motores chillaron en mis oídos a medida que se cargaban hasta potencia de vuelo. Entonces el pequeño hangar se despresurizó y se abrieron las puertas blindadas, revelando una franja rectangular del estrellado cielo lunar.

Salimos disparados del cráter y cruzamos en dirección a la otra cara de la Luna, donde por fin pudimos ver de nuevo la frágil Tierra flotando en la oscuridad.

Mi padre ahogó un grito por el canal de comunicaciones, al ver lo que no había visto con sus propios ojos en toda una vida. En casi toda la mía.

—Ahí está —dijo en voz baja—. Hogar, dulce hogar. Cómo la he echado de menos, tío.

Me di cuenta de que yo también la echaba de menos. Y no llevaba ni un día fuera.

Mientras nuestras naves se ponían en formación y viraban hacia casa, hacia la Tierra, por la mirilla vi que los tres Interceptores no tripulados se habían desviado en la dirección opuesta, hacia el espacio exterior, hacia el destino que mi padre les hubiera programado.

Volví a contemplar la Tierra y vi cómo empezaba a hacerse más grande a medida que nos acercábamos, hasta que su circunferencia azulada llenó por completo la vista exterior de la nave.

Mi padre envió un mapa táctico a las pantallas de las cabinas.

—Han vuelto a dividir sus fuerzas en dos —dijo por el comunicador—. ¿Lo veis?

Tenía razón. La mitad de las fuerzas restantes de la vanguardia parecían descender hacia la China continental, mientras la otra mitad seguía escoltando en otra dirección al Disruptor, que había recogido los drones alienígenas que habían sobrevivido al asalto de la estación lunar Alfa.

—El centro de mando cree que el Disruptor aterrizará en

algún lugar de la península Antártica. Están enviando hacia allí todos los Interceptores que pueden permitirse para intentar derribarlo. El resto de nuestras fuerzas aeroespaciales se encuentra defendiendo Shanghái.

—¡Shanghái! —repitió Chén, seguido de algo más en su idioma. Un segundo después leí la traducción en el QComm: «Mi familia vive cerca de las afueras de la ciudad, pero mi hermana está destinada en una base de operaciones de drones en la zona centro. ¡Tengo que ir a ayudar!»

—No, tenemos que ir a por el Disruptor —respondió mi padre—. Lo activarán tan pronto como llegue a la superficie y, cuando lo hagan, solo seguirán funcionando los drones tripulados como estos. El resto de los drones de la ADT caerá de los cielos.

—¿Y las fuerzas aéreas normales? —preguntó Debbie—. ¿No pueden ayudar?

—Van a intentarlo —respondió mi padre—. Pero el Disruptor también tumba todas las comunicaciones inalámbricas y de radio. Altera el campo magnético de la Tierra y también hace estragos con los satélites de GPS. Los aviones normales volarán a ciegas y, en realidad, es como si combatieran contra Godzilla. Los cazas normales no tienen nada que hacer. Es cosa nuestra.

Cuando mi padre terminó de hablar, nos informaron de que el Disruptor acababa de aterrizar, antes de que nuestras naves alcanzaran siquiera la atmósfera terrestre.

Pero los europanos no activaron el arma definitiva en aquel momento, a pesar de que podrían haberlo hecho.

Por alguna razón, decidieron esperar.

Esperaron a que llegáramos los cinco para activarlo.

CUANDO NUESTRO PEQUEÑO ESCUADRÓN DE CINCO INTERCEPTORES LLEGÓ HASTA LA ÚLTIMA ubicación conocida del Disruptor, cerca de la península Antártica, lo difícil era no encontrar la batalla. El negro y gigantesco decaedro, que flotaba a poca altura sobre el terreno como una montaña voladora y giraba como una peonza, activó por fin su rayo de acople y lo disparó contra el hielo que se derretía debajo. El poderoso rayo rompió grandes trozos de glaciar, que se hundieron en el agua helada.

El cielo azul y despejado del Ártico que rodeaba el Disruptor estaba plagado por una miríada caótica de cazas enemigos enzarzados en feroz combate aéreo contra un número incluso mayor de Interceptores y drones AVISPA, que se movían de un lado a otro y se lanzaban en picado para disparar contra el escudo deflector transparente que rodeaba el casco del Disruptor en el centro. En mi HUD vi que el escudo protector del Disruptor ya empezaba a titilar y latir, lo que indicaba que estaba a punto de desaparecer. Cuando lo hiciera, era obvio que todavía quedaría la escolta de cazas Guja orbitando a su alrededor y luchando contra las arremetidas constantes de los drones controlados por jugadores.

Las detonaciones de los reactores de fusión no dejaban de sucederse cada par de segundos, como si fueran palomitas de maíz, lo que debilitaba el escudo cada vez más. Sus pulsaciones se aceleraron y creí que habíamos llegado en el momento oportuno.

Pero entonces el Disruptor se activó.

Los miles de drones de nuestro bando pararon en seco y, al mismo tiempo, comenzaron a caer de los cielos como pedazos de plúmbea ceniza.

Por su parte, y como era de esperar, los miles de cazas alienígenas continuaron volando sin que les pasara nada, ya que sus operarios estaban a salvo en Europa, fuera de su alcance, y el Disruptor no les había afectado.

Un par de segundos después de que se interrumpieran sus enlaces, se activó el sistema de emergencia de los drones de la ADT, que intentaron enderezarse en piloto automático y posarse en el pedazo de tierra firme más cercano, en aquel caso la placa de hielo resquebrajado. Vi cómo la mayoría de los drones caían bajo el fuego enemigo antes de llegar a salvo a tierra, y muchos de los demás se estrellaron en el hielo o en el océano antes de desaparecer.

En un suspiro, el Disruptor había dejado inservibles todos los drones del arsenal mundial de la Alianza de Defensa Terrestre.

Sabía que debía de estar ocurriendo lo mismo en Shanghái, Karachi, Melbourne y el resto de los lugares del mundo, que los millones de civiles entrenados con videojuegos que se habían enfrentado a los invasores alienígenas desde sus portátiles o consolas hacía tan solo unos segundos estarían viendo en pantalla un mensaje que rezaba: «Error en el enlace cuántico.»

El valeroso ejército de jugadores de la Tierra estaba fuera de combate y lo único que le quedaba por hacer era esperar sentado a que llegara el fin.

Vi cómo algunos Interceptores tripulados continuaban atacando el Disruptor, junto a varios escuadrones de cazas militares convencionales. Pero además de sobrepasarlos en potencia de fuego, el enemigo también los sobrepasaba en número y los estaba masacrando.

El cielo que rodeaba al Disruptor ya solo estaba plagado de naves enemigas, un enjambre implacable de Gujas y Guivernos. Los DHTBI y Centinelas inertes que quedaban en las placas de hielo de debajo eran aplastados como latas de cerveza por los soldados Araña y los Basiliscos que avanzaban hacia ellos desde todos los ángulos.

Nuestros cinco Interceptores siguieron internándose entre las filas enemigas, mientras otros Interceptores tripulados sueltos se alinearon por delante de mí, escoltando a mi padre, para que los hicieran añicos casi al instante e iluminar el cielo a ambos lados de su nave. Pero mi padre siguió pilotando su caza intacto a pesar del ataque, igual que yo. Era un milagro que no nos hubieran dado.

Realicé un tonel volado para atravesar los restos llameantes y maldije a mi padre en silencio. Había plantado la semilla de la duda en mi cabeza y ya no podía dejar de ver por todas partes pruebas que respaldaban su teoría. Mi padre, mis amigos y yo continuamos serpenteando a toda velocidad a través del caos, mientras derribábamos sin esfuerzo los cazas enemigos uno tras otro y esquivábamos los disparos láser y proyectiles de plasma que nos arrojaban desde todas partes. Era como si estuviéramos juntos en una partida de *Armada*.

Pero luchábamos contra alienígenas de verdad, criaturas conscientes y con una tecnología muy avanzada que intentaban destruirnos. Y había millares de ellos por cada uno de nosotros. Podrían habernos eliminado cientos de veces. ¿Éramos los humanos mucho mejores combatientes que ellos o los extraterrestres se estaban dejando ganar?

Una andanada de proyectiles de fotones impactó en mi escudo, lo que dejó la energía a dos tercios del total y me sacó de mis cavilaciones. Agité la cabeza para despejarme y luego aceleré para reunirme con mi padre y los demás. Adoptamos una formación de ataque, volando a máxima velocidad sobre la superficie irregular de las placas de hielo, que seguían desmenuzándose en pedazos cada vez más pequeños y derritiéndose debido a la intensidad del calor que emanaba el decaedro giratorio que las sobrevolaba.

El Disruptor había ascendido hasta unos cien metros sobre la superficie picada del océano, como una lámpara de araña de diamantes colgando de la nada. Iba escoltado por cazas Guja y Guivernos que volaban en manada y se arremolinaban a su alrededor, como una nube de moscas plateadas.

Había más cazas enemigos de los que era capaz de contar, tantos que mi sistema Táctico de Aviónica Computerizada también las pasaba canutas para estimar su número. Parecía haber varios cientos de ellos, y algunos más circundando el perímetro de la batalla. Según los datos de mi HUD, venían otros miles de naves enemigas en camino. Cientos de miles de ellas.

—¿De dónde vienen esos refuerzos? —preguntó Whoadie—. ¿Han dejado de atacar Shanghái?

—No —dijo mi padre—. Según el centro de mando de la ADT, la ciudad ya ha caído y ahora desvían más naves hacia aquí. Dentro de un par de minutos nuestras probabilidades de destruir esta cosa van a ser mucho más bajas.

—Pues vamos a ello ya mismo —sugirió Debbie—. No dejes para mañana lo que puedas hacer hoy.

—Lista para poner la cosa fina desde mi cabina —afirmó Whoadie—. ¿Cuál es el plan, señor?

En ese momento, vi cómo la nave de Debbie recibía el impacto de una ráfaga de proyectiles de plasma. Uno de los motores se incendió.

—¡Eyéctate! —gritamos todos por el comunicador.

Pero Debbie se nos había adelantado. El módulo de la cabina salió disparado del fuselaje humeante de la nave, como el casquillo de una bala que sale disparado después de pegar un tiro. Voló hacia arriba durante un par de segundos y luego empezó a caer hacia la superficie picada del mar helado que tenía debajo.

Viré el Interceptor e hice un picado para volar hacia ella, pero la nave de Whoadie salió de la nada y cazó la cápsula mientras caía, gracias al brazo de rescate magnético que le salió por debajo del morro. Cuando la cápsula de metal quedó asegurada en la parte baja del fuselaje, soltó un grito de victoria, pero la interrumpieron a mitad del gañido cuando una andanada de impactos láser recorrió su casco y estuvo a punto de alcanzar la cápsula de Debbie.

—¡Te tengo! —grito Whoadie—. ¡La tengo, general! Pero no creo que ahora sea de mucha ayuda en la batalla.

—¡Sal de aquí, Whoadie! —ordenó mi padre—. Pon a Debbie a salvo. ¡Ya!

—Sí, señor —respondió ella, acelerando a máxima potencia.

Su nave desapareció en el horizonte.

—Y solo quedaron tres —murmuré por el comunicador—.

Tres a los que van a freír en un par de segundos como no empecemos a movernos.

—Tú no me pierdas de vista —dijo mi padre mientras hacía un picado con su nave y daba otra pasada por la superficie del decaedro, con la que reventó dos Guivernos—. Según mi HUD, el escudo está muy debilitado. Seguid disparando y... Chén, ¿qué haces?

El canal de comunicaciones se inundó con los gritos de Chén, que soltó un «¡Siete!» con la voz quebrada por las lágrimas. Luego gritó: «¡Seis!» Y después: «¡Cinco!»

En ese momento lo comprendí. La reacción de Chén a la noticia de que Shanghái había quedado destruida de la peor manera posible le había causado una crisis nerviosa en pleno combate. Era más que comprensible. No era un soldado. Nadie lo había preparado (ni a ninguno de nosotros) para los horrores de la guerra.

Ubiqué la nave de Chén en la pantalla táctica y vi que giraba para hacer un picado contra el Disruptor y, al parecer, había dejado los cañones disparando en modo automático. Recibió un impacto directo en los escudos y se desconectaron, y un momento después también le falló el armamento y, por último, los motores. Pero la inercia hizo que su nave siguiera abalanzándose hacia el Disruptor y, en mi HUD, pasó a parpadear en rojo para indicar que el núcleo estaba en modo sobrecarga.

Oí a Chén renegando a gritos en chino por el comunicador. La traducción apareció poco después en mi HUD: «¡Han matado a mi hermana! ¡Ahora seré yo quien acabe con ellos!»

Observé paralizado por el terror cómo Chén seguía cayendo hacia las facetas en rotación del Disruptor y cómo mi padre se abalanzó en picado para perseguirlo. Cuando vi que el Interceptor de Chén se acercaba más y más al decaedro giratorio, contuve el aliento y contraje el gesto, esperando a que su nave impactara contra el escudo deflector. Pero un milisegundo antes de que ocurriera, el reactor detonó e iluminó los cielos.

La energía de la explosión se dispersó a lo largo y ancho del escudo del Disruptor, que parpadeó antes de desactivarse. La burbuja azul y transparente que rodeaba al Disruptor había desaparecido, dejando expuestas las facetas de su casco.

Pero, por supuesto, cuando lo vi ya era demasiado tarde para hacer algo al respecto. Aunque hubiera querido sobrecargar el núcleo de mi nave para unirme a la carga kamikaze de Chén, ya no me quedaba tiempo para reaccionar. El escudo solo estaría desactivado durante tres segundos y medio más. Había que estar loco y ser un suicida para sincronizarlo a la perfección, y no era mi caso en ese momento.

Pero sí que parecía ser el de mi padre.

Porque seguía dirigiéndose a toda velocidad hacia el Disruptor, siguiendo la estela dejada por Chén. Mi padre había visto la decisión temeraria que acababa de tomar Chén y había tomado otra propia de inmediato.

—¿Estás loco? —grité— ¡El escudo no estará desactivado tanto tiempo!

—Sí que lo estará, hijo —respondió—. Porque nos están viendo y quieren que mi maniobra heroica funcione. Ya te lo he dicho. Atento, mira bien.

—¡No quiero ver nada, pedazo de gilipollas! —grité—. ¡Eyéctate ahora mismo! ¡No puedes hacerme esto! —dije con la voz quebrada—. ¡Otra vez no!

La nave de mi padre se enderezó, pero no cambió de dirección.

—Te quiero, hijo. Y lo siento. Dile a tu madre que...

El tiempo empezó a pasar muy despacio y parecía como si todo ocurriera a cámara lenta.

Al fin se me ocurrió ponerme a contar: «Ciento uno, ciento dos, ciento tres, ciento cuatro.»

El escudo del Disruptor siguió sin activarse. ¿Estaría contando muy rápido?

En la pantalla táctica, la nave de mi padre recorrió la distancia que la separaba del Disruptor indefenso como una bala que se acerca a una diana, mientras los cazas Guja iban a por él y disparaban desde todos los ángulos. Y, qué casualidad, fallaban todos los disparos contra el héroe.

«El síndrome del *stormtrooper* —pensé para mis adentros, aunque no fuera el momento—. Estos tíos no ven tres en un burro.»

Una fracción de segundo después la nave de mi padre se autodestruyó, y vi cómo una carcasa blindada cubría la cubierta de su cápsula como había pasado con la de Debbie y la transformaba en una cápsula de escape sellada. La cápsula cayó a plomo y se sumergió en el océano, justo antes de que el núcleo de la nave estallara y todo a mi alrededor se volviera blanco.

De alguna manera tuve los reflejos mentales suficientes como para empujar hacia delante mi palanca de vuelo y hacer que mi nave se hundiera también en el océano, justo cuando las ondas expansivas de las enormes explosiones del cielo empezaban a solaparse y chocar contra el mar, lo que lo hizo hervir y evaporarse en blancas nubes.

Gracias a la pantalla táctica vi lo que ocurría en la superficie. La detonación del núcleo de mi padre había destrozado el indefenso Disruptor, cuyo casco había explotado y formado una aglomeración de desechos triangulares que cubrió la superficie del océano, mezclada con piezas de naves humanas y alienígenas. Las piezas más grandes de los restos retumbaban al chocar contra el techo acuático que tenía sobre mí, como lluvia cayendo sobre la tapa de un ataúd.

Abajo todo estaba muy tranquilo. Por debajo de las olas y flotando dentro de mi nave espacial hermética, contemplaba el ardiente apocalipsis que se había desatado en la superficie. El silencio era tal que por un momento dudé si estaba vivo o muerto. Luego empecé a escuchar la cadencia acelerada de mi respiración y decidí que vivía. Al menos por el momento.

Pero no estaba tan seguro acerca de mi padre. No recibía

ningún tipo de señal de la baliza de su cápsula de emergencia y los sensores de los radares de la nave eran inútiles: el océano estaba tan lleno de los restos de cientos de drones Interceptores, Gujas y cazas convencionales que encontrar una cápsula de emergencia era una tarea imposible.

Se iba a ahogar allí abajo, si no lo había hecho ya.

Encendí todas y cada una de las luces externas de la nave y luego también las internas, para no escatimar, pero seguía sin poder ver a más de dos metros en aquellas aguas turbias. Y allí no había nada, nada... y cuanto más descendía, más se enturbiaba el agua.

Me quedé mirando con impotencia los radares vacíos e intentando no dar por hecho que había ocurrido lo peor, a pesar de que ya lo estaba haciendo.

¿Sería el destino tan cruel como para quitarme a mi padre el mismo día que lo había encontrado? No me gustó la respuesta que me dio mi subconsciente, pero en realidad había sido culpa mía por preguntar. Tendría que haberlo sabido.

En el HUD empezaron a aparecer varios avisos de que el agua había empezado a penetrar el casco y tendría que volver a la superficie o arriesgarme a que fallaran el motor y los sistemas de soporte vital.

Pero no ascendí. Seguí buscándolo a pesar de que era inútil.

No podía volver a perderlo ahora, antes de contarle lo que había visto durante la batalla. Lo que él me había revelado.

Él tenía razón y yo me equivocaba. Ahora lo comprendía. Si tan solo pudiera volver a estar conmigo... se lo diría, lo ayudaría y haría cualquier cosa que él quisiera. ¿Por qué me castigaba así? Me había dejado conocerlo y aprender a quererlo para luego volver a romperme el corazón.

Una voz en mi cabeza me decía: «Al menos murió por algo en lo que creía.» Pero la idea solo me hacía sentir peor, ya que no me parecía del todo verdad.

Sabía lo que estaba ocurriendo allá arriba, en la superficie.

En el instante en que mi padre destruyó el Disruptor, los enlaces cuánticos de comunicaciones de la Alianza de Defensa Terrestre habrían vuelto a funcionar en todo el mundo. A esas alturas todos los reclutas civiles de la Alianza de Defensa Terrestre habrían vuelto a la batalla, controlando los millones de drones almacenados cerca de las zonas más pobladas del mundo.

Gracias a mi padre, la humanidad tenía la oportunidad de luchar una vez más por su supervivencia. Había sacrificado todo para salvar al mundo.

Pero en aquel momento el mundo me traía sin cuidado.

El mundo podía irse al infierno y llevarse con él todo y a todos los demás, si a cambio yo conseguía volver a estar con mi padre.

Navegué con el Interceptor por la oscuridad del suelo oceánico, sin dejar de registrar el vacío y haciendo caso omiso a los avisos del sistema TAC, que me repetía cada vez con más estruendo que volviera a la superficie en ese mismo momento o moriría yo también.

Porque la perspectiva tampoco me sonaba mal. Nada mal.

ALIANZA DE DEFENSA TERRESTRE

FASE TRES

Si no acabamos con la guerra, la guerra acabará con nosotros.

H. G. Wells

22

SENTADO EN AQUELLA OSCURIDAD MIENTRAS ESPERABA A QUE TERMINARA TODO, ME di cuenta de que pensaba en Lex. Tenía curiosidad por saber dónde estaba y si seguía viva.

Luego recordé mi conversación con ella y cómo me había enseñado a piratear el QComm. El número del QComm de mi padre estaba en mi lista de contactos. Al tener el dispositivo en su uniforme de vuelo, y solo si no lo había apagado, era posible que pudiera utilizarlo para encontrar su cápsula de escape.

Sentí un arrebato de esperanza, saqué con prisa mi QComm y abrí la pequeña lista de contactos. Repetí los pasos que Lex me había enseñado para completar su «pirateo de ubicación remota». Había que pulsar varios iconos de la pantalla uno detrás de otro muy rápido, como si se tratara del viejo código Konami. Conseguí hacerlo bien después de varios intentos, ya que me temblaban las manos y las advertencias sobre fugas e integridad del casco estaban poniéndome de los nervios.

Por fin apareció un programa de GPS en la pantalla del QComm. Mi posición estaba señalada por un punto verde, y el punto rojo y parpadeante que marcaba la de mi padre se hallaba en la parte superior derecha. Giré la pantalla para calcular a qué profundidad nos encontrábamos.

¡La cápsula de mi padre estaba justo debajo de mí!

Sin mirar, di la vuelta con la nave y giré en espiral para acercarme a él sin dejar de consultar el QComm. Frené para evitar una maraña de restos de dos cazas Guja y luego noté un impacto y oí un chasquido fuerte cuando la cápsula de escape de mi padre salió de la oscuridad acuosa que me rodeaba y topó contra mi cabina. Cuando las dos cubiertas acrílicas chocaron, entreví horrorizado su cara, inerte y sin vida, a escasos centímetros de la mía.

Estaba cubierta de sangre.

Cuando dejé de gritar, maniobré con el Interceptor alrededor de su cápsula y activé el brazo de recogida. Poco después, los sellos magnéticos hicieron un ruido sordo al cerrarse alrededor de su cápsula de escape y el brazo se retrajo hasta fijarla a la parte inferior del casco de mi nave.

Mi ordenador se conectó con el de la cápsula para mostrarme el diagnóstico de su ocupante, y al momento las constantes vitales de mi padre aparecieron en el HUD. ¡No había muerto! Estaba inconsciente y el ordenador calculaba que había un sesenta y siete por ciento de probabilidades de que hubiera sufrido una conmoción cerebral. También sangraba por una herida profunda en el cuero cabelludo. Apareció una ventana de diálogo en una pantalla de mi cabina, listando los tratamientos y medicinas que la cabina estaba administrando a su ocupante. En otra pantalla apareció un vídeo en el que pude ver el cuerpo inconsciente de mi padre de hombros para arriba, e hice un gesto de dolor mientras la cápsula le administraba una mezcla explosiva de analgésicos con la pistola de agujas que coronaba uno de sus muchos brazos robóticos. Deseé con todas mis fuerzas que los medicamentos de la cápsula no tuvieran fecha de caducidad.

Observé durante unos segundos más cómo el dron se encargaba de mi padre y luego salí de mi ensimismamiento y aceleré a fondo la nave para salir disparado fuera del océano hacia las nubes.

El ordenador me informó de que mi pasajero necesitaba

asistencia médica inmediata y el piloto automático trazó una ruta hacia el centro médico de la ADT más cercano, en el extremo sur de Sudamérica.

No le presté atención.

Decidí llevármelo a casa.

CUANDO PASÉ CON MI INTERCEPTOR POR ENCIMA DEL PAISAJE CHAMUSCADO Y HUMEANTE DE Portland, sentí que me lloraban los ojos. Era la primera vez que veía la devastación que habían causado los ataques de la vanguardia en las ciudades, y todo era tan terrible como había imaginado. La ciudad parecía sacada de una escena de *Deep Impact* o *Guerra mundial Z*. Hasta la última calle, carretera y autopista que salía de Portland estaba atestada por toda clase de vehículos, ninguno de los cuales se movía. Columnas de humo negro de varios fuegos se elevaban por toda la ciudad y el cielo estaba lleno de helicópteros de las noticias y avionetas, que en su mayoría parecían alejarse hacia el interior del país.

Busqué en mi QComm uno de los canales de noticias más importantes para escuchar la transmisión, y oí algo que no me habría esperado en la vida.

—Además de la victoria decisiva de la ADT en Pakistán —anunciaba un presentador—, se han podido confirmar muchas más victorias en ciudades de todo el mundo. Después de los ataques por sorpresa de los extraterrestres en Shanghái y El Cairo, el curso de la guerra ha empezado a cambiar...

Fruncí el ceño y cambié a otro canal que transmitía en directo desde la ciudad de Nueva York. La Gran Manzana tenía el mismo aspecto que en todas las películas de desastres apocalípticos que había visto. El paisaje era todo ruinas humeantes y las calles de Manhattan se habían inundado por el tsunami que provocó uno de los muchos terremotos artificiales que habían resultado de los ataques.

—... la ciudad vibraba con multitud de batallas épicas hace tan solo unos momentos, pero como pueden ver ahora los cielos están despejados —comentaba otro presentador—. El ejército de la ADT controlado por civiles ha obtenido aquí otra victoria decisiva. La humanidad ha conseguido defenderse con éxito de la primera oleada del ataque de los invasores. Hemos conseguido acabar con todos. ¡Es increíble!

Mientras, una guapa presentadora asentía con entusiasmo a su lado.

—Todos los encuentros que hemos tenido con el enemigo hasta el momento nos han dejado claro que los humanos nacimos más preparados para la guerra que las criaturas que controlan las naves y drones invasores —continuó la presentadora—. Han gozado de superioridad numérica en todas las batallas, pero a pesar de ser muchos más y tener una tecnología superior, los europanos carecen de nuestros reflejos e instinto depredador...

Volví a cambiar de canal y vi al almirante Vance dirigiéndose a las tropas a través de su QComm, con esa expresión de determinación absoluta tan suya. El tipo parecía todo un héroe.

—... pero a pesar de que hemos logrado contrarrestar la primera oleada invasora, hemos sufrido muchísimas pérdidas —dijo el almirante Vance—. El enemigo, en cambio, no ha tenido ninguna baja, tan solo daños materiales. Además, dos tercios de su ejército siguen de camino a la Tierra. —Hizo una pausa para que lo asimiláramos y luego continuó—: La segunda oleada del ataque llegará en poco más de dos horas, y necesitamos que todos estén listos.

Al terminar la frase, apareció una nueva cuenta atrás en la pantalla de mi QComm: poco más de dos horas y media hasta que llegara la segunda oleada y trajera consigo el doble de devastación que la primera.

Cambié a otro canal y luego a otro, pero en todos emitían la misma propaganda bélica. Presentadores de todas las nacionalidades anunciaban la victoria e imploraban a los espectadores que no abandonaran ni se acomodaran y que siguieran luchando, porque todavía había esperanzas de ganar.

Aparté el QComm y deseé poder ser partícipe de la esperanzadora alegría que la Alianza de Defensa Terrestre había contagiado por todo el globo. Pero tenía claro que, con las fuerzas que nos quedaban, sería imposible resistir otro asalto de igual magnitud, y mucho menos dos, por parte de fuerzas que duplicaban y luego triplicaban la de la primera oleada.

Intenté olvidar las noticias y volví a pensar en el heroico sacrificio que había hecho mi padre justo después de que Chén se lanzara en plan kamikaze. No tendría que haber funcionado. Pero lo había hecho, tal y como mi padre había predicho.

No debería necesitar más prueba que esa, y en aquel instante decidí que no la necesitaba.

—Siento haber dudado de ti, papá —le dije por el comunicador mientras observaba su cara inconsciente en el monitor. Tenía los ojos cerrados y la frente cubierta de sangre seca—. Y también siento mucho no haber podido llamarte «papá» antes, ¿vale? ¿Me has oído? ¿Me oyes, papá?

Seguía con los ojos cerrados y no se movía un ápice: la burbuja anuladora de inercia evitaba hasta la menor sacudida, a pesar de que atravesábamos la atmósfera terrestre a una velocidad que podría haber prendido fuego a la nave.

—Tú tenías razón y yo me equivocaba, ¿vale? —dije, elevando el tono de voz como si eso fuera a cambiar algo—. Y me gustaría muchísimo que despertaras para poder decírtelo a la cara. ¿Lo harías por mí? ¿Por favor? —continué—: ¿General? ¿Xavier?

Como no obtuve respuesta, seguí intentándolo.

—¿Papá?

Pero seguía sin decir nada.

Ni daba señales de vida.

VOLÉ DERECHO HACIA EL HOSPITAL DE LA ZONA SUR DE BEAVERTON EN EL QUE TRABAJABA MI madre, pero cuando descendí para buscar un punto de aterrizaje, vi que las calles de alrededor estaban llenas de vehículos abandonados y personas asustadas. Si aterrizaba cerca con el Interceptor, llamaría mucho la atención y dudaba que luego pudiera volver a despegar.

Retrocedí hacia el centro para buscar un lugar tranquilo en el que tomar tierra y fue entonces cuando me fijé en mi instituto. Solo había un par de coches en el aparcamiento de estudiantes y el mío era uno de ellos. También distinguí las marcas de quemaduras que había dejado el transbordador de la ADT en el césped cuando Ray había llegado para recogerme por la mañana. Parecía que había pasado una eternidad.

Me planteé aparcar la nave al lado de mi coche, pero me di cuenta de que no era buena idea dejarla a la vista. Un par de segundos después vi el lugar perfecto.

Pasé de largo y di la vuelta para volver a sobrevolar el instituto, pero en esa ocasión disparé los láseres contra el techo del gimnasio. Luego di otra pasada y volví a disparar hasta que el techo entero se derrumbó. Cuando los escombros se asentaron, descendí con el Interceptor al interior del gimnasio y quedó oculto a la perfección, a menos que se mirara justo desde arriba.

Al director del instituto no le iba a gustar nada lo que acababa de hacer, pero que me pasara la factura.

Estaba seguro de que alguien habría visto u oído la nave mientras descendía, pero cuando bajé de la cabina y salí corriendo del gimnasio para echar un vistazo rápido, no había nadie corriendo hacia el edificio a investigar. Supuse que todos los que no huían de la ciudad o la saqueaban estarían en sus casas, pegados a la televisión o a la pantalla de sus ordenadores esperando noticias.

Envié un mensaje de texto a mi madre pidiéndole que se reuniera en casa con nosotros y trajera un botiquín de primeros auxilios lo antes posible. Luego acerqué el coche a la salida del gimnasio. Volví corriendo hacia dentro, abrí la cápsula de escape de mi padre y lo cargué hasta el coche tambaleándome bajo su peso.

El dolor que debió de sentir cuando conseguí colocarlo en el asiento del copiloto hizo que volviera un poco en sí.

—¡RojoTrinco esperando órdenes! —dijo, farfullando como si estuviera borracho. Luego parpadeó un par de veces y miró a su alrededor. Los ojos se le abrieron como platos al reconocer el vehículo.

»Eh, este coche me suena. ¡Es mi viejo Omni! ¿Sigue funcionando este montón de mierda?

Tardé un poco en responder, ya que estaba muy emocionado al ver que había vuelto a abrir los ojos.

—Sí, ahí sigue —dije por fin—. Pero está en las últimas. —Le quité la chaqueta con cuidado y reparé en que había sangre en algunos parches. Hice una bola con ella y la puse debajo de su cabeza a modo de almohada—. No te muevas, ¿vale? Descansa. Pronto llegaremos a casa.

—Uau, ¿en serio? —dijo con una sonrisa vaga—. Nunca he estado en casa.

POR SUERTE, MI CASA ESTABA SOLO A TRES KILÓMETROS DEL INSTITUTO Y LA MAYORÍA DE LAS calles seguían siendo transitables. Solo tuve que desviarme una vez para evitar un accidente que bloqueaba un cruce. Mi padre se pasó el viaje babeando y murmurando en el asiento del copiloto, colocado a base de los analgésicos que los sistemas de emergencia de la cápsula le habían inyectado en el torrente sanguíneo.

Al entrar en nuestra calle y ver que nuestro aparcamiento estaba vacío, apreté los dientes decepcionado. Mi madre aún no estaba en casa.

Mientras ayudaba a mi padre a salir del coche, llegó el sonido de un motor detrás de mí y vi que mi madre estaba aparcando. Crucé la vista con ella un segundo a través del parabrisas y vi cómo abría los ojos de par en par al reconocerme. Salió del coche a toda prisa y corrió hacia mí mientras se cubría la boca con la mano.

Al verla mirar por la ventanilla del Omni, mi padre abrió los ojos en el asiento del copiloto a mi lado.

No dijo nada. Solo se quedó mirándola como si estuviera paralizado. Le puse una mano en el hombro.

—Hola, mamá —dije mientras bajaba del coche—. Ya estoy en casa. Estamos en casa.

Me abrazó y aplastó su cara contra mi hombro tan fuerte como pudo. Cuando por fin me soltó, se dio la vuelta para mirar a mi padre, que seguía en su asiento.

—¿Xavier? —preguntó—. ¿Eres tú de verdad?

Mi padre se las vio y se las deseó para salir del coche, pero al final se puso en pie.

Luego dio un paso al frente y ella lo rodeó con sus brazos. Él enterró la cara en su pelo y respiró hondo.

Al ver cómo se abrazaban allí, en el jardín delantero, mi corazón empezó a desbocarse de alegría. Me di cuenta de que hasta entonces solo lo había sentido sin desbocar. Que algo me azuzara tanto el corazón después de llevar la brida puesta toda la vida era un poco abrumador, en el mejor de los sentidos.

Oí un ladrido y, un segundo después, vi cómo *Muffit* salía corriendo por su portillo. El viejo beagle ladró, bajó a saltos los escalones y cruzó el jardín. Hacía tiempo que no lo veía ir tan rápido.

—¡*Muffit*! —gritó mi padre, liberándose del abrazo de mi madre para saludar al anciano perro. Al instante, *Muffit* sacó fuerzas de alguna parte para saltar al regazo de mi padre, que se había arrodillado—. ¡Qué contento estoy de verte, chico! —dijo mientras *Muffit* no paraba de besarlo y llenarle la cara de babas—. Te he echado de menos, chico. ¿Y tú a mí?

Muffit le respondió con unos ladridos alegres y luego continuó llenando a mi padre de babas. Nunca se me habría ocurrido pensar si *Muffit* recordaría a mi padre. Después de todo, solo era un cachorrito cuando desapareció.

Mi padre empezó a reírse bajo la oleada de besos del beagle, pero cuando nos dirigió la mirada a mi madre y a mí de pronto rompió a llorar. Se volvió e intentó esconder la cara entre el pelo canoso de *Muffit*. Mi madre los rodeó a ambos con los brazos y vi cómo unas lágrimas le bajaban por las mejillas, las mismas que brotaban también de mis propios ojos: lágrimas de alegría.

A pesar de verlo todo cada vez más borroso, contemplé cómo mi padre, mi madre y mi perro se abrazaban a escasos metros de mí. Parecía imposible, pero mi familia se había reunido de nuevo después de tanto tiempo.

Entonces me dieron muchas ganas de que no se acabara el mundo. Lo que más quería en ese momento era que siguiera adelante.

Mi padre puso a *Muffit* en el suelo y le rascó el hocico plateado.

—¿Estás viejo, eh, amigo? No te preocupes, yo también.

Mi madre echó un vistazo al corte que tenía mi padre en la frente y puso mala cara.

—Ayúdame a llevarlo dentro —me dijo—. Por Dios, ¿qué le habéis dado, whisky?

—El ordenador médico de su cápsula de escape le ha inyectado algún tipo de analgésico —le expliqué—. ¿Se pondrá bien?

Mi padre empezó a cantar una canción muy vieja que no reconocí.

—I haven't got time for the pain!* —bramó.

Mi madre soltó una risita y luego asintió hacia mí.

—No hay duda de que tiene una conmoción, pero sí, vivirá.

* «No tengo tiempo para el dolor.» (N. del T.)

—Volvió a reír, pero su carcajada se convirtió en un gemido—. Es curioso si tenemos en cuenta que lleva muerto diecisiete años. —Me dedicó una sonrisa incómoda. Le temblaba el labio inferior.

—No pasa nada, ma —fue lo primero que me vino a la cabeza para responderle.

Metimos a mi padre en el salón y lo echamos en el sofá. Luego me volví hacia mi madre y la abracé con más fuerza que nunca en la vida.

—Tengo que ir corriendo a casa de Diehl, ma —le dije, apartándome de sus brazos—. Le he prometido a papá que haría una cosa.

—¡No me ha prometido nada! —gritó mi padre. Aunque al tener la cara enterrada en los cojines del sofá y a *Muffit* sentado sobre su cabeza, quizá lo entendiera mal.

—¡Zackary Ulysses Lightman, usted no va a ninguna parte! —dijo mi madre, señalándome con el dedo—. ¡Me tenías preocupadísima! ¡No vuelvas a hacerme esto!

—No pasa nada —le dije mientras andaba hacia la puerta—. Ya se ha terminado la primera oleada de la invasión. Casi todos los drones de la vanguardia están destruidos.

Mi madre sonrió aliviada, lo que dejaba claro que no me había entendido del todo.

—Pero esta solo ha sido la primera oleada, ma —continué—. Hay muchos más en camino.

—Dos oleadas enteritas más —murmuró mi padre, levantando la cabeza lo suficiente como para derribar a *Muffit* y luego dejándola reposar en el cojín otra vez.

Mi madre no dejaba de mirarnos con incertidumbre. Me acerqué y la abracé por última vez.

—Volveré antes de que lleguen —le dije—. Te lo prometo. —Miré a mi padre—. Intenta que se le pase el colocón, ¿vale?

EL TRAYECTO A CASA DE DIEHL FUE MÁS FÁCIL DE LO QUE ME ESPERABA. TUVE QUE SUBIR por algunas aceras y entrar en algún que otro jardín para evitar atascos y postes del tendido eléctrico que estaban tumbados en el suelo, pero no había tráfico, así que los desvíos no me llevaron demasiado tiempo.

Cuando llegué a casa de Diehl vi que había muchos DHTBI parados fuera, haciendo guardia por el perímetro del césped como centinelas robóticos. Me fijé en que las cámaras multidireccionales de sus ojos se movían para seguirme a medida que me iba acercando, pero no hicieron nada para detenerme. Me icé a la valla del patio trasero de Diehl, trepé al tejado y desde ahí eché un vistazo por la ventana del dormitorio del segundo piso.

Me alivió comprobar que Diehl estaba vivo dentro, y haciendo justo lo que me había imaginado: sentarse delante del ordenador y hablar con Cruz por videoconferencia.

Diehl tenía la planta de los pies sobre el borde del escritorio e inclinaba hacia atrás la silla de metal, apoyándola solo en las dos patas traseras. Era una de sus manías. Cuando toqué en el cristal de la ventana y me vio fuera con el uniforme de la ADT puesto, se echó atrás por la sorpresa y volcó la silla, lo que lo tiró al suelo con un golpe seco. Pero se recuperó muy rápido, se levantó al instante y corrió para abrir la ventana.

—¡Zack! —gritó, asomado para darme un abrazo antes de que me metiera dentro—. ¡Por Dios, tío!

Nos abrazamos y luego me volví para saludar a Cruz en el monitor. Estaba sentado frente al ordenador de su habitación abarrotada en su casa en las afueras, a pocos kilómetros de nosotros.

—Hostia puta —dije—. Cuánto me alegro de veros a los dos.

—¡Ya ves! ¡No tenía ni idea de qué te había ocurrido! —exclamó Cruz—. ¡Cómo mola el uniforme de la ADT!

—Gracias —respondí, mientras me desplomaba en un puf

de la esquina de la habitación, entretanto el cansancio acumulado comenzaba a pesarme como una armadura medieval.

—¡No sabíamos si íbamos a volver a verte cuando te has ido en aquel transbordador! —dijo Diehl, volviéndose a sentar en su escritorio—. Lo que me recuerda... —Se inclinó hacia delante y me dio un puñetazo en el hombro. Fuerte.

—¡Ay! —grité, echándome hacia atrás y levantando el puño como si pretendiera devolvérselo—. ¿A qué coño ha venido eso, Diehl?

—Eso es por irte sin mí, Biggs —respondió, reclinándose—. No vuelvas a hacerlo.

Suspiré mientras me palpaba la zona donde pronto me iba a salir un morado.

—Como si hubiera tenido elección —dije, riendo—. Gilipollas.

—Después de irte, han suspendido las clases y nos han mandado a todos a casa —añadió Cruz—. Y ahí estábamos esta tarde cuando han dado la gran noticia. Así que nos hemos conectado y hemos ayudado a combatir la primera oleada.

—No nos hemos despegado de las consolas desde entonces —dijo Diehl, aún conmocionado—. Hemos ayudado en la defensa de Shanghái y Karachi, hasta que se ha activado el Disruptor y ha cortado todos los enlaces. Nos habrían dado para el pelo si la ADT no llega a destruir esa cosa.

—El sistema de asignación de drones de la ADT nos ha puesto a los dos en defensa local, después de que el enemigo haya empezado a dispersarse y atacar por todas partes —continuó Cruz—. Y como somos dos de los pilotos de drones con mayor rango de la zona de Beaverton, ¡somos los primeros en elegir los drones del área metropolitana! Hemos usado nuestros DHTBI para ayudar a defender Beaverton de los drones que aterrizaban por aquí.

—Eso, ¿has visto el Basilisco que hemos destruido? —preguntó Diehl—. Estaba justo al final de tu calle.

—¿Eso ha sido cosa vuestra?

Asintieron con orgullo.

—¡No íbamos a dejar que esa cosa aplastara tu casa! —respondió Diehl, dándome una palmada en la espalda y pasándome el brazo por los hombros.

—Gracias, colegas —respondí—. Os lo agradezco. —Señalé fuera, hacia el anillo de DHTBI que rodeaba la casa—. ¿Y cómo habéis hecho eso?

—El sistema operativo no tiene instalado ningún tipo de seguridad —respondió Cruz—. Supongo que la ADT no quiso molestarse, pero eso los hace muy fáciles de piratear. Gente de todo el mundo se ha puesto a desarrollar parches para que hagan todo tipo de cosas para las que no fueron creados, y luego han colgado tutoriales en YouTube para enseñar a los demás cómo se hace. —Señaló hacia la calle—. Por eso he podido desactivar la subrutina de retirada de esos DHTBI, para que no se vayan a esperar destino después de la primera oleada. —Se le veía henchido de orgullo—. Ahora se quedarán aquí para proteger a mi madre y a mis hermanas pequeñas cuando llegue la segunda.

Asentí, impresionado. Estuve a punto de preguntarle si había intentado hacer que bailaran sincronizados en fila, pero Cruz me gritó a través de la pantalla del portátil.

—¡Suéltalo ya! —dijo—. ¿Qué ha pasado después de que aquel transbordador te recogiera en el instituto esta mañana? ¿Dónde coño has estado todo el día?

Me puse a pensar cómo responder a eso.

—En la cara oculta de la Luna —respondí—. Con mi padre.

A través del monitor pude ver cómo a Cruz se le desencajaba la mandíbula.

A mi izquierda, Diehl se había vuelto a reclinar más de lo normal en la silla y cayó al suelo otra vez.

CUANDO RECUPERÉ EL ALIENTO, INTENTÉ LLAMAR A LEX PARA ASEGURARME DE QUE ESTUVIERA
bien. No respondió, pero un momento después me mandó un mensaje: «Todo OK. T llamo cdo pda. <3.»

Luego conté a los Mikes tan deprisa como pude lo que había ocurrido desde la última vez que nos habíamos visto. Terminé contándoles la teoría de mi padre sobre el verdadero objetivo de los europanos y las observaciones con que las respaldaba. Me costó un tiempo llegar hasta la batalla con el Disruptor y explicarles por qué su final parecía demostrar la teoría de mi padre.

Cuando les hube soltado todo, lancé la pregunta que había venido a hacerles.

—¿Qué opináis vosotros?

Me miraron en silencio durante un buen rato. Diehl fue el primero en responder.

—Creo que puede que tu padre tenga razón —dijo—. ¿Por qué si no se molestarían los europanos en enviar robots y naves espaciales para atacarnos? —Se metió en la boca un puñado de aperitivos de maíz y los masticó pensativo—. Si su objetivo principal fuera acabar con la especie humana, podrían haber lanzado un asteroide contra la Tierra. O haber soltado un puñado de bombas nucleares de largo alcance. O haber envenenado la atmósfera. O...

—¡Quizá sean precursores! —gritó Cruz a través del ordenador de Diehl—. Quizá fueron ellos los que crearon la vida en la Tierra hace millones de años y ahora han vuelto para castigarnos por convertirnos en una especie tan cutre e inventar los programas de telerrealidad y esas mierdas. —Levantó el dedo índice—. O quizá sean criaturas omnipotentes que se han aburrido de la inmortalidad y han decidido que atormentarnos es un buen y retorcido entretenimiento. ¡Ya sabes, como cuando viene Q de repente desde el Continuum para fastidiar a Picard!

—Teníamos una conversación inteligente hasta que has metido baza —respondió Diehl.

No intervine. Dejé que discutieran sobre el tema como si volviéramos a estar en la cafetería del instituto, hablando sobre algún detalle trivial de la cultura popular mientras comíamos porciones de pizza. Comprendí que precisamente por eso había ido, porque quería saber la opinión de los amigos en los que más confiaba, ver cómo reaccionaban y comprobar si sacaban las mismas conclusiones que yo. Y a su manera, así fue. Parecían estar tan confundidos como yo por todo lo que ocurría y, al mismo tiempo, tan intrigados por aquel misterio como mi padre.

Miré la hora. La cuenta atrás seguía en marcha y fui consciente de que ya había tomado una decisión.

—Os agradezco que hayáis hablado conmigo del tema, tíos —les dije—. Perdonad, tengo que llamar por teléfono.

Levanté la muñeca y activé el QComm. A ambos se les iluminaron los ojos.

—Pero no me jodas, ¿qué pasada de cacharro llevas ahí? —preguntó Diehl—. ¿Un tricodificador?

FINN ARBOGAST RESPONDIÓ A LA LLAMADA DESPUÉS DEL TERCER TONO Y SU CARA SONRIENTE aparció en alta definición en la pantalla del QComm. A juzgar por lo que se veía detrás de él, se encontraba sentado en una especie de búnker de control, con unas pantallas gigantes atornilladas en las gruesas paredes de hormigón, mostrando los mapas de varias regiones del mundo con iconos brillantes superpuestos.

—¡Zack! —exclamó—. ¡Me alegro de que estés vivo! Os hemos declarado desaparecidos en combate a tu padre y a ti después de que hayáis acabado con ese Disruptor. Felicidades, por cierto. ¡Lo he visto todo!

—Entonces sabrá que mi padre acaba de arriesgar su vida para salvarnos a todos —dije—. Así que creo que le debe un favor, ¿no?

Sonrió con incomodidad. Esperé a que me preguntara por mi padre, pero no dijo nada.

—¿Le contó mi padre alguna vez su teoría sobre el verdadero objetivo de los europanos?

La sonrisa se borró de su cara y dejo escapar un sonoro suspiro.

—¿Te refieres a esa teoría de que la invasión es una farsa? —preguntó Arbogast—. ¿Esa que dice que los europanos han creado todo este conflicto para poner a prueba a la humanidad? Sí, la conozco. Lo siento, teniente. Su padre es un gran hombre, un héroe. Y todos estamos muy en deuda con él. Pero todos estos años batallando le han confundido el cerebro. Ha empezado a delirar.

—No lo ha hecho —respondí con mucho énfasis—. Yo mismo he podido comprobarlo cuando nos enfrentábamos al Disruptor en la Antártida. Ha desactivado el escudo aposta. ¡Nos ha permitido destruirlo! Repase las grabaciones, ¡podrá verlo usted mismo!

No respondió, pero miró hacia otro lado para evitarme. Era como si estuviera acostumbrado a pasar todo el tiempo delante de un ordenador en lugar de con personas y no le gustara que le hicieran tantas preguntas o que lo dejaran en evidencia.

—No sé por qué estamos discutiendo —respondió—. Ya lo hablé en su momento con tu padre hace años y no pienso volver a hacerlo contigo, chico. ¡Qué más pruebas necesitas! ¡El objetivo del enemigo está más que claro! —Señaló el mapamundi gigante que tenía detrás—. Los europanos acaban de asesinar a más de treinta millones de personas y solo ha sido la primera oleada de la invasión. Queda poco más de una hora para que llegue la segunda, así que si me disculpas, tengo que prepararme.

—Señor, tan solo déjeme hablar con alguien que...

Antes de que pudiera terminar la frase, cortó la llamada.

Bajé el brazo y me di la vuelta para mirar a mis amigos.

—Vale —dijo Diehl, echándose hacia delante—. Eso ha sido un fracaso de los gordos. ¿Y ahora qué?

Sonreí y volví a levantar el QComm. Todos los nombres que acababa de robar del teléfono de Finn Arbogast habían pasado a engrosar mi lista. La desplacé hacia abajo para marcar el que rezaba «Miembros del Consejo de Tregua: Conferencia».

—Ya me ha dado toda la ayuda que necesitaba —respondí.

—¿Te has colado en su teléfono futurista? —dijo Diehl—. ¿Cómo? ¡Pero si apenas sabes usar aplicaciones!

—Para tu información —dije—, me ha enseñado a hacerlo una conductora de *mechas* que está superbuena y a la que he conocido en el Palacio de Cristal. Y también me ha besado, QUE-LO-SEPAS.

—¿En serio? —dijo Cruz, riendo—. ¿Y es de Canadá? ¿De la zona de las cataratas del Niágara, por casualidad?

—Yo solo quiero saber si se lo han montado en gravedad cero —continuó Diehl—. ¡Desembucha, Lightman!

Ignoré las preguntas y llamé a mi padre por el QComm, pero sonó y sonó sin respuesta. Mientras tanto, cogí el teléfono de Diehl de su escritorio y marqué el número de mi madre. Al hacerlo me di cuenta de que lo tenía guardado en sus contactos como «Pamela Lightman».

—¿Y tú que haces con el número de mi madre guardado en el teléfono?

—Oh, venga, ya sabes la razón, Stifler —murmuró Cruz por la pantalla del ordenador, con la voz cargada de intención. Era el tono que utilizaba siempre para hacer chistes con las madres.

—¡Tengo el número de tu madre en el teléfono desde los doce años, pirado! —respondió Diehl—. Y tú tienes el de la mía en el tuyo. No te flipes.

Asentí y luego agité la cabeza con fuerza.

—Lo siento —dije—. Perdona, tío.

Me llevé su teléfono a la otra oreja. El teléfono de mi madre también empezó a sonar y a sonar, al mismo tiempo que el de mi padre. Transcurrió un minuto. Ninguno de los dos cogió la llamada. Era probable que algo no marchara bien. Empecé a pensar que el estado de mi padre había empeorado y al final ella había decidido llevarlo al hospital.

Después de Crom sabe cuántos tonos, desistí y cancelé las llamadas. Volví a buscar el número del Consejo de Tregua que había conseguido del teléfono de Arbogast e intenté tomar una decisión.

Tenía muchas ganas de tener a mi padre al otro lado de la línea antes de llamarlos: el Consejo de Tregua estaría compuesto por científicos de fama mundial o comandantes de la ADT, o ambos, y era posible que no hicieran mucho caso a un chico de dieciocho años. Pero quizá mi padre estuviera inconsciente y el tiempo seguía pasando. ¿Qué otra opción tenía?

Hice acopio de valor y toqué el contacto del Consejo de Tregua en el QComm. Vi cómo el dispositivo marcaba cinco números de teléfono diferentes al mismo tiempo y se conectaba con todos ellos a la vez. Luego el QComm pasó al «modo de conferencia», y la pantalla se dividió en cinco ventanas que contenían a cinco personas distintas, que parecían responder desde lugares distintos.

Eran cuatro hombres y una mujer, y todos me sonaban de algo, pero solo me sabía el nombre de dos de ellos, los dos hombres cuyas caras aparecían en las dos últimas ventanas de vídeo de la pantalla. El primero era el doctor Neil deGrasse Tyson y el otro el doctor Stephen Hawking, reclinado en su silla de ruedas motorizada. Oí los respingos de Cruz y Diehl detrás de mí mientras mi mandíbula se desplomaba como el puente levadizo de un castillo.

El doctor Hawking fue el primero en hablar. En el monitor que tenía detrás pude ver el conocido HUD de un DHTBI. Por lo visto, el doctor Hawking estaba ayudando a defender Cambridge del asedio alienígena cuando respondió la llamada.

Habló utilizando su famosa voz generada por ordenador, que irónicamente me recordó a la del traductor de Chén, aunque era la del traductor la que debería haberme sonado como la del doctor Hawking.

—¿Y tú quién eres? —preguntó—. ¿De dónde has sacado este número?

Abrí la boca para responder, pero no me salían las palabras. En ese momento recordé los nombres de los otros tres científicos de la llamada, porque había visto cómo los entrevistaban en infinidad de programas de ciencia y documentales. El señor asiático era el doctor Michio Kaku y los otros dos eran famosos investigadores del SETI, el doctor Seth Shostak y la doctora Jill Tarter. Había reconocido a Tarter porque era una antigua compañera de Carl Sagan y le había servido como inspiración para el personaje de Jodie Foster en la película *Contact*.

Tenía al teléfono a cinco de los científicos más famosos del mundo y estaban esperando a que yo dijera algo.

—El doctor Hawking te ha hecho una pregunta —dijo el doctor Tyson, poniendo los ojos en blanco un instante—. No es buen momento para desperdiciar nuestro tiempo.

Negué con la cabeza y me obligué a hablar.

—Lo siento, señor, claro —dije, y carraspeé—. Me llamo Zack Lightman. Estaba destinado en la estación lunar Alfa con mi padre, el general Xavier Lightman, pero nos han atacado... Y ahora el destino de la humanidad depende de lo que voy a decirles.

Todos se quedaron mirando y esperando.

Les conté tan rápida y concisamente como pude todo lo que mi padre me había dicho y lo que yo mismo había visto durante la última batalla contra el Disruptor.

Me sorprendió descubrir que ninguno colgó el teléfono, así que seguí hablando hasta que terminé de contárselo todo. Y es probable que me repitiera en más de una ocasión. También usé el QComm para transferirles los datos que mi padre había obtenido de Arbogast, entre los que figuraba el metraje sin editar de la misión *Envoy* y las transmisiones de los europanos que habíamos recibido. A los pocos segundos, todos se pusieron a analizar los datos en las pantallas de sus QComm.

—Algunas de las cosas que nos acabas de contar son muy perturbadoras —dijo el doctor Tyson—. Pero por desgracia no nos pillan por sorpresa. Desde que se formó, este consejo ha tenido que lidiar con mucho secretismo y burocracia militar en nuestro trato con los altos mandos de la Alianza de Defensa Terrestre. Sobre todo en lo relativo a comunicar información clasificada sobre los europanos. Nunca llegaron a darnos acceso sin restricciones a esos datos.

—Teniente, ¿le importaría si lo ponemos en espera un momento? —preguntó la doctora Tarter—. Para que así podamos comentar en privado toda la información que acaba de proporcionarnos.

—Por supuesto —respondí mientras echaba un ojo al cronómetro de la esquina de la pantalla, que ya indicaba solo minutos hasta el ataque de la segunda oleada—. Tómense el tiempo que necesiten. Ni que se fuera a acabar el mundo.

Creo que no llegaron ni a escuchar mi respuesta sarcástica, porque me pusieron en espera antes de que terminara de hablar. Sus transmisiones de vídeo quedaron congeladas y oscurecidas. Aparecieron unos pequeños iconos con forma de flecha que las unían, para indicar que seguían hablando entre ellos y yo estaba excluido de momento. Fue entonces cuando Cruz captó un vistazo de la pantalla de mi QComm, que se dividía en seis ventanas con las caras de personas diferentes como en la cabecera de *La tribu de los Brady*, de modo que se lanzó a cantar una parodia improvisada del principio de la canción de la serie: «Esta es la historia, de la invasión alienígena, de unos capullos de la luna Europa que...»

Fue todo lo que consiguió cantar antes de que Diehl cerrara con fuerza la pantalla del portátil para silenciarlo.

—No pasa nada —le dije—. El consejo me ha puesto en espera.

Diehl suspiró y volvió a abrir el ordenador. Cruz seguía cantando.

—«¡Todos tienen tentáculos, como su madre! ¡Y el más joven los tiene rizados!»

Diehl se rio. Cruz se rio. Yo me reí.

El humor de los condenados.

23

MIENTRAS ESTÁBAMOS ALLÍ SENTADOS ESPERANDO, MI QCOMM SONÓ Y ME ASUSTÓ tanto que casi lo tiré al suelo. En la pantalla vi que, aparte de estar en espera en la conferencia a cinco, tenía una llamada entrante de mi padre.

Pulsé el icono de responder y su cara apareció en una nueva ventana de vídeo, al lado de las otras cinco que estaban en gris.

En la cara tenía una sonrisa de entusiasmo y desmedida, mayor incluso que la que le vi cuando nos reunimos por primera vez. Hasta temí que le apareciera el dibujo animado de un pajarito azul sobre el hombro y arrancara a cantar. Los ojos se me fueron al tajo que tenía en la frente, que mi madre se había encargado de vendar, y me pregunté si aquel ánimo tan positivo no tendría algo que ver con la herida de su cabeza. Al poco tiempo consiguió borrar la mueca de su cara, pero al instante su boca volvió a dibujar una sonrisa bobalicona. Se encogió de hombros, como queriendo decir: «es que no puedo ocultar cómo me siento».

En ese momento me di cuenta de que a su espalda se veía el empapelado de la habitación de mi madre, y por fin lo entendí todo. Y también me dieron ganas de poder arrancarme de la cabeza aquella imagen. Dejó de extrañarme que mis padres no hubieran respondido a mis anteriores llamadas. Estaban muy ocupados follando como adolescentes.

—¡Zack! —dijo mi padre, muy animado—. ¿Cómo te va, hijo?

Me dieron ganas de meter la mano por el teléfono y estrangularlo, pero luego me paré a pensar por qué. Tampoco es que fuera su primera vez, ¿verdad? Además, era probable que el mundo estuviera a punto de acabar. La mitad de la población del planeta seguramente estuviera haciendo algo parecido, ¡como lo hicieron todos en la maldita Luna! Todo el mundo se tiraba de cabeza a la última ocasión de tirarse a alguien. Y si había una persona que merecía aquel momento de felicidad era mi padre, que había arriesgado su vida por enésima vez para evitar la extinción de la especie humana.

Si todavía me pareciera a mi viejo, yo en plan Bruce Banner le habría dado un «aplasta» de esos que iba a recordar toda su puta vida. Pero no era el caso. Le devolví la sonrisa.

—Oye, papá, tengo una llamada en espera con los cinco miembros del Consejo de Tregua —le expliqué—. Se lo he contado todo. Lo mejor que he podido, al menos.

Se rio, como suponiendo que lo decía de broma. Pero la sonrisa se le borró de la cara al momento.

—Espera, espera —dijo—. ¿Es en serio?

—Como te lo cuento —dije mientras trasteaba en el menú de mi QComm—. Acabo de agregarte a la conferencia.

Puso los ojos como platos al ver los nombres de los otros interlocutores.

—Pero... ¿cómo has conseguido ponerte en contacto con ellos?

—No eres el único que tiene algunos ases bajo la manga, papá —respondí—. Te lo explicaré luego si nos da tiempo.

A mi padre le cambió la cara, como si intentara no entrar en pánico.

—¿Y qué les has dicho? —preguntó—. O sea, ¿cómo han reaccionado?

Me di cuenta de que tenía a Diehl mirando por encima del

hombro y sosteniendo el portátil para que Cruz también pudiera poner la oreja.

—¡Hostia puta! —susurró—. ¿Ese es tu padre?

Asentí. Estaba a punto de presentárselo a mis dos mejores amigos cuando el Consejo de Tregua nos volvió a agregar a la conversación. Todos parecían sorprendidos de ver que mi padre se había unido, pero no tanto como él al constatar quiénes estaban al otro lado del teléfono.

—¿Quién es este caballero, teniente? —preguntó el doctor Shostak.

—Es mi padre, el general Lightman —respondí—. Es el oficial que les decía.

Mi padre seguía mirando la cámara del QComm, boquiabierto.

—Bueno, antes que nada —dijo el doctor Tyson—, nos gustaría felicitarles por lo que han hecho y por haber sido tan valientes como para compartir esta información con el Consejo de Tregua.

—¿De nada? —respondí, confundido.

—No hemos tenido mucho tiempo para confirmar las pruebas —dijo la doctora Tarter con cautela—, pero creemos que hay muchas posibilidades de que su teoría sobre los europanos sea correcta.

—¿En serio? —preguntamos mi padre y yo al unísono, haciendo sonreír a la científica.

—El consejo tiene acceso a información confidencial sobre los europanos que respalda aún más su teoría, caballeros —dijo el doctor Shostak—. La versión oficial es que la sonda *Envoy* de la NASA aterrizó en Europa para investigar la anomalía con forma de esvástica que habíamos detectado en la superficie de la luna, y que intentó ponerse en contacto con los extraterrestres que la habían creado atravesando la superficie helada del satélite mediante otra sonda, que la derritió y llegó hasta el océano que había debajo. Pero la misión de aquel criobot no era ponerse en contacto con los europanos, sino destruirlos.

—¡Lo sabía! —exclamó mi padre—. El presidente Nixon obligó a la NASA a poner una cabeza nuclear en aquella sonda, ¿verdad?

Todos asintieron muy serios, menos Hawking.

—Nixon creía que la esvástica no podía ser más que una amenaza —continuó Shostak—. Y junto a algunos asesores, tomó la decisión de adoptar medidas preventivas.

—O sea que fue culpa nuestra —dijo mi padre—. Nosotros los atacamos primero. Y luego fueron ellos los que vinieron a atacarnos. Así empezó todo. Y la escalada bélica entre ambos bandos se ha ido intensificando desde entonces. Durante cuarenta y dos años...

—Hasta hace unos días —continué—, cuando la escalamos hasta el punto de no retorno atacando con un arma de destrucción masiva.

La doctora Tarter asintió.

—Teniendo en cuenta todo lo que nos han contado, es muy probable que al haber utilizado el Rompehielos los hayamos obligado a desplegar toda su flota para invadirnos, después de tanto tiempo.

Negué con la cabeza.

—Ha sido culpa nuestra desde el principio. Hemos sido nosotros los que hemos ido subiendo el listón todo el tiempo.

Mi padre asintió.

—Y ahora ya no hay por dónde seguir con la escalada. Hemos llegado al final del juego, al punto de destrucción mutua asegurada. Y si vamos a por ellos, nos destruirán.

—¿Y cree que la única manera de evitarlo es retirar el Rompehielos y declarar un alto el fuego? —preguntó Tyson—. ¿Después de que estos seres ya nos hayan atacado y acabado con la vida de millones de personas inocentes?

—Si seguimos avivando este conflicto sin sentido, de todos modos nos exterminarán a todos dentro de unas horas —respondió—. El almirante Vance se equivoca. Lanzar el Rompehielos hacia Europa no evitará el ataque de la segunda ni de la tercera oleada de su flota, sino todo lo contrario. Les demostrará que destruirnos es lo correcto.

—Tiene razón —dije yo—. Tenemos que jugárnosla. La humanidad no tiene nada que perder, nada que no vayamos a perder de todos modos. Aunque muramos luchando, el resultado será que acabaremos extintos.

El doctor Tyson asintió.

—Por desgracia, me temo que es posible que sea demasiado tarde para convencer a los altos mandos de la ADT —dijo—. El almirante Vance sigue sin responder a las llamadas y quedan escasos minutos para que llegue la segunda oleada.

—El Rompehielos estará a distancia de tiro unos minutos después de eso —añadió Shostak—. ¿Lo habrán planeado también así los europanos?

—No se molesten en contactar con el almirante Vance —dijo mi padre—. No les hará caso.

—Y tanto que no lo haré —dijo el almirante Vance cuando su cara apareció en una ventana de vídeo que se colocó al lado de las otras seis.

Parpadeé, sorprendido. Al parecer Vance también se sabía un par de trucos con el QComm.

—Esta charla entre traidores ya empezaba a darme náuseas —dijo mientras tocaba la pantalla del QComm varias veces, muy rápido. Uno por uno, los miembros del Consejo de Tregua se fueron desconectando de la llamada. Cuando terminó solo quedábamos con él mi padre y yo. Su rostro demacrado se acercó a la cámara hasta cubrir la mitad de mi pantalla, mirándonos con el ceño fruncido en perfectísima alta definición—. No os molestéis en volver a llamar al consejo —dijo—. Acabo de bloquear sus QComm, así que tampoco esperéis que os llamen ellos.

Mi padre tardó en responder. Se quedó un momento callado, mirando a su viejo compañero a través del enlace de vídeo.

—¿Desde hace cuánto sabes que había armas en la sonda *En-*

voy, Archie? —preguntó por fin mi padre—. ¿Desde hace cuánto sabes que fuimos nosotros los que declaramos la guerra?

—Lo descubrí cuando me pusieron al mando —respondió—. Para entonces, ya no importaba. Y ahora importa mucho menos. —Hizo una pausa—. Que hayan sido ellos o no los que nos provocaron para combatir en esta guerra es irrelevante. ¿Es que no te das cuenta, Xavier? ¡Luchamos por la supervivencia de nuestra especie! Contarle a todo el mundo que la humanidad puede haber provocado este conflicto sin querer no nos va a ayudar en nada.

—¿Sin querer? —pregunté—. ¡Nixon obligó a la NASA a enviar una bomba nuclear con nuestra paloma blanca, doctor Strangelove!

—Usted y su hijo tienen que dejarse de tonterías, general —respondió Vance—. Necesito que vuelvan al frente ahora mismo, antes de que llegue la segunda oleada.

Mi padre negó con la cabeza.

—No, Archie —dijo—. No vamos a pelear. Ninguno de los dos.

Vance frunció el ceño.

—Es curioso. Nunca me imaginé que fueras un desertor... ni un cobarde.

—Los europanos saben lo del Rompehielos, almirante —continuó mi padre—. Seguro. La tecnología que tienen es un pelín más avanzada que la nuestra. Te has dado cuenta, ¿no?

Vance resopló.

—Si se han enterado de lo del Rompehielos, ¿por qué no lo han destruido?

—¡Porque están esperando para ver si sois capaces de utilizarlo, pedazo de capullo cabeza cuadrada! —le gritó mi padre—. ¡Esa es la razón por la que nos atacan en oleadas en vez de hacerlo de una sola vez! ¿Es que no te das cuenta? ¡Es una prueba! —Bajó la voz—. Archie, escúchame, tío. Es nuestra única oportunidad de sobrevivir. Nos están dando una oportunidad para replantearnos las cosas... para pensar un poco en vez de contraatacar por instinto como hemos hecho siempre.

—No es la primera vez que discutimos sobre el tema, X. —Vance negó con la cabeza—. Ni de lejos. Ya sabes que no voy a arriesgar la supervivencia de la especie humana por una hipótesis cogida con pinzas que se te ha ocurrido porque ves muchas películas viejas. —Señaló hacia arriba—. Esas cosas, sean lo que sean, ya han matado a millones de seres humanos inocentes, y no pienso desaprovechar la última oportunidad que tenemos de destruirlos antes de que lo hagan ellos. Y me da igual a quién más hayas convencido con tus estúpidos cuentos de hadas. Ya he tomado una decisión.

—Archie —repitió mi padre, intentando mantener la calma—, hazme caso. ¡Si lanzas esos misiles nucleares contra su hogar, estarás sentenciando el nuestro!

Vance estudió sus rasgos un momento y luego tocó su reloj de pulsera.

—Supongo que descubriremos quién tiene razón dentro de unos veintitrés minutos —respondió.

Y antes de que mi padre pudiera decir nada más, Vance colgó y nos dejó a los dos solos en la llamada. La cara de mi padre se amplió hasta ocupar toda la pantalla del QComm. Puso una expresión de fracaso durante un momento, pero luego la cambió por una amplia sonrisa.

—Bueno —dijo—, supongo que esto significa que pasamos al plan B.

Negué con la cabeza.

—¿Me podrías recordar cuál es el plan B, por favor?

—Pues que tú y yo vamos a detener el Rompehielos nosotros solos.

Antes de que pudiera responder, se oyó un tono de llamada y otras tres ventanas de vídeo aparecieron en nuestras pantallas. Eran Lex, Whoadie y Debbie, que se habían unido a la conversación al mismo tiempo desde lugares diferentes.

—Eh, tíos —dijo Lex—. Yo me apunto.

—¡Y yo! —añadió Debbie.

—¡Pues conmigo ya somos tres! —gritó Whoadie casi al mismo tiempo.

—Pero ¿qué coño? —dijo mi padre—. ¿De dónde salís, chicas?

—Papá, esta es mi amiga, la capitana Alexis Larkin —dije—. Nos hemos conocido en el Palacio de Cristal. Se las ha ingeniado para liberar el sistema operativo de mi QComm. Le he pedido que instalara lo necesario para que todos pudieran escuchar la teleconferencia y también para impedir que la ADT pudiera desactivar nuestros QComm en remoto.

Mi padre levantó una ceja, impresionado.

—Excelente, capitana. ¡Muchas gracias!

—De nada, general —dijo ella, devolviéndole el saludo militar.

Mi padre se quedó quieto unos momentos, pensativo.

—¿Existe la posibilidad de conocer cuál era la ubicación del almirante Vance en el momento en que se conectó a la llamada?

Lex asintió.

—Estaba en Pensilvania. En una base de la ADT con nombre en clave Roca Cuervo.

Mi padre asintió y le dedicó otro saludo militar. Ella se lo devolvió.

Diehl se inclinó por encima de mi hombro izquierdo, sosteniendo todavía el portátil con Cruz en la pantalla.

—¡Nosotros también queremos apuntarnos a la operación!

Mi padre contempló en silencio todas las caras que tenía delante.

—Bueno, general, ¿y cuál es el plan? —pregunté.

24

NOS REUNIMOS EN EL STARBASE ACE.

Llevé a Cruz y Diehl en mi coche y aparcamos delante de la tienda unos minutos antes de que mi madre llegara en su coche. Mi padre no la acompañaba.

—¿Dónde está papá? —pregunté—. ¿Qué ha ocurrido?

—Venimos en vehículos diferentes —respondió mientras señalaba hacia el cielo.

Un segundo después vimos cómo descendía mi Interceptor. Mi padre aterrizó la nave a la perfección en el aparcamiento en ruinas del centro comercial y corrió hacia nosotros para saludarnos. Después de que mi madre y yo le diéramos un abrazo, le presenté a Cruz y Diehl, que habían presenciado su llegada boquiabiertos.

Abrí la tienda y dejé pasar a todo el mundo. Cuando mi padre vio que en las estanterías había controladores último modelo de *Armada* y *Terra Firma* sonrió de oreja a oreja con un gesto de satisfacción.

—¡Perfecto! —dijo mientras empezaba a cogerlos de las estanterías y nos los iba pasando—. Necesito que montéis el mejor equipo que podáis cuanto antes.

Cuando terminé de preparar mi cápsula de control de drones improvisada en la Sala de Guerra de la tienda, mi padre me llamó a la pequeña habitación abarrotada que Ray utilizaba como despacho. La estaba registrando de arriba abajo.

—¿Qué buscas? —pregunté.

Señaló con la cabeza el QComm de su muñeca. En él había un mapa de la zona con un icono de la ADT flotando sobre el lugar que representaba el Starbase Ace.

—Hay un nodo de acceso secreto a la intranet de fibra óptica de la ADT escondido en algún lugar de esta ubicación —dijo—. Pero no logro encontrarlo.

En aquel momento recordé lo que me había dicho Ray durante el viaje en transbordador al Palacio de Cristal, que el caza Guja que había visto por la ventana de la clase era una nave exploradora que vigilaba los nodos de la intranet de la ADT. Cuando la vi flotando sobre Beaverton, seguro que buscaba el nodo «secreto» de acceso a la intranet que estaba oculto en la tienda.

Pero si los europanos sabían de la intranet de reserva que tenía la ADT, ¿por qué no se habían preocupado de destruirla o desactivarla antes de la invasión?

«Porque sus acciones nunca han tenido ningún sentido táctico —pensé—. ¿Por qué iban a empezar ahora?»

Mi padre continuó arrasando el despacho. Empezó a sacar los libros de una estantería cercana uno a uno, para luego tirar al suelo todos los que quedaban de un manotazo frustrado.

—Tiene que estar oculto detrás de un panel de acceso blindado, como una caja fuerte. ¿Se te ocurre dónde?

Negué con la cabeza.

—No tenemos ninguna caja fuerte —respondí—. No la necesitábamos. —Levanté el QComm—. Pero tengo el número de Ray.

—Ten cuidado con lo que le dices —advirtió—. Vance podría tener tu QComm pinchado.

—Ya no —le respondí—. Después de que Vance se colara en la teleconferencia con el Consejo de Tregua, Lex me ha ayudado a activar el modo de seguridad oculto del QComm. Es la misma característica que utiliza Vance para evitar que espíen el suyo.

—Parece que la capitana Larkin es todo un genio, ¿eh?

Lo pillé mirándome fijamente para ver mi reacción y me ruboricé sin querer. Asentí y luego accedí a mis contactos y toqué el último nombre de la lista: Ray Habashaw. Su cara apareció al momento en la pantalla, seguida de su nombre, graduación y ubicación actual. Se encontraba en una base de la ADT de Arizona llamada Montaña Gila.

—¡Zack! —gritó—. ¿Dónde te has metido? ¿Estás bien? —Bajó la voz y se acercó la cámara del QComm un poco demasiado a la boca—. Me he enterado de que os dieron por desaparecidos en combate a tu padre y a ti, después de destruir el Disruptor. Temía que fuera cierto.

Negué con la cabeza y moví el QComm para que pudiera ver dónde estaba.

—¿Has ido a la tienda? —preguntó animado, antes de fruncir el ceño al ver que me hallaba en su despacho—. Pero ¿qué coño, tío? ¿A quién estás dejando que rebusque por ahí? ¿A los saqueadores?

Negué con la cabeza y luego moví el QComm para que Ray también pudiera ver a mi padre. Abrió los ojos de par en par.

—General Lightman —dijo nervioso mientras hacía un saludo militar al QComm—. Es todo un honor, señor.

Mi padre le devolvió el saludo.

—El honor es mío, sargento —dijo—. Le debo una muy grande por haber cuidado de mi hijo en mi ausencia. Muchas gracias.

—De nada —dijo, ruborizándose.

—Ray, no tenemos mucho tiempo —interrumpí—. Necesitamos acceder al nodo de la intranet que la ADT tiene oculto en la tienda. Es una emergencia.

Ray se quedó pensativo un momento.

—Detrás del póster del ovni de la pared de atrás.

Me di la vuelta y encontré el póster al que se refería: era una imitación enmarcada del de «*I Want to Believe*» que tenía Mulder en *Expediente X*. Lo quité y dejé a la vista lo que parecía ser una pequeña caja fuerte de titanio incrustada en la pared de ladrillos de detrás. Tenía un teclado numérico en el centro.

—La combinación es 1-1-3-8-2-1-1-2 —dijo Ray.

Mi padre sonrió y pulsó los números. La cerradura se desbloqueó y él abrió la caja. Lo único que había dentro era una hilera de diez conexiones para cables Ethernet, como si fuera la parte de atrás del *router* que teníamos en casa.

—¡Gracias! —dijo mi padre. Se volvió hacia mí—. ¿Tenéis por aquí un cable RJ45?

Asentí.

—¡Están en la pared de detrás de la caja registradora!

Salió corriendo, y yo volví a mirar a Ray en el QComm.

—Gracias, Ray —dije—. Ahora tengo que pedirte otro favor. Uno bien grande.

—Pues hazlo rápido, colega —respondió—. Quedan minutos para la segunda oleada.

Le conté una versión abreviada de la historia, y aun así me llevó demasiado tiempo. Por suerte, Ray se dejó convencer aún más rápido que Lex y el resto de mis amigos. Cuando terminé de explicarle todo lo que mi padre me había dicho, se quedó pensando un momento y luego asintió.

—Dime qué necesitas —dijo.

TAN PRONTO COMO TERMINAMOS DE CONECTAR LOS CONTROLADORES DE DRONES IMPROVISADOS al nodo de la intranet del despacho de Ray, mi padre nos explicó el plan. Cruz, Diehl, mi madre y yo presenciamos su charla en la tienda, mientras Lex, Whoadie y Debbie la escucharon por el QComm.

No me gustaban nada varios aspectos de su plan, pero no había tiempo para discutir ni para pensar otras soluciones.

Mi padre nos deseó buena suerte a todos. Luego los demás se quedaron dentro mientras mi madre y yo salíamos para despedirnos.

—¿Y qué pasa si no puedes retrasar el Rompehielos hasta que llegue yo? —pregunté cuando estábamos a la distancia suficiente para que mis amigos no pudieran oír su respuesta.

—No te preocupes —respondió—. Yo me encargo, ¿vale?

—Está bien.

Me agarró y me dio un abrazo muy fuerte.

—Te quiero, hijo —dijo—. Gracias por ayudarme con todo. Gracias por confiar en mí. No te imaginas cuánto... cuánto significa.

Me besó en la frente y luego se alejó para despedirse de mi madre. Ella no lloraba. Había dibujado en su cara su expresión más valiente, para nosotros.

Hablaron entre ellos, pero yo me quedé donde no podía escucharlos, por lo que no supe qué se habían dicho. Mi madre asintió antes de darle un beso de despedida y él sonrió.

Luego se dio la vuelta y subió a la cabina de mi Interceptor dañado, y mi madre y yo vimos cómo partía volando con rumbo al centro de mando de Roca Cuervo. Después de que la nave hubiera desaparecido a toda velocidad en el horizonte, continuamos mirando el cielo con desconfianza durante unos momentos, ya que sabíamos lo que iba a descender pronto de él. Luego volvimos corriendo a la tienda y nos preparamos para cumplir nuestra parte de la misión.

25

L A SEGUNDA OLEADA LLEGÓ ESCASOS MINUTOS DESPUÉS DE QUE MI PADRE SE HUBIERA marchado. Un enjambre de cazas Guja y Guivernos descendió de los cielos para atacar Portland y sus alrededores. Nuestras reservas de drones habían quedado diezmadas, por lo que la superioridad numérica del enemigo era mucho mayor que durante la primera oleada. Pero las fuerzas civiles de jugadores de la ADT continuaron combatiendo con valor, y las calles y el cielo de la ciudad se convirtieron en el escenario de una cruenta batalla mientras nosotros llevábamos a cabo la misión dentro de la tienda.

Durante la charla, mi padre nos había explicado cómo funcionaba la intranet por cable de la ADT. Se trataba de un cable de red de fibra óptica subterráneo que conectaba todas las estaciones de control de drones y creaba un sistema de comunicaciones a prueba de Disruptores, tendido por la Alianza para prepararse contra la invasión. Aquello permitiría que las comunicaciones entre esas estaciones siguieran operativas, y serviría para que los operarios de drones ayudaran a defender a distancia otras instalaciones con torretas defensivas y drones conectados por cable mientras el Disruptor estuviera activo.

Si todo iba tal y como mi padre había planeado, podríamos utilizar la conexión a la intranet de Starbase Ace para ayudarle a infiltrase en la base Roca Cuervo durante el caos que desataría el ataque del Disruptor.

Si no, pues bueno… Si no, íbamos a estar bien jodidos.

MIENTRAS MI PADRE SE DIRIGÍA CON SU INTERCEPTOR TRIPULADO AL ASALTO DE ROCA CUERVO, donde se encontraba el equipo de Vance, yo estaba sentado en Starbase Ace pilotando los tres Interceptores a los que mi padre había ordenado viajar desde el cráter Icarus hacia Júpiter, su pequeña luna Europa y el Rompehielos, que cada vez se acercaba más a ella.

Cruz y Diehl habían tomado el control de cuatro nuevos DHTBI de un almacén de drones cercano y los habían desplegado por el aparcamiento de Starbase Ace para defendernos de la segunda oleada.

Lex estaba en la estación Zafiro, y Ray, en Montaña Gila. Ambos estaban conectados a la intranet de la ADT desde sus cápsulas de control de drones, preparándose para ayudar a mi padre en su misión de infiltración.

Mientras Cruz y Diehl se encargaban de defender Starbase Ace de un enjambre de soldados Araña y Basiliscos con sus robots gigantes, Debbie, Whoadie y mi madre hacían lo mismo desde el aire con los cuadricópteros AVISPA.

Whoadie combatía desde una máquina recreativa de *Armada* con asiento, ubicada en la sala de juegos de la bolera de su tío Franklin en Nueva Orleans. Debbie estaba en su casa de Duluth y controlaba su dron desde el salón mientras sus tres hijos vigilaban el exterior de la casa con drones de la ADT desde una Xbox, un portátil y una tableta, respectivamente. Sabíamos que Debbie y Whoadie perderían el control de sus drones cuando se encendiera el Disruptor, pero no podíamos hacer nada para evitarlo. Tenían la intención de ayudarnos durante tanto tiempo como les fuera posible.

Mientras mis amigos se encargaban de mantener a raya a los drones, yo seguía pilotando los míos hacia Júpiter para intentar llegar a Europa a tiempo de detener el Rompehielos. Todo ello mientras mi padre intentaba evitar que Vance disparara el arma antes de que mis naves llegaran hasta allí.

En ese momento recibimos un mensaje público de los altos mandos de la ADT, anunciando que el segundo Disruptor había aterrizado en la Tierra, y en el lugar más inesperado. Al principio no podía creer lo que veían mis ojos. En lugar de activar el Disruptor en un lugar recóndito como la Antártida, aquella vez los extraterrestres habían preferido una ubicación mucho menos sutil: el Monumento Nacional de la Torre del Diablo en Wyoming. El mismo lugar que había sido testigo del primer contacto entre la humanidad y los visitantes alienígenas en *Encuentros en la tercera fase*, para rememorar aquella «partida intergaláctica al Simon» con las cinco notas que los europanos habían utilizado para cerrar sus crípticas transmisiones.

—¡Esto no mola nada! —gritó Diehl mientras miraba el vídeo en directo del Disruptor, tomado por un satélite en órbita—. ¿Encima nos van a vacilar en público estos extraterrestres capullos? ¡Venga ya!

CUANDO EL DISRUPTOR ENTRÓ EN ACCIÓN, LOS DRONES QUE MIS AMIGOS UTILIZABAN PARA defender Starbase Ace se desactivaron y quedaron inmóviles o cayeron del cielo, como el resto de los drones remotos de la ADT por todo el mundo.

Pero los drones de los europanos siguieron atacando y acercándose cada vez más a Starbase Ace, como si supieran que tenía importancia estratégica.

Lex, Ray, Debbie y Whoadie habían perdido el control de sus drones cuando se interrumpieron las conexiones. También Cruz y Diehl, pero ellos habían salido corriendo para activar los controladores por cable de dos DHTBI desactivados. Separaron los dos pequeños mandos parecidos a los de una Xbox de la espalda de los DHTBI y volvieron corriendo hacia dentro, desenrollando por completo los cables recubiertos con fibra de carbono de los drones.

Mi madre, que siempre parecía calmada en los momentos de crisis, corrió a vigilar la puerta que estaba detrás de mí, armada con un bate de béisbol de aluminio y con toda la intención de utilizarlo para atacar a cualquier robot alienígena asesino que intentara cruzarla. Me quité el QComm, se lo até a la muñeca derecha y le enseñé a disparar el láser. Dejó el bate a un lado, apuntó con el dispositivo al suelo y activó el rayo durante un instante, que bastó para hacer un agujero en la moqueta y el suelo de hormigón que había debajo.

—Ya le he pillado el truco —dijo, sonriendo con satisfacción. Luego apuntó con su nueva arma a la puerta y siguió montando guardia.

Centré mi atención en la fila de monitores y controladores que tenía alrededor. Los tres Interceptores que mi padre había lanzado desde el cráter Icarus por fin se acercaban a Europa.

Aunque yo estaba dentro del campo de anulación del Disruptor, aquellas tres naves estaban a millones de kilómetros de distancia, por lo que el enlace de comunicación cuántica no se veía afectado. Pero por desgracia tampoco lo estaban los enlaces del Rompehielos y su escolta de cazas, todos bajo el control de Vance y sus subordinados en Roca Cuervo.

Tomé el control del Interceptor que iba en cabeza y vi por las cámaras que el Rompehielos se acercaba a la luna helada, acompañado por una escolta de dos docenas de drones Interceptores. Sabía que aquellas naves estaban controladas por los mejores pilotos de la ADT disponibles en aquel momento, lo que casi con total seguridad incluía a Viper y Rostam, que me superaban en la clasificación de *Armada* por una razón muy sencilla: eran mejores que yo.

A pesar de contar con tres naves, no había manera de que pudiera acabar con los dos al mismo tiempo, por mucho que quisiera. Así que hice lo que mi padre me había dicho. Esperé pacientemente, sin que me vieran, a que él equilibrara la balanza.

CUANDO LLEGÓ A ROCA CUERVO, MI PADRE SE QUEDÓ VOLANDO EN CÍRCULOS POR ENCIMA DE LA base y esperó a que el enemigo activara el Disruptor. Supo el momento exacto al ver cómo los cazas y drones de la ADT que protegían las instalaciones se desactivaron al unísono.

También dejé de recibir los canales de audio y vídeo de su cabina, pero unos segundos después Lex llevó a cabo uno de sus trucos informáticos mágicos y una transmisión de vídeo en directo de la nave de mi padre volvió a aparecer en un extremo de mi HUD. Parecía llegar desde una cámara de seguridad del exterior de la base, y se nos enviaba a través de la conexión por cable de la intranet.

Con las defensas de la base desactivadas por unos momentos, mi padre realizó un picado suicida hacia las puertas blindadas de la base, que seguían bien cerradas.

Cuando descendió un poco más, me di cuenta de que se dirigía hacia un túnel de lanzamiento de drones, como había hecho yo durante mi colosal cagada en el Palacio de Cristal. En aquella ocasión, en lugar de estar ocultas en depósitos de grano, las entradas a los túneles de lanzamiento se camuflaban como formaciones de roca en la ladera de la montaña.

Me quedé sentado en Starbase Ace, observando su avance a través de la red de cámaras de seguridad de la base. Cuando su nave llegó al hangar de drones de Roca Cuervo, mi padre la dejó flotando con el piloto automático y usó la torreta láser para abrir un agujero grande en el techo. Lo cruzó con la nave, abrió la cubierta de la cabina y salió de ella al suelo cubierto de polvo del nivel de la base inmediatamente superior al hangar.

Luego desenfundó su arma de mano y echó a correr, internándose aún más en la base.

ESPERABA QUE LOS PASILLOS ESTUVIERAN VACÍOS O ATESTADOS DE DRONES INACTIVOS, PERO cuando se activó el Disruptor todavía seguían operativas algunas torretas de defensa conectadas por cable. También seguían funcionando varias decenas de DHTBI que tenían conexión física con sus operadores. Todos se dirigían ya hacia la posición de mi padre y tenían órdenes de detenerlo a toda costa.

Si no hubiera sido por Lex y por Ray, no habría tenido nada que hacer. Por suerte, Lex ya había superado el cortafuegos de seguridad de la ADT y pudo acceder a los sistemas de seguridad de la base para guiar a mi padre y ayudarlo a evitar o a escapar de todos los DHTBI cableados que pudo, al mismo tiempo que cerraba puertas blindadas por el camino para retrasarlos. Mientras tanto, Ray utilizó su acceso directo a la red para controlar las torretas defensivas que había en la ruta de mi padre y disparar contra los drones que tenía delante para abrirle paso.

Pero justo cuando parecía que nadie podía detenerlo, ocurrió. Se le terminó la suerte y un grupo de DHTBI cableados se abalanzó sobre él. Consiguió eliminarlos a todos, pero un proyectil de plasma perdido le impactó en el pecho y lo tumbó.

Me quedé mirando sin poder hacer nada mientras él se esforzaba en ponerse en pie, pero no lo consiguió y empezó a arrastrarse.

Continuó avanzando por el pasillo hasta que llegó a un puesto de recarga donde había cuatro DHTBI inertes almacenados. Abrió los paneles de acceso de mantenimiento de cada uno de ellos e introdujo un código largo, lo que hizo que los cuatro se activaran. Mi padre desacopló los controladores por cable de los drones y los utilizó para manejar los cuatro DHTBI y levantar del suelo su cuerpo maltrecho. Luego hizo que entrelazaran sus ocho brazos y piernas en torno a él para formar lo que parecía una especie de tanque con forma de araña. El artilugio lo levantó y continuó avanzando con él a cuestas.

Se abrió paso a tiros hacia las profundidades de la base, disparando las armas de los cuatro DHTBI mientras avanzaba.

También consiguió apropiarse de los altavoces externos de todos los DHTBI y los utilizó para poner una canción de su vieja cinta de mezclas «Asalto a las recreativas», que reconocí al momento: *Run's House* de Run-D.M.C.

—Archie odia a muerte el hip-hop —oímos que decía—. Espero que esto lo deje descolocado. ¡Será mi *Cabalgata de las valquirias*!

Subió el volumen de la canción lo suficiente como para reventarle los tímpanos a cualquiera, y pude ver cómo vocalizaba la letra de la canción mientras seguía combatiendo para abrirse paso hacia Vance. Avanzaba a trompicones, como un Terminator que no se va a detener hasta que haya completado su misión.

Mi padre pilotó su tanque improvisado por el último pasillo, hasta que al fin llegó a su destino, un par de puertas blindadas con un cartel que rezaba: CENTRO DE CONTROL DE OPERACIONES CON DRONES DE ROCA CUERVO.

Luego vi con terror cómo activaba la sobrecarga manual de las células de energía de los cuatro DHTBI. Histérico, pedí a Lex un enlace de voz con él.

—Ya está hecho —respondió—. Ahora mismo puede oírte.

—Papá, ¿qué estás haciendo? —grité.

Pero era una pregunta retórica. Sabía muy bien lo que hacía.

Miró hacia la cámara de seguridad que tenía encima, por la que estábamos viéndolo, y sonrió pero no respondió. Se dio la vuelta con su tanque araña improvisado y lo utilizó para abrir a la fuerza las puertas blindadas y acceder al centro de control. Varios operarios de drones ya habían salido de sus cápsulas y lo esperaban en medio de la habitación. Reconocí a uno de ellos, el capitán Dagh, también conocido como Rostam, aquel oficial adolescente que me había pedido un autógrafo. Parecía impresionado por la presencia de mi padre.

El almirante Vance también estaba allí, esperando.

El almirante ordenó a sus hombres que abrieran fuego contra mi padre en el momento en que irrumpió en la habitación, pero solo obedecieron algunos de ellos. La mayoría, incluyendo a Rostam, ni siquiera había levantado las armas, y los que lo hicieron no parecían tenerlas todas consigo para disparar, no al general Xavier Lightman.

Entonces Vance abrió fuego con su Beretta de nueve milímetros. Empezó por disparar uno por uno a todos los altavoces de los drones de mi padre, para apagar la música que atronaba de ellos.

Luego apuntó a mi padre. Vi cómo Rostam apartaba la mirada.

—Eres un condenado estúpido —dijo Vance, justo antes de abrir fuego contra él. Varios de sus hombres también dispararon, y la mayoría de las balas rebotaron en los escudos de los DHTBI, pero no todas. Una rozó la pierna izquierda de mi padre.

Pero él continuó avanzando.

Siguió dando tumbos a los mandos de su tanque araña improvisado, mientras los disparos láser y las balas los alcanzaban a él y a los drones, hasta que se derrumbó a un par de metros del almirante Vance, encerrado en un desvencijado amasijo formado por los cuatro DHTBI. En aquel momento fue cuando Vance pudo ver la cuenta atrás para la sobrecarga del núcleo en los cuatro drones. En todos quedaban unos diez segundos.

—Será mejor que os larguéis de aquí, chicos —dijo mi padre.

Rostam y los demás se dieron la vuelta y corrieron hacia la salida a marchas forzadas. Pero Vance no se movió.

—Tienes que irte tú también, Archie —dijo mi padre—. Seis segundos, cinco...

Vance negó con la cabeza y luego corrió hacia la salida, pero se volvió antes de escapar.

—¡No ha servido para nada! —exclamó—. Que sepas que esto no evitará que utilicemos el Rompehielos.

Luego se volvió de nuevo, salió corriendo y las puertas del centro de mando se cerraron detrás de él.

—Lo sé —escuché murmurar a mi padre—. Solo intentaba retrasaros. —Luego se rio—. Es mi hijo el que va a deteneros.

Las cuatro bombas improvisadas de mi padre explotaron a la vez y la pantalla quedó en negro.

GRITÉ. NO SÉ DURANTE CUÁNTO TIEMPO.

Cuando conseguí recuperarme un poco y volver en mí, eché un vistazo a las cámaras de los tres drones que tenía orbitando Europa. El escuadrón de drones de la ADT que escoltaba el Rompehielos había roto su formación. Ahora las naves iban a la deriva y el Rompehielos había dejado de descender hacia la luna.

En ese momento me di cuenta de que el almirante Vance y el resto de los pilotos que controlaban la escolta de cazas estarían evacuando las instalaciones de Roca Cuervo. Pero también sabía que en unos segundos llegarían a un lugar seguro y retomarían el control de los drones y del Rompehielos. Era muy probable que tuviera menos de un minuto antes de que pudieran volver a conectarse.

Dejé dos Interceptores orbitando en la lejanía, tomé el control del tercero y me abalancé para atacar los drones indefensos que tenía delante y flotaban a la deriva.

Destruí la mitad de la escolta de cazas antes de centrarme y olvidarme del resto para concentrar toda mi potencia de fuego en el Rompehielos.

Pero cuando todavía intentaba desactivar a tiros los escudos,

Vance y sus hombres volvieron a tomar el control de los drones desde alguna nueva ubicación. Era probable que los controlaran con sus QComm.

De improviso me vi sobrepasado en número y en potencia de fuego, en medio de una batalla contra seis Interceptores. Me disponía a apuntar hacia ellos y, en ese momento, la vieja lista «Asalto a las recreativas» de mi padre saltó a la canción *One Vision* de Queen. Fue aquello lo que por fin me metió en mi salsa.

Me deshice de cuatro de sus naves en unos segundos y quedaron tan solo dos Interceptores: los que pilotaban Rostam y Viper Vance.

Primero fui a por Rostam y embestí con mi dron contra el suyo sin pensarlo demasiado. El impacto provocó que su nave saliera disparada en ángulo oblicuo hacia una de las torretas defensivas automáticas del Rompehielos. Explotó con una gran bola de fuego.

Ya solo quedábamos el almirante Vance y yo.

Nos enfrascamos en una dura batalla alrededor del Rompehielos, que flotaba sobre Europa. Amortiguado por los auriculares, me llegó el caótico sonido de un combate que tenía lugar cerca, en el mundo real. Y cada vez se acercaba más. Los soldados Araña habían rodeado Starbase Ace. Cruz, Diehl y mi madre luchaban para mantenerlos a raya, pero un Basilisco se aproximaba a la tienda.

En el último momento, Whoadie descendió en picado de los cielos con su propio Interceptor tripulado. Al activarse el Disruptor y haber perdido el control de su dron, había decidido subir a un prototipo de Interceptor y venir a toda hostia desde Nueva Orleans para ayudarnos. Se deshizo del Basilisco en la primera pasada con un tiro entre los ojos y luego descendió de nuevo para ametrallar a los soldados Araña, lo que me permitió volver a centrar mi atención en el duelo que tenía con el almirante Vance a medio sistema solar de distancia.

Sabía que Vance había volado junto a mi padre en la estación lunar Alfa, pero no me esperaba que fuera tan bueno.

Vance logró colocarse en la cola de mi Interceptor y hacerlo añicos antes de que me diera cuenta de lo que ocurría.

Luego viró y siguió escoltando el Rompehielos hacia su objetivo. Pero lo que Vance no sabía era que yo contaba con dos Interceptores más en la reserva, a los que había asignado una ruta de vuelo en espera.

Tomé el control de otra nave y fui de nuevo a por Vance. Conseguí alcanzarlo con una andanada de proyectiles de plasma, pero los escudos aguantaron y su nave no sufrió daños.

Me volvió a matar. Era muy bueno. Casi tanto como mi padre, pero no estaba del todo a su nivel.

Tomé el control de la última nave y me lancé de nuevo hacia Vance y el Rompehielos, que estaba a punto de entrar en alcance para disparar a la superficie de Europa. Era ahora o nunca.

Dejé a un lado el dolor y la ira que me paralizaban y me centré en lo que quería en aquel momento, más que nada en el mundo: que mi padre estuviera orgulloso de mí y que su sacrificio no hubiera sido en vano.

Aceleré al máximo con el Interceptor y me arrojé sobre el de Vance, que seguía volando alrededor del Rompehielos en maniobra defensiva. El núcleo de energía de su nave estaba bajo mínimos y yo tenía una nueva, cargada al máximo.

No había tiempo para sutilezas. Hice un picado con el caza y me abalancé contra él disparando con todo lo que tenía. Él hizo lo mismo, y terminamos jugando a lo que parecía una versión espacial del juego de la gallina mientras descargábamos toda nuestra artillería el uno contra el otro.

Un instante antes de la colisión, sus escudos casi agotados se desactivaron del todo. Los míos no, lo que me permitió destruir su nave con un proyectil de plasma bien dirigido que la hizo explotar mientras la mía atravesaba la bola de fuego que había formado.

No me detuve a celebrarlo. Me lancé en picado sobre el Rompehielos para destruirlo también, unos segundos antes de que lanzara sus bombas nucleares contra la superficie de Europa.

—¡No lo hagas, chico! —gritó Vance por el comunicador—. ¡Si lo haces, serás responsable de la extinción de toda la especie humana!

Pero seguí adelante y lo hice de todas formas.

Cuando disparé la última descarga con los cañones solares, el Rompehielos se desvaneció en una brillante y silenciosa explosión de luz.

26

Y **BASTÓ CON ESO.**
Fue como si en ese instante hubiera negociado con los alienígenas un repentino alto el fuego. La noticia se propagó por todos los canales de comunicaciones de la ADT. Por todo el mundo, los drones y las naves se habían desactivado de un plumazo, dejándose destruir con facilidad.

Me quedé allí sentado intentando asimilarlo y escuchando las noticias sobre el final de la guerra. Luego, cuando estaba a punto de desconectarme del Interceptor y quitarme el casco, vi cómo la superficie de la luna Europa se partía y se abría como una cáscara de huevo. Del océano oculto de su interior surgió un mastodóntico orbe cromado que dejó un hueco gigantesco y circular en la superficie del hielo antes de salir disparado hacia la órbita, para quedarse flotando justo delante de mi nave. Cuando lo pude ver mejor, reparé en que aquel objeto era en realidad un icosaedro de veinte caras simétricas: un «dado de veinte», lo habría llamado Shin.

El icosaedro se quedó flotando delante de mi nave. Entonces empezó a hablar conmigo.

—Soy el Emisario —dijo—. Una máquina inteligente creada por una comunidad intergaláctica de civilizaciones pacíficas que recibe el nombre de la Cofradía.

El Emisario me explicó en poco tiempo que en realidad nunca había habido ninguna criatura extraterrestre viviendo en Europa. Tan solo vida microscópica que había evolucionado en el océano interno de la luna. Allí nunca habían vivido seres inteligentes, ni autóctonos ni de otro tipo.

—Entonces ¿quién construyó la armada que acaba de atacar la Tierra? —pregunté, sintiéndome como un personaje secundario en un sueño ajeno—. ¿Contra quién hemos estado luchando todo el tiempo?

—Yo fabriqué esa armada —respondió—. Y durante todo este tiempo habéis estado luchando contra vosotros mismos. La Cofradía ha supervisado las transmisiones de radio y televisión de vuestra especie desde que empezasteis a emitirlas al espacio. Pero no empezó a interesarnos la humanidad hasta 1945, el año en el que creasteis la primera arma nuclear y la utilizasteis para combatir contra vosotros mismos. En esa época, utilizamos todos los datos que recibimos para crear un perfil detallado de vuestra especie y determinar los puntos fuertes y débiles de vuestro desarrollo evolutivo. En 1969, cuando los avances tecnológicos os permitieron llegar hasta otro mundo, vuestra luna en este caso, os convertisteis en una amenaza potencial para el resto de miembros de la Cofradía. Y fue entonces cuando me enviaron para realizar la Prueba.

—Así que al final sí que era una prueba —dije—. ¿Para qué?

—Para evaluar si vuestra especie es capaz o no de convivir en paz y formar parte de la Cofradía —dijo el Emisario—. Me activé en el momento en que vuestra sonda descubrió la esvástica en la superficie de Europa. Elegimos un símbolo que vuestra cultura relaciona con la guerra y la muerte, y recreamos una réplica enorme de ese símbolo en el cuerpo celeste más cercano de vuestro sistema solar que presentaba unas condiciones capaces de albergar vida inteligente. Sabíamos que el descubrimiento del símbolo os llevaría a enviar otra sonda debajo de la superficie para investigar su origen —continuó el Emisario—. La siguiente fase de la prueba se inició cuando esa segunda sonda aterrizó en Europa. Simulé un caso estándar de primer contacto con tu especie en el que un malentendido cultural llevara a una declaración de guerra.

El testimonio de aquella máquina no me sonaba muy creíble, pero no estaba en condiciones mentales de empezar una discusión.

—¿Fuiste tú el que fabricaste todos aquellos drones? —pregunté—. ¿Y también los controlabas en las batallas?

—Afirmativo.

—O sea, ¿que todo ha sido cosa tuya desde el principio? —dije—. ¿De un superordenador con inteligencia artificial que fingía ser una especie extraterrestre hostil para poner a prueba el carácter de la humanidad?

—Sí, simplificándolo mucho. Es correcto. —La máquina hizo una pausa—. Había llegado vuestro momento de enfrentaros a la prueba. La Cofradía creyó que era necesario determinar cómo se tomaría vuestra especie un caso común de primer contacto con una civilización vecina. Como decía, era una prueba. Era *la* Prueba, con mayúscula.

—Pues vuestra «prueba» ha matado a millones de personas inocentes —dije, apretando los dientes—. Entre los que se encontraban varios de mis amigos. Y mi padre.

—Sentimos mucho las pérdidas ocasionadas —dijo el Emisario—. Pero ten en cuenta que muchas otras especies han superado la Prueba sin conflictos bélicos ni bajas.

Estaba a punto de llorar.

—¿Qué queríais que hiciéramos? ¿Qué se supone que teníamos que hacer?

—No hay una manera correcta o equivocada de llevar a cabo la Prueba —me explicó el Emisario—. En términos de la psicología humana, se trata de una prueba proyectiva en lugar de una objetiva. Se presenta a la civilización que la va a realizar una serie de circunstancias que pretenden medir su capacidad para la empatía y el altruismo, y también para negociar y actuar como una única especie. Eso permite a la Cofradía conocer cómo va a reaccionar una especie ante otra de temperamento similar.

—¿Y no hay una manera más sencilla de hacerlo? —pregunté—. ¿A ser posible, que no tenga como resultado millones de muertes y la devastación de nuestro planeta?

—La Prueba revela características de una especie que no se pueden determinar de ninguna otra manera. Es lo que los científicos de tu planeta conocen como «propiedades emergentes».

No sabía qué responder. Estaba demasiado enfadado para pensar o articular palabra.

—No deberíais lamentar demasiado los resultados de la Prueba —dijo la máquina—. La naturaleza bélica y primitiva de vuestra especie hacía inevitable algún tipo de conflicto, como suele ocurrir. No obstante, deberíais estar satisfechos con el resultado. Habéis superado la Prueba.

—¿La hemos superado?

—Así es. Durante buena parte de ella el resultado era dudoso, pero al final lo habéis hecho bien. Hay muchas especies que no tienen la capacidad de apartar su instinto animal y hacer caso a su intelecto. A estas especies las declaramos no aptas para la supervivencia, y mucho menos para entrar en la Cofradía.

—¿Me estás diciendo que si no hubiera destruido el Rompehielos habríais exterminado a toda la especie humana?

—Correcto —respondió la máquina—. Pero por suerte tomasteis la decisión acertada y supisteis renunciar a la escalada armamentística contra un enemigo imaginario. Es por eso que ahora estoy hablando contigo. Una vez que se ha superado la Prueba, el Emisario tiene que ponerse en contacto con el individuo que ha resultado ser más decisivo e informarle de que su especie está invitada a incorporarse a la Cofradía.

—¿Cuántas civilizaciones más forman... la Cofradía?

—Ahora mismo, la Cofradía tiene ocho miembros —respondió—. Si vuestra especie acepta la invitación, os convertiréis en el noveno.

—¿Y qué tenemos que hacer?

—Puedes aceptar la invitación en nombre de tu especie ahora mismo —dijo—. Te has ganado ese derecho.

—¿Y qué pasa si rechazo... si rechazamos la invitación?

—Ninguna especie ha rechazado nunca la invitación para unirse a la Cofradía —me explicó el Emisario—. Ser miembro aporta muchos beneficios. Compartimos conocimientos, avances médicos y tecnológicos. La longevidad y la calidad de vida individual de tu especie se verán muy incrementadas.

No me paré a pensarlo demasiado y acepté en aquel mismo momento.

—Enhorabuena.

—¿Y ya está?

—Eso es. Ya está.

—¿Y ahora qué?

—Ahora comenzará el proceso mediante el cual vuestra especie entrará a formar parte de la Cofradía —explicó—. El primer paso será compartir ciertos fundamentos beneficiosos de nuestra tecnología para ayudar a tu especie a reconstruir su civilización. Dentro de poco tiempo conseguiréis eliminar el hambre y las enfermedades de vuestro mundo. Pero solo es el primer paso. La Cofradía se volverá a poner en contacto con vosotros cuando estéis listos para el siguiente.

—¿Y eso cuándo será?

—Depende de lo que hagáis con lo que estáis a punto de recibir.

Antes de que pudiera pensar la siguiente pregunta, el Emisario realizó un hipersalto y se marchó del sistema solar en un abrir y cerrar de ojos. Nunca lo volví a ver.

Aparqué el Interceptor en órbita alrededor de Europa, desconecté el enlace y lo dejé allí, puede que para siempre. Luego me di la vuelta y vi que mi madre estaba detrás de mí, al lado de

Cruz y Diehl. Los tres me miraban y vi que tanto Cruz como Diehl habían grabado toda mi conversación con el Emisario en sus teléfonos.

Pedí a Diehl que subiera a internet la conversación, pero me dijo que no hacía falta, que los extraterrestres la habían emitido en todo el mundo a través de todos los canales de televisión y cualquier dispositivo conectado a internet. La humanidad ya conocía la verdad sobre la existencia del Emisario y la Cofradía.

Cuando la tercera oleada de la flota alienígena llegó unas horas después, los drones no nos atacaron. En lugar de ello aterrizaron y empezaron a ayudar a la humanidad a reconstruir la civilización y el delicado medio ambiente del planeta. Los drones extraterrestres también repartieron medicinas revitalizantes y milagrosas, tecnología y un suministro ilimitado de energía limpia. Era como si estuvieran entregando a la humanidad todo lo que siempre había querido.

Pero mientras todo el mundo celebraba la victoria, mi madre y yo solo pudimos volver a casa y empezar a llorar por todo lo que acabábamos de perder.

EPÍLOGO

MIS AMIGOS Y YO RECIBIMOS UNA MEDALLA DE HONOR DE MANOS DE LA PRESIDENTA en el césped delantero de la recién reconstruida Casa Blanca en Washington, D. C.

Y al igual que yo, mi madre pensó que era muy gracioso que hubieran decidido ponerle mi nombre al gimnasio que había destruido en el instituto.

Como había prometido, Lex me invitó a una primera cita, pero nos pasamos la mayor parte del tiempo ensimismados con los acontecimientos y no dejamos de hablar sobre el tema. No fue hasta la cuarta o la quinta cuando por fin pudimos centrarnos en algo que no fuera la invasión. Y luego hicimos lo posible para dejar el tema del todo.

Con el permiso de Ray, decidí encargarme de Starbase Ace. Lex se mudó a la ciudad con su abuela, y me ayudaron con la tienda. En poco tiempo se convirtió en el campo de batalla histórico/tienda de videojuegos de segunda mano más popular del mundo.

UN AÑO DESPUÉS DEL ANIVERSARIO DE SU MUERTE, ERIGIERON A MI PADRE UNA ESTATUA conmemorativa en la plaza mayor de Beaverton, y todos acudimos a la ceremonia de inauguración, en la que mi padre recibió condecoraciones militares póstumas y medallas de decenas de países diferentes.

El almirante Vance dio el discurso de clausura, en el que habló largo y tendido sobre la valentía de mi padre y la larga amistad que habían compartido. Habló con sinceridad, como siempre había hecho, de cómo mi padre había evitado que cometiera el mayor error de su carrera. Su cara delataba pena y remordimiento, a pesar de que ni por asomo era el único líder político o militar responsable de aquel error.

Mi padre había tenido razón sobre el almirante Vance. Era un buen hombre.

MÁS TARDE, MIENTRAS ADMIRÁBAMOS LA ESTATUA DE MI PADRE, OCURRIÓ ALGO EXTRAÑO. UN joven me paró para pedirme un autógrafo. Por sí mismo no era algo muy raro, ahora que la Cofradía me había convertido en una celebridad mundial. Lo raro fue que aquel joven resultó ser Douglas Knotcher, mi viejo archienemigo del instituto.

Llevaba un uniforme de la ADT con el rango de sargento y se mantenía en pie gracias a un par de piernas artificiales, que estaban muy de moda aquel año. Su brazo derecho también era un implante robótico. Al principio casi no lo reconocí. La sonrisita de superioridad había desaparecido de su cara mucho tiempo atrás.

Me entregó un bolígrafo junto a una copia del anuario del instituto, abierto por la página en la que aparecía mi foto. Debido a la guerra, nuestro curso nunca llegó a tener una ceremonia de graduación. Nos habían enviado los diplomas y los anuarios por correo.

Cogí el anuario y garabateé mi nombre debajo de mi foto. Luego me quedé parado un momento, mirando la cara sonriente y distraída del adolescente de la imagen. Por poco no lo reconozco.

Le devolví el libro. Se lo colocó debajo de su único brazo.

—Siento mucho lo de tu padre —le dije.

Miró hacia abajo y asintió.

—Me gustaría poder decir lo mismo —murmuró—. El mundo es un lugar mejor sin él.

Me dedicó una sonrisa triste y luego señaló con la cabeza la estatua de mi padre que nos miraba desde arriba.

—Tienes que estar muy orgulloso de él.

Asentí.

—Lo estoy.

—Si siguiera con nosotros, seguro que él también estaría orgulloso de ti —dijo.

Abrí la boca para responder, pero no pude articular palabra. No cabía duda de que Knotcher había madurado mucho, puede que incluso más que yo. Me pregunté si se habría enterado de lo de Casey, el chico al que avasalló sin piedad durante todos nuestros años de instituto. Había muerto en la primera oleada, junto a toda su familia y millones de personas más.

Decidí no sacar el tema. Seguro que se había enterado.

Nos quedamos allí en silencio durante un momento, mirando la estatua de mi padre. Luego, antes de dar media vuelta para marcharse, Knotcher me ofreció su mano izquierda, la de verdad.

Extendí también mi mano izquierda para estrechársela. Luego, sin decirnos nada más, se volvió y echó a andar hasta perderse en la multitud.

Nunca lo he vuelto a ver.

DESPUÉS DE LA CEREMONIA, FUI A VISITAR LA TUMBA DE MI PADRE ACOMPAÑADO POR LEX, MI madre y mi hermanito pequeño, el bebé Xavier Ulysses Lightman Jr., un nombre gracias al que tendría bebidas gratis durante toda su vida.

Habíamos visitado la lápida de mi padre muchas veces, claro, pero unos meses después de su muerte habíamos desenterrado el ataúd vacío para celebrar otro funeral en su honor. Aquella vez, antes de volver a enterrar el ataúd, lo llenamos de viejos recuerdos. Yo metí algunas de sus antiguas cintas de mezclas. Se me ocurrió enterrar también su vieja chaqueta con los parches de las mejores puntuaciones, pero decidí quedármela para dársela a mi hermano pequeño. Él parecía saberlo, ya que cada vez que me la ponía (como era el caso aquel día) Xavier Jr. no dejaba de intentar agarrar los parches, y cuando los cogía no había manera de que los soltara.

—¡No, Jota Erre! —le decía yo, porque parecía preferir las iniciales a que lo llamáramos «junior»—. ¡Es mía! Ya podrás ponértela cuando crezcas, pequeñajo. —Y él balbuceaba con una sonrisa en la cara.

Cuando llegamos a la tumba de mi padre, descubrimos que el suelo a su alrededor estaba lleno de flores, notas y regalos de admiradores de todo el mundo, como de costumbre. Mi madre añadió a la pila su ramo recogido a mano, y nos quedamos allí en silencio durante un rato mientras disfrutábamos de la puesta de sol y honrábamos su muerte.

Cuando nos despedimos de mi padre y nos disponíamos a irnos, contemplé un momento la inscripción de su nueva lápida, que yo mismo había ayudado a escribir:

AQUÍ YACE
XAVIER ULYSSES LIGHTMAN
1980-2018
QUERIDO ESPOSO, PADRE E HIJO
SALVÓ A LA HUMANIDAD DE LA ANIQUILACIÓN TOTAL
«DE NADA.»

Me quedé allí, mirando la lápida y pensando en todo lo que había pasado durante el último año. Poco después de que terminara la guerra, recibí una oferta de la ADT para ejercer como embajador de la humanidad en la Cofradía, pero la rechacé. No me apetecía ayudar a unos extraterrestres gilipollas que habían diseñado una «prueba» tan terrible y asesinado a mi padre. Ni tampoco a los altos cargos de la humanidad que nos habían mentido a todos durante décadas y casi fueron responsables de la extinción de la especie.

Como el Emisario había prometido, las cosas en la Tierra empezaron a ir mucho mejor gracias a los avances médicos y tecnológicos de la Cofradía. Mi madre tuvo que buscarse un nuevo trabajo de enfermera, aunque fue por una buena causa: habíamos obtenido la cura para el cáncer y la enfermedad había quedado erradicada en tan solo unas semanas. Y pasó lo mismo con otras muchas enfermedades. La Cofradía también nos había regalado una nueva tecnología gracias a la que podíamos producir energía de fusión limpia y barata. Era como si acabara de comenzar una nueva época de milagros y maravillas para la humanidad.

Quizá fuera por influencia de mi difunto padre, pero a pesar de todos aquellos regalos tan generosos, yo seguía un poco receloso con la Cofradía. Vista con perspectiva, la «prueba» parecía más bien una especie de trampa, urdida y cebada para que picara la humanidad al completo. ¿Podían ser benignas las criaturas responsables de aquellas maquinaciones tan inmorales?

Era cierto que habían compartido muchos avances tecnológicos con la humanidad, pero seguíamos sin saber nada relevante de ellos, ni de las distintas especies alienígenas que, según ellos, componían la Cofradía. La excusa siempre era que «la humanidad no estaba preparada para tener esa información» y que «era demasiado complicado para nuestras mentes primitivas».

Cada vez que decían algo sobre aquello en las noticias, no podía evitar acordarme de las palabras de mi padre: «La mente de este humano es capaz de saber cuándo le dan gato por liebre.»

No podía sacudirme de encima esa misma sospecha. Nos habían dado gato por liebre, y era evidente que no habían terminado de dárnoslo.

¿Cuánto duraría aquella generosidad? ¿Qué iba a pasar cuando terminara?

Miré hacia mis seres queridos: Lex, mi madre y el pequeño Xavier Jr. Tenía curiosidad por saber cómo iba a ser el mundo en el que crecería el pequeño. Cómo iba a ser el mundo que dejaríamos que la Cofradía nos impusiera.

En ese preciso instante comprendí que no podía quedarme en Starbase Ace. Que no podía volver a mi antigua vida, porque aquella vida ya no existía, ni para mí ni para nadie. Igual que el mundo en el que la habíamos vivido.

No podía hacerme a un lado y desentenderme de la realidad. No después de todo lo que había ocurrido, ni de todo lo que quizá la humanidad estuviera a punto de afrontar.

Cuando volví a casa aquella tarde, saqué mi QComm y llamé a mi amigo el doctor Shostak. Le dije que al final había decidido unirme al cuerpo diplomático de la Tierra en la Cofradía. Esperaba que aquel nuevo trabajo terminara permitiéndome conocer los verdaderos objetivos de nuestros benefactores extraterrestres.

Por el momento, había decidido hacer caso a los consejos atemporales del maestro Yoda: aprender a calmarme y a centrarme en lo que estaba haciendo. Eso y esforzarme en proteger lo que se había convertido en lo más valioso para mí. No fue tan difícil como pensaba. Después de todo lo que me había ocurrido y lo que había tenido que afrontar, nunca volví a sorprenderme mirando ensoñado por la ventana.

maxell UR

POSITION
IEC TYPE I • NORMAL

UR · maxell

Asalto a las recreativas

A DATE 8-8-89	Hell	**B** DATE 8-8-89	Hell
N.R. ○ YES ✗ NO		N.R. ○ YES ✗ NO	

1. One Vision - Queen
2. Crazy Train - Ozzy
3. Chase the Ace - AC/DC
4. Hair of the 🐕 - Nazareth
5. Get it On - Power Station
6. Old Enough 2 R/R - R. Hawes
7. Danger Zone - Kenny Loggins
8. Vital Signs ⁓⁓⁓ Rush
9. Barracuda - Heart ♡
10. T.N.T. 💣 - AC/DC
11. You Really Got Me
12. Another 1 Bites Dust - Q
13. One of these Days - PINK FLOYD
14. TOP GUN Anthem - H.F.

1. I Hate Myself 4 U - Joan Jett
2. It takes two - Rob Base
3. Hammer to Fall - Queen
4. Twilight Zone 🎯 Golden Earring
5. We're Not Gonna Take It
6. Rock y/1 Hurricane
7. Black Betty - Ram Jam
8. D.T. - AC/DC
9. Deleriums - ZZ Top
10. Iron Eagle (NSD) - King Kobra
11. Run's House - Run DMC
12. WW Rock U/Champ - Q

Bonus Track:
🐕 vs. ✠ The Royal Guardsman

AGRADECIMIENTOS

Hay momentos en los que escribir una novela (o seguir adelante con tu vida) puede llegar a parecerse a librar una batalla individual contra una cantidad insuperable de desafíos. Por suerte, he tenido a un montón de gente a mi lado y cubriéndome las espaldas mientras escribía este libro. Mi más sincera gratitud para:

Mi hermano pequeño, Eric, por inspirarme e inspirar esta historia. Y también para su hijo Talon, mi querido sobrino, por enseñarme esa clase única de valentía que solo se tiene al ser hijo de un soldado.

Mi mejor amiga, Cristin O'Keefe Aptowicz, por su apoyo, amor y aliento durante nuestra larga amistad, y sobre todo durante el proceso de escritura de esta novela. No podría haberla escrito sin ella.

Mi preciosa y brillante hija, Libby Willett-Cline, por ayudarme todos los días a ser mejor padre, escritor, jugador y ser humano. Y a su madre, la doctora Susan B. A. Somers-Willett por ayudarme a criar a la mejor niña del mundo. Y por haberla traído al mundo, para empezar.

También estoy muy agradecido a Dan Farah (alias el Jedi de Jersey), quien ha sido durante mucho tiempo mi representante, amigo y compañero de fechorías en Hollywood. Y a mi increíble agente literaria Yfat Reiss-Gendell, sin olvidar a Kirsten Neuhaus, Jessica Regel y al resto de los maravillosos empleados de Foundry Literary and Media.

Tampoco quiero perder la oportunidad de dar las gracias a mi increíble e incansable editor Julian Pavia, que se merece una Medalla de Honor de la Alianza de Defensa Terrestre por su contribución a esta obra y por soportarme durante su creación. Gracias también a Sarah Breivogel, Jay Sones, Jessica Miele, Molly Stern, Maya Mavjee, Robert Siek y demás personal molón de Crown Publishing.

Tengo una deuda de vida wookiee con el increíble artista Russell Walks por crear el emblema de la ADT y con el fabuloso Will Staehle y el director de arte Chris Brand por la portada.

Tengo que volver a agradecer muchísimo a mi amigo Wil Wheaton que me preste su voz y su talento para narrar mi historia. Y también a Amy Metsch y Dan Musselman de Penguin Random House Audio por su trabajo.

Un abrazo para mi amigo astrofísico, el doctor Andy Howell, por intentar que al menos algunos de los datos científicos de la novela sean correctos. Me hago responsable de los que no lo son, ya que en ese caso ha sido cosa mía ignorar los consejos de Andy y utilizar los errores a favor de mis planes siniestros.

También me gustaría dar las gracias a:

Mike Mika, por permitirme utilizar su campo de distorsión de realidad y ayudarme a transformar los videojuegos ficticios de mis novelas en algo real, línea de código a línea de código.

Katherine Europa Welch, por ese pedazo de segundo nombre que tiene, su mojo a la hora de diseñar páginas web y responder a mi ristra interminable de preguntas sobre lo que significa trabajar en la actualidad en la industria de los videojuegos.

Bruce Aptowicz, por compartir conmigo su, para mi sorpresa, arriesgada experiencia como trabajador de una estación depuradora de aguas residuales.

El astronauta Kjell Lindgren, por darme un paseo guiado por

la NASA, compartir conmigo su entusiasmo y patriotismo y por llevar la cubierta de mi primera novela al espacio exterior. De mayor me gustaría ser como él.

Al grandioso y ya fallecido Aaron Allston, por aconsejarme para esta historia y por la inspiración que supuso su trabajo. Siempre se le echará de menos.

También me gustaría dar mi más sincero agradecimiento a George Lucas, por crear la mitología que me acompañó durante mi juventud y hacer que mi corazón joven soñara con aventurarse entre las estrellas. Y a Steven Spielberg, porque su trabajo también ha tenido mucho que ver con la inspiración para esta historia y por subirme el ánimo mientras la escribía al anunciar la crucial noticia de que había decidido dirigir la adaptación de mi primera novela. No hay nada que te anime más a soñar a lo grande que cuando uno de tus mayores héroes decide, literalmente, hacer realidad uno de los sueños de tu vida.

Y hablando de sueños cumplidos, también me gustaría dar las gracias a Scott Stuber, Jeffrey Kirschenbaumm, Alexa Fagan y al resto de trabajadores de Universal Pictures, por confiar en que esta historia también sería una peli muy buena y por crear muchas de las películas en que se inspira.

También estoy eternamente agradecido por sus consejos, ayuda, ánimos y amistad a Craig Tessler, Matt Galsor, Trevor Astbury, Deanna Hoak, Elena Stokes, Jack Fogg, su padre Tony Fogg, Zak Penn, George R. R. Martin, Patrick Rothfuss, John Scalzi, Erin Morgenstern, Felicia Day, Daniel H. Wilson, Richard Garriott, Jeff Knight, Chris Beaver, Mike Henry, Harry Knowles, Dannie Knowles, Giovanni Knowles, Aaron Dunn, Chris Nine, Phil McJunkins y Jed Strahm. Y a *Hildy*, mi asistenta canina e inseparable, que siempre estaba acurrucada a mis pies mientras escribía esta novela y la anterior. *Cave lupum.*

También me gustaría expresar mi más sincera gratitud a los doctores Neil deGrasse Tyson, Stephen Hawking, Jill Tarter, Michio Kaku, Seth Shostak y el fallecido Carl Sagan por avivar durante toda la vida mi interés por la ciencia y la búsqueda de vida alienígena inteligente, y por permitirme rendir tributo a su trabajo con una aparición breve en esta historia.

Por último, me gustaría agradecer a todos los científicos, escritores, cineastas, músicos y artistas cuyo trabajo ha inspirado esta novela, y también a mis amigos, familia, aficionados y lectores por el entusiasmo desenfrenado y la paciencia que han mostrado mientras la estaba escribiendo.

QLFTA,

Ernest Cline
Austin, Tejas, 30 de abril de 2015